W0242965

L'AUTRE NOM

JON FOSSE

L'AUTRE NOM

Septologie I-II

Traduit du néo-norvégien
par Jean-Baptiste Coursaud

CHRISTIAN BOURGOIS ÉDITEUR ◊

Titre original :
Det andre namnet – Septologien I-II

Les deux citations à la page 293, *« so wäre auch "Gott" nicht, daß Gott "Gott" ist, dafür bin ich die Ursache »* et *« wäre ich nicht, so wäre Gott nicht "Gott" »*, signifient respectivement *« "Dieu" ne serait pas non plus. Que Dieu soit "Dieu", j'en suis une cause »* et *« si je n'étais pas, Dieu ne serait pas "Dieu" »*. Elles sont une traduction en français de Jeanne Ancelet-Hustache, *in* : *Sermons 31-59*, Le Seuil, Paris, 1978 – *N.d.T.*

Cette traduction a été publiée avec l'aide financière de NORLA, Norwegian Literature Abroad.

NORLA
Norwegian
Literature Abroad

© Jon Fosse, Det Norske Samlaget, Oslo, 2019
© Christian Bourgois éditeur, 2021,
pour la traduction française

ISBN : 978-2-267-04471-3

(…) et je lui donnerai un caillou blanc.
Sur ce caillou est écrit un nom nouveau
que personne ne connaît,
si ce n'est celui qui le reçoit.

APOCALYPSE

Dona nobis pacem.

AGNUS DEI

Pour Anna

I

Et je me vois debout face à l'image avec ses deux traits, un marron et un violet, qui se croisent dans le milieu, une image oblongue, je me vois la regarder, et je vois que j'ai peint les traits avec une grande lenteur, avec une épaisseur dans la peinture, qui a coulé, la couleur se mélange à l'endroit où se croisent la petite ligne violette et la marron, avant de couler vers le bas, et je pense que ce n'est pas un tableau, mais en même temps l'image est telle qu'elle doit être, elle est terminée, il n'y a rien à ajouter, je pense, et je dois m'en débarrasser, je ne veux plus l'avoir sur le chevalet, je ne veux plus la voir, je pense, et je pense qu'on est aujourd'hui lundi, que je dois la remiser avec les autres tableaux sur lesquels je travaille en ce moment mais que je n'ai pas encore terminés, ceux que j'ai posés entre la porte de la chambre et la porte du couloir, inclinés châssis apparent, sous le crochet du portemanteau auquel est suspendue ma sacoche en cuir marron, dans laquelle se trouvent mon carnet de croquis et mon crayon de bois, et je regarde les deux piles de tableaux terminés inclinés contre le mur tout près de la porte de la cuisine, j'ai déjà une dizaine de tableaux terminés et quatre ou cinq petits, environ, quatorze en tout, rangés dans leurs piles respectives les uns à côté des autres tout près de la porte de la cuisine, la plupart plus ou moins carrés, comme ils disent, je pense, même si je peins parfois aussi des images longues et étroites, telle l'image rectangulaire avec les deux traits qui se croisent, comme ils disent, mais cette image je ne veux pas l'inclure dans ma prochaine exposition car en fait je ne l'aime pas, peut-être que ce n'est pas du tout un tableau, juste deux traits, peut-être même que je veux la garder pour moi et que je ne veux pas la vendre ? puisqu'il existe des tableaux que je veux garder pour moi et que je ne veux pas vendre, et peut-être aussi que cette image fait partie de ceux-là bien que je ne l'aime pas en tant que peinture ? oui, bien qu'elle puisse être qualifiée de peinture ratée, peut-être que je veux la garder pour moi ? d'ailleurs je ne sais pas pourquoi je veux la garder pour moi avec les autres tableaux dont je ne peux me débarrasser et que j'ai rangés au grenier dans l'une des deux chambres mansardées, ou peut-être, oui, peut-être qu'Åsleik veut le tableau ? oui, peut-être qu'il le veut pour l'offrir ensuite à la Sœur ? car chaque année, pendant la période de l'Avent, je lui donne une de mes peintures qu'il offre ensuite à la Sœur, en cadeau de Noël, en échange de quoi il me donne de la viande, du poisson, du bois et d'autres choses, oui, et nous ne devons pas oublier que c'est aussi lui qui déblaie pour moi la neige dans la cour pendant l'hiver, comme il dit, Åsleik, oui, ça aussi c'est lui, et quand je lui dis à quel prix telle peinture a été vendue à Bjørgvin, oui, là il dit, Åsleik, qu'il trouve ça abracadabrant que des gens acceptent de payer autant pour un tableau, oui, que ces gens doivent être pleins aux as, et quand je dis que je comprends s'il trouve que c'est beaucoup d'argent, parce que je le comprends en effet, là il dit, Åsleik, que si c'est le cas alors il fait une très bonne affaire et que dans ces conditions il offre chaque année à la Sœur un cadeau de Noël beaucoup trop cher, il dit, Åsleik, et je dis oui oui, et le silence retombe, et je dis qu'il m'arrive de lui glisser deux ou trois billets pour les côtes d'agneau fumées, pour la viande fumée, pour le poisson séché, pour le bois de chauffage, pour le déblaiement de la neige, oui, de temps en temps un sac de provisions achetées à Bjørgvin quand je vais y faire des courses, je dis, et là il dit, Åsleik, un peu gêné, que c'est vrai, que c'est ce que je fais, qu'il faut être juste, il dit, Åsleik, et là je pense que je n'aurais pas dû le dire, car il ne veut pas que je lui donne de l'argent ou d'autres choses en échange, mais du moment où j'estime que j'en ai suffisamment, où je m'en sors bien dans la vie, alors qu'il est quasiment sans le sou, oui, là, je lui glisse deux ou trois billets, en douce et en hâte, et nous feignons de ne pas nous en rendre compte, et j'agis pareil quand je vais faire mes courses à Bjørgvin, j'achète aussi des petites choses pour lui, je pense, car si je gagne peu d'argent, oui, alors il ne gagne quasiment rien comparé à moi, je pense, et je regarde les piles de peintures terminées, inclinées châssis apparent, des châssis fabriqués par mes soins, chaque tableau ayant son titre en propre, chaque châssis étant revêtu d'une épaisse couche de peinture à l'huile noire sur le montant supérieur, et le tableau le plus proche de moi que je regarde en ce moment s'intitule Et les vagues frappent leur quelque chose, oui, les titres sont importants pour moi, ils sont une partie du tableau, et je revêts toujours d'une épaisse couche de peinture à l'huile noire le montant supérieur du châssis, et je fabrique moi-même mes châssis, je l'ai toujours fait et le ferai aussi longtemps que je peindrai, je pense, et je pense que cela fait sans doute trop de tableaux pour une seule exposition, tant pis, je les emporterai en totalité et les confierai à la Galleri Beyer, et Beyer n'aura qu'à décider lui-même s'il en range certains dans la pièce attenante à la galerie en tant que telle, la Banque, comme il surnomme cette pièce où il stocke les tableaux qui ne sont pas exposés, je pense, et je retourne regarder le tableau avec les deux traits qui se croisent, tous les deux peints avec une épaisseur, avec un empâtement, comme ils disent, et la peinture à l'huile a un peu coulé, et la couleur est devenue si curieuse à l'endroit où les deux traits se croisent, une belle couleur sans nom, comme c'est souvent le cas, car bien sûr il ne peut pas exister de nom pour le nombre incalculable de couleurs qui existent, je pense, et je m'écarte de l'image, je me place à quelques mètres, je reste debout face à l'image, je regarde l'image, j'éteins la lumière, je reste debout face à l'image, je regarde l'image, dans le noir, car il fait déjà noir dehors, à cette époque de l'année il fait déjà nuit, ou presque nuit, il fait nuit presque tout le temps, je pense, et je regarde l'image, mes yeux commencent à s'habituer à l'obscurité, et je vois les traits, je les vois se croiser, je vois qu'il y a beaucoup de lumière dans le tableau, oui, beaucoup de lumière invisible, et là, oui, là, c'est peut-être une peinture, quand même, peut-être, je pense, et je ne veux plus regarder l'image, je pense, mais je reste debout face à l'image, je regarde l'image, quand même, et là il faut que j'arrête, je pense, et je regarde la table ronde près de la fenêtre, la table ronde avec ses deux chaises, et j'étais assis sur l'une, sur celle de gauche, j'y étais assis et y suis toujours assis, alors que Ales était toujours assise sur celle de droite, oui, du moins quand elle vivait encore, puisqu'elle est morte beaucoup trop jeune et je ne veux pas y penser, et ma sœur Alida, elle aussi elle est morte beaucoup trop jeune et je ne veux pas y penser non plus, je pense, et je me vois assis sur ma chaise où je regarde le point que je regarde toujours, en direction de la mer de Sygnesjøen, ma ligne de mire, là où la cime du pin au bas de la maison doit se retrouver au centre de la vitre du milieu dans la fenêtre, au centre du battant droit, puisque la fenêtre a deux battants, qui s'ouvrent tous les deux, qui sont chacun divisés en trois vitres, et c'est au centre du battant droit que la cime du pin doit se retrouver, et je me vois assis sur la chaise où je regarde les vagues, et je me vois rejoindre ma voiture garée devant la Galleri Beyer, vêtu de mon long manteau noir, avec en bandoulière ma sacoche en cuir marron, je sors à l'instant du café Kaffistova, étant donné qu'aujourd'hui je n'avais pas grand appétit j'ai fini comme cela m'arrive souvent par ne pas prendre de plat chaud mais une simple tartine, un smörrebröd de viande hachée et d'oignons poêlés, et là il se fait tard, j'ai acheté à Bjørgvin tout ce dont j'avais besoin, il est grand temps pour moi de rentrer à Dylgja, j'ai une longue route devant moi, malgré tout, je pense, et je monte dans la voiture, je pose ma sacoche en cuir marron sur le siège passager, je démarre la voiture, je quitte Bjørgvin en empruntant la route que Beyer m'a appris autrefois à utiliser, oui, un jour il m'a appris quelle route emprunter pour rejoindre Bjørgvin puis en repartir, il m'a appris quelle route emprunter pour rejoindre la Galleri Beyer puis en repartir dans le sens inverse, je pense, et je sors de Bjørgvin, et je glisse dans ce bon assoupissement qu'apporte la conduite, et je vois que je m'apprête à passer devant l'immeuble où habite Asle, à Skutevika, au bord de la mer, avec le petit ponton qui s'avance dans l'eau, et je vois Asle couché sur le canapé, il tremble, il tremble de tous ses membres, est-ce que ce tremblement ne pourrait pas enfin s'arrêter ? pense Asle, et il pense qu'hier soir il est resté couché sur le canapé où il s'est endormi car il n'avait la force ni de se lever ni de se déshabiller ni d'aller dans son lit, et le chien, Brage, même le chien il n'a pas eu la force de le faire sortir, donc il doit sacrément avoir envie de faire ses besoins, pense Asle, et là il doit arrêter de trembler autant, car il tremble de tous ses membres, pas seulement des mains, pense Asle, et il pense aussi qu'il doit se mettre debout, aller à la cuisine, boire un peu d'eau-de-vie pour que les tremblements s'arrêtent enfin, car hier soir il ne s'est ni déshabillé ni couché dans son lit, non, il est resté couché sur le canapé où il s'est endormi pour cuver sa cuite, pense Asle, et là il est toujours couché sur le canapé, il regarde droit devant lui, et son corps tremble, il tremble et n'en finit pas de trembler, pense Asle, et tout est, oui, qu'est-ce que c'est ? un vide, un néant, une distance ? oui, oui peut-être, oui, peut-être une distance, pense Asle, mais là il doit à tout prix boire un peu d'eau-de-vie pour que les tremblements les plus insupportables s'arrêtent enfin, pense Asle, et ensuite, ensuite il sortira, ensuite il ira dans la mer, oui, pense Asle, la seule chose qu'il veuille, la seule chose qu'il désire c'est s'en aller, disparaître, comme sœur Alida a disparu alors qu'elle n'était qu'une enfant, elle était dans son lit et elle était morte, Sœur, pense Asle, comme le garçon des voisins a disparu lui aussi, celui qui s'appelait Bård, celui qui est tombé dans la mer, il est tombé du bateau que possédait son père, il ne savait pas nager, il n'a pas réussi à remonter dans le bateau, il n'a pas réussi à regagner le rivage et il est mort, pense Asle, et il pense qu'il doit se donner du mal, se mettre debout, se diriger vers la cuisine, se verser un verre d'eau-de-vie bien tassé pour que les tremblements s'arrêtent un peu, et ensuite il parcourra le logement, il éteindra les lumières, il vérifiera dans chaque pièce du logement que tout est bien rangé, et ensuite il sortira du logement, il refermera la porte à clé, il descendra au bord de l'eau, il s'avancera dans la mer, il continuera de s'avancer dans la mer, pense Asle, et il tourne cette pensée dans sa tête, il la tourne et la retourne, et c'est la seule pensée qu'il parvient à formuler, la pensée qu'il va s'avancer dans la mer, pense Asle, la pensée qu'il va disparaître dans la mer, dans le néant des vagues, pense Asle, et la pensée tourne et retourne dans sa tête, la pensée ne s'arrête pas de tourner, elle continue de tourner, car seule cette pensée, cette seule pensée, a de la présence en elle, le reste, tout le reste, est une distance vide, une proximité vide, non, rien n'est vide, mais il y a quand même un vide béant dans ces ténèbres, et les autres pensées qu'il essaie de formuler il ne parvient pas à les formuler jusqu'au bout, elles sont trop lourdes, même la pensée qu'il doit lever un bras lui apparaît trop lourde, et il sent qu'il tremble, bien qu'il ne bouge pas il tremble de tous ses membres, mais d'abord pourquoi ne supporte-t-il pas la pensée de devoir se lever ? de devoir lever une main ? et pourquoi la seule pensée qu'il parvienne à formuler est celle d'aller dans l'eau ? il veut boire suffisamment pour que les tremblements s'arrêtent, et ensuite il éteindra la lumière du logement, peut-être qu'il rangera le logement, si ça devait être nécessaire, car tout doit être bien rangé avant qu'il s'en aille, pense Asle, et il pense aussi qu'il aurait dû écrire un mot au Petit, au Grand puisqu'il est grand désormais, oui, ça fait longtemps qu'il est grand, qu'il est adulte, lui qui habite désormais là-bas, à Oslo, ou peut-être qu'il aurait pu lui téléphoner ? sauf que ni le Petit ni lui n'aiment trop parler au téléphone, pense Asle, ou peut-être qu'il aurait dû écrire une lettre à Liv ? ils ont été mariés pendant plusieurs années, mais ça remonte à si longtemps qu'il n'y a plus de sentiments désagréables entre eux, car il ne peut tout de même pas s'en aller sans avoir fait ses adieux, ça ne lui semble pas correct, mais l'autre femme à qui il a été marié, Siv, il n'a pas la force de penser à elle, elle l'a quitté en emmenant le Petit Dernier et la Fille, du jour au lendemain elle l'a quitté, oui, pas un instant il n'avait formulé dans sa tête la pensée qu'ils allaient se séparer lorsqu'elle lui a dit qu'elle en avait assez, qu'elle emmenait le Petit Dernier et la Fille, qu'elle le quittait, elle avait déjà trouvé un autre logement pour eux, a-t-elle dit, et il n'a rien compris, pense Asle, et le Petit Dernier et la Fille venaient chez lui tous les quinze jours, du moins pendant un temps, pense Asle, du moins jusqu'à ce que Siv se trouve un autre homme, qu'elle parte s'installer dans un endroit quelconque du Trøndelag en emmenant le Petit Dernier et la Fille, qu'elle rejoigne ce nouvel homme qu'elle s'est trouvé, elle a emmené les enfants, elle est partie, et il s'est retrouvé seul, tout seul, et Siv a exigé de l'argent, par courrier, pour ceci et pour cela, et quoi qu'elle exige il a toujours payé, aussi vrai qu'il avait de l'argent, pense Asle, mais pourquoi penser à ça ? pense Asle, c'est de l'histoire ancienne, et tout est bien rangé, tout est préparé, les ustensiles de peinture sont à leur place sur la table, les tableaux sont empilés, châssis apparent, les pinceaux sont nettoyés, rincés à la térébenthine, disposés à la suite les uns des autres, alignés en fonction de leur taille, les tubes de peinture sont également disposés à la suite les uns des autres, alignés en fonction du volume qu'ils contiennent encore, chaque bouchon est bien refermé, le chevalet est vide, tout est bien rangé, bien à sa place, bien en ordre, il est couché sur le canapé et il tremble, il ne pense à rien, il tremble uniquement, et il pense à nouveau qu'il va se lever, qu'il va refermer la porte derrière lui, qu'il va sortir, qu'il va descendre au bord de l'eau, qu'il va entrer dans la mer, qu'il va s'avancer dans la mer, qu'il va marcher jusqu'à ce que les vagues déferlent sur lui et qu'il disparaisse dans la mer, et il y pense encore et encore, car sinon il n'y a rien, il n'y a que les ténèbres du néant, qui de temps en temps, brusquement, fusent en lui comme un éclair, et là, oui, là il est rempli d'une sorte de bonheur, et il pense alors qu'un néant vide existe peut-être quelque part, une lumière vide, et si seulement tout pouvait être comme ça ? pense Asle, une lumière vide, et si seulement un endroit comme ça pouvait exister ? dans sa vacuité, dans son éclatante vacuité ? dans son néant ? pense Asle, et pendant qu'il pense à un endroit comme ça, qui bien sûr n'est pas un endroit, il tombe dans une espèce de sommeil qui n'est pas un sommeil, mais un mouvement corporel dans lequel il n'est pas en mouvement, dans lequel il est immobile avec ses tremblements, oui, bien qu'il tremble tout le temps tout est lourd, et dans un endroit, au creux de cette grande lourdeur, il y a cette lumière d'une incroyable légèreté, oui, comme une foi, pense Asle, et je le vois couché dans sa salle de séjour, ou dans son atelier, ou quel que soit le nom qu'il faille employer pour qualifier cette pièce, je pense, et il est couché sur un canapé calé sous les fenêtres qui donnent sur la mer, placé devant une table basse sur laquelle se trouvent des carnets de croquis et des crayons de bois, tout est extrêmement bien rangé, bien aligné, c'est sa pièce, la pièce d'Asle, ça et rien d'autre, je pense, et tout est bien en ordre dans la pièce, et une grande toile est inclinée contre le mur, tableau face au mur et châssis apparent, et je vois qu'Asle a peint Obscurité lumineuse en lettres noires sur le haut du châssis, donc c'est le titre du tableau, je pense, et je vois un rouleau de toiles entreposé dans un coin, et je vois un tas de montants pour fabriquer les châssis entreposé dans un autre coin, et je vois Asle couché sur le canapé, il tremble de tous ses membres, et il pense qu'il a besoin d'un peu d'eau-de-vie pour que ces tremblements s'arrêtent enfin, et il finit par s'asseoir, et il pense assis sur le canapé qu'il a en tout cas besoin d'une cigarette, mais il tremble tellement qu'il ne réussit pas à s'en rouler une, donc il doit se rabattre sur le paquet de cigarettes classiques posé sur la table basse, et il réussit à sortir une cigarette du paquet, à la porter à sa bouche, à sortir une boîte d'allumettes de la poche de son pantalon, à gratter l'allumette, à allumer à grand-peine sa cigarette, et il tire quelques bonnes bouffées, et il pense qu'il ne va pas ôter la cigarette de sa bouche, la cendre n'aura qu'à dégringoler, et là il a grand besoin d'un verre d'eau-de-vie, pense Asle, et il tremble et n'en finit pas de trembler, et il réussit à remettre la boîte d'allumettes dans la poche de son pantalon, et il se penche sur le cendrier posé sur la table basse, et il crache la cigarette dans le cendrier, et je roule vers le nord, et je pense que j'aurais dû m'arrêter chez Asle, que j'aurais dû passer le voir, je n'aurais pas dû passer devant son logement à Skutevika sans m'arrêter, mais si c'est vraiment ce qu'il veut alors je ne peux l'empêcher ni de descendre au bord de l'eau ni de s'avancer dans la mer, si c'est ce qu'il veut, je pense, et je roule vers le nord, et je me vois debout face à l'image avec les deux traits qui se croisent, je me vois la regarder, et je me vois aller à la cuisine de ma vieille maison, car c'est une vieille maison et une vieille cuisine, et je vois que tout est à sa place, je vois que le plan de travail est propre et que la table de la cuisine est propre, tout est propre et net, comme cela doit l'être, et je me vois entrer dans la salle de bains, allumer la lumière, et là aussi tout est rangé et net, le lavabo est propre, les toilettes sont propres, et je me vois me mettre devant le miroir, et je vois mes cheveux fins et gris, ma barbe naissante et grise, et je passe une main dans mes cheveux, je retire l'élastique noir qui retient mes cheveux en haut de la nuque, mes cheveux retombent fins et gris sur mes épaules, sur ma poitrine, je passe mes doigts dans mes cheveux, je lisse mes cheveux derrière mes oreilles, je prends l'élastique noir, j'attache mes cheveux en haut de la nuque, je vais dans le couloir, et je vois mon manteau noir qui y est suspendu, combien de fois dans l'année ne l'y ai-je suspendu, je pense, personne ne pourra m'accuser d'acheter des vêtements neufs alors que je n'en avais pas besoin, je pense, et je vois de nombreuses écharpes suspendues à un crochet du portemanteau, et je pense que j'ai un grand nombre d'écharpes, car Ales m'offrait souvent une écharpe en cadeau de Noël ou en cadeau d'anniversaire, puisque c'est ce que je voulais, elle me demandait ce que je voulais en cadeau et je répondais la plupart du temps que je voulais une écharpe, et c'est que je recevais en cadeau, je pense, et j'entre dans la Grande Pièce, ou dans l'atelier, ou quel que soit le nom qu'il faille employer pour qualifier cette pièce, ce sont plutôt les deux, même si je qualifie plutôt cette pièce de Grande Pièce, et je vois ma sacoche en cuir marron suspendue au crochet situé au-dessus des peintures que j'ai remisées, celles dont je ne suis pas entièrement satisfait, que j'ai posées entre la porte de la chambre et la porte du couloir, je ne sors jamais sans prendre ma sacoche en cuir marron, dans laquelle se trouvent mon carnet de croquis et mon crayon de bois, je pense, et je vois que la sacoche est à sa place habituelle sur le siège passager, et je roule vers le nord, et je pense que je suis content de rentrer chez moi, dans ma bonne vieille maison à Dylgja, et je me vois face à la table ronde près de la fenêtre, je me vois regarder la table ronde et les deux chaises vides, sur le dossier de l'une est suspendu un veston en velours noir, oui, celui que je porte en ce moment sur moi, et là, sur la chaise près du banc, c'est là que j'étais toujours assis alors qu'Ales était toujours assise sur la chaise à côté, c'était sa chaise, je pense, et je me vois à nouveau regarder l'image avec ses deux traits qui se croisent dans le milieu, je n'aime pas regarder cette image mais je ne peux pas m'empêcher de la regarder, je pense, et je roule toujours vers le nord, dans le noir, et je vois Asle assis dans son canapé, et il regarde quelque chose et il ne regarde pas quelque chose, et il tremble, il frissonne, il tremble tout le temps, il frissonne tout le temps, et il est habillé exactement comme je suis habillé, un pantalon noir et un pull, et sur le dossier de la chaise près la table basse du canapé est suspendu un veston en velours noir exactement comme celui que je porte en ce moment et que je suspends toujours à la chaise devant la table ronde, et ses cheveux sont gris exactement comme les miens, ils sont attachés exactement comme les miens par un élastique noir en haut de la nuque, et il a une barbe naissante grise exactement comme j'ai une barbe naissante grise que je taille environ une fois par semaine, je pense, et je vois Asle assis dans son canapé, et il tremble de tous ses membres, et il lève une main légèrement devant lui, il pousse sa main légèrement sur le côté, sa main tremble, et il pense que ça a l'air d'être un peu plus facile, que ça a l'air d'aller un peu mieux, pour une raison qu'il ignore, et il pense qu'il devrait manger un morceau, mais il tremble tellement, il doit d'abord se mettre d'aplomb et boire un petit quelque chose, il pense, assis sur le canapé, et je pense que je ne peux pas laisser Asle seul dans cet état, je ne peux pas passer devant son logement à Skutevika sans m'arrêter, car il m'arrive de passer le voir, il a besoin de moi à l'heure qu'il est, mais j'ai déjà dépassé l'immeuble où habite Asle, et je n'aurais pas dû, peut-être que je devrais rebrousser chemin ? mais je suis tellement fatigué, je pense, et je roule vers le nord, et sur la colline en haut de la route j'aperçois une vieille maison marron en ruine, et je vois qu'il manque des tuiles, et c'est là qu'Ales et moi vivions autrefois, je pense, et j'ai l'impression que ça fait tellement longtemps, oui, que c'était dans une autre vie, je pense, et je passe devant la maison, et quand j'ai parcouru quelques mètres je vois l'allée qui monte à la maison, et je m'engage dans l'allée, j'arrête la voiture, je reste assis, je ne bouge pas, je ne pense pas, je ne fais rien, je reste assis dans la voiture, et je pense mais pourquoi j'ai arrêté la voiture dans l'allée ? car je ne l'ai jamais arrêtée ici, bien que je sois passé tout un tas de fois devant chez elle, non, il faut que je rentre, j'aurais mieux fait de passer voir Asle, mais maintenant c'est trop tard, je pense, et je reste assis dans la voiture, et je pense que je devrais faire une prière, je pense à ceux qui se qualifient de chrétiens et qui estiment, ou du moins qui estimaient, qu'il est nécessaire pour le salut d'un enfant d'être baptisé, et qui en même temps estiment que Dieu est tout-puissant, mais alors pourquoi le baptême est-il nécessaire pour le salut ? Dieu ne peut-Il pas faire comme Il veut ? car dans le cas où Il est tout-puissant il en va donc de Sa volonté que certains soient baptisés et d'autres pas ? non, quelle folie de croire que le baptême est nécessaire pour le salut, non, c'est trop fort, je pense, et je sens que j'ai l'esprit plus léger à cette pensée, à la pensée de la folie qu'ont certains chrétiens d'estimer que le baptême est nécessaire pour le salut, quoi qu'il soit d'ailleurs, quelle pensée idiote, si manifestement idiote qu'on ne peut même pas en rire, car on ne peut pas rire d'une folie manifeste, pas même de la folie chez ceux qui se qualifient de chrétiens, la folie de certains de ces chrétiens, pas de tous, je pense, et je pense aussi que ceux qui pensent ainsi n'ont pas de grandes pensées sur Dieu, et je pense à Jésus, à l'amour qu'il avait pour les enfants, à ses propos comme quoi les enfants font partie du royaume de Dieu, comme quoi ils appartiennent au royaume de Dieu, c'est une pensée belle et vraie, je pense, alors pourquoi le deviennent-ils seulement par la grâce du baptême ? ceux qui appartiennent au royaume de Dieu ? je pense, et je pense aussi au baptême, au baptême d'un enfant, et il n'y a rien à en redire, mais il est destiné aux êtres humains, pas à Dieu, car il est et peut être important pour les êtres humains, ou peut-être pour l'Église, oui, surtout pour l'Église, mais pas pour Dieu, car les enfants font déjà partie du royaume de Dieu, et on doit devenir comme eux, comme des petits enfants, pour pouvoir entrer dans le royaume de Dieu, comme cela figure dans les Écritures, je pense, et je pense que, non, là il faut que j'arrête, car je suis moi-même en train de penser comme un fou, et je pense à la folie des autres en même temps qu'il n'y a jamais de réelle clarté dans mes pensées, mes pensées ne sont pas cohérentes, car bien sûr nul n'a besoin d'être béni avec de l'eau pour être baptisé, on peut aussi se baptiser en soi-même, on peut se faire baptiser par l'esprit que l'on a en soi, par l'esprit que l'on est et que l'on a, l'esprit que l'on a eu en naissant en tant qu'être humain, je pense, et l'écrasante majorité des êtres humains, tant ceux qui ont vécu autrefois que ceux qui vivent en ce moment, sont uniquement baptisés en eux-mêmes, ils n'ont pas été bénis avec de l'eau, dans une église, par un prêtre, ils sont baptisés à travers l'esprit qu'ils ont obtenu et qu'ils ont en eux, et peut-être à travers leur relation à l'autre, une relation de plain-pied dans le sens, une relation de plain-pied avec l'esprit que le sens porte en lui, oui, que le langage porte en lui, je pense, et je pense que certains êtres humains sont baptisés, enfants ou adultes, oui, certains ont été purifiés par l'eau, par l'eau bénite, je pense, et il n'y a rien à en redire, c'est très bien en soi, mais pas plus, et le baptême de chacun, chaque baptême, je pense, est un baptême pour tous, pour tous les êtres humains, car tous les êtres humains sont liés les uns aux autres, les vivants, les morts, les gens qui ne sont pas encore nés, et ce que fait tel être humain ne saurait d'un certain point de vue être dissocié de ce que fait tel autre être humain, je pense, oui, tout comme Jésus a vécu, est mort et a ressuscité en ne faisant qu'un avec Dieu, tel l'être humain qu'il était aussi, oui, tous les êtres humains le deviennent à leur tour, justement parce qu'ils sont des êtres humains dans le Christ, qu'ils le veuillent ou non, ils sont liés à Dieu et à Jésus-Christ, à travers le Fils de Dieu, qu'ils le sachent ou non, qu'ils y croient ou non, car certes, je pense, la chrétienté sait une chose ou deux, et Dieu sait si je me suis converti à l'Église catholique, ce que je n'aurais jamais fait si ça n'avait été pour Ales, puisque même au niveau du baptême de l'enfant je ne suis pas d'accord avec l'Église catholique, mais je n'ai jamais regretté de m'être converti, je pense, car la foi catholique m'a tellement donné, je me considère comme chrétien, oui, un peu de la même manière que je me considère comme communiste, ou en tout cas comme socialiste, je récite mon rosaire plusieurs fois par jour, je vais à la messe aussi souvent que possible, car elle aussi, oui, la messe, elle aussi a sa vérité en propre, tout comme le baptême a sa vérité en propre, oui, le baptême fait lui aussi partie de la vérité, lui aussi peut mener à, oui, peut mener à Dieu, je pense, en tout cas à Dieu tel que je l'imagine, tout comme les autres manières de penser et de croire en la vérité, tout ce qui se tourne sérieusement vers Dieu, que l'on utilise le mot de Dieu ou que l'on soit trop malin, ou trop timide, envers la divinité inconnue pour le faire, tout mène à Dieu, donc de ce point de vue toutes les religions ne font qu'une, je pense, et de ce point de vue aussi la religion et l'art convergent, aussi parce que la Bible et la liturgie sont fiction et poésie et image, elles sont littérature et théâtre et art, elles ont leur vérité en tant que telle, car l'art a lui aussi sa vérité, je pense, mais là je dois arrêter de m'égarer dans mes pensées, je dois arrêter de penser des pensées qui n'ont pas de réelle clarté, je pense, je dois reprendre ma route vers le nord, je dois rentrer chez moi, dans ma bonne vieille maison à Dylgja, je dois arrêter de rester comme ça dans ma voiture à grelotter, je dois démarrer le moteur, je dois rentrer à Dylgja, car j'aime faire de la voiture, la conduite m'apporte un certain calme, je glisse dans un assoupissement, oui, la conduite m'apporte une certaine joie, et l'idée de rentrer chez moi, dans ma bonne vieille maison à Dylgja, m'apporte elle aussi une certaine joie, je pense, bien que je rentre en permanence dans une maison vide, maintenant qu'Ales est morte, non, ce n'est pas vrai, car même si Ales est morte depuis très longtemps elle est toujours dans la maison, je pense, et je pense que j'aurais dû avoir un chien, moi qui ai toujours aimé les chiens, et les chats aussi, mais je préférais avoir un chien, car une plus grand amitié peut s'établir avec un chien, je pense, et je l'ai si souvent pensé, mais ça ne s'est jamais fait, je n'ai jamais eu de chien, je ne sais pas vraiment pourquoi, peut-être parce qu'en fin de compte je préfère être seul avec Ales ? car même si elle est morte elle est toujours là, je pense, ou peut-être que je devrais malgré tout réaliser ce souhait d'avoir un chien ? je pense, mais Asle a un chien, oui, il a eu un chien depuis toutes ces années, je pense, et je pense aussi que je n'aurais pas dû passer sans m'arrêter devant l'immeuble où habite Asle, il ne peut pas rester seul dans l'état où il est, si alourdi par sa propre pierre, par une pierre tremblante, par une pierre qui l'alourdit tellement qu'elle est sur le point de l'enterrer, je pense, donc je dois rebrousser chemin et retourner à Bjørgvin, je pense, je dois passer dire bonjour à Asle, je pense, car je dois l'aider à se sortir de lui-même, je pense, et je vois Asle assis sur son canapé, je le vois trembler, il tremble et n'en finit pas de trembler, et je devrais rebrousser chemin, il a besoin de moi à l'heure qu'il est, mais je suis fatigué, je voudrais tellement rentrer chez moi, je voudrais simplement rouler vers le nord et rentrer chez moi, car j'ai passé ma journée à Bjørgvin, j'ai acheté des toiles chez le Marchand de Couleurs, j'ai acheté chez le Charpentier des montants pour fabriquer des châssis, j'ai fait beaucoup de courses de nourriture, et là je veux uniquement rentrer chez moi à Dylgja, en fait je voulais rester à Bjørgvin pour assister à la première messe de la journée à l'église Saint-Paul, mais j'étais trop fatigué, mieux vaut revenir à Bjørgvin dimanche prochain pour assister à la messe, ça fait si longtemps que je n'y suis plus allé, ce serait bien de pouvoir retourner devant l'autel, ça me permettrait aussi de passer voir Asle, je pense, et je le vois assis sur son canapé, il tremble et n'en finit pas de trembler, il ne va pas bientôt sortir promener son chien ? je pense, et je vois Brage couché devant la porte du couloir, il attend qu'Asle le sorte, et je vois Brage trottiner jusqu'au canapé, sauter sur le canapé, se coucher sur les genoux d'Asle, ne plus bouger, trembler lui aussi, et Asle n'a pas la force de bouger, il n'a même pas la force de lever la main, pas la force de dire un mot, rien que de dire un mot est au-dessus de ses forces, il est contraint de se forcer, il pense, mais là, oui, là, pour une raison quelconque, ses pensées ne font plus du surplace, ses pensées ne tournent plus indéfiniment en rond, plus maintenant, car dès que le chien est venu se coucher sur ses genoux ses pensées se sont mises en mouvement, il pense

Gentil Brage, il pense

Gentil gentil Brage, il dit

et Asle caresse avec sa main tremblante le pelage de Brage, il ébouriffe le pelage de Brage, et Asle pense, comment peut-il penser qu'il devrait aller dans la mer, car qui s'occuperait alors du chien ? comment peut-il vouloir quitter son chien ? pense Asle, et là, il tremble moins, même s'il tremble toujours un peu, son corps frissonne, je pense, et, non, je ne veux plus penser à Asle, je ne veux plus le voir comme s'il était devant moi, ses longs cheveux gris, sa barbe naissante grise, je ne veux plus penser à lui, ça ne mène nulle part de penser à lui, car il n'est qu'un parmi tant d'autres comme lui, il est seul, il n'est qu'un parmi tant d'autres seuls comme lui, il n'est qu'un peintre parmi tant d'autres, il n'est qu'un peintre parmi tant d'autres que personne ne connaît, hormis sa famille proche et des connaissances datant de l'époque où il faisait ses études, et sinon quelques collègues, il n'est ni plus ni moins qu'un peintre parmi tant d'autres, il est un parmi des milliers, et, non, je ne veux plus penser à lui, je pense, et je pense à nouveau que j'aurais dû passer le voir, seul comme il est, amoindri comme il est, j'aurais dû m'arrêter le voir, j'aurais dû lui proposer de boire un verre ensemble, oui, il aurait pu prendre un verre de bière avec un verre d'eau-de-vie et moi j'aurais pris une tasse de café avec un peu de lait puisque je ne bois plus de bière, je ne bois plus ni bière ni vin ni eau-de-vie, puisque je suis devenu définitivement abstinent, oui, voilà ce que j'aurais dû faire, car si Asle avait bu un petit quelque chose ç'aurait été plus facile pour lui, il aurait arrêté de trembler, il aurait retrouvé son calme, si seulement Asle avait bu un petit quelque chose le poids dans son corps aurait été moindre, la pierre dans son corps aurait été plus légère, oui, sa pierre se serait peut-être déplacée un peu, peut-être même qu'elle aurait laissé entrer un peu d'air et de lumière, donc j'aurais dû l'emmener dans un endroit où il y a d'autres gens, où les gens boivent un petit quelque chose, où les gens ont de la compagnie et l'âme consolée, oui, voilà ce que j'aurais dû faire, je n'aurais pas dû passer devant son logement sans m'arrêter, j'aurais dû au contraire m'arrêter et l'emmener, oui, l'emmener dans la vie pour qu'il revive, mais j'ai continué de rouler vers le nord, comme si je n'avais aucun égard pour lui, comme si je voulais partir le plus loin possible de lui, parce que je n'y arrivais pas, parce que je n'avais ni la force ni le courage de voir Asle étendu comme ça chez lui, je pense, et je suis passé sans m'arrêter devant l'immeuble où se trouve son logement, à

Skutevika, comme si Asle était trop lourd, comme si sa douleur, ou sa souffrance, peut-être que le mot est meilleur, me poussaient à vouloir partir loin de lui, non pas parce que je ne voulais pas être avec lui mais parce que, non, je ne sais pas pourquoi, et peut-être que j'ai pensé que je risquais d'une certaine manière d'emporter sa douleur avec moi, de la traîner derrière moi, que je risquais de l'emporter loin de lui avec moi, si je continuais de rouler ? voilà en tout cas ce que je pense maintenant, comme une excuse pour être passé sans m'arrêter et ne pas être allé le voir mais au contraire avoir continué de rouler, car pourquoi je ne suis pas passé le voir ? parce que je suis lâche ? parce que je n'arrivais pas à partager sa douleur ? partager sa douleur, mais qu'est-ce que je veux dire en pensant ça ? car ce n'est qu'une façon de parler, partager la douleur, partager la souffrance, c'est une façon de parler, comme s'il était possible de partager la douleur, de partager la souffrance, je pense, et je me vois assis dans la voiture, et je regarde dehors, je regarde en direction du terrain de jeux au bas de l'allée, et il n'y a pas d'enfants, mais là-bas, oui, là-bas, une jeune femme aux longs cheveux foncés est assise sur la balançoire, et un jeune homme est assis sur un banc juste à côté de la balançoire, il a des cheveux châtains mi-longs, il porte un manteau noir, il porte une écharpe, on est en fin d'après-midi ou au début de la soirée, il regarde la jeune femme assise sur la balançoire, il porte en bandoulière une sacoche en cuir marron, elle regarde droit devant elle, on est en automne, certaines feuilles ont déjà commencé à changer de couleur, c'est la plus formidable et la plus belle saison de l'année, je pense, et c'est sans doute encore plus beau lorsque la nuit tombe, lorsque la lumière est sur le point de s'éteindre, lorsque des pans d'obscurité se déposent dans la lumière mais qu'il fait toujours assez clair pour que je puisse voir que certaines feuilles ont perdu leur couleur verte, je pense, c'est ma saison, ça l'a toujours été, aussi loin que je me souvienne j'ai toujours préféré l'automne, je pense, et je regarde le jeune homme assis sur le banc, immobile, et il regarde droit devant lui, comme s'il ne voyait rien, et je regarde la jeune femme assise sur la balançoire, et elle aussi regarde droit devant elle, comme si elle ne regardait rien, et pourquoi sont-ils aussi immobiles ? pourquoi ils ne bougent pas ? je pense, il est assis sur le banc, elle est assise sur la balançoire, ils sont assis et ne font rien d'autre, pourquoi ils sont assis comme ça ? pourquoi ils ne se parlent pas ? pourquoi ils sont totalement immobiles, comme s'ils étaient figés dans une image ? je pense, oui, oui voilà, exactement comme dans une image, comme dans une image que je pourrais peindre, je pense, et je sais que dans cet instant précis, dans cette image précise, tout s'est fixé dans mon souvenir et n'en disparaîtra jamais, j'ai fixé dans ma mémoire tellement d'images semblables à celle-ci, des milliers, et une image semblable à celle-ci peut surgir à la faveur d'une pensée, à la faveur de quelque chose que je vois et qui y ressemble, ou bien elle surgit d'elle-même, souvent dans les moments et les lieux les plus étranges, une image, une image immobile mais qui a en elle un certain mouvement, comme si chaque image semblable à celle-ci, chacune des milliers d'images que j'ai dans la tête, ou quel que soit l'endroit où je les ai, disait quelque chose, quelque chose sans presque aucune ambiguïté, même s'il ne sert strictement à rien de vouloir comprendre ce que dit l'image, même si je peux penser que l'image dit ceci ou cela, bien sûr que je le peux, et bien sûr que je le fais, bien sûr que je parviens à penser à ce que dit l'image en partie, mais jamais à penser à ce que dit l'image en fait, car l'image n'est pas très facile à comprendre, comme si elle n'était pas de ce monde, comme ils disent, et, oui, c'est étrange, oui, c'est presque étonnant, car elle et lui sont assis comme s'ils étaient figés dans ces images ineffables que je vois à l'intérieur de moi, bien que je la voie vraiment, il est assis sur le banc, elle est assise sur la balançoire, ils sont assis comme s'ils ne pouvaient pas bouger, comme s'ils étaient retenus par quelque chose d'invisible, et ils sont assis de cette manière depuis longtemps, semble-t-il, oui, ils sont assis comme s'ils avaient toujours été assis de cette manière, oui, tout le temps, toujours, et elle porte une jupe, une jupe violette, une jupe dont le violet s'assombrit dans cette obscurité précoce, oui, le violet vire au noir, et il porte son long manteau noir, avec en bandoulière sa sacoche en cuir marron, et ses cheveux sont châtains et mi-longs, et on ne voit pas de barbe sur son visage, et je ne peux pas rester là, je pense, et je pense qu'ils sont assis, immobiles, et je le suis moi aussi, comme eux je suis assis, immobile, et je ne peux pas rester ici, assis de cette manière, immobile dans la voiture, car les gens qui vont me dépasser vont se demander pourquoi je suis assis de cette manière dans ma voiture, pourquoi je ne continue pas de rouler, sauf que personne ne me dépasse, mais même si quelqu'un me dépassait personne ne trouverait étrange que je me repose sur une allée qui mène à une maison, auquel cas ce seraient les deux là-bas, sur le terrain de jeux, pour peu qu'ils m'aient remarqué, mais apparemment ils ne m'ont pas remarqué, en tout cas ils n'ont pas regardé dans ma direction, alors que je suis assis dans la voiture et que la nuit tombe lentement, il fait certes encore jour, mais des pans d'obscurité pénètrent dans l'air, lentement, l'obscurité pénètre lentement dans l'air, je pense, assis dans ma voiture, et je regarde le jeune homme en manteau noir assis sur un banc, qui porte en bandoulière une sacoche en cuir marron, et je regarde la jeune femme en jupe violette assise sur une balançoire, car ils sont encore assis là-bas, immobiles, oui, comme s'ils faisaient partie intégrante d'une peinture, oui, ça aussi, mais quand je peins c'est toujours un peu comme si j'essayais de dé-peindre des images semblables à celle-ci qui se sont fixées en moi, oui, des images semblables à celle-ci, d'elle et de lui assis là-bas, oui, pour en quelque sorte me défaire d'elles, comme si j'essayais de les dé-peindre pour me déprendre d'elles, et j'ai pensé que c'est pour cette raison que je suis devenu peintre, parce que j'ai toutes ces images à l'intérieur de moi, oui, tellement d'images qu'elles sont un déplaisir, une importunité, oui, elles m'importunent à force de surgir et de ressurgir, oui, comme des visions pour ainsi dire, dans toutes sortes de moments et de lieux, et je ne peux rien y faire, tout ce que je peux faire c'est me défaire d'elles, me déprendre d'elles en les peignant, oui, essayer de dé-peindre ces images qui se sont fixées à l'intérieur de moi, ça et rien d'autre, les peindre pour les dé-peindre, les unes après les autres, mais jamais en les peignant à l'identique, telles que je les ai vues et telles qu'elles se sont fixées à l'intérieur de moi, non, ça, je l'ai fait tant et tant de fois et je ne peins alors que ce que j'ai vu et rien de plus, et là, là je ne fais que dupliquer l'image pour ainsi dire et ça devient une mauvaise peinture et je ne me défais pas de cette image qui est fixée à l'intérieur de moi et que j'essaie de dé-peindre, non, je dois peindre cette image qui s'est fixée à l'intérieur de moi d'une façon qui permette sa dissolution et sa disparition, comme si elle devenait une part invisible et oubliée de moi-même, de ma propre image, de l'image que je suis et que j'ai, car j'en suis sûr, je n'ai qu'une image, une seule et même image, toutes les autres images, celles que je vois et qui se fixent à l'intérieur de moi et que je ne parviens pas à oublier, ont en elles quelque chose qui ressemble à l'image que j'ai à l'intérieur de moi, quelque chose d'invisible, mais quelque chose qui est ce que je vois, qui est tellement que ça se fixe à l'intérieur de moi, oui, tel que c'est dans ce que je vois, assis dans ma voiture, tandis que je regarde un jeune homme et une jeune femme assis, immobiles, qui regardent droit devant eux mais qui ne se regardent pas, qui ne se parlent pas, qui ne se regardent ni ne se parlent mais semblent appartenir l'un à l'autre, comme s'ils ne formaient qu'un, car on ne peut le voir sans elle et on ne peut la voir sans lui, ses cheveux longs à elle et ses cheveux mi-longs à lui, on ne peut les différencier l'un de l'autre, ils sont assis l'un comme l'autre, ils sont immobiles et leur immobilité n'est pas plus étrange que mon immobilité, car je suis assis calmement dans ma voiture, je suis assis sans raison particulière, et pourquoi d'abord je suis assis de cette manière ? je pense, et je pense brusquement que je peux descendre les rejoindre, je peux sortir de la voiture, je peux purement et simplement descendre les rejoindre sur le terrain de jeux, mais ça ne se fait pas ? je pense, ils doivent pouvoir rester en paix, assis comme ils sont dans une si grande et lente paix ténue que je ne peux pas les inquiéter, ce serait une source d'inquiétude si je descendais les rejoindre, car ils sont assis si calmement, là-bas, si paisiblement, je pense, et quand on pense que je suis assis de cette manière dans ma voiture, comme si je n'avais plus le courage de rien, comme si je n'avais plus la force de rien, comme si j'étais fourbu après avoir vu Asle dans son logement au bord de la mer, à Skutevika, après avoir vu ces tremblements agiter son corps, comme si j'étais fourbu après tout ce que j'ai eu à faire à Bjørgvin, je pense, et il est temps maintenant de rentrer chez moi, dans ma bonne vieille maison à Dylgja, car ça suffit maintenant, je pense, et je regarde la jeune femme assise sur la balançoire et le jeune homme assis sur le banc, et il pense que quand il était jeune ils ont tous les ans vécu quelques semaines chez ses grands-parents à lui, chez ses grands-parents maternels, et leur maison était située tout près d'un terrain de jeux semblable à celui-ci, avec une balançoire, une banc, un trébuchet, un bac à sable, c'était une maison en briques grises, pas très grande, le couloir avait un sol en dalles de pierre, se souvient-il, les toilettes étaient dehors, un petit cabanon en planches caché derrière la maison en briques grises, entourée de buissons, puis, à côté de la maison, de l'autre côté, il y avait un terrain de jeux, et il allait souvent au terrain de jeux, il pense, et il va peut-être le lui dire, mais peut-être aussi qu'elle s'en fiche, et ça fait maintenant tellement longtemps qu'ils sont assis de cette manière, sans rien dire, sans se parler, qu'il doit rompre le silence et dire que quand il était petit il habitait parfois tout près d'un terrain de jeux semblable à celui-ci, dans une maison en briques grises, il pense, car ils ne peuvent rester assis de cette manière indéfiniment, sans rien dire, sans se parler, il pense

Quand j'étais petit, il dit

et il la regarde

Oui, elle dit

et elle le regarde, et il y a dans sa voix un soulagement, une attente, et il reste assis sans rien dire de plus, et elle lui demande ce qu'il voulait dire

Oui, et donc quand tu étais petit ? elle dit

Oui, j'habitais de temps en temps dans une maison tout près d'un terrain de jeux presque comme celui-ci, il dit

Oui, elle dit

C'est comme si c'était le même terrain de jeux, il dit

C'est un peu bizarre, il dit

J'ai la sensation que c'est le même terrain de jeux, il dit

Sauf qu'il n'y a pas de maison en briques grises à proximité, n'est-ce pas ? elle dit

Non, bien sûr que non, ce n'est pas le même terrain de jeux, il dit

Mais tu as la sensation que si ? elle dit

Oui, il dit

et ils ne disent rien de plus, et de nouveau elle regarde droit devant elle, et de nouveau il regarde droit devant lui

C'était une petite maison, une petite maison en briques grises, il dit

et elle est assise sur la balançoire, il est assis sur le banc, ils sont immobiles, ils ne se parlent pas, et elle dit qu'il a grandi dans une petite ferme, dans une petite ferme au bord du Hordafjord, une petite ferme avec un verger, elle dit, et il dit que oui, oui c'était comme ça, il dit qu'il ne vivait que de temps en temps dans la petite maison en briques, quand il était chez les parents de sa mère, chez ses grands-parents, car ils habitaient dans une maison en briques, tout près d'un terrain de jeux comme celui-ci, il dit, et je sais que je dois dé-peindre cette image, la prochaine image à laquelle je vais m'attaquer les représentera elle et lui, je vais les dé-peindre, je vais les enchâsser en les peignant dans mon image la plus profonde, car quand je vais le faire, et si je parviens à le faire, l'image disparaîtra, elle cessera de m'importuner, elle m'apportera tranquillité et non plus intranquillité, importunité, elle cessera de me hanter, car sinon, je le sais, elle va surgir et ressurgir dans ma mémoire, mais peut-être que j'ai déjà peint cette image, ou que j'en ai peint une semblable à celle-ci, une image à peu près semblable à ce que je vois en ce moment, auquel cas je vais devoir la dé-peindre encore une fois, je vais devoir la dé-peindre encore et encore, je pense, mais je dois continuer de rouler, je ne peux pas rester assis de cette manière dans ma voiture et regarder deux personnes qui ne savent pas que je les regarde, je pense, et un accablement s'empare de moi, un chagrin, oui, un chagrin déferle en moi, venu de nulle part, venu de toutes parts, et j'ai la sensation que ce chagrin est sur le point de m'asphyxier, comme si j'inspirais le chagrin et ne réussissais pas à l'expirer, et je croise les mains, et j'inspire profondément, et je dis intérieurement Kyrie, et j'expire lentement, et je dis intérieurement eleison, et je le répète, et je le répète encore et encore, et la respiration amplifiée par les mots m'aide à ne pas être rempli de chagrin, de peur, de peur brusque, de ce chagrin dans la peur qui s'est si brusquement emparé de moi, qui s'est rendu maître de moi, qui a transformé ce moi qui est moi en un néant minuscule, mais un néant malgré tout bien présent, solide, inébranlable, devenu plus visible dans son mouvement sans mouvement, et j'inspire profondément, et je dis intérieurement Kyrie, et j'expire lentement, et je dis intérieurement eleison, et j'inspire du plus profond de moi, et j'essaie encore de respirer du plus profond de moi, et j'inspire profondément, et je dis intérieurement Christe, et j'expire lentement, et je dis intérieurement eleison, et j'essaie de respirer de ce qui n'est qu'au plus profond de moi, de l'image qui y est et dont je ne peux rien dire, et j'essaie de respirer de ce moi qui est en moi, pour tenir le chagrin en échec, ou tout au moins sous contrôle, afin que la peur ne puisse prendre le dessus, afin que la peur ne puisse prendre le pouvoir sur moi, et je sens ce chagrin brusque, cette peur brusque, ce chagrin et cette peur qui ont déferlé en moi s'affaiblissent tandis que je me renforce, et je pense que je suis complètement ridicule, si des gens me voyaient ils éclateraient de rire, car quand même, quand on pense que je suis assis dans une voiture garée sur une allée, que je dis intérieurement Kyrie eleison Christe eleison, c'est ridicule, c'est risible et rien d'autre, mais tant pis, qu'ils rient, car moi ça m'aide ! ça m'aide ! oui, j'ai retrouvé mon calme, et je les regarde à nouveau, elle et lui sur le terrain de jeux, et je pense qu'il est temps maintenant de rentrer chez moi, d'aller retrouver ma femme et notre enfant, ils m'attendent à la maison, mais je suis bien en route pour Dylgja ? c'est bien la route pour Dylgja ? oui, et il est grand temps de rentrer à Dylgja, bien sûr, vers où pourrais-je sinon me mettre en route ? je vais rentrer retrouver ma femme et notre enfant, non, mais où ai-je la tête ? ma femme et notre enfant, non, mais qu'est-ce que je suis en train de penser ? je pense, non, je dois rentrer à Dylgja, dans la vieille maison que j'habite, dans la vieille maison où j'habite seul, voilà la réalité, et je pense que je vais rentrer retrouver ma femme et notre enfant, et peut-être que je pense ça parce que je voudrais que ce soit ça la réalité ? que j'évite de rentrer dans une maison vide, dans une maison vide et froide ? que j'évite de rentrer retrouver ma solitude ? et ce serait à cause de ça que je pense que je vais rentrer retrouver ma femme et notre enfant, bien que je rentre dans une maison vide, dans une maison vide et froide ? pourtant j'ai bien dû laisser un poêle allumé ? et il est quand même bon de rentrer chez moi, de rentrer dans ma bonne vieille maison, et il est tout à fait certain que je ne peux pas rester assis de cette manière dans ma voiture, sur une allée, je pense, et je regarde le terrain de jeux, et la nuit tombe encore plus, et je vois le jeune homme dans son long manteau noir, et je vois qu'il s'est levé, qu'il s'est campé derrière la jeune femme, qu'il s'empare des cordes qui retiennent le siège en bois grisonnant sur lequel elle est assise, qu'il la tire en arrière

Non, elle dit

Je ne veux pas faire de la balançoire, elle dit

Je ne suis plus une gamine, elle dit

et il lâche les cordes, et elle part vers l'avant

Non, arrête, elle dit

et elle revient en arrière

Arrête, arrête, elle dit

et il continue de la réceptionner puis de la pousser, et il pousse chaque fois plus fort, et il lui donne de plus en plus de vitesse, et elle se balance d'avant en arrière, et il pense que si elle ne veut pas faire de la balançoire elle n'a qu'à poser les pieds par terre et arrêter la balançoire, c'est tout simple et ça l'est d'autant plus qu'elle a des chaussures aux pieds, mais elle n'arrête pas la balançoire

Je ne veux pas faire de la balançoire, elle dit

Pourquoi tu as poussé la balançoire alors que je ne le voulais pas ? elle dit

Je ne te l'ai pas demandé, elle dit

Je ne t'ai pas dit que je voulais faire de la balançoire, elle dit

Je ne veux pas faire de la balançoire, elle dit

Tu me pousses comme si ça t'était égal que je le veuille ou pas, elle dit

et il continue de la réceptionner puis de la pousser, et il pense pourquoi il est en train de faire ça ? et pourquoi il la pousse chaque fois plus fort ? et il y met chaque fois plus de force, et elle s'envole à un rythme régulier, loin de lui, et elle revient à un rythme régulier, près de lui, et il la pousse encore, d'avant en arrière, d'avant en arrière

C'est pas méchant, il dit

et il la pousse de toutes ses forces, et la balançoire file à toute allure, et elle hurle, et les pans de sa jupe volent au vent, et ses cheveux foncés sont à l'horizontale derrière sa tête, et elle pousse un hurlement, oui, elle hurle qu'il doit arrêter, que ça ne lui plaît pas, qu'il doit vraiment arrêter, qu'elle a peur, qu'elle a vraiment peur car elle peut dégringoler de la balançoire, voilà ce qu'elle hurle, et elle hurle qu'il doit arrêter, que maintenant ça suffit, qu'elle ne veut plus

Arrête, elle crie

Mais pourtant tu aimes ? il dit

Non, arrête, elle dit

Tu aimes, il dit

Non, non, elle dit

Si, il dit

et elle dit non, et elle dit quand on pense qu'elle pourrait dégringoler alors qu'elle est montée si haut, et il la pousse encore, et il la pousse fort, le plus fort possible, et elle file à toute allure, et ses cheveux foncés sont à l'horizontale derrière sa tête quand elle monte en l'air, et les pans de sa jupe volent au vent, et elle hurle, elle lâche une sorte de cri strident quand elle arrive tout en haut, elle lâche un cri encore plus perçant que le précédent, et ses cheveux foncés sont à nouveau à la verticale quand elle revient en arrière, et elle crie non, non, non ne fais pas ça, je n'aime pas ça, j'ai peur, arrête, arrête maintenant

Si, tu aimes, il dit

et quand elle revient en arrière il lui redonne de la vitesse, et elle s'élance en avant, elle file à toute allure, mais maintenant elle ne crie plus, elle s'est même mise à l'aider, quand elle est arrivée en l'air elle plie les genoux en arrière et penche son torse en arrière pour que la balançoire ait encore plus de vitesse pour revenir, et quand elle revient elle lève les pieds en avant, et quand il la pousse dans le dos elle se propulse pour ainsi dire en avant, et la vitesse augmente, et elle s'élance encore plus en avant, encore plus loin, encore plus haut, chaque fois toujours plus en avant, toujours plus loin, toujours plus haut

Plus vite, elle crie

Pousse plus fort, elle crie

Pousse le plus fort possible, elle crie

et elle est essoufflée, et elle a la voix presque enrouée à force de crier, et il pousse le plus fort possible

Oooh, elle crie

Ouiii, comme ça, elle crie

Oui, comme ça, le plus fort possible, elle crie

et il pense qu'il ne va pas arriver à pousser plus fort, il n'est pas assez costaud, il a déjà poussé de toutes ses forces, il commence à être fatigué, il pense

Pousse encore plus fort, elle crie

et il ne pousse pas aussi fort mais à un rythme régulier, il la pousse chaque fois avec la même puissance, ils viennent d'entrer dans un rythme régulier, elle monte puis elle descend, elle se balance d'avant en arrière, au gré de va-et-vient réguliers, et elle crie que c'est merveilleux, que c'est absolument fantastique, qu'elle en a des chatouillements dans le ventre, qu'il ne doit pas arrêter, qu'il doit surtout continuer, qu'il doit la réceptionner puis la pousser, voilà, maintenant c'est parfait, en avant puis en arrière, à ce rythme, elle dit, peut-être un tout petit peu plus vite mais à ce rythme, elle dit, et puis une fois ou deux il doit la pousser le plus possible, le plus fort possible, elle crie, mais elle le crie à voix basse pour ainsi dire, et elle le crie toujours à voix basse, et elle a des chatouillements dans le ventre, elle a des chatouillements dans tout le corps, ça fait peur, c'est effrayant, c'est terrifiant, mais c'est bon, c'est fou ce que c'est bon, elle crie, à voix basse, essoufflée

Vas-y, pousse le plus fort possible, elle crie

Mais fais-le, elle crie

Fais-le encore une ou deux fois et on arrête, elle crie

et il pense que maintenant ça suffit, qu'on finit par en avoir marre de tout le temps pousser comme ça, et la nuit tombe de plus en plus, et au début elle ne voulait pas qu'il la pousse, et maintenant elle ne veut pas qu'il s'arrête de la pousser, c'est comme ça après tout, il pense, et il recule un peu, et la balançoire vient vers lui

Pousse encore, pousse-moi dans le dos, elle crie

et il recule encore un peu, et elle se donne elle-même autant de vitesse qu'elle peut, et elle s'agrippe de toutes ses forces aux cordes, et elle se propulse en avant, et quand elle est arrivée tout en haut elle crie oooh oooh oooh, avant de revenir en arrière

C'est merveilleux, elle crie

Encore, elle crie

et il la regarde, et il se précipite vers la balançoire, et il pousse de toutes ses forces

Ouiii, elle crie

et elle étire son cri, ouiii, et elle le crie encore et encore, ouiii, et elle le crie plus lentement cette fois

Au début tu ne voulais pas, il dit

Je n'osais pas, elle dit

Et maintenant tu ne veux plus t'arrêter, il dit

Non, non j'adore, elle dit

Mais là tu en as assez fait de la balançoire, il dit

C'est formidable, c'est absolument fantastique, elle dit

et la balançoire bouge de plus en plus lentement, d'avant en arrière, de haut en bas, d'avant en arrière

Au début j'avais peur, et après je n'avais plus peur, elle dit

C'est souvent comme ça, il dit

Mais c'était chouette, elle dit

et la balançoire s'est presque arrêtée de bouger, elle ne bouge que très lentement, d'avant en arrière, tout doucement, et elle dit que quand elle était petite elle n'osait pas faire de la balançoire, qu'elle trouvait ça effrayant, et si elle en faisait alors elle en faisait juste un petit peu, d'avant en arrière, tout doucement, elle dit, et il dit qu'il n'aurait sans doute pas dû la pousser aussi fort, et elle dit que c'était bien qu'il l'ait fait, qu'elle a aimé, même si elle a dit au début qu'elle n'aimait pas ça en fait elle aimait beaucoup ça, elle dit, et il dit que, oui, c'est souvent comme ça, qu'on dit quelque chose et qu'on pense autre chose, qu'on dit même le contraire de ce qu'on pense, il dit, et elle dit qu'elle ne sait pas si c'est réellement comme ça mais qu'en ce qui la concerne, quand elle faisait de la balançoire, c'était comme ça, elle dit, et la balançoire bouge à peine, juste un petit peu, d'avant en arrière, et il s'empare des cordes, et il tient fermement la balançoire, et elle s'arrête de bouger, et il se campe derrière la balançoire sans bouger, et la balançoire ne bouge plus du tout, et il se campe sans bouger, et elle est assise sans bouger, et elle tourne la tête vers lui

C'était chouette, elle dit

Oui, même si on est adultes, il dit

Presque adultes, elle dit

Un peu adultes, il dit

Un peu, oui, elle dit

et il bouge délicatement la balançoire, et il lâche les cordes

Un petit peu adultes, il dit

Adultes, oui et non, elle dit

et la balançoire bouge toute seule, d'avant en arrière, au gré de courts va-et-vient, tout doucement, tout doucement d'avant en arrière

Bientôt adultes en tout cas, elle dit

Oui, il dit

et il s'empare à nouveau des cordes, et la balançoire s'arrête

Il commence à faire nuit, il dit

Il fait encore un peu jour, elle dit

Une dernière fois ? elle dit

et il s'empare à nouveau des cordes, et il recule, et il la tire, et il recule le plus loin possible, et il la tire en arrière, et il recule, et il la tire le plus haut possible, et il s'élance, et il court, et il lâche la balançoire, et elle hurle, non, non, je ne veux plus, pas si fort, pas si vite, je ne peux plus, pas autant, elle crie, et elle crie oooh, non, arrête, arrête, elle crie, et il s'approche de la balançoire

Pas trop, elle crie

C'est trop, elle crie

Oooh, elle crie

et il se campe sur ses jambes, et il la regarde, et il la voit se balancer d'avant en arrière, de haut en bas, mais de plus en plus lentement, et elle se donne un peu plus de vitesse, et elle se balance d'avant en arrière, de haut en bas, et elle diminue la vitesse, et la balançoire glisse lentement d'avant en arrière, et il recule de la balançoire, et il recule encore

Tu vas où ? elle dit

Nulle part, il dit

Mais tu vas vers le portail, tu t'en vas ? elle dit

Non, non, il dit

Je ne vais pas te quitter, mais il commence à faire nuit, on devrait peut-être rentrer ? il dit

Attends que la balançoire se soit arrêtée, elle dit

et elle pose les pieds par terre, et elle arrête le va-et-vient, et elle le regarde, et lui sourit, et elle dit que c'était vachement chouette, qu'elle n'avait plus fait de la balançoire depuis son enfance, elle dit, alors qu'à l'époque elle n'aimait pas trop ça, elle était froussarde, elle avait peur de tout et n'importe quoi quand elle était enfant, quand elle était petite fille, elle dit

Tu n'osais pas faire de la balançoire ? il dit

À peine, elle dit

Oui, il dit

Non, non en fait je n'osais pas, elle dit, et quand j'en faisais, oui, j'en faisais juste histoire d'oser, elle dit

et elle dit que, oui, elle était comme ça petite fille, et le silence retombe, et elle lui demande s'il osait faire de la balançoire quand il était gamin

Tu osais ? elle dit

et il fait signe que oui, et elle descend de la balançoire, et elle s'approche de lui, et il voit ses longs cheveux foncés qui sont à présent à la verticale, et elle lève vers lui son visage aux lèvres entrouvertes, il approche sa bouche de la sienne, et leurs bouches s'effleurent

C'était un baiser prudent, elle dit

et il pose une main sur ses cheveux, mais il pose sa main sans lui toucher les cheveux, et ils s'enlacent, et ils s'étreignent, blottis l'un contre l'autre, et il pose la main sur les cheveux, et il se met à caresser ses longs cheveux foncés, de haut en bas, et elle pose sa tête sur son épaule, et je vois qu'ils restent comme ça, dans cette position, sans bouger, et ils ressemblent à une nouvelle image, à l'une de ces images que je n'oublierai jamais, à une image que je vais peindre, je vais les peindre et les dé-peindre, je vais les peindre et les dé-peindre dans cette position, je pense, car on a l'impression qu'une lumière sort d'eux quand ils sont dans cette position, enlacés, blottis l'un contre l'autre, comme s'ils ne formaient plus qu'un, dans cette position on a l'impression qu'ils ne forment plus qu'un, oui, blottis l'un contre l'autre pendant que la nuit tombe, pendant que l'obscurité tombe sur eux comme de la neige, l'obscurité tombe comme une chute de flocons, mais une obscurité qui n'en demeure pas moins une, inentamée, non comme des pans d'obscurité mais comme une obscurité floconneuse, neigeuse, et plus cette obscurité s'épaissit plus la lumière jaillit, oui, une espèce de lumière sort d'eux, je le vois, et même si on ne voit pas la lumière on la voit quand même, car la lumière peut aussi sortir des gens, surtout de l'œil, et surtout par étincelles, sous la forme d'une invisible lumière étincelante, mais d'eux sort une silencieuse lumière régulière qui reste la même et ne change pas, comme si blottis l'un contre l'autre dans cette position ils étaient une seule et même lumière, oui, voilà comment la lumière sort d'eux, sous la forme d'une seule et même lumière, je pense, et il sent qu'elle n'est presque plus que lumière, oui, il ressent les choses comme ça, il pense, dans cette position, mais comment peut-on être aussi bête pour penser ça ? il enlace une femme de chair et de sang et il ne trouve rien de mieux que de penser qu'elle est une lumière, il ne faut pas être très fin pour penser ça, il pense, mais de toute manière il n'a jamais été très fin, pourtant il ressent vraiment les choses comme ça, il a vraiment la sensation de tenir une lumière, aussi étrange que ça puisse paraître, il pense, et il pense qu'il pense ça dans cette position, quand il l'enlace et quand elle l'enlace, quand ils s'étreignent, non, c'est complètement stupide de penser ça, il pense, c'est loin d'être viril, il pense, car elle n'est pas une lumière, elle est une femme de chair et de sang, avec des formes comme les a une femme de chair et de sang, non, elle n'est pas une lumière, elle est une femme, elle est sa petite amie et non une lumière, il pense, et je vois qu'ils se lâchent, qu'ils s'écartent l'un de l'autre, et je vois l'obscurité se soulever d'eux, et je les vois chacun d'un côté, comme découpés dans l'obscurité, légèrement écartés l'un de l'autre, et ils ont l'air fatigués, et il pense qu'il ne peut décidément pas penser qu'elle est une lumière, quelle pensée stupide, il pense, des pensées pareilles sont grandes et vides, il pense, et il la prend par la main, et ils vont vers le trébuchet, et ils se lâchent la main, et elle s'assied d'un côté, tout près du sol, un sol avec des brins d'herbe et une terre grise, et il va de l'autre côté, et il appuie sur le trébuchet, et elle l'aide avec les pieds, et il passe un pied par-dessus le siège, et il s'assied à califourchon sur le trébuchet, et le trébuchet descend de son côté à lui, et elle lève les pieds de son côté à elle, et elle est assise en l'air

C'est bien de flotter en l'air, elle dit

Je crois qu'on est retombés en enfance, il dit

On se propulse l'un l'autre en enfance, elle dit

Je suis redevenue une petite fille, que je flotte en mouvement sur la balançoire ou que je sois suspendue en l'air comme maintenant, elle dit

Tous les enfants aiment être propulsés en l'air, elle dit

Et tous les enfants adultes, il dit

Oui, peut-être, elle dit

Nous en tout cas, il dit

Et en tout cas maintenant, elle dit
On raconte n'importe quoi là, elle dit
J'en ai presque honte, elle dit
et il pousse avec ses pieds et il est propulsé en l'air et elle redescend par terre, et elle pousse avec ses pieds et elle est propulsée en l'air et il redescend par terre
Tout le monde aime flotter, il dit
et il atteint le sol et il pousse avec ses pieds
Et être dans des mouvements réguliers, il dit
et elle redescend par terre et elle atteint le sol et elle pousse avec ses pieds
Comme une respiration, il dit
et il redescend par terre et il pousse avec ses pieds
Et comme les battements du cœur, elle dit
et elle redescend par terre et elle pousse avec ses pieds
Être dans le même mouvement, il dit
et il redescend par terre et il pousse avec ses pieds
Être ensemble dans le même mouvement, elle dit
et elle redescend par terre et elle pousse avec ses pieds
Être dans le même mouvement, il dit
et il redescend par terre et il pousse avec ses pieds
Comme des vagues, elle dit,
et elle redescend par terre et elle pousse avec ses pieds
Comme des vagues dans la même mer, il dit
et il redescend par terre et il pousse avec ses pieds
Comme nous deux ensemble, elle dit
et elle redescend par terre et elle pousse avec ses pieds

Comme toi et moi, il dit

et il redescend par terre et il pousse avec ses pieds

Comme nous, elle dit

et elle redescend par terre et elle pousse avec ses pieds, et il arrête de pousser avec les pieds et appuie avec son poids pour que le trébuchet reste en bas, et il reste assis à califourchon bien calé sur le siège, et elle reste en l'air avec les pieds dans le vide

Il faut que ça se passe comme ça, elle dit

Visiblement oui, il dit

et il pousse avec ses pieds, et elle redescend par terre et ses pieds touchent le sol

Et comme ça aussi, elle dit

et elle pousse avec ses pieds

Comme ça aussi, il dit

et ils restent assis de cette manière, lui par terre et elle en l'air

Quand tu étais petit, elle dit

Oui, il dit

L'été, quand tu étais en vacances, tu habitais une petite maison en briques, une maison grise, elle dit

Tu l'as raconté tout à l'heure, elle dit

Oui, il dit

Mais tu as grandi à la ferme, est-ce que vous aviez un bateau, un hangar à bateaux et tout ? elle dit

Oui, il dit

Et tes parents y habitent toujours ? elle dit

Oui, il dit

Et il y a un verger ? elle dit

Oui, j'en ai déjà parlé, il dit

Oui, elle dit

Oui, plusieurs fois, il dit

et ils restent assis dans cette position, et ils ne disent rien

Pourquoi tu me reposes la question ? il dit

Je ne sais pas, elle dit

Bon, il dit

Mais tu vas y retourner bientôt ? elle dit

et il ne dit rien

Dire bonjour à tes parents ? elle dit

Tu n'as pas envie ? elle dit

Si, il dit

et il hésite, comme s'il ne voulait pas en parler

Tu n'as pas envie, elle dit

Mais on peut y aller quand même, il dit

C'est bien là-bas, à Barmen, il dit

Et la ferme est bien située, au bord du Hordafjord, et c'est bien de faire du bateau sur le fjord, il dit

Oui, tu l'as déjà dit, elle dit

Et tu as dit que tu aimes bien faire du bateau sur le fjord, elle dit

Oui, oui j'ai toujours aimé ça, il dit

et le silence retombe, et ils restent assis dans cette position

On devrait y aller un jour, elle dit

Ce serait bien de faire la connaissance de tes parents, elle dit

Je n'ai pas grand-chose en commun avec eux, il dit

Non, ta mère et toi, elle dit

et elle s'interrompt

On ne parle pas de ça, il dit

et un nouveau silence retombe, et ils restent assis dans cette position un long moment, et je me demande pourquoi ils restent assis dans cette position, sans bouger ? je pense, comme s'ils étaient figés, et ils ont l'air de regarder chacun d'un côté, comme s'ils avaient fixé leur regard sur quelque chose à côté d'eux, et quand on pense qu'ils arrivent à rester assis dans cette position, aussi longtemps, sans bouger, oui, c'est impossible, je pense, et elle le regarde

Tu veux qu'on s'en aille ? elle dit

et il ne dit rien, et elle lui demande s'il va se remettre à peindre demain, et il dit que c'est bien possible, oui, demain comme les autres jours il va peindre, oui, depuis qu'il a douze ans environ il ne s'est pas écoulé une seule journée sans qu'il dessine ou sans qu'il peigne, la peinture se fait tout seule, c'est ce qui se passe, oui, comme si c'était lui d'une certaine manière, comme si la peinture était un prolongement de lui-même, il dit, et il se reprend, et il dit que, non, ce sont de bien grands mots, et il dit que, oui, la peinture est juste quelque chose qu'il fait, tous les jours, par habitude pour ainsi dire, il dit, et elle dit que c'est sans doute ça, mais elle dit ça d'une voix un peu renfrognée, je pense, comme si ce qu'il disait ne lui plaisait pas vraiment, et il dit que le tableau qu'il est en train de peindre en ce moment risque d'être drôlement bien, mais que c'est tellement difficile de bien faire, et il doit être très prudent car il suffit d'un rien pour trop en faire, et dès lors la peinture peut être complètement gâchée, et là il peut être impossible de retrouver ce qu'il y avait de bien dans l'image initiale, ce que l'image veut dire, ou comment dire ? il dit, parce qu'en fait on ne peut pas le dire, car l'image dit quelque chose et en même temps elle ne dit rien, elle parle en silence, oui, elle montre surtout ce qui ne peut pas être dit, il dit, et je pense que, non, je dois rentrer chez moi, qu'il est tard, qu'il est temps de rentrer chez moi, que je dois continuer de rouler, je pense, et elle dit qu'il fait nuit, peut-être qu'ils devraient rentrer chez eux ? elle dit, et il dit qu'ils le devraient, oui, et il lui demande si elle est bien, dans cette position, suspendue en l'air, et elle dit que, oui, elle a une bonne vue, même s'il fait nuit, une meilleure vue que la sienne en tout cas, lui qui est assis par terre, elle dit, et ça, le fait qu'elle ait une meilleure vue que lui, ce n'est pas nouveau, parce qu'il a beau vouloir être peintre, elle a une meilleure vue que lui, oui, qu'il fasse jour ou qu'il fasse nuit elle voit mieux que lui, oui, elle voit ce qui existe réellement alors que lui, elle dit, il voit une image quelconque, ou quel que soit ce qu'il voit d'ailleurs, elle dit, et il pousse brusquement avec ses pieds, comme s'il était en colère, je pense, et elle redescend brusquement par terre, et elle crie, elle pousse un long petit cri, et il lève un pied, il se met debout, il descend du trébuchet en le tenant avec les mains, il l'abaisse lentement de son côté à elle pour qu'elle soit bien assise par terre, en sécurité, et il va vers elle, et il lui tend la main, et elle lui prend la main, et elle se met debout, et ils restent comme ça, dans cette position, sans bouger, et je pense que je dois maintenant rentrer chez moi, il va bientôt faire nuit noire alors que je suis assis dans ma voiture, que je regarde une jeune femme et un jeune homme s'amuser sur un terrain de jeux, comme s'ils étaient des enfants, et l'obscurité s'est tellement épaissie que je les vois à peine, ou tout cela n'est-il que le fruit de mon imagination ? sont-ils vraiment là-bas ou suis-je en train de l'imaginer qu'ils sont là-bas ? non, bien sûr que non, je les ai vus, je les vois en ce moment, je pense, ça suffit certainement, et peut-être que je devrais sortir pour m'aérer un peu la tête ? sortir et respirer un peu d'air frais ? descendre au terrain de jeux moi aussi ? je pense, mais je ne peux décemment pas faire ça ? ou alors il faut que ce soit avant qu'il fasse nuit noire, je pense, et ce n'est quand même pas si étrange que quelqu'un sorte d'une voiture pour aller se promener ? car il y a un sentier qui part de l'allée et descend au terrain de jeux et continue au-delà, il part de la route, passe devant le terrain de jeux et continue en côte raide vers une colline, je vois, et je n'ai évidemment pas besoin d'entrer sur le terrain de jeux, je peux me contenter de passer devant, oui, soit je dois rentrer chez moi, soit je sors de la voiture et je vais tout de suite me promener, je pense, et je sors de la voiture, je m'arrête, je regarde autour de moi, et d'un côté de la route la roche part de biais avant de se dresser et de se hisser droit vers le sommet, et tout en haut je vois le ciel et les étoiles qui brillent avec une faible intensité, et en contrebas il y a donc la nationale, une route étroite qui longe la roche à pic, et là-bas se dresse une colline qui descend de biais vers le terrain de jeux, et de cette colline part un sentier qui descend en pente raide vers le terrain de jeux, passe devant le terrain de jeux, continue en côte raide vers une autre colline juste derrière le terrain de jeux, et c'est étrange car je n'avais pas encore remarqué le sentier qui part de l'allée et descend en pente raide vers le terrain de jeux, qui donc passe devant le terrain de jeux et continue en côte raide vers une autre colline juste derrière le terrain de jeux, et je vois qu'elle est debout dans le noir, je les vois à peine mais je vois qu'ils se tiennent la main, debout, sans bouger, et ça me fait du bien de sortir de la voiture et de m'aérer un peu la tête, je pense, et je sens que l'air frais me fait du bien, ça me ravive un peu, et bien sûr que j'ai le droit comme tout le monde de marcher librement sur un sentier, je pense, oui, bien sûr que j'ai le droit, mais j'ai visiblement tendance à penser que je n'ai le droit de rien faire librement, et c'est pour ça que je fais et que je refais les mêmes choses, encore et encore, je pense, et je vais vers le sentier, et je marche sur le sentier, et je descends le sentier qui passe devant le terrain de jeux, et je regarde la jeune femme et le jeune homme sur le terrain de jeux, et ils n'ont pas l'air de m'avoir remarqué, enlacés comme ils sont, enlacés comme s'ils ne formaient plus qu'un, il l'enlace, elle l'enlace, l'un ne peut être différencié de l'autre, et ils se libèrent de leur étreinte, et je descends le sentier à petits pas

Il commence à faire nuit noire, elle dit

Oui, oui l'automne arrive, il dit

Bientôt ce sera l'hiver, elle dit

Pas tout de suite non plus, il dit

Non, elle dit

On est allés partout sauf dans le bac à sable, il dit

Tu veux dire qu'on devrait jouer dans le bac à sable ? elle dit

et elle dit ça avec de la surprise dans la voix

Oui, oui pourquoi pas ? elle dit

Sauf qu'après on sera tout sales et pleins de sable, il dit

Et c'est grave ? elle dit

Non, non peut-être pas, il dit

Nos vêtements seront sales, il dit

et elle dit qu'ils n'ont qu'à enlever leurs vêtements, et elle enlève son blouson, et elle enlève son pull, et elle se retrouve en soutien-gorge, elle n'est vêtue que de son soutien-gorge et de sa jupe violette, et quand on pense qu'elle est presque nue alors qu'il fait si froid dehors, je pense, et elle l'emmène vers le bac à sable, et je marche lentement, pas à pas, et je descends le sentier, et je pense que c'est à peine croyable, et je marche silencieusement, et je vais passer devant le bac à sable, et je vais monter la côte raide, et je vais atteindre la colline juste derrière, et je vais rebrousser chemin, car il est temps de rentrer chez moi, car dans peu de temps il fera nuit noire, je pense, et j'essaie d'éviter de les regarder mais je vois qu'ils se guident mutuellement vers le bac à sable, qu'ils s'arrêtent devant le bac à sable, qu'elle étend son blouson et son pull sur le sable

Et maintenant on est retombés en enfance, elle dit

Et maintenant on fait comme bon nous semble, elle dit

Oui, nous sommes des enfants, il dit

Des enfants désobéissants qui font comme bon leur semble, elle dit

et elle se couche dans le sable, sur son blouson et son pull, et elle est couchée tout juste vêtue de son soutien-gorge et de sa jupe violette, et ses longs cheveux foncés s'étalent autour de sa tête, et elle dit que lui aussi doit se déshabiller

Non, on ne peut pas faire ça, il dit

Bien sûr que si, elle dit

Quelqu'un pourrait nous voir, elle dit
Il fait presque nuit noire, elle dit
Allez, elle dit

et elle remonte sa jupe violette, et elle dit qu'il doit venir se coucher à côté d'elle, il doit venir car il fait froid et il doit la réchauffer, elle dit, et il dit que c'est justement ce qu'il disait, qu'il fait trop froid pour se déshabiller, et elle dit allez, allez viens, et il dit non, non on ne peut pas faire ça, quelqu'un pourrait les voir, il dit, elle doit immédiatement se rhabiller, il dit, et elle dit qu'il fait presque nuit noire, que personne ne les verra, allez, allez viens, viens quoi, elle dit, et il dit que puisqu'elle le demande il est bien obligé, et il pose sa sacoche en cuir marron à côté du bac à sable, et il enlève son long manteau noir, et il se couche sur elle, et il pose son long manteau noir sur eux, pour qu'il les recouvre, pour qu'on ne voie plus que son manteau, et ça, non, ça, je n'ai pas le droit de le voir, je n'ai pas le droit de le regarder, je pense, ça se passe en vrai ? ou tout ça n'est qu'un rêve que je fais ? ou bien ça n'est qu'une scène à laquelle j'ai déjà participé un jour ? ce ne serait pas moi qui suis couché dans le bac à sable, sur elle, pendant que mon long manteau noir nous recouvre ? car cette scène ne se serait pas déjà passée un jour ? je pense, quoi qu'il en soit je n'ai pas le droit de regarder ce qui se passe, je pense, et je continue de marcher, silencieusement, je marche lentement, le plus silencieusement possible, je descends le sentier, je ne veux pas qu'ils me remarquent, je ne veux pas les inquiéter, je veux qu'ils puissent être seuls dans leur monde à eux, et je ne vois plus que le manteau dans le bac à sable, ou bien je ne le vois même pas ? peut-être que tout ça n'est que le fruit de mon imagination ? non, et ça, je pense, je n'ai pas le droit de le regarder, je n'ai pas le droit de le voir, et là, là je dois rebrousser chemin, je pense, là je dois revenir sur mes pas et retourner à ma voiture, car tout ça, ça ne se passe pas en vrai ? ou bien je pense que ça se passe en vrai ? ou alors ça n'est qu'une scène qui s'est passée un jour et dont je me souviendrais ? une scène à laquelle j'ai participé un jour ? mais alors elle a dû se passer un jour il y a très longtemps car je ne m'en souviens pas, mais ce ne serait pas moi qui suis couché dans le bac à sable sous mon long manteau noir ? ce ne serait pas le même manteau que je porte en ce moment ? mon bon vieux long manteau noir ? et elle serait couchée sous moi, et mon long manteau noir nous recouvrirait ? ou alors ce n'est pas moi ? ce n'est pas nous ? je pense, ce n'est pas moi, un jour, il y a très longtemps ? ou alors ça se passe en vrai, sous mes yeux, là, sur le terrain de jeux ? je pense, et je m'arrête, et maintenant il fait nuit, maintenant il fait nuit noire, et avec une clairvoyance qui me permet de voir dans le noir je les vois couchés dans le bac à sable, et j'entends distinctement un souffle dans le bac à sable, et j'entends les mêmes mouvements réguliers, pareils à des vagues qui frappent et qui déferlent sur le rivage, et j'entends les vagues qui frappent dans un mouvement régulier, qui déferlent et qui refluent, encore et encore, et tout n'est qu'un seul mouvement, un seul souffle, qui inspire et expire, qui entre et qui sort, encore et encore, un cœur qui cogne, deux cœurs qui cognent l'un contre l'autre, là-bas, dans le bac à sable, et j'ai moi-même le cœur qui cogne, encore et encore, et dans un mouvement régulier pareil aux vagues qui frappent je remonte vers la route, je retourne à ma voiture, et j'entends dans le bac à sable des mouvements, des vagues qui déferlent et qui refluent, et je marche dans le même mouvement, pas à pas, et je ne dois pas me retourner, je ne dois pas les regarder, je pense, et je continue de marcher, et je n'entends plus de mouvements dans le bac à sable, et je le regarde, et le jeune homme s'est mis debout, et il a le pantalon baissé jusqu'aux genoux mais le manteau noir est toujours posé sur elle, et il tient un seau dans une main, et il remplit le seau de sable, et il jette du sable sur le manteau, sur elle, il remplit le seau puis il vide le seau, il recouvre de sable le manteau puis elle, non, c'est à peine croyable, il jette vraiment du sable sur elle alors qu'elle est couchée sous son manteau, il lui jette du sable à l'aide d'un seau qu'un enfant aura oublié dans le bac à sable, et je ne dois pas voir ça, non, je dois rentrer chez moi à Dylgja, car je ne peux pas marcher dans le noir et voir un jeune homme debout à côté d'une jeune femme couchée sous son long manteau noir vider seau après seau du sable sur ce manteau, sur cette jeune femme, je pense, mais je n'arrive pas à les quitter des yeux, je ne peux pas m'empêcher de les regarder, là-bas, dans le bac à sable, je ne peux pas m'empêcher de le voir vider du sable sur elle seau après seau, et il remonte enfin son pantalon, il boutonne son pantalon, et il soulève son manteau, et le sable tombe du manteau, et elle se relève, et elle se rhabille, elle enfile son pull et son blouson, elle brosse ses vêtements, elle retire le sable qui recouvre ses vêtements, et il brosse son manteau, il retire le sable qui recouvre son manteau, il enfile son manteau, il met en bandoulière sa sacoche en cuir marron, et il a l'air de vouloir s'en aller

Viens, elle dit

et elle le regarde

Ne t'en va pas, elle dit

Ne t'en va pas aussi vite, elle dit

Viens vers moi, elle dit

et elle lui tend la main, et il s'approche d'elle, et il prend sa main, et ils restent dans cette position, debout, un long moment

On s'en va ? il dit

Oui, elle dit

et elle écarte les bras, elle le prend dans ses bras, elle le serre dans ses bras, et je me retourne, je remonte vers la route, et elle dit mon chéri, mon cœur, mon amour adoré, elle dit, et il dit ma chérie, mon trésor, mon amour adoré, mon amour adoré que j'aime tant, mon amour adoré que j'aime d'amour, il dit, et elle dit que ça s'est rafraîchi, et il dit que ça s'est drôlement rafraîchi, oui, il grelotte alors qu'il a remis son manteau, il dit, et je continue de marcher, lentement, le plus silencieusement possible, et je me retourne, je regarde le bac à sable, je regarde la jeune fille, je vois ses longs cheveux foncés qui lui tombent dans le bas du dos, qui lui arrivent presque jusqu'aux hanches, et il est debout devant elle, sans bouger, et ses cheveux châtains mi-longs sont ébouriffés, partent comme désorientés dans tous les sens alors que les siens à elle sont raides et lui tombent droit dans le bas du dos, et elle approche son visage du sien, elle approche sa bouche de la sienne, elle l'embrasse sur la bouche, et elle dit qu'il a beaucoup de sable sur le manteau

Oui, il dit

et il lâche un petit rire

On en a partout, il dit

Car tu as vidé sur moi des seaux de sable, et pas qu'un peu, elle dit

Oui, il dit

Tu m'as presque enterrée sous le sable, elle dit

Presque, il dit

et ils restent dans cette position, debout l'un en face de l'autre, sans bouger, sans trop savoir quoi faire ni quoi dire

Il fait nuit, il dit

Et il fait froid, elle dit

Oui, je l'ai déjà dit, elle dit

Oui, il dit

On devrait rentrer chez nous, elle dit

Oui, il dit

On doit rentrer chez nous, elle dit

et elle fait signe que oui, et ils s'écartent un peu l'un de l'autre, et elle le regarde, et il le regarde

Car tu es Asle, elle dit

Et tu es Ales, il dit

et ils se sourient, ils s'adressent un sourire timide, et elle dit quand on pense qu'on s'est déshabillés dans le noir alors qu'il fait si froid, elle dit, et quand on pense qu'on était presque nus alors qu'on est en automne, alors qu'il fait si noir, alors qu'il fait si froid, et qu'on s'est couchés presque nus dans un bac à sable, elle dit, et il dit oui, oui on devrait rentrer chez nous, et elle dit chez nous, c'est beaucoup dire, et elle rit, mais au moins on a un toit au-dessus de notre tête, elle dit, oui, même si c'est une maison en ruine, il dit, même si c'est plus une bicoque qu'une maison, elle dit, oui, même si elle est impossible à chauffer, il dit, mais au moins on a un toit au-dessus de notre tête, elle dit, et il dit que quand ils seront rentrés chez eux ils devront brosser le sable qui s'est incrusté dans leurs vêtements, et ils restent dans cette position, debout l'un en face de l'autre, sans bouger, en se tenant par la main

Si c'est possible il faudra les laver, elle dit

Ou sinon on les brosse à fond pour enlever le sable, il dit

On est complètement dingues

Oui, c'était pas très malin, il dit

Quand on pense que quelqu'un a pu nous voir, elle dit

Oui, il dit

J'ai l'impression qu'il y a une voiture de garée sur l'allée qui mène à notre maison, il dit

Non, elle dit

Si, il dit

Il fait froid, on devrait rentrer chez nous, elle dit

Oui, dans ce qui nous sert de maison, il dit

Mais au moins on aura plus chaud là-bas qu'ici, elle dit

Peut-être, oui, il dit

Mais au moins on a un toit au-dessus de notre tête, elle dit

Et c'est bien d'avoir une maison, il dit

Et puis on est deux, on est ensemble, elle dit

Oui, ça aussi on l'est

et elle tourne son visage vers lui et ils se donnent un baiser furtif

On est ensemble, elle dit

Même dans l'obscurité la plus épaisse on est ensemble, il dit

Et on est là l'un pour l'autre, elle dit

Quoi qu'il arrive, il dit

C'est nous et ce sera toujours nous, elle dit

Ce sera toujours toi et moi, il dit

Asle et Ales, elle dit

Ales et Asle, il dit

Toujours nous, toujours rien que nous, toi et moi, elle dit

Exactement, il dit

et il fait maintenant nuit noire, et je suis arrivé à la voiture, et je m'assieds dans la voiture, et je reste assis dans la voiture, et je regarde droit devant moi, et je me cale dans le siège, et je cale mon crâne contre l'appuie-tête, et je regarde droit devant moi, et je ne vois devant moi qu'une nuit noire, une obscurité noire, un noir complet, et je pense que je suis garé sur l'allée qui mène à la maison marron où Ales et moi vivions autrefois, et je me suis arrêté pour faire une pause parce que j'étais fatigué, je pense, et parce que je voulais prier, car je fais tous les jours une prière que j'ai moi-même élaborée, je prie trois fois par jour, le matin, en milieu de journée, le soir, oui, les laudes, ou plutôt la tierce, comme ils disent, la sexte, et enfin les vêpres, et j'utilise pour prier un rosaire avec des grains en bois brun, constitué de cinq séries de dix grains chacune, avec un petit écart entre chaque série, à la fin vient une petite longueur, puis un grain, puis un écart, puis un grain, puis un écart, puis trois grains, puis un grain, puis un écart, puis tout en bas la croix, et j'ai toujours le rosaire autour du cou, c'est Ales qui me l'a donné, c'est elle qui m'a appris son existence, j'avais à peine entendu parler du mot rosaire avant de la rencontrer, ou plutôt si, je me souviens d'avoir une fois entendu le mot et de m'être à l'époque demandé ce qu'il pouvait signifier, je pense, quoi qu'il en soit j'ai toujours le rosaire autour du cou, je le porte comme un bijou, et je récite intérieurement un Pater Noster ou Notre Père, deux ou trois fois, et toutes les prières mentales que je récite je les vois devant moi, oui, comme des images, et bien que je n'aie appris par cœur aucune de ces prières mentales je me souviens d'elles car je les vois devant moi, puisque j'ai aussi tendance à voir des écrits devant moi, mais comme j'ai aussi tendance à éviter de le faire je vois en définitive peu d'écrits devant moi, car à l'inverse des images je peux choisir de vouloir me souvenir ou non des écrits, je pense, et je pense que j'ai l'habitude de réciter trois Ave Maria ainsi qu'un Gloria Patri, et je prie soit en latin soit dans ma propre traduction en néo-norvégien, et je change de temps à autre le contenu de mes prières mentales même si j'y inclus souvent une profession de foi, le court credo apostolique, celui qu'auraient déclamé les apôtres, comme ils disent, ou en tout cas une profession de foi qui y ressemble, et dans tous les cas je la récite silencieusement, intérieurement, premièrement, avant même le Pater Noster, la longue profession de foi, le symbole de Nicée, dont je ne vois que des bribes, oui, lumière née de la lumière, lumen de lúmine, des choses visibles et invisibles, visibílium ómnium et invisibílium, puis de temps en temps je récite le Salve Regina à la toute fin, puis de temps en temps j'essaie de rester tout à fait silencieux, de ne penser à rien pendant que je prie, de laisser le silence s'amplifier en moi, puis je fais une prière pour telle ou telle chose, presque toujours des prières d'intercession, en faveur d'autrui, presque jamais en ma faveur, ou alors je fais quelque chose pour que le royaume de Dieu vienne, par exemple peindre un tableau qui a à voir avec le royaume de Dieu, puis je fais toujours le signe de croix, avant la prière et après la prière, puis je dis Au nom du Père et du Fils et du Saint-Esprit Amen, ou alors je dis In nomine Patris et Filii et Spiritus Sancti Amen, et le matin je ne fais qu'une courte prière, souvent le signe de croix, et en milieu de journée je fais la prière la plus longue, et le soir je m'endors en faisant ma prière, en récitant la prière de Jésus, et je dis intérieurement Seigneur Jésus-Christ Fils de Dieu, une prière mentale que je récite en articulant chaque syllabe, en inspirant profondément, en expirant lentement, et de la même manière je dis intérieurement Aie pitié de moi pécheur, et je dis intérieurement Domine Iesu Christe Fili Dei miserere mei peccatoris, je le dis et je le répète, encore et encore, en inspirant profondément, en expirant lentement, une prière mentale que je récite presque toujours en néo-norvégien, pour une raison que j'ignore, puis je disparais dans le sommeil, je pense, et je m'endors en récitant cette prière mentale ou en récitant un Ave Maria, je pense, et dans toutes mes prières mentales ce sont le silence et l'humilité que je cherche, je pense, oui, la paix de Dieu, je pense, et je prends le rosaire des deux mains, je le sors de mon pull, je le passe au-dessus de ma tête, et je tiens le rosaire entre mes mains, et je tiens la croix entre le pouce et l'index, et je pense que j'ai dû m'endormir puis que j'ai dû rêver, pourtant je n'ai pas dormi, je n'ai pas rêvé, je pense, et tout est si irréel et en même temps très réel, oui, tout ce qui s'est passé dans le rêve et dans la réalité, et je regarde l'obscurité droit devant moi, et l'obscurité est noire, ce n'est plus une obscurité mais une noirceur, et je regarde cette noirceur, et je pense que là je dois rentrer chez moi, mais combien de fois ne l'ai-je pas pensé et je suis en définitive resté assis dans la voiture ? je pense, et je regarde devant moi, et je les vois marcher vers moi comme si on était en plein jour, un jeune homme aux cheveux châtains mi-longs et une jeune femme aux longs cheveux foncés, ils se découpent dans l'obscurité, comme si une lumière qui sortirait d'eux se découpait dans l'obscurité, oui, ils marchent devant moi, comme s'ils étaient éclaircis par une lumière, ils ont le visage paisible et serein, ils se tiennent par la main, ils ne font qu'un, comme s'ils ne formaient qu'une seule et même créature, et ils marchent en ne prêtant attention ni à moi ni à ma voiture, ils sont trop accaparés l'un par l'autre, ils sont l'un dans l'autre, ils sont présents l'un pour l'autre, ils sont dans un monde commun, et ils passent devant ma voiture, et je me tourne pour les voir passer dans l'obscurité, et je vois distinctement ses cheveux châtains mi-longs à lui et ses cheveux foncés longs à elle, je vois qu'ils lui tombent dans le bas du dos, et je les vois lentement disparaître dans l'obscurité, je les vois s'éclipser au creux de l'obscurité, et je lâche la croix, je remets le rosaire autour de mon cou, je le glisse sous mon pull, et je fais le signe de croix, et je dis intérieurement Au nom du Père et du Fils et du Saint Esprit Amen, et je démarre la voiture, et je pense que, non, ça, ça ne s'est pas passé en vrai, je pense, et là je dois rentrer chez moi, je vais rentrer retrouver ma femme et notre enfant, je pense, et je sors de l'allée, je m'engage sur la route, et je pense que j'aurais dû passer voir Asle, amoindri comme il est, j'aurais dû lui demander s'il avait envie qu'on sorte, j'aurais dû le conduire comme d'habitude à l'Auberge, il aurait pu prendre sa bière avec son eau-de-vie et moi j'aurais pris une tasse de café avec un peu de lait, et je nous aurais acheté à manger, oui, j'aurais pu nous acheter à manger, un plat avec une bière pour lui et un plat avec de l'eau pour moi, oui, puisque j'ai arrêté de boire, car je buvais beaucoup trop et Ales n'aimait pas ça du tout, elle ne m'aimait pas quand j'étais ivre, ou elle m'aimait mieux quand j'étais sobre, et c'est pour ça que j'ai complètement arrêté de boire, même si j'ai aussi arrêté de boire parce que je buvais beaucoup trop, oui, pour être franc, à la fin je n'étais jamais sobre, et je peins mal quand je ne suis pas sobre, et depuis l'alcool ne m'a jamais manqué, ni la bière ni le vin ni l'eau-de-vie, mais c'est grâce à elle, grâce à Ales, sans elle je n'aurais jamais réussi à me débarrasser de mon besoin de boire, je pense, et là Ales m'attend, elle et notre enfant, et je dois rentrer chez moi, je dois rentrer les retrouver, retrouver ma femme, retrouver notre enfant, mais qu'est-ce que je suis en train de penser ? je pense, car je vis seul, je vais rentrer dans ma vieille maison à Dylgja, là où je vivais autrefois avec Ales, elle qui est partie à présent, elle qui repose en Dieu à présent, comme je le sens très distinctement, au plus profond de moi, elle qui ne marche plus sur terre mais à qui je parle quand même quand je le désire, oui, aussi étrange que cela puisse paraître, car la différence n'est pas si grande, oui, la différence entre la vie et la mort, entre les vivants et les morts, bien que cette différence paraisse indépassable elle ne l'est pas, car c'est vrai, je lui parle tous les jours, à Ales, oui, presque tout le temps, et nous nous parlons sans prononcer de mots, presque toujours, et bien sûr qu'elle me manque, mais comme nous sommes très proches l'un de l'autre, et comme il ne reste plus très longtemps avant que n'arrive l'heure où moi-même je devrai aller là où elle est, oui, dans ces conditions je m'en sors bien dans la vie, même si c'est moche, oui, la perdre revenait à tout perdre dans cette vie, oui, sa perte a presque eu raison de moi, et nous n'avons jamais eu d'enfant ensemble, donc pourquoi je suis en train de penser que je rentre retrouver ma femme et notre enfant ? c'est sans doute parce que je glisse dans un assoupissement quand je conduis, et c'est dans l'assoupissement que cette pensée peut surgir, mais bon, je le sais, je ne suis pas plus fou que je le laisse penser, je sais bien que je vais rentrer dans ma vieille maison, je vais rentrer à Dylgja, dans ma maison au hameau de Dylgja, je pense, dans cette maison où j'ai vécu depuis tant d'années, oui, je n'étais pas si vieux garçon que ça quand nous nous y sommes installés, et Ales était encore plus jeune que moi, et nous sommes restés y vivre, il y a d'abord eu les années qu'il m'a été donné de vivre avec Ales, il y a ensuite eu les années où j'ai vécu seul, dans la bonne vieille maison, et c'est bien, oui, c'est bien que j'aie ma maison, que j'aie un toit au-dessus de ma tête, un lieu où je suis en sécurité, une maison où je me sens en sécurité, car une vieille maison bien bâtie, oui, j'en ai une, et j'en prends bien soin, quand la moisissure s'est mise quelque part j'ai changé la boiserie, et j'ai aussi changé toutes les fenêtres, mais je les ai remplacées par des neuves, ressemblant autant que possible aux vieilles, je les ai installées dans le dormant, en optant non pour des carreaux mais pour une baie par battant, afin qu'il y ait moins de courants d'air, si bien que toutes mes fenêtres sont équipées d'un double vitrage, une baie à l'extérieur et une baie à l'intérieur, et il n'y a pas à dire, c'est devenu plus facile de chauffer la maison grâce aux nouvelles fenêtres, j'ai confié leur fabrication à un menuisier qui les fait sur mesure, qui les fait comme autrefois, et je les ai installées tout seul, enfin, non, pas tout seul, car Åsleik m'a aidé, sans son aide je n'y serais jamais arrivé, c'est évident, il fallait être deux, mais on y est finalement arrivés, même s'il a fallu recommencer pour la première fenêtre parce qu'on l'avait installée de travers, il a fallu la retirer et la remettre, mais au deuxième coup ça a marché, la fenêtre était bien en place, et pour les autres on n'a pas rencontré de problèmes, je pense, oui, Åsleik m'a beaucoup aidé, et moi aussi je l'ai aidé, il n'y a pas à dire, et ça va être bien de rentrer chez moi, de faire du feu dans le poêle, de préparer à manger, car je sens que j'ai grand faim, oui, ça va être drôlement bien de rentrer chez moi, de revenir dans ma bonne vieille maison au hameau de Dylgja, où ne vivent que quelques personnes, de bonnes personnes, et personne ne ferme sa maison à clé au moment de partir, ou au moment de partir en voyage, et la plupart des personnes qui vivent ici y ont vécu toute leur vie, et puis je suis venu m'installer ici moi aussi, ou plutôt nous, ma femme et moi, oui, Ales et moi sommes venus nous installer ici, au moment où Ales a repris la maison de sa tante à la mort de celle-ci, la vieille Alise, la sœur du père d'Ales, et comme elle n'avait ni enfants ni héritiers, et comme nous n'avions pas de toit au-dessus de notre tête, ou plutôt comme nous vivions dans la maison en ruine marron et mal chauffée, oui, dans l'allée de celle où je me suis arrêté plus tôt dans la journée, nous nous sommes installés dans la vieille maison à Dylgja, oui, il y a des années de cela, je pense, et nous y sommes restés, Ales et moi, et, non, je ne veux pas y penser, pas maintenant, je pense, et je roule vers le nord, et je pense que j'aime faire de la voiture, tant que je n'ai pas la peine de conduire en ville, car je n'aime pas ça, je deviens aussitôt inquiet et désorienté, tant que je n'ai pas la peine de conduire en ville je ne le fais sinon jamais, mais Beyer, le galeriste, m'a appris quelle route emprunter pour rejoindre la Galleri Beyer puis en repartir, sa galerie est située dans le centre de Bjørgvin, en face d'un grand parking où je gare ma voiture, donc là-bas, dans la ville de Bjørgvin, je n'ai pas de peine à conduire, je pense, et je suis arrivé à l'Instefjord, et je continue de rouler vers le nord, et je roule le long du Sygnefjord, et je suis tellement fatigué, mais dès que je serai rentré chez moi, je pense, il ne faudra pas longtemps à Åsleik pour se présenter chez moi, oui, en fait je ne l'ai jamais vraiment aimé, Åsleik, mais aussi étrange que cela puisse paraître c'est précisément à cause de ça que je l'aime bien, je pense, ce n'est pas facile de comprendre ce genre de choses, je pense, et je continue de rouler, et ça va être bien de rentrer chez moi, même si je n'aurais pas dû passer sans m'arrêter devant le logement d'Asle, à Bjørgvin, à Skutevika, j'aurais dû comme d'habitude l'emmener à l'Auberge avant de rentrer chez moi à Dylgja, même tout seul il s'en serait bien sorti à l'Auberge, quelqu'un qu'il connaît aurait sûrement fini par venir, ce qui m'aurait permis de ne pas avoir à rester avec lui, ou en fait j'aurais dû l'emmener aux urgences, mais il n'aurait jamais accepté, donc on aurait fini à l'Auberge, lui avec son long manteau noir et moi avec mon long manteau noir, lui avec ses longs cheveux gris et sa barbe naissante grise, moi avec mes longs cheveux gris et ma barbe naissante grise, tous les deux avec un élastique noir en haut de la nuque pour attacher nos cheveux, je pense, et Åsleik dit

Tu as l'air d'une petite fille, il dit

Ou peut-être plutôt d'une vieille femme, il dit

et je lui suis redevable d'une réponse

Non, je ne suis pas une vieille femme, je dis

Presque, il dit

ou peut-être que j'ai l'air d'une vieille femme, pour ce que j'en sais, je pense, peut-être un peu oui ? il n'est pas tout à fait faux de dire que je le suis, je pense, toujours est-il qu'Åsleik a l'habitude de le dire, soit ça soit que je ressemble à un poète russe

Tu ressembles à un poète russe, il dit

Pourquoi ? je dis

Parce que, tu ressembles à un poète russe, il dit

et d'abord d'où lui vient cette idée ? je pense, et je roule vers le nord, je rentre chez moi, et les lampadaires éclairent bien la nationale, et je vois devant moi Asle assis sur le canapé avec Brage sur ses genoux, et il pense qu'il va se lever, qu'il va sortir, et il pense qu'il va s'avancer dans la mer, et il pense que toutes les peintures qu'il va inclure dans sa prochaine exposition à la Galleri Beyer sont au moins terminées, pense Asle, et il pense qu'il ne peut pas rester assis comme ça, qu'il doit aller à la cuisine, qu'il doit se trouver un petit quelque chose à boire pour que les tremblements s'arrêtent enfin, pense Asle, et il regarde Brage couché sur ses genoux, il pense qu'il doit sortir le chien, ça fait trop longtemps que le chien n'est pas sorti, il pense, et je pense que je dois me concentrer sur ma conduite car la route jusqu'à Dylgja est étroite et sinueuse, et même si je l'ai empruntée des centaines et des centaines de fois je dois rouler prudemment, je pense, et ça va être bien de revenir dans ma maison, car je suis chez moi dans cette maison, ça s'est fait comme ça, et pendant de nombreuses années Ales y a vécu comme moi, oui, mais ensuite, oui, elle est morte, et si brutalement, et maintenant elle est partie, il n'y a rien d'autre à dire à ce sujet, je pense, et là je dois bien rouler, prudemment, lentement, je dois bien regarder les halos de lumière que les phares projettent en longueur sur la route, et je roule le long du Sygnefjord, lentement, et je pense que bien des fois un cerf ou même plusieurs ont traversé la route, ou se sont tenus brusquement en plein milieu de la route, ou ont couru en travers de la route, comme si le bruit du moteur et la lumière des phares n'étaient pas du tout perceptibles, comme si les cerfs s'étaient habitués au bruit du moteur et à la lumière des phares, comme s'ils ne s'en souciaient plus mais dans le même temps n'avaient pas compris le danger qu'ils encourraient s'ils étaient percutés par une voiture, je pense, et je quitte la nationale pour prendre le chemin qui monte à ma maison, et c'est bien, c'est bien, je pense, ce que c'est bien de rentrer chez moi, et ce chemin c'est moi qui en ai commandé la construction, il y a quelques années de cela, et le coût a été faramineux, mais ça me donne moins de peine d'avoir un chemin qui monte jusqu'à la maison au lieu de devoir garer la voiture en bas, au bord de la route, je pense, et même si le chemin est escarpé ça ne donne pas de peine de le monter, je pense, et je ne veux pas penser à comment c'était avant quand je rentrais à la maison, quand Ales était encore là, quand elle était là avec ses longs cheveux foncés, ce que c'était bien de rentrer à la maison, je pense, mais je ne veux plus y penser, et je ne vais pas me plaindre, je pense, et je tourne à l'angle, et là, dans la cour, ce ne serait pas Åsleik ? si, nul autre qu'Åsleik, l'ami et le voisin, est là dans la cour, comme pour m'accueillir il est là, et c'est une drôle de coïncidence, qu'il monte me voir pile au moment où je rentre à la maison, je pense, et j'arrête la voiture devant la porte d'entrée, et je sens que je suis content qu'Åsleik soit dans la cour, même si ce n'est pas une coïncidence, ce n'est pas la première fois qu'Åsleik est dans la cour au moment où je rentre de Bjørgvin, donc Åsleik m'attend certainement depuis longtemps dans la cour, j'en suis persuadé, il a dû m'attendre sur le banc devant la façade, il a dû d'abord s'impatienter, puis il s'est assis sur le banc pour m'attendre, car comme à mon habitude j'ai aussi fait des courses pour lui à Bjørgvin, et il attend certainement ses provisions, même s'il donne toujours l'air de refuser les provisions que je lui ai achetées il finit toujours par les accepter, l'air de rien, je pense, et quand je pars à Bjørgvin je lui demande toujours si je dois lui acheter quelque chose, puisque les choses sont moins chères à Bjørgvin qu'à l'Épicerie de Vik, il dit toujours que je ne dois pas me donner cette peine, car le peu dont il a besoin, comme il dit, il l'achète à l'Épicerie de Vik, oui, au petit commerce de détail, s'il faut l'appeler comme ça, le plus proche de Dylgja, et il n'est rien de dire que c'est bien d'avoir ce petit commerce de détail, sinon il aurait fallu faire toute la route jusqu'à Bjørgvin pour s'acheter la moindre chose, et tout le monde n'a pas de voiture, ou tout le monde n'est pas en état de conduire, certains sont trop vieux pour conduire, ou certains n'ont jamais passé leur permis de conduire, ou certains ne veulent pas conduire parce qu'ils ne sont jamais assez sobres pour prendre le volant, aussi évitent-ils de conduire, mais tous ceux qui boivent n'évitent pas de conduire, certains prennent le volant même s'ils ont bu, même s'ils conduisent lentement et sûrement, je pense, et je pense qu'Åsleik va dire que j'ai été longtemps parti à Bjørgvin, oui, il va dire qu'il y en avait des choses à faire à Bjørgvin, qu'il n'avait qu'une chose à faire de son côté c'était m'attendre, que j'en ai mis du temps pour rentrer, que si je n'avais rien d'autre à faire à Bjørgvin j'aurais pu sauter sur l'occasion pour traîner ou pour courir la gueuze, pour ce qu'il en sait lui, voilà ce qu'il va dire, il va dire ça et il va éclater de rire ensuite, je pense, et j'ouvre la portière

Bienvenue à la ferme, il dit

Ce ne serait pas plutôt à moi de le dire ? je dis

Ou est-ce que tu te considères ici chez moi ? je dis

Ha ! il dit

Ha ? je dis

Oui, tu peux le dire, il dit

Qu'est-ce que tu veux dire ? je dis

Il y a chez toi et il y a chez moi, je dis

Toi chez toi et moi chez moi, je dis

C'est comme ça et pas autrement, je dis

J'ai ma maison à moi, oui, j'ai même ma ferme à moi, on va pas se disputer pour ça, il dit

Oui, c'est justement ça que je veux dire, je dis

Dans ce cas pourquoi tu dis bienvenue à la ferme ? je dis

Pourquoi je le dirai pas ? il dit

Quel mal il y a à dire ça ? il dit

C'est pas ce qu'on dit ? il dit

C'est pas ce qu'on dit d'habitude ? il dit

C'est ce qu'on dit quand on possède une ferme, là on dit bienvenue à la ferme, je dis et d'une certaine façon c'est comme si je possédais une ferme, bien que ce ne soit qu'une vieille maison avec autour d'elle des rochers, quelques marécages, un peu de bruyère, deux ou trois pins encore petits

Comme si c'était une ferme, il dit

En tout cas c'est une maison, et c'est ma maison, je dis

Ta maison, oui, il dit

Oui, c'est ta maison, je ne dis pas autre chose, il dit

Oui, c'est ce que je dis, il dit

On ne dirait pas, je dis

et le silence retombe, puis Åsleik dit que bien sûr c'est ma maison, à qui serait la maison à part à moi ? car bien que je ne sois pas né et que j'aie pas grandi dans cette maison, c'est ma maison, même s'il se souvient bien de la vieille Alise à l'époque où elle vivait ici, il dit

Oui, je dis

et le silence retombe

C'était quelqu'un de bien, la vieille Alise, il dit

Sûr que c'était quelqu'un de bien, il dit

et un nouveau silence retombe, et je dis que ma femme, Ales, son prénom, il lui a été donné pour rappeler celui de la vieille Alise, et que c'est sans doute pour ça que la vieille Alise voulait qu'Ales hérite de sa maison, je dis

Oui, non, ça j'en sais rien, il dit

Mais c'est vrai qu'il n'y avait pas d'autres héritiers vu que le mari de la vieille Alise était mort depuis longtemps et que le frère, le père d'Ales, lui aussi il était mort, il dit et un nouveau silence retombe, et Åsleik dit qu'il se souvient vaguement des parents de la vieille Alise, sûr que ça ne le rajeunit pas, il dit, mais sûr aussi qu'ils avaient un grand âge, oui, dans son souvenir ils étaient sacrément vieux, et ils n'étaient pas bien fortunés, c'est rien de le dire, il dit, mais le père, ce vieux tromblon, oui, il avait beau être vieux, il a ramé jusqu'à sa mort pour aller à l'Épicerie à Vik, oui, il descendait jusqu'au fjord, même avec ses mauvaises jambes comme il les avait, et il ramait pour aller à l'Épicerie, et il y a pas à dire, pour un vieux bonhomme comme lui, chapeau, Åsleik dit

Oui, je dis

Ils avaient la niaque à cette époque, les vieux, il dit

Bien sûr que c'était une corvée pour lui, c'était même un calvaire, mais qui à part lui aurait apporté à manger dans la maison ? et d'abord comment ? il dit

Donc il devait s'y coller, il dit

et le silence retombe, le silence s'installe et se prolonge

Oui, oui voilà de quoi je me souviens, il dit

Et en ce temps il y avait pas d'autos dans le coin, tu sais, il y avait une espèce de chemin, mais rien que dans le village, entre les différentes maisons du village, sinon il y avait pas de route pour sortir du village, non, sûr, il dit

et il dit qu'il était déjà bien adulte quand les ponts et chaussées ont raccordé le village à la route, oui, il s'en souvient bien, car les vieux du village, surtout les bigots, ils trouvaient que ç'aurait été tout aussi bien que la route n'ait jamais été construite, car qu'est-ce que ça n'allait pas apporter de péchés et de vilaines choses maintenant que n'importe quel survenant allait pouvoir débarquer dans le village ? donc le mieux aurait encore été que la route n'ait jamais été construite, seulement voilà, elle était bel et bien construite, et dorénavant Dylgja faisait partie du monde, et dorénavant des survenants comme moi sont arrivés au village, c'est ça que ça a apporté le raccordement, alors peut-être que les vieux et les bigots n'avaient pas tout à fait tort dans ce qu'ils disaient ? il dit, Åsleik, parce que dès l'instant où le village était raccordé à la route toutes sortes de gens pouvaient rappliquer et comment savoir s'ils n'allaient rien trouver de mieux que de s'installer dans le village encore en plus ? il dit, Åsleik, et je pense qu'il faut toujours qu'il soit comme ça, Åsleik, toujours, il se met à parler de ceci et de cela, et il continue de parler, sans s'arrêter, ce qui s'explique sans doute par le fait que comme il est tellement seul et n'a personne à qui parler il parle alors d'une traite, sans s'arrêter, à propos de ceci et de cela, du passé, du futur, du présent, les trois mélangés, et j'ai déjà tout entendu ce qu'il me dit, oui, maintes et maintes fois je l'ai entendu, je pense

Oui, tu n'as pas une bonne mémoire, toi, il dit

Quoi, je n'ai pas une bonne mémoire, moi ? je dis

et je ne comprends pas pourquoi il me dit ça de but en blanc, comme si avant toutes choses ma mémoire devait absolument être un sujet de discussion, et de but en blanc Åsleik entame maintenant la discussion sur ce sujet, comme quoi je n'ai pas une bonne mémoire, et je ne comprends pas comment je fais pour le supporter, non, je ne comprends pas comment j'ai la force de continuer à vivre dans cet endroit abandonné des dieux, cet endroit oublié par Dieu, où quasiment personne ne voudrait vivre de son plein gré ? je pense, et Åsleik dit, au fait, peut-être que ce n'est pas moi le propriétaire de la maison ? je ne me souviens pas de ce que j'avais dit à l'époque ? mais si, cette fameuse fois où j'avais dit que s'il arrivait à décoincer ma barque je lui donnerais ma maison ? il dit

Mais c'est le genre de phrase qu'on dit en l'air, je dis

Qu'on dit en l'air ? il dit

J'y suis arrivé, ou pas, à décoincer ta barque ? il dit

Avec mon aide tu y es arrivé, oui, je dis

Avec ton aide ! il dit

Oui, avec mon aide, je dis

Je l'ai décoincée tout seul, ta barque, il dit

Non, il a fallu que je t'aide pour que la barque bouge enfin, je dis

Et tu crois que tu vas échapper à ta promesse en me mentant ? il dit

Je n'échappe à rien du tout et je ne mens sur rien du tout, je dis uniquement la pure vérité, je dis

La pure vérité, il dit

Pure encore en plus, il dit

Je dis la vérité, je dis

et le silence retombe d'un coup, et on garde l'un comme l'autre le silence, et on reste là, sans bouger, sans rien dire

Il était calme aujourd'hui, et joli, il dit enfin

Oui, je dis

Jusque dans la matinée, il était calme comme tout, le fjord, pas une vague, rien, puis dans le milieu de l'après-midi le vent s'est levé, comme d'habitude, il dit

Mais bon, faut pas s'attendre à autre chose, on est quand même à la fin de l'automne et tout, on est même entrés dans la période de l'Avent, donc il faut plutôt s'attendre à une tempête qu'à pas de vent du tout, il dit

et il dit qu'on a même pas besoin d'attendre longtemps, avant même qu'on ait eu le temps de dire ouf la première tempête de l'année va arriver, c'est même bizarre qu'elle ne soit pas encore arrivée, il dit, et un nouveau silence retombe, et on reste là, sans bouger, sans rien dire

Et Bjørgvin, c'était comme d'habitude ? il dit

Oui, je dis

et un nouveau silence retombe

Ça fait du bien un petit tour en ville une fois de temps en temps, je dis

Oui, sûr, oui, il dit

et je pense que je devrais lui demander à quand remonte la dernière fois où il est allé à Bjørgvin, mais je le lui ai déjà demandé maintes et maintes fois, et chaque fois il était un peu gêné, chaque fois il se tortillait, rejetait la tête en arrière, car en vérité il n'est presque jamais allé à Bjørgvin, ou si, peut-être une ou deux fois, il y a très longtemps, mais c'est tout, donc je ne vais pas revenir là-dessus, pas maintenant, ce serait une erreur, je pense, et un nouveau silence retombe, et on reste là, sans bouger, sans rien dire

Je suis content d'avoir pu pêcher, de faire passer le temps en pêchant, il dit

Et moi, oui, je fais passer le temps en faisant ce que j'ai à faire, je dis

Oui, toi et ta peinture, il dit

Oui oui, je dis

Tu passes ton temps à peindre toute la journée, il dit

et je pense que tout ce qu'Åsleik vient de dire il l'a déjà dit, il l'a dit si souvent, il ne fait que répéter les mêmes choses, encore et encore, maintes et maintes fois, mais j'ai sans doute répété les mêmes choses moi aussi, encore et encore, maintes et maintes fois je lui ai demandé s'il a pêché quelque chose aujourd'hui, maintes et maintes fois il m'a répondu que ça n'a pas mordu, qu'il est rentré les mains vides, ou il m'a répondu qu'il a à peine réussi à relever son filet à bord du Bateau, ou bien il m'a répondu qu'il n'est pas revenu avec grand-chose, et quand je lui montre un tableau que j'ai peint il a quelque chose à dire, ou bien il n'a rien à dire, mais ce qu'il dit, s'il a quelque chose à dire, a toujours quelque chose d'ingénieux, il voit toujours quelque chose que je n'ai pas vu, et puis il faut encore et encore qu'on ait une petite dispute comme celle qu'on vient d'avoir, à croire qu'il faut d'abord qu'on ait une petite dispute à propos de ceci ou de cela, de tout et de n'importe quoi, pour ensuite qu'on ait une vraie discussion, je pense, et j'entends Åsleik me redemander, comme il me l'a demandé maintes et maintes fois, pourquoi je peins, je ne suis pas fatigué de peindre mes tableaux à force ? moi qui ai passé toute une vie à peindre je n'en suis pas fatigué ? non, il ne me comprendra décidément jamais, oui, car c'est incompréhensible, lui, même les choses les plus simples il n'a jamais réussi à les dessiner, et il n'a jamais osé peindre autre chose que sa maison ou son bateau, oui, pour ça il est bon, il n'y a rien à redire là-dessus, mais peindre une maison ou un bateau ça ne compte pas, non, il dit, et je dis, comme toujours, que je ne sais pas pourquoi je peins mes tableaux, enfin si, je le sais, pour gagner ma vie, je dis, et Åsleik dit que je peins depuis que je suis gamin, et je sais qu'il veut que je dise que je n'arrivais pas à compter quand j'étais petit et qu'au lieu de compter je dessinais, je dessinais le Maître, je dessinais celui qui était assis à côté de moi, je dessinais tous mes camarades de classe, pourquoi je dessinais comme ça ? je dessinais comme ça parce que ça au moins j'y arrivais ! c'est aussi simple que ça ! je dessinais parce que j'avais beau faire les nombres ne me disaient rien, et parce que tout ce que je savais faire c'était le dessin, enfin, si, les additions, les soustractions, ça j'y arrivais, j'y arrivais même de tête, enfin, pour autant que ce ne soit pas des nombres trop longs et trop tarabiscotés, mais les multiplications, les divisions, les pourcentages et tous les machins de ce genre, je n'y arrivais pas, j'avais beau faire je n'y comprenais absolument rien, je comprenais la différence entre les petits et les grands nombres, entre les additions et les soustractions, et ça m'a suffi pour m'en sortir dans la vie, non, il ne m'a pas fallu plus, mais sinon je ne comprenais rien, absolument rien ! j'avais beau faire je n'arrivais pas à me le faire entrer dans la tête, oui, et le pauvre Maître, oui, il essayait et réessayait, il était la patience même, oui, il l'était sacrément, encore et encore il essayait de m'expliquer la multiplication, et il disait que même si je ne la comprenais je devais la comprendre, tout le monde devait apprendre la multiplication, il le fallait pour s'en sortir dans la vie, il disait, et il disait que si tu prends deux et que tu le multiplies par deux ça donne quatre, il disait, et si tu prends deux et que tu l'additionnes à deux ça donne quatre, il disait, et il disait que deux plus deux font quatre et que deux fois deux font quatre, il disait, mais il disait que si tu prends sept et que tu le multiplies par sept ça donne quoi ? disait le Maître, et il disait que je pouvais aussi y arriver en additionnant sept et sept une fois puis une autre puis comme ça jusqu'à ce que j'aie additionné sept et sept sept fois de suite, mais j'avais beau faire j'arrivais à la mauvaise somme, quel que soit le nombre j'avais faux, mais le nombre que ça faisait, ce que sept fois sept faisaient, il fallait que je l'apprenne par cœur, mais j'avais beau faire je n'y arrivais pas, non, même en voyant l'image de la table de sept devant moi je n'y arrivais pas, moi qui suis pourtant doué pour voir des images devant moi, non, même ça ça m'était impossible, et même aujourd'hui je ne connais toujours pas ma table de sept, et je ne comprenais pas à l'époque pourquoi j'avais toujours faux, j'avais l'impression que le nombre se déplaçait, qu'il devenait un peu trop petit ou un peu trop grand mais de toute façon pas le bon, et comme je n'y arrivais décidément pas je dessinais, car ça j'y arrivais, oui, quelle que soit la personne je la dessinais, que ce soit uniquement son visage ou que ce soit son mouvement, comme ci ou comme ça, oui, plutôt le mouvement d'ailleurs, voilà ce que je préférais dessiner, quelqu'un ou quelque chose en mouvement, ou des lignes d'un certain point de vue, je comprends pas pourquoi j'aimais ça et je ne comprends ni pourquoi ni comment j'y arrivais, et j'ai beau y penser je n'ai toujours pas de réponse, je pense, mais je sais qu'Åsleik veut que je le lui raconte quand même, encore une fois, il adore que je le lui raconte, quand je lui raconte que je n'arrivais pas à compter mais que j'arrivais à dessiner, personne dans la classe ne savait dessiner comme moi, absolument personne, mais je sens que je n'ai pas très envie de le raconter encore, pas maintenant, je crois même qu'Åsleik n'a pas très envie non plus de l'entendre, pas maintenant, il préfère sans doute qu'on parle d'autre chose, quelle que soit cette chose, mais ça fait longtemps qu'on n'a plus grand-chose de nouveau à se raconter, on se connaît depuis si longtemps, on s'est parlé si souvent, et je dis que je ne sais pas pourquoi je peins, que je ne sais pas pourquoi je peins depuis que je suis gamin, et je pense que plus tard, un jour, je lui raconterai encore une fois, je lui raconterai que j'utilisais le cahier de calcul pour dessiner et non pour y calculer, mais plus tard, pas maintenant, et là Åsleik dira qu'à l'école il n'était bon en rien, il n'était bon ni en calcul, ni en lecture, ni en écriture, et encore moins en dessin, mais en fait, il dira, ce n'est pas parce qu'il n'aurait pas pu être bon, bon en tout, non, mais parce qu'il avait peur du maître, il avait tellement peur du maître qu'il n'arrivait à rien, il était pour ainsi dire tétanisé, il lui suffisait de voir le maître pour être tétanisé, il était tellement tétanisé qu'il n'arrivait à rien, voilà ce qu'il dira, Åsleik, comme il le dit toujours, je pense, et je dis que je peins sans doute pour les mêmes raisons qu'il pêche

Pour faire passer le temps, il dit

Oui, et pour gagner un peu d'argent, je dis

Oui, ça aussi, il dit

et un nouveau silence retombe

C'est du pareil au même, il dit

Oui, je dis,

et je demande à Åsleik s'il a envie d'entrer, et il répond que oui, peut-être bien que oui, pourquoi pas ? il dit, et j'ouvre le coffre de la voiture, et Åsleik dit, comme d'habitude, que j'ai une voiture pratique et spacieuse, même si elle est petite il y a beaucoup plus de place à l'intérieur qu'on le croirait de l'extérieur, il dit, et je lui tends un rouleau de toiles, et il coince le rouleau de toiles sous le bras, et il va vers la porte d'entrée, et il ouvre la porte d'entrée, puisque je ne ferme jamais la porte à clé, ça n'arrive jamais, personne à Dylgja ne ferme la porte de sa maison à clé, ça a été toujours été comme ça et ce sera toujours comme ça, et je détache des barres du toit de la voiture un gros tas de montants en sapin de trois mètres de long que j'utilise pour fabriquer mes châssis, et j'entre dans la maison, et Åsleik a allumé la lumière dans le couloir, il a posé les toiles dans le coin de la porte qui donne dans la Grande Pièce, et je pose les montants à côté des toiles, et plus tard je monterai les montants dans le grenier, car j'ai aménagé une des deux chambres mansardées en entrepôt destiné à tout le matériel dont j'ai besoin pour peindre, je pense, et j'entre dans la Grande Pièce, et j'allume la lumière, et le froid me fouette le visage

Il fait froid dans cette pièce, je dis

et Åsleik entre dans la Grande Pièce

Oui, il dit

Tu veux que j'allume le poêle ? il dit

et je dis que ce serait bien, comme ça ça me permettra de rapporter ce que j'ai acheté, je dis, et je vois Åsleik s'approcher du poêle, et il s'accroupit, et il lève la tête vers moi avec des copeaux de bois dans la main, et est-ce que je sais au moins d'où ils viennent ces copeaux de bois ? il dit, et je dis que oui, oui je le sais bien, je ne le remercierai jamais assez pour les copeaux de bois, comme d'ailleurs pour tout ce qu'il m'a donné, je dis, et je vois Åsleik enfourner dans le poêle des copeaux et des bâtons, oui, tous les copeaux et tous les bâtons et tout le bois qu'Åsleik m'a donnés, car il adore faire du bois, il adore faire son petit bois, comme il dit, et je le paye pour le bois qu'il me fait, il dit toujours qu'il ne veut rien pour le bois qu'il me fait, mais il a besoin des sous que je lui donne, et je dois toujours pour ainsi dire lui donner l'argent en douce, car je m'en sors bien dans la vie, comme on dit, aussi étrange que cela puisse paraître quantités de gens veulent acheter les tableaux que je peins, oui, moi-même je ne le comprends pas, mais c'est comme ça, depuis que je suis gamin j'ai toujours gagné ma vie, comme on dit, en peignant des tableaux, les premiers tableaux que j'ai peints représentaient la maison des voisins dans le hameau où j'ai grandi, à Barmen, les tableaux représentaient toujours une belle journée avec les arbres fruitiers en fleurs, avec le soleil étincelant au-dessus de la ferme et de la maison d'habitation, avec le fjord devant, oui, c'était en fait la lumière que je peignais, pas les bâtiments, ils étaient beaux en soi, la plupart du temps, il n'y a pas à dire, mais les peindre était trop ennuyeux en soi, voilà pourquoi j'ai fini par essayer de peindre la lumière, car c'est seulement dans le soleil étincelant que les ombres se déposent et que la lumière apparaît le mieux, oui, plus il y a de l'obscurité plus il y a de lumière, mais bien que je préfère peindre une maison dans la lumière de l'automne les gens voulaient toujours voir leur maison sous le soleil étincelant, et comme je voulais vendre mes peintures, bien sûr que je voulais les vendre, je les peignais comme les gens les voulaient, et tant pis s'ils ne voyaient pas ce que je peignais, personne ne le voyait, seulement moi, ou peut-être certaines rares personnes, car c'étaient les ombres que je peignais, l'obscurité dans toute cette lumière, la lumière véritable, la lumière invisible, mais qui le voyait ? qui le remarquait ? non, peut-être personne, ou peut-être certains ? oui, je le sais, certains le voyaient, oui, Åsleik le voit, il faut le dire, question peinture il s'y connaît, il faut l'admettre, et donc je peignais des maisons et des bâtiments, les gens achetaient mes tableaux, ce qui me permettait ensuite de m'acheter des toiles et des tubes de peinture à l'huile, car ce qui m'a toujours plu c'est la peinture à l'huile sur une toile, oui, exactement ça, la peinture à l'huile sur une toile, toujours ça, il en a été ainsi dès l'instant où j'ai vu un tableau peint avec de la peinture à l'huile, et c'était à l'école que j'ai vu pour la première fois une peinture à l'huile, le tableau était accroché de travers et censé représenter Jésus marchant sur l'eau, et pour être franc il s'agissait d'une peinture minable, mais les couleurs, les couleurs individuelles en soi, les couleurs comme des lieux, les couleurs telles qu'elles apparaissaient sur la toile, oui, telles qu'elle s'y ancraient, s'y agrippaient, s'y incorporaient, s'y assimilaient et tout en même temps s'en différenciaient, oui, c'était à peine croyable, et je regardais le tableau, et je n'en finissais pas de regarder le tableau, ce n'était pas l'image en tant que telle que je regardais, car son exécution était mauvaise, non, c'était la peinture à l'huile sur la toile que je regardais, et ça, la peinture à l'huile sur la toile, s'est ancrée en moi dès le premier instant, et, oui, depuis ce jour, oui, purement et simplement, oui, c'est devenu un point d'ancrage dans ma vie, oui, de la même manière que la peinture à l'huile s'ancrait dans la toile je me suis ancré dans la peinture à l'huile ancrée dans la toile, je ne sais pas pourquoi, mais je devais bien m'ancrer dans quelque chose ? m'ancrer à quelque chose ? et le Maître s'en est rendu compte, il s'est rendu compte que je regardais continuellement le tableau, et il a dit à mes parents que j'avais un don pour le dessin, et certainement pour la peinture, pourvu simplement que je puisse faire des essais, et quand bien même il serait impossible de m'apprendre à compter peut-être que je pourrais peindre, oui, voilà comment ça s'est passé, puis mes parents ont réussi à se procurer un coffret, qui contenait des tubes et des pinceaux, une palette et un outil pour mélanger les couleurs ou pour retirer une couche de couleur si elle était ratée, un couteau à peindre, comme ils disaient, oui, le coffret contenait même un couteau à peindre, et j'étais époustouflé tant c'était miraculeux, j'étais au septième ciel, et je savais ce que j'allais peindre, car dans la grande pièce à la maison il y avait une peinture que le Père ou la Mère avaient eue en cadeau, intitulée Cortège nuptial dans le Hardanger, je crois qu'elle avait été offerte au Père pour ses quarante ans, mais il s'agissait de ce qu'on appelait une reproduction, un mot que j'aimais bien, ce qu'en revanche j'aimais moins c'était que la peinture à l'huile et la toile étaient absentes, puisque c'était une reproduction l'image était plate, sans peinture à l'huile ancrée dans la toile, et donc je me suis donné comme objectif de copier cette image, nulle autre que cette image, en peignant une copie la plus fidèle possible à l'original, oui, j'avais dit à mes parents que c'était le premier tableau que je voulais peindre, et tant ma mère que mon père avaient dit que jamais je n'y arriverais, je l'avais également dit au Maître, et lui aussi avait dit que jamais je n'y arriverais, pourtant j'avais bien l'intention de le faire, mais je ne toucherais pas un pinceau tant que je n'aurais pas une toile et un cadre de la taille du Cortège nuptial dans le Hardanger, et donc j'ai convaincu mon père de m'acheter une toile et un cadre de cette taille, oui, ça aussi il me l'a acheté, je me souviens que je les ai eus en cadeau de Noël, je crois que je devais avoir douze ans, oui, environ douze ans, oui, et donc le Père et la Mère ont décroché la reproduction que j'ai emportée avec la toile blanche dans le grenier, je les ai posées sur le plancher et je me suis mis à peindre, lentement, patiemment, car la couleur devait être en tous points copiée à l'identique, elle devait être en tous points appliquée à la bonne place, je peignais lentement, presque touche par touche, des touches qui devaient en même temps être des coups de pinceau, j'avançais lentement, les jours passaient et je peignais, je ne quittais pas le grenier pendant toute la durée des fêtes de fin d'année, mes parents étaient chaque jour plus époustouflés tant c'était miraculeux, car miracle de tous les miracles, la penture que j'avais copiée ressemblait en tous points à l'original, oui, elle lui ressemblait à l'identique ! oui, elle était même plus belle que l'original ! oui, ils devaient le dire, non, ils ne l'auraient jamais cru, ils disaient, oui, c'était impeccable, c'était à peine croyable, et le Père n'a pas réussi à se retenir, il est allé tout raconter au Maître, et le Maître est venu voir la peinture que j'avais copiée, et il a demandé la permission de m'acheter le tableau, et le Père a hésité, autant qu'il achète l'original de la peinture que j'avais copiée, mais la proposition n'intéressait pas le Maître, et j'ai dit que comme j'avais besoin d'argent pour acheter de la peinture à l'huile et des toiles je voulais vendre le tableau au Maître, et comme j'étais l'auteur de ce tableau le Père devait accepter, et le Maître m'a acheté le tableau, et il m'a bien payé, et je vois encore devant moi le Maître, le tableau sous le bras, descendre le chemin un dimanche juste après le Nouvel An, et je me vois encore avec le billet à la main, et si je ne me souviens plus de la somme je me souviens du jour où j'ai pris le car pour aller de Barmen à Stranda, car c'était à

Stranda qu'il y avait les magasins, et notamment le Marchand de Couleurs, qui vendait de la peinture de décoration et de la peinture d'art, c'est là que je suis allé, là que j'ai acheté des tubes de peintures à l'huile et un rouleau de toiles et des montants pour fabriquer des châssis, et depuis ce jour j'ai toujours eu de la peinture à l'huile sur mes toiles, oui, je n'ai jamais vécu de rien d'autre que de la peinture à l'huile sur mes toiles, je n'ai jamais gagné ma vie grâce à autre chose, oui, depuis que je suis gamin, car déjà quand j'étais gamin je vivais de ma peinture, je gagnais ma vie grâce à la peinture, et c'est ça qu'Åsleik adore m'entendre raconter, oui, comment je peignais les maisons des fermes voisines et vendais le tableau aux voisins, comment j'utilisais l'argent pour acheter d'autres tubes de peinture et d'autres toiles, mais là je n'avais pas envie d'en parler

Oui, tu as bien vécu toute ta vie grâce à ta peinture, il dit

Oui, je dis

Enfin, bien, oui et non, je dis

En tout cas tu t'en es bien sorti dans la vie, il dit

Oui, je m'en suis bien sorti, je dis

Oui, tu t'en es toujours bien sorti, il dit

et je n'ai pas envie de reparler de cette époque où j'étais gamin et où je peignais des tableaux que je vendais ensuite, car en fait c'étaient des tableaux terribles, fallacieusement beaux, laids comme seules les peintures peuvent l'être, et seules les ombres étaient bien peintes, et le plus laid de ces tableaux était sans doute Cortège nuptial dans le Hardanger, voilà pourquoi je n'ai pas envie d'en parler, pas maintenant en tout cas, ça attendra, plus tard j'en reparlerai à Åsleik, je pense, et je pense que j'ai honte de ces tableaux que j'ai peints quand j'étais gamin, mais pourquoi ? oui, pour la simple et bonne raison que je maltraitais quelque chose, que je détruisais quelque chose, les tableaux ensoleillés que je peignais brillaient par leur nature fallacieuse, hormis dans les ombres, dans l'obscurité, dans cette lumière sombre, oui, là il se peut que j'ai été proche de quelque chose, mais je le dissimulais dans l'image, car ce qui aurait pu améliorer l'image, ce qui plaisait souvent aux destinataires du tableau, c'était un défaut, c'était comme un fantôme dans l'image, et je ne trouvais rien de mieux que de peindre par-dessus ! ce que l'image avait de mieux, je ne trouvais rien de mieux que de le barbouiller ! et c'est horrible quand j'y pense, mais c'était ressemblant, c'était ressemblant ! les arbres fruitiers étaient en fleurs, le soleil étincelait sur les splendides maisons blanches, le fjord était bleu, et je n'avais besoin pour peindre ce style de tableau que d'une photographie de la maison ou de la ferme, oui, de toutes celles que je voulais peindre, et de la taille du tableau souhaitée par les destinataires, et quand j'avais tout ça en main je me mettais à l'ouvrage, et qu'est-ce que c'était ressemblant, et qu'est-ce que j'avais honte des tableaux que je peignais, pourtant il n'y avait pas de quoi avoir honte, je devais même plutôt être fier, car ce n'était pas mal du tout pour un gamin de savoir peindre comme ça, car qu'est-ce que c'était ressemblant ! ils disaient, et ils me payaient, et je peignais, et ce n'était pas faux, ce n'était pas mal pour un gamin de savoir peindre des tableaux comme ceux-là, et pourtant j'avais honte de ces tableaux, j'avais l'impression en les peignant de commettre un sacrilège, oui, une profanation, si seulement ces tableaux pouvaient disparaître ! si seulement ils pouvaient se volatiliser, disparaître à jamais ! si j'avais pu les brûler jusqu'au dernier je l'aurais fait, oui, voilà ce que je pensais bien avant même d'entrer au Lycée, tout en continuant de peindre des tableaux comme ceux-là, et heureusement que je ne signais pas mes tableaux, même s'il arrivait parfois qu'un destinataire me demande de le faire, et j'écrivais alors mon prénom dans le cadre en bas à droite du tableau, mais seulement mon prénom, pas plus, et tant pis si le destinataire était mécontent, je n'écrivais rien de plus, mais certains destinataires notaient mon nom et mon prénom à l'arrière du tableau et que je l'avais peint telle ou telle année, et quand je pense aux terribles tableaux que j'ai peints de mes parents ! oui, si seulement ils pouvaient disparaître de ce monde ! eux aussi brillaient par leur nature mensongère, mais qu'est-ce qu'ils étaient ressemblants ! qu'est-ce qu'ils étaient beaux ! oui, un véritable sacrilège, voilà ce qu'ils étaient, oui, une véritable profanation de l'art, oui, voilà la vérité, ça et rien d'autre, oui, et donc c'était ça qu'Åsleik adorait m'entendre raconter, et il ne comprenait pas du tout pourquoi j'avais honte de ces tableaux, il en avait vu certains, oui, puisqu'il avait de la famille à Barmen, sa mère était originaire de Barmen, il y était allé à plusieurs reprises, et les peintures de moi qu'il y avait vues c'étaient les plus belles que j'aie peintes, oui, c'est du moins son avis, rien de ce que j'avais pu peindre par la suite n'était aussi bien que ce que je peignais avant, il disait, et je pensais qu'il n'avait pas plus d'idée que le cul d'une vache de ce qu'est une belle peinture, et dire que je passais mon temps avec ce bonhomme, un abruti, oui, je fréquentais en permanence un bonhomme sans aucun brin de jugeote, je pense, et je vois qu'Åsleik a réussi à faire un bon feu dans le poêle, il met dans le feu une autre bûche de bouleau qui prend bien, et je sors de la maison, et je vais à la voiture, et je rapporte deux sacs de courses, et j'entre dans le couloir, et j'ouvre la porte de la cuisine, et j'allume la lumière, et j'entre avec les sacs de courses, et je pose les sacs de courses sur la table de la cuisine, et je retourne dans la Grande Pièce, et je vois Åsleik devant le poêle dont il n'a pas refermé la lucarne, et il dit que maintenant que le feu prend bien il peut m'aider à porter le reste des sacs de courses, et il referme la lucarne du poêle, et on sort ensemble de la maison, et je lui tends deux sacs de courses qu'il prend, et je dis qu'il peut aller les poser sur la table de la cuisine, et j'attrape les deux derniers sacs de courses, et je saisis le coffre de la voiture, et je le lâche, et il se referme tout seul, et je vois Åsleik s'approcher de la porte d'entrée de ma maison, et je dis que c'est bien qu'on puisse habiter dans un endroit où on n'a pas besoin de fermer à clé la porte de notre maison

Oui, pas vrai, il dit

J'ai jamais entendu dire que quiconque à Dylgja ait fermé à clé la porte de sa maison, il dit

Jamais, il dit

et il insiste sur le mot, comme s'il disait quelque chose qui en disait long, ce qui n'est pas faux non plus, dans le fond, car il y a peu d'endroits à l'heure actuelle où les gens ne ferment pas leur maison à clé quand ils ne sont pas chez eux

C'est bien qu'à Dylgja on puisse se faire confiance les uns les autres, je dis

Oui, sûr, tout le monde à Dylgja peut se faire confiance, il dit

et je vois Åsleik de dos sur le seuil de la porte, il tient les deux sacs de courses, et je sais intérieurement que jamais je n'oublierai cet instant, cet éclair, oui, car c'est un éclair, c'est un instant rempli de lumière, un instant que touche la lumière ou dont provient la lumière, cet instant où je vois Åsleik de dos, ses épaules voûtées, son crâne presque dégarni, avec un cercle de longs cheveux gris qui lui tombent à l'arrière de la tête, et je vois sa longue barbe grise, je ne crois pas qu'il l'ait coupée depuis qu'elle a commencé à pousser, je pense, et je vois qu'il s'affaisse sous le poids des deux sacs en plastique, que ses épaules se voûtent, il est comme encadré dans le chambranle de la porte, et bien qu'il fasse sombre, que la lampe extérieure ne soit pas allumée, que la seule lumière qui l'éclaire faiblement soit celle l'entrée, je le vois comme s'il était une forme, je le vois comme une forme pourvue d'une lumière rien qu'à elle, une lumière qui est sans doute son ange, je pense, mais je serais bien bête de lui dire une chose pareille, oui, il éclaterait alors de rire et dirait que je ressemble à ces vieux violoneux, ils voyaient le Malin et grâce à lui ils apprenaient des mélodies, oui, je suis comme eux, mais avec mon air de chrétien, voilà ce qu'il dirait, je pense, et il en a été toujours été ainsi, il y a toujours eu ces espèces d'éclairs qui se fixent et que je n'arrive jamais à me sortir de la tête, jamais, ils se fixent dans ma tête comme les images se fixent en moi, ils y restent et je ne peux plus me déprendre d'eux, et donc je suis obligé de les peindre, de les peindre pour les dé-peindre, oui, voilà comment ça se passe, voilà comment je suis, je pense, mais cette lumière, dans cet éclair, fait aussi partie dc l'homme Åsleik, je pense, mais pourquoi il n'entre pas ? pourquoi il reste planté sur le seuil de la porte ? ou est-ce que le temps se serait arrêté pour moi ? je pense

Entre donc dans la cuisine, je dis

Oui, il dit

Je ne comprends pas pourquoi tu t'es arrêté devant la porte, je dis

Mais je ne me suis pas arrêté, il dit

Oui, bon, entre à la fin, je dis

Mais oui, oui oui, j'entre, il dit

et il entre, et je soulève les deux sacs de courses, et j'entre, et je vois Åsleik franchir la porte ouverte de la cuisine, et je lui emboîte le pas, et il pose les sacs sur la table de la cuisine, et je pose mes sacs sur la table de la cuisine

Tu as fait beaucoup de courses, dis donc, il dit

Six sacs, il dit

Oui, ça va vite, toujours plus qu'on le croie au début, je dis

et je sors dans le couloir, et je referme la porte d'entrée, et je retourne dans la cuisine, et je referme la porte de la cuisine

Pourtant tu n'as pas besoin de beaucoup, toi qui vis seul ? il dit

Non, c'est certain, je dis

Mais ça fait beaucoup au final, il dit

Tu as aussi acheté à boire ? il dit

et il plisse les yeux vers moi

Non, je dis

et je savais qu'il allait dire ça, comme s'il voulait tout le temps me rappeler que je ne bois plus, que j'ai arrêté de boire, oui, il y a très longtemps, et que, non, je ne veux pas y penser

Donc ni bière ni eau-de-vie, il dit

C'est bientôt Noël, et comme le veut l'usage, il faut avoir de la bière et de l'eau-de-vie à la maison, il dit

Mais donc tu n'en as pas du tout acheté ? il dit

Non, inutile d'en parler, je dis

De Noël ? il dit

Voilà, je dis

Tu n'aimes pas Noël ? il dit

Non, ou plutôt comment dire ? je dis

Tu n'aimes pas être seul à Noël ? il dit

Non, je ne dirais pas que j'aime ça, je dis

Je comprends, il dit

et nous restons comme ça, dans la cuisine, sans rien dire

Et toi, comme d'habitude, tu vas chez ta sœur dans l'Instefjord, je dis

Oui, il dit

et il dit, comme il a l'habitude de le dire, comme il l'a dit depuis des années, que, depuis que la Sœur, oui, Guro comme elle s'appelle, mais il a l'habitude de l'appeler la Sœur, oui, donc depuis que la Sœur vit seule, après que son mari l'a plaquée et n'est jamais revenu, ce bon-à-rien, elle lui a toujours demandé de venir passer Noël avec elle, oui, on peut presque dire qu'elle l'a imploré de venir, sûr, et lui il n'a rien contre, bien au contraire, il n'a rien contre de passer Noël chez la Sœur vu qu'elle prépare les meilleures côtes d'agneau fumées qui soient, oui, et comment elle se débrouille pour arriver à ce goût, oui, ce goût incomparable qu'ont ses côtes d'agneau fumées, non, ça il n'en sait rien, et elle, la Sœur, elle refuse de le dire, mais il a sa petite idée, il dit, Åsleik, parce qu'il faut quand même être bête pour refuser de dire comment elle arrive à ce goût, ou alors elle fait ça juste pour l'enquiquiner, la Sœur, et donc sa petite idée, à Åsleik, c'est que le goût incomparable doit venir de la façon qu'elle a de fumer la viande, mais attention, ça ne vient pas du fait qu'elle a installé son fumoir à la cave et non dans un bâtiment extérieur comme lui il l'a, non, dit Åsleik, ça doit venir du fait qu'elle utilise des machins particuliers quand elle fume sa viande, oui, voilà ce qu'il en a déduit, lui, Åsleik

C'est toi qui lui donnes la viande ? je dis

Oui, il dit

Je tue l'agnelle, je la dépouille, puis je la découpe, tu le sais bien, il dit

Sûr, il dit

Tous les ans, je lui donne une carcasse d'agnelle, il dit

et il dit que chaque automne il emporte la carcasse de l'agnelle qu'il a lui-même tuée et découpée, il la met dans son Bateau, il traverse le Sygneford pour rejoindre Øygna, où vit la Sœur, au bord de l'Instefjord, et j'ai vu sa maison des tonnes de fois puisque quand je vais à Bjørgvin je passe automatiquement devant, il dit, une petite maison grise, qui mériterait un bon petit coup de pinceau ceci dit, il dit, parce que la vieille peinture s'est décollée par couches entières, enfin bref, et il a beau saler et fumer lui-même sa viande, selon les bonnes vieilles traditions, enfin, vieilles, personne ne sait à quand ça remonte, il dit, Åsleik, ce que moi par contre je sais puisqu'il me donne de la viande tous les ans, et il ne voudrait pas dire, mais il fait des bonnes côtes d'agneau fumées, de la bonne viande séchée, et des bons gigots d'agneau salés, et tout le monde le dit, eh bien non, la Sœur veut quand même saler et fumer elle-même sa viande, il aurait pu le faire pour elle, mais non, pas moyen, enfin bref, c'est pas non plus pour rien qu'elle veut le faire toute seule, car elle a sa façon bien à elle de le faire, et puis elle arrive à donner à sa viande ce petit goût incomparable, et puis, qu'il le veuille ou non, il est bien obligé de reconnaître que ses côtes d'agneau fumées à elle ont un meilleure goût que les siennes à lui, c'est pas facile facile à admettre, mais y a pas à tortiller, c'est vrai, il faut voir la vérité en face, il dit, Åsleik, oui, les côtes d'agneau fumées de la Sœur sont formidables, elles ont ce petit goût, là, complètement incomparable, il dit, Åsleik, et en tout cas, depuis que le gars avec qui elle vivait a pris ses cliques et ses claques, l'autre, là, le Violoneux, il monte dans le Bateau et traverse le Sygnefjord pour aller chez la Sœur, parce que le Sygnefjord il est jamais pris par les glaces, les courants sont trop forts pour qu'il gèle, et donc même si elle habite tout au fond du Sygnefjord, avant l'Instefjord, à Øygna, là où ça forme une anse, alors que lui il habite à l'autre extrémité, là où le Sygnefjord débouche dans la mer de Sygnesjøen puis dans l'océan, oui, c'est pas pour rien que l'endroit un peu plus au fond du Sygnefjord que là où habite la Sœur s'appelle Instefjord vu que Instefjord ça veut dire Fjord le plus au fond, oui, enfin bon, tout ça je le sais, bien sûr, il dit, Åsleik, il parle en disant ce qui lui vient par la tête, il dit, Åsleik, enfin bref, toujours est-il que tous les Noël, le soir du réveillon, il va chez la Sœur avec le Bateau, la traversée dure un bon couple d'heures, oui, presque une petite journée, et jusqu'à aujourd'hui il a toujours eu beau, pourtant le temps peut être infect à cette époque de l'année, et la mer peut sacrément secouer, à tel point que seul un type qui n'a pas le pied marin a l'idée de prendre la mer, un novice, mais lui, Åsleik, il n'est pas un novice, non, il sait quand il doit rester à terre et quand il peut prendre la mer, non, y a pas à tortiller, le temps change vite, et ces changements, même avec sa longue expérience, il est impossible de les prévoir, on n'est jamais tout à fait sûr, mais s'il vente, là, il s'agit de regagner fissa le plancher des vaches, et si d'aventure on est au large, ça peut être une autre paire de manches, toujours est-il que lui il est toujours rentré à bon port, mais ce n'est pas donné non plus qu'on y arrive, on ne compte pas le nombre de pêcheurs qui ne sont jamais revenus, on ne compte pas le nombre de bateaux qui ont fini au fond de la mer de Sygnesjøen, oui, et au fond du Sygnefjord aussi d'ailleurs, ah ça, sûr, on ne compte pas le nombre d'hommes qui ont leur tombe là-bas, car la mer, l'océan, oui, grosso modo, c'est le plus grand cimetière du coin, sûr, aujourd'hui c'est plus pareil, aujourd'hui on a un moteur dans le bateau, mais autrefois, quand il fallait ramer ou hisser la voile, oui, là c'était autre chose, aujourd'hui il faut juste que le moteur ne s'arrête pas, et ça, ça n'arrive pas si on change de temps en temps le filtre à huile, de préférence une fois par an, lui, il a toujours un filtre à bord, au cas où le moteur s'arrêterait, d'ailleurs pour être franc il a toujours deux filtres à bord, au cas où un des filtres aurait un défaut, ou au cas où il le pèterait en le changeant, on ne sait jamais ce qui peut arriver, forcément, oui, car le filtre se bouche presque toujours quand la mer est agitée, oui, quand elle est démontée, et là c'est pas de la rigolade de devoir changer le vieux filtre en étant à quatre pattes, même s'il a la pince adaptée à bord, car il ne manquerait plus qu'il ne l'ait pas, et même s'il a changé le filtre des dizaines de fois à bord, mais une fois ça lui est arrivé, oui, il a dû changer le filtre alors que la mer était houleuse, et là le moteur s'est arrêté, alors qu'il y avait un grand vent, pas une tempête, non, mais le temps avait tourné, comme ça, d'un seul coup, comme ça peut lui arriver, et là, boum, le moteur s'est arrêté, et pas moyen de le redémarrer, là il a tout de suite su que le filtre était bouché, et il s'est maudit, et dire qu'il avait lambiné comme ça, depuis quand il n'avait pas changé le filtre, non, ça, il était infichu de le dire, mais ça faisait un bail, sûr, et pendant ce temps le Bateau tanguait comme c'est pas permis, les vagues s'écrasaient contre le bordé et lui il n'avait plus le choix que d'ouvrir le moteur, non, là c'est trop, dit Åsleik en secouant la tête, mais ça s'est bien terminé, oui, preuve en est le fait qu'il est toujours là pour en parler, il dit, mais ç'a été une épreuve, sûr, il n'a pas le souvenir d'avoir vécu un machin pareil, mais par bonheur, oui, ça s'est bien terminé, parce que le moteur a fini par redémarrer et il a pu manœuvrer le Bateau dans la houle, pour ça il est bon, tant que le moteur voulait bien marcher il se débrouillerait toujours, oui, enfin presque, il dit, mais presque quand même, et Åsleik se tait pendant un temps, et il dit oui oui, mais une chose est sûre, c'est pas marrant d'être en mer quand il fait mauvais temps, quand il y a un grand vent ou une tempête, non, c'est rien de le dire, il dit, donc s'il peut il évite, évidemment qu'il ne prend pas la mer quand il fait moche, il est pas demeuré à ce point, mais, oui, on ne peut jamais savoir, elle change vite la mer, et elle a ses humeurs, on ne peut jamais savoir si elle est mal embouchée ou pas, non, sûr, mais une chose qu'on sait, par contre, c'est que si le temps est au beau et que le ciel est clair, on peut partir du principe que la mer ne sera pas agitée, il dit, Åsleik, et je dis Red sky at morning Sailor's warning Red sky at night Sailor's delight, et Åsleik dit non, là faut que t'arrêtes, il parle anglais comme une vache espagnole et c'est pas avec ce qu'il a appris à l'école, vu qu'il avait un professeur qui ne parlait sûrement même pas anglais, il dit, Åsleik, enfin bref, toujours est-il que parce qu'il est difficile de savoir à l'avance comment sera la mer, c'est peut-être une idée de génie qu'il a d'attendre le réveillon de Noël pour aller voir la Sœur, puisque c'est ce qu'il fait, alors d'accord, il dit, Åsleik, il pourrait aussi y aller quand il fait beau au moment de l'Avent, quand il ne vente pas à décorner les bœufs, oui, à l'approche de Noël, quand la mer de Sygnesjøen est calme et quand le Sygnefjord est calme lui aussi, ou suffisamment calme pour qu'on puisse partir tranquille, quand rien ne laisse penser que le temps va tourner et que le ciel va lui tomber sur la tête, oui, là, il devrait prendre la mer, et tant pis si on est à quelques jours de Noël, et tant pis s'il préférerait rester le moins longtemps chez la Sœur, rentrer chez lui dès que le réveillon est terminé, le jour de Noël, oui, comme il l'a toujours fait, et le comble c'est que la mer est toujours calme le jour de Noël, c'est tellement étrange qu'on en deviendrait superstitieux, car ces jours-là, celui du réveillon et celui de Noël, le temps s'est toujours mis au beau, mais s'il doit être franc, il préfère rester chez lui, c'est là où il a sa place, c'est là qu'il est bien, il dit, Åsleik, mais bon, ces allers-retours chez la Sœur c'est devenu une habitude, donc pas moyen d'y couper, et heureusement parce que, si là aussi il doit être franc, il préfère ne pas rester tout seul à Noël, il lui vient tellement de souvenirs, de quand il était minot, de quand la Sœur et lui vivaient encore chez les parents, de comment étaient le Père et la Mère, oui, maintenant ils sont partis, et ça fait longtemps, mais c'étaient des gens bien, le Père comme la Mère, et même à l'enterrement du Père le pasteur l'a dit, que le Père avait rejoint un bel endroit, et il a dit pareil à l'enterrement de la Mère, que la Mère avait rejoint un bel endroit, voilà ce qu'il a dit, et, oui, son réveillon de

Noël il aurait cette allure-là s'il le passait tout seul, il penserait à l'enterrement du Père et à l'enterrement de la Mère, et quand c'est comme ça il n'a le goût à rien, les côtes d'agneau fumées ont beau être bonnes, elles n'ont aucun goût, donc sur ce point il ressemble à la Sœur, car elle non plus elle n'aime pas rester toute seule à Noël, mais à l'époque où la Sœur vivait avec l'autre, là, le Violoneux, oui, parce qu'il ne l'a jamais appelé autrement, Åsleik, c'était un calvaire de passer le réveillon avec eux, à tel point qu'il n'avait aucune envie d'y aller, alors, oui, la Sœur l'invitait à venir chez elle, enfin, chez eux, et une année il a fait le déplacement, et, oui, mais la soirée qu'il a passée, oh là là, oui, non, il ne me l'a visiblement jamais racontée, et faudra qu'il le fasse, un jour il le fera, ça peut attendre, mais un jour il me la racontera, car en fait y a rien de secret, loin de là, mais c'est pas la joie quand il y repense, car on ne peut pas dire qu'il crachait dans la soupe question alcool, l'autre, là, le Violoneux, non, sûr, oui, donc tant que la Sœur a vécu avec l'autre, là, le Violoneux, il préférait fêter Noël tout seul, et puis il y a quelques années le Violoneux a pris ses cliques et ses claques, et elle aurait pu certainement se trouver un homme mieux que lui, non ? si, parce que pour lever le coude, il était pas le dernier, l'autre, là, le Violoneux, il faut dire les choses comme elles sont, oui, dès qu'il pouvait trouver quelque chose à boire, il buvait, donc qu'elle n'ait pu se trouver un homme mieux que lui, ça, il ne l'a jamais compris lui, non, parce qu'elle était loin d'être vilaine, la Sœur, sûr, et elle portait bien dans ses belles années, en plus elle a toujours eu les cheveux blonds, aussi loin qu'il s'en souvienne, des cheveux blonds mi-longs, et pas un seul cheveu gris, alors que lui, le peu de tignasse qu'il ait jamais eue est vite devenue grise, et il ne parle même pas de sa barbe, complètement grise, donc de ce point de vue on ne croirait pas qu'ils sont frère et sœur, parce qu'il n'y a pas non plus une grande différence d'âge entre la Sœur et lui, même si elle était l'aînée, enfin bref, toujours est-il que quand elle vivait encore avec l'autre, là, le Violoneux, et à l'exception de cette unique fois, chez eux, il passait ses réveillons de Noël tout seul, oui, après la mort du Père et de la Mère, non, non il vaut mieux pas y penser, il vaut mieux pas en parler, oui, c'est moche de parler de ça, et puis c'est moche de parler comme ça, tout le temps, il dit, Åsleik, il est beaucoup trop seul, c'est pour ça qu'il parle comme ça en permanence quand on se retrouve tous les deux, il dit, enfin bref, toujours est-il qu'il va cette année encore fêter Noël avec la Sœur, oui, comme d'habitude, il dit, elle a repris la maison à Øygna après la mort de l'oncle paternel et de sa mère, ils étaient sans enfants, et lui il a repris la ferme à Dylgja, il dit, et la maison elle a pu l'avoir pour pas cher, oui, elle l'a eue presque gratuite, pour une bouchée de pain, oui, à dire vrai, il dit, Åsleik, mais lui non plus n'a pas été obligé de verser une somme folle quand il a repris la ferme, il dit, et elle non plus n'aurait pas eu grand-chose à lui donner en compensation vu qu'elle ne gagne pas des mille et des cents avec sa dentelle, elle a beau faire nappe après nappe, grandes et petites, chemin de table après chemin de table, courts et longs, des jabots en crochet pour les costumes traditionnels, ça lui rapporte un peu, d'accord, mais pas beaucoup non plus, oui, juste de quoi vivre et encore, quelques années, juste après la fin de l'école obligatoire elle a travaillé un temps à Bjørgvin, dans un magasin qui devait s'appeler Fruits du Hardanger ou un machin comme ça, sauf que, le commerce a fait faillite et elle est retournée ici, et comme la maison à Øygna était vide, elle s'est installée dedans, et elle a fait de son mieux pour la maintenir en état, quand la vieille peinture s'était toute décollée, elle a repeint la maison, la Sœur, oui, au moins elle l'aura fait une fois, c'est même le Violoneux qui s'en est chargé, avant qu'il plie bagage, non, il faut le dire, visiblement c'est la Sœur qui en a eu marre de lui et qui lui a demandé de s'en aller, elle y a fait allusion, et aussi au fait qu'elle regrettait, elle lui a dit de s'en aller, et lui, orgueilleux comme il était, ben c'est ce qu'il a fait, aussitôt dit aussitôt fait, il était parti, mais tant qu'il habitait avec la Sœur, il s'occupait de la maison, et il gagnait un peu d'argent avec ses petits boulots de violoneux, et quand il rentrait avec un peu de sous, enfin, pour autant qu'il ait pas tout dépensé en beuveries avant de rentrer, parce qu'il rapportait presque toujours des bouteilles d'eau-de-vie, c'est la Sœur qui me l'a raconté, enfin bref, toujours est-il qu'au moins il a repeint la maison, oui, une seule fois, d'accord, mais au moins une fois, on peut pas le lui enlever, il dit, Åsleik, et il ne va pas souvent la voir, la Sœur, il dit, mais pour le réveillon de Noël, oui, maintenant que la Sœur est célibataire, mieux vaut être chez elle que tout seul chez soi, les côtes d'agneau fumées de la Sœur, oui, elles ont ce petit goût incomparable, comme il le disait tout à l'heure, il dit, Åsleik, et il ne dit plus rien, il ne bouge pas, comme s'il réfléchissait, et il me regarde droit dans les yeux, et il me demande si je ne voudrais pas l'accompagner cette année, allez, pour une fois, il dit, fêter Noël avec la Sœur et lui, ce pourrait être sympa, parce que, la Sœur et lui rien que tous les deux, oui, c'est bien, y a rien à redire, il dit, Åsleik, mais ça ferait de mal à personne d'être plusieurs autour de la table, ça leur évoque tellement de souvenirs, tout remonte à la surface, la Mère et le Père pour lui, le Violoneux pour la Sœur, celui qui a pris ses cliques et ses claques, tiens, au fait, à ce qui y paraît, il se serait mis en ménage avec une nana qui habite dans l'est du pays, alors, pourquoi tu ne te joindrais pas à nous ? il dit, Åsleik, mais bon, il dit, ça ne sert à rien de me poser la question, autant s'abstenir vu qu'il me l'a posée maintes et maintes fois, il dit, parce que jamais, jamais je ne l'ai accompagné, il dit, et il ne donne pas chaque Noël à la Sœur un tableau que j'ai peint, peut-être ? un petit, toujours un des petits, et chaque Noël après être restée toute seule, la Sœur dit toujours qu'il doit me demander si je ne voudrais pas venir fêter Noël avec eux l'an prochain, oui, il veut bien reconnaître que ça l'a étonné qu'elle pose systématiquement la question, forcément puisque je ne viens jamais, et lui il a dit à la Sœur, il dit, Åsleik, qu'il m'a posé plein de fois la question et que je ne viens jamais, il dit, et, oui, il s'est dit que la Sœur avait sa petite idée, car elle et moi on est à peu près du même âge, et elle et moi on est tous les deux célibataires, et beaucoup de célibataires, oui, surtout les femmes, enfin non, non, y a pas de différence entre les hommes et les femmes, c'est pas ça, mais beaucoup de célibataires préfèrent vivre et habiter seuls, et après que le Violoneux a plié bagage, oui, il est parti et n'est jamais revenu, ce bon-à-rien, il n'a même pas dit au revoir à la Sœur en partant, et là, à ce qui paraît, oui, il l'a déjà dit, il dit, Åsleik, il se serait installé dans l'est du pays, dans un bled quelconque, avec une nana, oui, à ce qui paraît ce serait dans l'est au fin fond du Telemark qu'il vivrait, mais pour être doué au violon, ça il l'était, on ne peut le lui enlever, et s'il doit dire les choses comme elles sont, à son avis, c'est pour ça que la Sœur le voulait, parce qu'il jouait bien du violon, c'était un violoneux du tonnerre de Dieu, rien d'autre, il dit, Åsleik

Oui, tu me l'as déjà dit, je dis

Oui, y a un truc que je ne t'ai jamais dit ? il dit

Tu peux le dire, je dis

et on ne dit plus rien, et on ne bouge pas, et on regarde par terre

Donc cette année non plus tu ne viendras pas ? il dit

Non, il vaut mieux que je reste à la maison, je dis

Tu vas peindre aussi à Noël ? il dit

Oui, je dis

et on ne dit plus rien

Le soir du réveillon de Noël aussi ? il dit

Oui, je dis

Mais tu manges quand même des côtes d'agneau fumées ? il dit

et je dis que non, et j'hésite en disant non, et Åsleik dit oui, car je te donne des côtes d'agneau fumées et de la morue fermentée et du bois en échange du tableau que je donnerai à la Sœur, et de la viande séchée aussi, oui, et là, la Sœur, elle a une vraie collection, un mur rempli dans sa salle de séjour avec tous les tableaux que tu as peints, oui, sans oublier les trois au-dessus du canapé, ceux qui sont dans l'entrée, oui, partout y en a, donc en fait c'est bien que tu me donnes un des petits, il dit, Åsleik, même si c'est par radinerie que tu me donnes les petits en échange, il dit

Cette année je t'en donnerai un grand, je dis

Je te remercie, il dit

et il dit que, quand j'aurai presque terminé le gigot séché qu'il m'a donné, ce serait bien que je fasse bouillir l'os avec des boulettes de pommes de terre râpées en les servant avec le reste des tranches de gigot et que je l'invite alors à dîner, il dit, oui, ces repas, ils lui mettent toujours l'eau à la bouche, oui, il doit bien l'admettre, il dit, Åsleik, et après de la saucisse fumée, avec des tranches de lard de poitrine braisée, des carottes et des rutabagas, oui, rien que d'y penser ça lui donne faim, il dit, Åsleik, et je dis que, oui, à Noël je mange des côtes d'agneau fumées et de la morue fermentée, mais pour le réveillon, pas le jour de Noël, tu le sais bien, Åsleik, je dis, je te l'ai déjà dit, je dis, et bien sûr que je l'inviterai à manger des boulettes de pommes de terre râpées avec le reste des tranches de gigot séché dès que l'occasion se présentera, lorsqu'on sera quasiment arrivé à l'os et qu'il faudra le faire bouillir, je dis, et Åsleik dit que, oui, bien sûr qu'il le sait, et il le sait d'autant plus qu'il vient tous les ans dîner chez moi au moment de l'Avent, pour manger soit des côtes d'agneau fumées soit de la morue fermentée, tantôt l'un tantôt l'autre, et cette année ce sera sans doute de la morue fermentée, non ? et je fais signe que oui, et je vais tous les ans dîner chez lui au moment de l'Avent, oui, soit des côtes d'agneau fumées soit de la morue fermentée, tantôt l'un tantôt l'autre, et cette année ce sera sans doute des côtes d'agneau fumées qu'il servira, car la nourriture est toujours meilleure quand on ne la mange pas tout seul, il dit, c'est bien pour ça que lui et moi on partage pas moins de trois repas ensemble pendant les fêtes de Noël, deux au moment de l'Avent et un pour le Nouvel An, et pour le Nouvel An c'est tantôt chez l'un tantôt chez l'autre, telle année chez l'un telle année chez l'autre, et là on mange toujours des côtes d'agneau fumées, il dit, Åsleik, mais tant les côtes d'agneau fumées que la morue fermentée, c'est lui, Åsleik, qui les prépare, il faut le dire, il dit, Åsleik, c'est lui qui a pêché la morue, qui l'a vidée, qui l'a macérée, qui l'a séchée, et c'est lui qui a élevé l'agnelle, qui l'a tuée, qui l'a découpée, qui l'a salée, qui l'a fumée, il dit, Åsleik, et je dis que je n'ai jamais aimé Noël, que c'est une période moche, que c'est la pire période de l'année, et le soir de Noël est le pire jour de l'année, et j'entre dans la Grande Pièce, et Åsleik me suit, et on s'arrête dans le milieu de la pièce, et je pense que la seule chose que j'essaie de faire le soir de Noël c'est de faire disparaître la journée, j'essaie de peindre pour la dépeindre, et non seulement j'essaie mais je le fais, et le soir du réveillon je ne mange rien, je jeûne, comme ils disent, et je peins, du matin de bonne heure et pendant tout le temps où je suis réveillé, je peins jusqu'au soir, hormis quand je fais la sieste une heure en milieu de journée, et par bonheur je me couche tôt, sur le coup de neuf heures je vais me coucher, et tant pis si ça a l'air stupide quand on y pense, et tant pis si ça n'est pas tout à fait vrai, et tant pis s'il y a quand même là une certaine part de vérité, oui, et la seule chose qui rend Noël supportable, oui, hormis la messe à laquelle j'assiste dans l'église Saint-Paul à Bjørgvin le jour de Noël, et hormis également, bien sûr, la peinture, oui, la seule chose qui rend Noël supportable c'est de penser qu'un jeune homme et une jeune femme forment un couple d'amoureux, oui, oui un peu comme Ales et moi autrefois, oui, si ce n'est que nous n'avons jamais eu d'enfants, ça ne s'est pas fait, ça n'a pas voulu se faire, non, je ne dois pas penser à Ales, je pense, ça me fait trop de mal, je préfère penser qu'une jeune femme est enceinte, et si elle va avoir un enfant avec un autre homme alors un jeune homme sera amoureux d'elle, ils sont seuls au monde, et lui, le jeune homme, pense qu'il aime tellement la jeune femme que, même s'il n'est pas le père de l'enfant que porte la jeune femme, il l'aidera, il faut uniquement qu'ils trouvent un lieu où elle pourra accoucher, il pense, et ils partent ensemble, le jeune homme et la jeune femme, pour trouver un lieu et des gens susceptibles de les aider, mais alors qu'ils marchent la jeune femme est prise de douleurs terribles, ils arrivent à peu près au même moment aux abords d'une ferme, ils frappent, mais on ne leur ouvre pas, soit qu'il n'y a personne à la maison soit qu'on ne veut pas leur ouvrir, mais comme il fait noir à l'intérieur sans doute qu'il n'y a personne, ils entrent alors dans la grange, ils y trouvent des vaches chacune dans sa stalle, des moutons dans un enclos, et c'est sans doute la chaleur dégagée par les animaux qui donne l'impression qu'il fait moins froid ici que dehors, la jeune femme se couche dans le foin et y accouche d'un enfant, elle dit qu'un ange lui a dit qu'elle mettrait un garçon au monde, donc ce doit être ça, ce doit être d'un petit garçon qu'elle vient d'accoucher, elle dit, et elle dit que l'ange lui a aussi dit qu'elle ne devait pas avoir peur car Dieu est à ses côtés, et le jeune homme voit qu'une lumière émane de l'enfant, une lumière d'une beauté incompréhensible, et la jeune femme porte l'enfant à son sein, et le petit garçon se tait, il tète, et qu'est-ce qu'il tète, pense le jeune homme, et tout est absolument incroyable, car la lumière qui émane de l'enfant se pose sur le sein de la jeune femme, et elle lève la tête vers lui, elle lui sourit, et le jeune homme pense que ça, cette lumière, non, il ne le comprend pas, car l'enfant diffuse une lumière alors que la grange est plongée dans le noir, l'obscurité est complète dans la grange, non, c'est incompréhensible, il pense, et il sort car il transpire alors qu'il fait pourtant froid à cette période de l'année, il reste debout dans le vent, dans le vent rafraîchissant, il laisse l'air rafraîchissant lui caresser le visage, il lève la tête, il voit une étoile briller dans le ciel, oui, il voit une étoile scintiller avec un éclat et une clarté plus intenses que toutes les autres étoiles, et cette étoile brille droit vers la grange, et la lumière que diffuse cette étoile est identique à la lumière que diffuse l'enfant, il pense, et il voit l'étoile envoyer un jet de lumière droit dans la grange, il suit des yeux le rayon de lumière d'un éclat et d'une clarté intenses que diffuse l'étoile, il le voit pénétrer dans la grange, non, c'est incompréhensible, il pense, et il ne devrait pas tarder à retourner dans la grange pour aider la jeune femme, il pense, et il entend des pas, et il voit trois hommes étranges, trois hommes qu'il n'a jamais vus, trois hommes qui ne ressemblent à aucun homme qu'il ait vu jusque-là viennent vers lui, ils ont de longs cheveux, ils portent une longue barbe, et ils viennent vers lui dans des vêtements élimés et multicolores, et il voit qu'ils ont les mains pleines de tapis et d'habits, de nourriture et de vin, de bijoux et de tout un tas d'autres choses encore qu'il ignore, et quand ils voient le jeune homme ils disent que chaque nuit ils regardent les étoiles en essayant de percer leur signification et que cette nuit ils ont assisté à un spectacle qu'ils n'avaient jamais vu jusque-là, ils ont vu en effet une étoile scintiller avec un éclat et une clarté plus intenses que toutes les autres étoiles, ils ont vu l'étoile envoyer un jet de lumière, et c'était une lumière incompréhensible, chaude et belle à la fois, agréable à regarder, donnant envie de disparaître en elle, ils disent, et comme le rayon de lumière désignait un endroit, ils ont tout de suite su, ils disent, que cette lumière signifiait que Dieu venait d'envoyer le Fils de l'homme sur Terre, ils en étaient sûrs, ça venait enfin d'avoir lieu, et donc ils avaient suivi la lumière, s'étaient mis en marche, étaient arrivés comme par miracle à l'endroit que désignait la lumière diffusée par l'étoile, et maintenant voilà, ils sont là, devant la grange, la lumière de l'étoile brille droit dans la grange, ils disent, et je pense que c'est cette lumière, oui, cette lumière très précise, oui, c'est à cette lumière que je pense pour supporter le réveillon de Noël, pour éviter de penser à tout le reste, tout ce reste qui me fait du mal quand j'y pense, je pense, et je peins, je peins lors du réveillon de Noël comme je peins n'importe quel autre jour, et dans ce que je peins il faut une lumière, une lumière invisible, je pense, et peut-être que la lumière que j'essaie de peindre a quelque chose à voir avec la lumière que diffuse l'enfant ? avec la lumière que diffuse l'étoile ? je pense, mais il est probable que non, et aussi étrange que cela puisse paraître mais peut-être que plus tout est foncé, plus tout est noir, plus il est facile de faire en sorte que l'image gagne en luminosité, oui, plus les couleurs sont noires et foncées, plus l'image est lumineuse, et je vois encore mieux la luminosité d'une image, la puissance ou la faiblesse de la lumière dans l'image, ainsi que les endroits dans l'image où brille cette lumière, quand j'éteins toute autre source lumineuse, quand il fait nuit noire, et il est évidemment encore plus facile de voir cette lumière quand il fait sombre dehors, comme en ce moment pendant la période de l'Avent, et l'été j'essaie d'occulter les fenêtres pour qu'il fasse le plus sombre possible, afin de voir les manières et les endroits dans une image où brille la lumière, oui, en vérité j'attends pour me séparer d'une image de l'avoir vue dans l'opacité, j'attends que l'œil se soit pour ainsi dire habitué à l'obscurité, et je vois l'image tel un jeu d'ombres et de lumières, et je regarde l'image afin de voir les manières et les endroits dans une image où brille la lumière, et c'est toujours, c'est toujours dans l'obscurité qu'une image a le plus de lumière, et je pense que c'est sans doute pour cette raison que Dieu gagne en proximité dans le désespoir, dans le noir, mais la manière qu'a la lumière que je peins de pénétrer dans l'image, non, ça je n'en sais rien, la manière dont cette lumière apparaît dans l'image, non, ça je ne le comprends pas, mais je pense que c'est une belle pensée de se dire qu'elle est apparue de la même manière qu'est apparu un enfant illégitime, comme ils disent, de la même manière qu'un enfant est né dans une grange, un jour d'hiver, oui, le soir de Noël, et qu'une étoile a envoyé sur Terre sa lumière d'un éclat et d'une clarté intenses, une lumière venant de Dieu, oui, c'est une belle pensée, je pense, car le mot même de Dieu dit que Dieu existe, je pense, car le fait qu'on ait le mot et le concept de Dieu signifie que Dieu existe, je pense, ou quelle que soit la situation c'est en tout cas une pensée que l'on peut formuler, ça aussi, oui, si ce n'est plus encore, mais il en va certainement ainsi que la lumière est visible dès l'instant où elle est comme foncée, comme noircie, par conséquent l'obscurité est lumineuse, oui, oui dans ma vie il en est en tout cas allé ainsi, c'est quand l'opacité dominait que la lumière a été le plus visible, et quand l'obscurité est devenue lumineuse, tout comme le sont peut-être les images que je peins, en tout cas je l'espère, et c'est ça que j'ai essayé de dire à Åsleik, mais jamais je n'arrive à le lui faire comprendre, et c'est pour ça que je ne lui en parle plus, car toujours il me dit, et il le dira encore, que lui, Åsleik, il fait partie des impies, on vit puis on meurt, c'est comme ça, ni plus ni moins, et il ne veut pas entendre parler d'une lumière invisible, voilà ce qu'il me dira, et c'est pour ça que je ne lui en parle plus, on vit puis on meurt, c'est comme ça, ni plus ni moins, il dit, Åsleik, et il n'a pas tout à fait tort, mais peut-être que ce n'est pas aussi simple non plus, car la vie c'est à n'y comprendre goutte, et la mort aussi d'ailleurs, et pourtant d'une façon pour le moins surprenante on peut comprendre tant la vie que la mort, si ce n'est en pensée, en tout cas par la lumière, car d'une certaine manière la lumière les comprend, je pense, et la vie, et la peinture également, elles prennent sens parce qu'elles sont liées à cette lumière, oui, ce que je fais quand je peins a à voir avec la lumière, même si personne à part moi ne la voit, car il est probable que personne ne la voie, je crois en tout cas que personne ne la voit, je pense, les gens pensent à autre chose, les gens pensent au tableau, s'il est beau ou laid, ils pensent à ce genre de choses, voilà pourquoi je ne supporte pas de penser à ces tableaux que je peignais pour gagner de l'argent quand j'étais gamin, ce n'étaient que des tableaux, c'étaient des images dépourvues de lumière, ces tableaux étaient uniquement beaux et par conséquent ils étaient laids, ils étaient ressemblants, qu'est-ce qu'ils étaient ressemblants, le soleil étincelait, il y avait de la lumière partout et par conséquent il n'y avait pas de la lumière, ou il n'y avait de la lumière que dans les ombres, peut-être, je pense, et j'entends brusquement Åsleik dire que même s'il n'est qu'un simple pêcheur il sait que tout est lié par une grande cohérence indécomposable, les gens ont besoin de poisson, de nourriture, et pour que les poissons existent il faut ceci et cela, et pour pouvoir réussir en tant que pêcheur il faut que ceci et cela aient lieu, donc tout est lié par un phénomène étonnant, tout n'est qu'une seule et même grande cohérence, sauf que, il dit, tu crois en Dieu et moi pas, il dit, et je dis, puisque je le dis toujours, que personne ne peut rien dire sur Dieu et que par conséquent ça n'a pas de sens de dire qu'on croit ou qu'on ne croit pas en Dieu, car Dieu est, Il n'existe pas, contrairement à ce que se figure Åsleik, je dis, et je pense qu'Åsleik et moi en avons parlé maintes et maintes fois, et il y a des choses dont on peut parler encore et encore sans que ce soit problématique, sans quoi ce serait ennuyeux d'en parler encore et encore

Oui oui, je dis

Mais cette année non plus tu ne vas pas m'accompagner pour fêter Noël avec la Sœur et moi ? il dit

Non, je vais rester chez moi, je dis

Oui oui, il dit

Mais tu crois en Dieu, et pas moi, il dit

et je dis, puisque je le dis toujours, que personne ne peut rien dire sur Dieu, mais qu'il est possible de penser que rien n'existerait sans Dieu, car Dieu n'est rien, Il est séparé de la création qui est toujours une limite en soi, Il est au-delà du temps et de l'espace, Il est une entité pour nous inconcevable, Il n'existe pas, Il n'est rien, Il n'est aucune chose, absolument rien, je dis, et je dis qu'aucune chose, absolument rien n'existe de soi-même, car c'est à la faveur de Dieu que les choses existent dans l'absolu, sans Dieu rien n'existerait, je dis, et Åsleik dit que ça me mène où de penser ça ? car alors on ne peut croire en rien, n'est-ce pas ? car ça ne mène nulle part de ne croire en rien ? et je dis qu'il a raison sur ce point, je dis qu'à ce niveau-là, lui et moi, on est d'accord, mais il serait faux de dire que Dieu n'est rien, car Il est en même temps tout, tout mélangé, car je pense, je dis, que puisque rien n'aurait existé sans l'interaction de Dieu, sans la participation de Dieu pour que tout existe, pour que tout ait une essence, comme ils disent, c'est donc Lui qui a une essence, Lui qui est, Lui que toutes les choses ont en commun, oui, et à propos de Lui, à propos de Son nom, Dieu dit qu'il s'appelle Je suis, je dis

Là je comprends plus rien, il dit, Åsleik

Non, mais moi non plus je ne comprends rien, je dis

C'est juste un truc que tu penses ? il dit

Oui, je dis

et on ne dit plus rien, et on ne bouge pas, et on regarde par terre

Toi et ta foi alors, il dit

Des fois tu me mets la tête à l'envers, il dit

Mais on ne peut pas atteindre Dieu en pensée, je dis

Car soit on sent que Dieu est proche, soit on ne le sent pas, je dis

Car Dieu est à la fois une absence lointaine, oui, l'essence même, oui, et une présence proche, je dis

Si tu le vois comme ça, il dit

Mais ça n'a pas grand sens tes affaires, il dit

et je dis que non, justement pas, mais que, alors, oui, c'est un paradoxe, comme ils disent, oui, et ne sommes-nous pas des paradoxes à être là, l'un en face de l'autre, quand on pense à quel point le corps et l'âme sont liés ? je dis, et il dit, Åsleik, oui, non, pas facile à dire, et on ne dit plus rien, et je dis que la croix est en soi un paradoxe, avec ses deux lignes qui se croisent, la verticale et l'horizontale, comme ils disent, et que le Christ, oui, Dieu en personne, est mort puis est ressuscité pour triompher de la mort, cette mort qui est venue dans le monde lorsque l'être humain a été séparé de Dieu, oui, lors du péché originel, comme ils disent, lorsque le mal, oui, le Diable, a pris le pouvoir sur ce monde, oui, comme il est écrit dans la Bible, oui, et c'est incompréhensible, je dis, et je dis que le mal, le péché, la mort, tout est apparu lorsque le monde, oui, l'univers, est lui-même apparu, car lorsque Dieu a dit oui, un non a également été dit, si on peut dire, je dis, car sinon le temps et l'espace n'auraient pas existé, oui, tout ce qui existe dans le temps et l'espace ont leur contraire, oui, pour le meilleur et pour le pire, je dis, et tout ce qui est dans le temps et l'espace disparaîtra, oui, la majorité de ce qui existe, quasiment tout, quasiment tout ce qui a été dans le temps et l'espace a déjà disparu, l'écrasante majorité se trouve déjà en dehors du temps et de l'espace, ça n'existe pas, ça est, tout bonnement, de la même façon que Dieu n'existe pas, Il est, tout bonnement, donc il n'y a pas lieu de s'étonner qu'on ait envie de quitter ce monde, de quitter ce qui existe, pour se reposer dans ce qui est tout bonnement, de se reposer en Dieu, comme Paul l'écrit quelque part dans la Bible, oui, comme il l'écrit plus ou moins, je dis, et

Åsleik dit que, oui, on en a déjà beaucoup parlé et on en reparlera encore beaucoup, et je dis que, oui, très certainement, et je vois Åsleik s'approcher du tableau posé sur le chevalet, lui-même posé au milieu de la pièce, et c'est pour un peintre comme moi une toile assez grande, oblongue, j'ai d'abord peint une ligne oblique qui recouvre la quasi-totalité de la surface, une ligne marron, un empâtement marron qui a coulé avec une épaisseur visqueuse, puis j'ai peint une ligne équivalente en violet qui croise la première à peu près dans le milieu, et elles forment ainsi une sorte de croix, une croix de Saint-André, c'est son nom si je ne m'abuse, et je vois Åsleik debout face au tableau, je le vois le regarder, et je m'approche à mon tour du tableau, et je le regarde, et je vois Asle assis sur son canapé, il tremble et n'en finit pas de trembler, et il pense qu'il ne parvient même pas à lever une main, même la pensée qu'il doit prononcer lui apparaît trop lourde, pense Asle, et la seule pensée qu'il parvient à formuler est qu'il va disparaître, partir à jamais, qu'il va se mettre debout, qu'il va sortir, qu'il va s'avancer dans la mer, et il pense qu'il doit sortir le chien, ça fait trop longtemps que le chien n'est pas sorti, et je vois que l'épaisse couche de peinture à l'huile a coulé encore plus, et à l'endroit où les lignes se croisent s'est formée une couleur très particulière, plus lumineuse encore en ce moment que lorsque je regardais le tableau en début de journée, je pense, et je reste debout face au tableau, et je regarde le tableau, et je pense que c'est sans doute à cause d'Asle qu'aujourd'hui je suis allé à Bjørgvin sur un coup de tête, mais je n'en avais pas conscience à ce moment-là, j'en ai pris uniquement conscience en passant devant l'immeuble où se trouve son logement, à Skutevika, et pourtant je ne me suis pas arrêté pour aller le voir, pour l'aider, ni quand je suis allé à Bjørgvin, ni quand je suis rentré de Bjørgvin, je pense, et je pense que toutes mes images sont pareilles, et je ne comprends pas ce que je veux dire par cette pensée, toutes mes images sont pareilles ? qu'est-ce que je veux dire par là ? car ce tableau n'est pas une image, c'est juste une image que j'ai commencée, mais toutes mes images ont quelque chose qui rappellent celle-ci, aussi différentes que soient les autres images que j'ai peintes, et peut-être est-ce parce qu'elle ressemble à mon image intérieure, à mon image personnelle, car c'est ce que j'essaie continuellement de peindre, et si je réussis à ce que la lumière soit dans l'image, à ce que la lumière sorte de l'image, je dois alors faire pareil, je dois entrer en moi-même, je dois entrer le plus profondément possible en moi-même pour ensuite en ressortir et entrer dans l'image, je pense, et j'entends Åsleik dire que ça ressemble à quelque chose de réel, pour une fois j'ai peint une image qui ressemble à quelque chose, car ça ressemble à une sorte de croix, il dit, et je dis que c'est une image que j'ai commencée en début de journée, avant d'aller à Bjørgvin, et il dit pourquoi je commence une image, peins deux traits, nettoie mes pinceaux et les pose pour aller à Bjørgvin au lieu de continuer à peindre ? il dit, et je dis que je l'ai fait parce que ça me semblait juste, et Åsleik ne dit plus rien, et il dit que si ça me semblait juste, oui, alors ça veut dire que c'était juste, il dit, et je pense qu'à l'heure qu'il est Åsleik doit penser que je dis n'importe quoi, je pense, mais à dire vrai c'est ce qu'il pense toujours de moi, je pense, et Åsleik dit encore une fois qu'il ne comprend pas pourquoi je peins deux traits et puis plus rien, et d'abord pourquoi j'ai peint ces deux traits ? il dit, et je dis qu'il n'est pas toujours facile de tout motiver, et Åsleik dit que non, bien sûr que non, parfois je lui mets la tête à l'envers, il dit, parfois il ne me comprend pas toujours à vrai dire, il dit, ou il ne comprend pas toujours mes images, il dit, et je pense qu'Åsleik a dit ça maintes et maintes fois, et je pense, oui, qu'il y a des choses dont on peut parler encore et encore et qu'il y a d'autres choses dont il est ennuyeux de parler encore et encore, comme par exemple le fait que Dieu, ou en tout cas une force divine, est venu aux êtres humains pour les aider dans leur misère et leur désespoir quand Jésus-Christ est venu au monde, est mort puis ressuscité, oui, cette histoire incroyable, cette insanité à laquelle on ne peut pas croire, et le fait qu'il y a de la force dans cette insanité, pour le penser en ces termes, je pense, cette insanité en laquelle je crois et en laquelle Åsleik ne croit pas, mais quelle différence cela fait de croire ou de ne pas croire ? je pense, aucune, strictement aucune, je pense, de la même manière que je ne crois pas toujours en Jésus-Christ, en Jésus-Christ comme notre sauveur, je crois davantage en Dieu, en la présence de Dieu, en Dieu comme notre sauveur, oui, et en son absence, oui, je ne peux pas la mettre en doute, car cette absence relève de la réalité et non de la foi

Oui oui, je dis

Mais cette année non plus tu ne vas pas m'accompagner pour fêter Noël avec la Sœur et moi ? il dit

Non, je vais rester chez moi, je dis

Oui oui, il dit

et Åsleik ne bouge pas, comme s'il ne voulait pas partir, et il regarde l'image où sont peints deux traits qui se croisent

Tu ne finis pas par être fatigué de ta peinture ? il dit

Et toi qui pêches à longueur de temps, tu ne finis pas par être fatigué de ta pêche ? je dis

Ça n'a rien à voir, il dit

Oui, peindre et pêcher, ça n'a pas grand-chose en commun, je dis

Tu me prends pour un demeuré ? il dit

et on se regarde

Je ne te prends certainement pas pour un demeuré, je dis

T'as intérêt, il dit

Ce n'est pas parce qu'on passe son temps à pêcher qu'on est demeuré, je dis

C'est même plutôt le contraire, il dit

Oui, demeuré, on le devient quand on finit par trop peindre, il dit

et je ne peux dire autre chose sinon que ce qu'il dit est juste, la pêche apporte plus de raison et de bon sens que la peinture, oui, la pêche renferme une belle vérité, je dis, car on ne sait jamais ce qui va se passer, si on va attraper un poisson ou pas, je dis, c'est un coup de chance, oui, comme dans la vie, je dis, et Åsleik dit que je n'ai pas tort dans ce que je dis, mais que pour attraper un poisson il faut d'abord pêcher, et là ce n'est pas un coup de chance, ce n'est pas la chance qui détermine si on pêche ou pas, pêcher, c'est quelque chose qu'on entreprend de faire, quelque chose qu'on fait, c'est une action, oui, un acte concret, il utilise les grands mots mais là il peut se le permettre, il dit, et quand on effectue cet acte concret, donc la pêche, on le fait pour la première fois, car une fois est toujours une première fois, et par la suite on le refait, et on le refait encore, oui, ça aussi il faut le dire, il dit, Åsleik, et à la fin on a acquis tout un tas de connaissances sur la pêche, où le poisson séjourne, quand il mord, on apprend plein de choses au sujet des balises et des marques, car chaque balise et chaque marque ont leur propre rôle, tu en as certaines qui sont utiles à marée haute et tu en as certaines qui sont utiles à marée basse, et je ne te parle même pas des courants ! il dit, Åsleik, et sans parler non plus des saisons, des mois, oui, des semaines ! et de la lune aussi, de comment tout ça nous renseigne sur le poisson, s'il y a du poisson, oui, évidemment, inutile d'en parler parce que ça tombe sous le sens, c'est évident, il dit, Åsleik, et il appuie sur le mot évident, et il le répète, évident, oui, c'est évident, il dit, Åsleik, et je dis que, oui, c'est sûrement comme ça que ça se passe

Donc un coup de chance, non, c'en n'est pas, il dit

Non, mais dans la vie ce n'est pas qu'un coup de chance, c'est évident, je dis

Oui, c'est évident, il dit

et il regarde par terre, avec sa façon bien à lui de regarder, et quand il regarde comme ça tête baissée il ne donne pas l'impression de regarder par terre, il donne plutôt l'impression de regarder en l'air, il donne l'impression d'avoir la tête relevée et de tout voir, de voir une grande logique sans en avoir conscience, et là une expression se pose sur son visage, oui, comme s'il sortait brusquement de ce monde cruel et entrait dans une clairière de calme, de silence, de lumière, oui, une clairière d'obscurité lumineuse, comme s'il sortait de lui-même, de celui qu'il est d'habitude, comme s'il ne savait rien sur lui-même, comme s'il était hors de lui-même à l'endroit où il se trouve en ce moment et regarde par terre tête baissée, avec une lumière comme seul le ciel peut brusquement en diffuser, avec les nuages, quand la lumière le veut bien, oui, une lumière similaire sort de lui, et une lumière pareille peut aussi sortir d'un chien, de l'œil d'un chien, oui, ça arrive souvent, oui, si j'y réfléchis bien, j'ai souvent vu cette lumière singulière sortir de l'œil d'un chien

Et c'est pour ça que tu es allé à Bjørgvin aujourd'hui ? il dit

Pour aller dire bonjour à celui que tu connais bien, à celui qui a le même Nom que toi ? il dit

Ça t'est venu sur un coup de tête que tu devais y aller ? il dit

et Åsleik regarde encore par terre, et je pense que je ne lui ai rien dit à propos d'Asle, que je ne suis pas allé à Bjørgvin pour voir Asle, c'est juste une pensée que j'ai eue, car je n'ai pensé à Asle qu'en passant devant l'immeuble où se trouve son logement, mais peut-être que j'ai eu cette pensée malgré tout et que je n'en ai pas eu conscience ? je pense, et je dis que, oui, c'est sans doute ça, mais que je ne l'ai pas compris moi-même, et je dis qu'il arrive qu'une image me fasse brusquement faire quelque chose, même si c'est rare, très rare, et même s'il arrive aussi, souvent, oui, toujours, qu'une image ait à voir avec ce que j'ai vu, qu'elle se soit fixée en moi d'une certaine manière, et que je la revoie, oui, comme une vision, oui, comme si j'avais dans la tête une immense collection d'images emmagasinées, des images que je ne parviens pas à oublier, dont j'essaie en quelque sorte de me défaire en les peignant, je dis, et Åsleik dit que c'est sans doute ça, et il ne bouge pas, et il regarde par terre tête baissée, et je baisse la tête à mon tour, et je regarde par terre, et on ne bouge pas, et on ne dit rien, on reste silencieux, longtemps

Non, je ne suis jamais rien devenu, moi, il dit

et il le dit en regardant droit devant lui

Je suis né à Dylgja, j'ai vécu à Dylgja, je mourrai à Dylgja, je serai enterré dans la terre et je deviendrai la terre, il dit

Je ne suis rien devenu, rien, il dit

J'ai été baptisé dans l'église de Vik, j'ai été confirmé dans l'église de Vik, je serai emmené de l'église de Vik jusqu'au cimetière où je serai enterré et où je me décomposerai, il dit

et je pense qu'il va recommencer à me dire qu'il est resté vieux garçon, et Åsleik dit qu'il n'y avait pas de femme dans ce bas-monde qui voulait d'un type comme lui, ce qui est facile à comprendre car qui voudrait d'un cinglé comme lui ? il dit, donc se marier et tout, comme n'importe quel homme digne de ce nom, il y a renoncé quand il était jeune, oui, il n'était pas encore vieux garçon quand il a su qu'il vivrait seul toute sa vie, dans la solitude, qu'un mariage dans l'église de Vik, ce ne serait pas pour lui, qu'un baptême de ses enfants dans l'église de Vik, ce ne serait pas pour lui non plus, il dit, et puis il y a la ferme, enfin, si on peut appeler ça une ferme, une cahute plutôt, oui, avec des rochers gros comme des hangars à bateau qui ont dégringolé dans les pacages, enfin, si on peut appeler ça des pacages, des pâtis sur un escarpement plutôt, oui, et il ne leur fallait pas longtemps, aux rochers, pour se décrocher et dégringoler au bas de la montagne et atterrir dans le pacage, presque toutes les nuits Åsleik s'endormait la peur au ventre en pensant, voilà, c'est maintenant, c'est maintenant que le gros rocher va lui tomber dessus, que le grand éboulement va avoir lieu, celui qui va emporter les bâtiments de la ferme et les pacages, celui qui va les précipiter dans le Sygnefjord, oui, il voyait ce moment sous ses yeux, si souvent il a vu ce moment sous ses yeux, il voyait un rocher gros comme une maison se décrocher de la montagne, ou il voyait la paroi entière de la montagne se détacher puis se transformer en éboulis dévalant la pente de plus en plus vite, emportant dans sa chute l'herbe et la terre, réduisant les bâtiments de la ferme à l'état de planches, charriant les moutons et tous ses biens, et lui au milieu de tout ça, dégringolant lui aussi, disparaissant dans l'eau, lui et toute sa ferme, lui et tous ses biens disparaissant au fond de l'eau, oui, voilà ce qu'il voyait avant de s'endormir, il avait l'impression que cette vision, que cette pensée, refusait de le quitter, il était tout le temps réveillé par un petit éboulement, cette peur de l'éboulement lui avait sûrement été transmise par ses parents, surtout par la Mère, mais aussi par le Père, oui, le Père parlait en permanence de l'éboulement qui devait arriver un jour, oui, qui n'allait pas seulement arriver mais qui devait arriver un jour, ce n'était qu'une question de temps, aujourd'hui, demain, dans un an, dans vingt ans, dans cent ans, dans encore plus longtemps, mais un jour l'éboulement finirait par arriver, c'était sûr et certain, ce qui était encore incertain c'était le jour, voilà ce que le Père et la Mère se disaient tout le temps, même quand la Sœur et lui étaient petits et les écoutaient ils se le disaient tout le temps, ils en parlaient tout le temps, et tu parles que les adultes pensaient à leurs gamins quand ils en parlaient ? bien sûr que non, il dit Åsleik, et la Sœur et lui, à peu près du même âge, lui deux ans de plus qu'elle, lui le fils aîné, lui le fils héritier, héritier de la ferme en vertu du droit d'aînesse, et il prononçait toujours les deux mots comme s'ils avaient quelque chose de précieux, oui, ces mots, fils héritier et droit d'aînesse, il les prononçait avec une intonation particulière, avec une déférence particulière, il était le fils aîné, il était le fils héritier, donc il hériterait de la ferme et tout ce qui allait avec en vertu du droit d'aînesse, tout comme le Père avait hérité de la ferme et tout ce qui allait avec en vertu du droit d'aînesse parce qu'il était le fils aîné, le grand-père de son père et ainsi de suite, oui, il ne pouvait dire depuis combien de temps les gens de sa famille avaient vécu sur la ferme mais ça faisait longtemps, oui, de ça il était sûr et certain, oui, ça faisait très longtemps, la ferme était passée du père au fils aîné, en vertu du droit d'aînesse, et tous les fils aînés avant lui avaient réussi à trouver une femme, tous sauf lui, donc il était le premier fils aîné à hériter de la ferme et à devenir vieux garçon, oui, à rester célibataire, oui, pourtant c'est pas faute d'avoir essayé, il dit, Åsleik, ça avait même failli plusieurs fois, mais failli seulement, ça n'avait pas marché, non, la chance n'avait pas été de son côté, même les vieilles filles n'avaient pas voulu du vieux garçon qu'il était déjà jeune, donc il n'avait jamais eu de femme, puis il avait continué, il avait bricolé, d'abord il avait les moutons, il touchait un peu de sous grâce à la viande, un peu aussi grâce à la laine, oh, pas grand-chose, mais de toute manière il n'avait pas besoin de grand-chose, et s'il revenait avec une bonne pêche, il vendait les poissons à la criée, sur le Port, il se mettait sur le Port juste à côté de l'Épicerie et il vendait son poisson, oui, car beaucoup de gens ne voulaient pas pêcher eux-mêmes, donc ils lui achetaient du poisson frais, mais ils lui achetaient aussi du poisson séché, car il pêchait tellement de morues qu'il les mettait à sécher, en hiver dedans, dans le grenier de la maison, en été dehors, contre l'escarpement de la montagne, et l'avantage du poisson séché c'est qu'il se vendait bien, il vendait aussi des crabes et des homards, et ça aussi ça se vendait bien, oui, c'était rien de le dire, il dit, Åsleik, ça rapportait bien, très bien même, il s'était fait un petit pécule au fil des années grâce à la vente des crabes et des homards, sûr, et puis il avait son bois, et il en avait vendu des stères, pas qu'un peu même, au début rien qu'aux gens du village, mais avec le raccordement de la route les gens venaient carrément de Bjørgvin pour lui acheter du bois, le week-end ça frappait tellement à sa porte qu'il était obligé de la fermer à clé, lui qui jamais de sa vie n'avait fermé sa porte à clé, voilà qu'il était obligé de le faire et de ne pas ouvrir quand ça frappait à sa porte, non, sûr, mais sinon, oui, il s'était pas trop mal débrouillé, pas vrai ? si, et puis il avait toujours aimé lire, ça, oui, presque chaque fois qu'il allait à Vik vendre son poisson, il faisait un petit détour par la Bibliothèque, dans le bâtiment de la Mairie, vu qu'elle était pas trop loin du Port, oui, enfin, je le savais bien, j'y étais allé plein de fois, pas besoin de me le dire, pourquoi il me disait ça ? il dit, Åsleik, et donc quand il allait faire ses courses à l'Épicerie, il faisait toujours un petit détour par la Bibliothèque, et il lisait tout ce qui lui tombait sous la main, sur tel ou tel sujet, et il lisait aussi de la poésie, oui, même de la poésie il en lisait, ça lui plaisait bien, sûr, et surtout la poésie des petits jeunes, parce que, qu'est-ce qu'ils allaient pas inventer, les petits jeunes ? ça voulait pas toujours dire grand-chose, c'était pas vraiment en lien avec les grands sujets, les poèmes qu'ils écrivaient, mais ça avait de l'effet, ça avait un vent nouveau, les poèmes qu'ils écrivaient, c'était nouveau dans le regard, nouveau dans la façon d'écrire, oui, parfois c'était impossible à visualiser, mais quand tel poème ressemblait à tel autre, oui, quand c'était impossible de les distinguer l'un de l'autre, là, ça le lassait, donc si un poète voulait être quelqu'un, il fallait qu'il ait son petit coup de patte, enfin bon, c'était son avis, sûr, oui, c'était son opinion, là-dessus rien à dire de plus, il dit, Åsleik, et le silence retombe

Donc ça donne de l'ouvrage, une ferme, ça demande beaucoup de travail, de s'occuper des bâtiments, il dit

et il dit qu'il a fait tout son possible pour prendre soin de la ferme, de la maison d'habitation, de la grange, de la remise, du fumoir, du hangar à bateau, mais ces dernières années pas grand-chose n'a été fait, la maison devrait être repeinte, oui, tous les bâtiments devraient l'être, et depuis longtemps, sûr, mais comme l'éboulement va arriver un jour ou l'autre, oui, il en est sûr et certain, et ce jour-là approche, c'est pour ça que pas grand-chose n'a été fait, car ça n'avait pas beaucoup de sens de repeindre ou de réparer la maison d'habitation ni même les autres bâtiments de la ferme si l'éboulement allait les emporter, sûr, voilà ce qu'il avait pensé, mais bon, il n'y a sans doute pas beaucoup de bon sens et de réflexion dans cette pensée, non, c'est même plutôt une excuse pour ne rien faire, une espèce de paravent pour cacher sa fainéantise, oui, et en fait c'est même une folie quand on pense que tous ceux qui ont vécu sur la ferme avant lui ont fait tout leur possible pour en prendre soin, mais bon, les bâtiments ont tenu, et ils tiennent toujours, oui, la maison d'habitation, la grange, la remise, le fumoir, le hangar à bateau, et ils en ont abattu du travail, sûr, que ce soit ses parents, ses grands-parents, ses arrière-grands-parents, ses arrière-arrière-grands-parents, et on peut remonter comme ça dans le temps, même si remonter plus loin que ses grands-parents n'a pas grand sens, enfin, c'est son avis, vu que le reste fait partie du grand silence, il dit, Åsleik, enfin, c'est son avis, et ce qui fait partie du grand silence il vaut mieux ne pas trop y penser, il vaut mieux ne pas trop s'en soucier, c'est là point à la ligne, et c'est le grand silence, oui, il dit

Oui, je dis

Le grand silence, il dit

et je pense que je devrais dire que c'est Dieu le grand silence, que c'est dans le silence qu'on peut entendre Dieu, mais l'instant d'après je me dis qu'il vaut mieux ne pas le dire, je pense, et on reste là, sans bouger, sans rien dire, et je pense que ça aussi, tout comme le reste d'ailleurs, j'ai entendu Åsleik me le dire maintes et maintes fois, car quand il se met à parler il peut dire des choses sensées à l'infini, ce qui s'explique sans doute par le fait qu'il est tellement seul, je pense, et je pense que même s'il me l'a déjà dit c'est malgré tout nouveau chaque fois qu'il me le dit, je pense, car il y a chaque fois quelque chose de nouveau, il y a chaque fois quelque chose de différent dans sa façon de raconter les choses, dans sa façon de voir les choses, je pense, et Åsleik dit que la seule chose, oui, la seule chose qui le tourmente, non, pas qu'il ne s'est jamais marié, pas du tout, une bonne femme ç'aurait été des soucis et ç'aurait été un fardeau, de ce point de vue il est né pour être célibataire, pour être ermite, comme ils disent, mais, il dit, et il ne dit plus rien, et il garde le silence

Qu'est-ce que tu veux dire ? je dis

Oui, que, il dit

Oui, que quoi ? je dis

Oui, que je n'aurai personne pour reprendre la ferme après moi, il dit

et il regarde encore par terre, et il regarde en l'air, et il regarde le poêle, et il dit qu'on ferait bien de mettre une petite bûche de plus, une bonne bûche de bois bien sec, il dit, et je vois Åsleik aller vers le poêle, ouvrir le couvercle, mettre une bûche, refermer le couvercle, et je pense que j'aurais quand même dû prendre un verre avec Asle à l'Auberge, même s'il devrait plutôt être conduit aux Urgences, ce qu'il aurait de toute façon refusé, car il ne va pas bien ces derniers temps, encore moins parce que quand il ne boit pas il ne pense qu'à une chose, mettre fin à ses jours, comme s'il n'en pouvait plus, c'est pour ça que j'aurais dû passer le voir, pourquoi je suis passé devant chez lui sans m'arrêter ? je pense, parce que j'avais peur d'aller le voir ? parce que je n'avais pas envie d'aller à l'Auberge ? je pense, et là Asle est assis sur son canapé, ses longs cheveux gris plaqués derrière les oreilles et attachés par un élastique noir en haut de la nuque, sa barbe grise naissante, il tremble et n'en finit pas de trembler, je pense, et je vois Åsleik s'approcher du chevalet, il se place devant le chevalet, il regarde le tableau que je suis en train de peindre, et je vais vers le poêle, et j'ouvre le couvercle, et je mets une bûche même si Åsleik vient juste d'en mettre une, et je reste là le couvercle à la main, et je regarde les flammes, et je vois Asle assis sur son canapé, et il pense que la nourriture n'a plus de goût, il sait qu'il doit manger mais il n'a pas envie de manger, la nourriture le répugne, la nourriture le révulse, il essaie de manger mais la nourriture lui donne envie de vomir, il recrache la nourriture, il se trouve plutôt un petit quelque chose à boire, mais il ne peut décemment pas boire sans avoir mangé, c'est une règle à laquelle il s'est toujours tenu, et il est déjà tard dans la journée, il doit se mettre debout, peu importe si c'est dur de se lever, peu importe si c'est dur de mettre un pied devant l'autre, il doit le faire, oui, peu importe s'il tremble de tous ses membres, et surtout des mains, il doit boire un petit quelque chose, il doit boire un peu d'eau-de-vie, pense Asle, et il se lève, et il met un pied devant l'autre, et il remarque qu'il tremble de tous ses membres, et il pense qu'il doit aller à la cuisine, qu'il doit se trouver un petit quelque chose à boire, et il va à la cuisine, et il ouvre le bouchon de la bouteille posée à côté d'un verre sur la table de la cuisine, et il soulève la bouteille des deux mains, et il enfonce le goulot dans le verre, et il arrive à se servir de l'eau-de-vie sans en renverser, et il prend son verre de ses deux mains tremblantes, et il porte le verre à sa bouche, et il vide le verre d'une traite, et il repose son verre de ses deux mains tremblantes, et il s'appuie contre le bord de la table, et il inspire profondément, et il expire lentement, il respire comme ça plusieurs fois d'affilée, et il reprend la bouteille de ses deux mains tremblantes, et il tremble de tous ses membres, et il se sert un autre verre, et il sent une douce chaleur se diffuser dans son corps, et il sent aussitôt une chaleur douce monter en lui, pense Asle, et il pense qu'il va se rouler une bonne petite cigarette, et il sort son paquet de tabac de la poche arrière de son pantalon, et là il arrive enfin à se rouler une cigarette, et il allume sa cigarette, et c'est formidable de sentir la fumée se diffuser dans son corps, il pense, c'est tout autre chose de fumer ces cigarettes roulées que des cigarettes classiques, pense Asle, et il pense qu'il devrait aller faire un tour à l'Auberge, et il se voit assis tout seul à l'Auberge, et il se voit lire le journal, il y a peu de clients à l'Auberge, la porte s'ouvre, une femme entre, à peu près de son âge, dans les quarante ou cinquante ans à peu près, elle a des cheveux blonds mi-longs, et Asle voit qu'elle semble revenir à la vie au moment où elle voit Asle, et elle vient à sa table, et il relève la tête, et il semble revenir à la vie lui aussi, ses yeux reviennent à la vie

Non, c'est toi, il dit

Oui, elle dit

et elle est un peu timide

Tu attends quelqu'un ? elle dit

Non non, il dit

et le silence retombe, et Asle dit qu'elle n'a qu'à s'asseoir si elle veut, si elle n'a rien d'autre à faire, lui il est assis, comme elle voit, seul, oui, seul avec son verre, il dit, et Asle lève son verre d'eau-de-vie, et elle dit que ça fait drôlement longtemps, que c'est chouette, très chouette de le revoir, elle dit

Mais assieds-toi donc si tu veux, il dit

On se connaît bien, toi et moi, il dit

Toi, Guro, et moi, il dit

et elle ne dit rien, et le silence retombe, et Asle pense que les cheveux de Guro sont blonds et mi-longs comme ils l'ont toujours été, et elle est toujours debout, et elle bouge légèrement, et Asle la regarde, et il sent qu'ils sont à l'endroit où ils ont toujours été, qu'ils n'ont pas bougé de place, qu'ils n'ont pas changé, ils sont ceux qu'ils ont toujours été, c'est le même endroit, c'est leur endroit, ils sont toujours leur secret mutuel, ils sont toujours leur petit monde mutuel

Comme c'est chouette de te revoir, elle dit

Toi aussi c'est chouette de te revoir, il dit

Et toi, toujours pareil ? elle dit

Oui, pas grand-chose de nouveau, il dit

En tout cas je suis contente de te voir, elle dit

Oui, c'est chouette de se revoir, il dit

et je la vois s'asseoir à sa table, et je vois Asle debout devant la table de la cuisine, et il se verse encore un verre d'eau-de-vie, et ses tremblements vont bien finir par s'arrêter, je pense, et je vois le chien venir vers lui

Tu es là, toi, il dit

Tu es un gentil Brage, il dit

et il dit que le chien doit avoir faim et soif, et il remplit la gamelle d'eau, et il prend dans un sac placé sur le plan de travail une poignée de croquettes qu'il lâche dans l'autre gamelle posée par terre, et Brage se précipite vers sa gamelle pour manger, et ça frappe à la porte d'entrée, et Asle ne bouge pas, il ne bouge pas avec son verre à la main, ça frappe de nouveau, il repose son verre, il coince sa cigarette dans le cendrier placé sur le plan de travail, et il va ouvrir, et il voit deux fillettes qui le regardent avec de grands yeux ahuris, et l'une d'elles lui demande s'il accepterait de donner un peu de sous, elles font la quête pour telle ou telle cause, elle dit, et il dit qu'il va voir ce qu'il a, et il retourne dans le salon, et il se dirige vers le veston en velours noir suspendu au dossier de la chaise près de la table basse du canapé, il sort son portefeuille de la poche intérieure, il trouve des pièces de monnaie, il retourne voir les deux fillettes avec les pièces de monnaie dans une main et le portefeuille dans l'autre, et l'une d'elles tend un tronc, et il y introduit les pièces de monnaie, une par une, et les fillettes le remercient quasiment d'une même voix, et il les voit se retourner, aller vers la porte d'entrée en face, chez le voisin, et Asle referme la porte, met le verrou, vérifie que la porte est bien verrouillée, et il repense à Bård, le petit voisin qui s'est noyé, ils étaient du même âge, ils n'étaient même pas encore entrés à l'école élémentaire à cette époque, et il retourne à la cuisine, et il pense qu'il devrait aller faire un tour à l'Auberge, à moins qu'il aille frapper chez Guro ? à moins bien sûr qu'elle soit déjà à l'Auberge ? il pense, et il s'assied à la table de la cuisine, il regarde droit devant lui, il regarde dans le vide, il lève son verre, il boit, il voit, qu'est-ce qu'il regarde comme ça ? il regarde quelque chose, peu importe quoi car il regarde mais ne voit pas, il sent juste l'ivresse chaude le remplir, et il se verse un autre verre, il le boit, mais moins vite cette fois-ci, il le boit lentement, gorgée après gorgée, avec un intervalle plus long entre chaque gorgée, et il se verse encore un autre verre, et il voit que le contenu de la bouteille diminue, il faut qu'il garde un peu d'eau-de-vie pour demain, il pense, car comment va-t-il sinon se débrouiller pour que les tremblements s'arrêtent ? il pense, donc mieux vaut sortir, mieux vaut aller faire un tour à l'Auberge et acheter un petit quelque chose à boire là-bas, puisqu'il faut qu'il garde le reste d'eau-de-vie pour demain, et pourquoi pas aller frapper chez Guro dans la Venelle, en allant à l'Auberge ? il pense, ou mieux vaut aller frapper chez Guro après, en revenant de l'Auberge ? il pense, ça fait longtemps qu'il n'est pas passé chez elle, il pense, et pourquoi pas dormir chez Guro dans la Venelle ? oui, comme autrefois, il pense, comme la première fois il y a tant d'années, quand il vivait encore avec Liv, jusqu'à ce qu'un homme vienne habiter chez Guro, le Violoneux, oui, parce qu'elle ne l'a jamais appelé autrement, le Violoneux, alors forcément Asle s'est tenu à l'écart, Guro et le Violoneux ont vécu longtemps ensemble, jusqu'à ce qu'il plie bagage, qu'il parte et ne revienne jamais, il s'est installé dans l'est du pays, dans un bled quelconque, à ce qui paraît ce serait dans l'est au fin fond du Telemark, pense Asle, et après cette période il a souvent pensé qu'il devait aller dire bonjour à Guro, mais ça ne s'est jamais fait, il pense, et il pense que demain il faut qu'il aille acheter de l'eau-de-vie, il faut qu'il garde le reste de la bouteille pour demain matin, il pense, et il faut qu'il s'habille chaudement, car il fait froid dehors, il neige, et il faut qu'il sorte, qu'il aille faire un tour à l'Auberge, à moins qu'il aille frapper chez Guro dans la Venelle ? comme il l'a fait si souvent autrefois, non, ça ne va pas lui plaire de le voir débarquer chez elle, mieux vaut aller faire un tour à l'Auberge et acheter de l'eau-de-vie pour demain matin, pour picoler de la bière dans sa cuisine jusqu'à ce que les tremblements s'arrêtent, non, il ne le supporte pas, il tremble tellement des mains qu'il arrive à peine à porter le verre d'eau-de-vie à sa bouche, mais quand il a bu plusieurs verres d'eau-de-vie, là, oui, ça se calme un peu, peu à peu les tremblements s'arrêtent, ça prend un peu de temps mais il finit par arrêter de trembler, et là, oui, il n'a plus besoin de boire autant pendant plusieurs heures, juste un peu de bière, oui, souvent, jusqu'à ce qu'il doive reprendre de l'eau-de-vie pour que les tremblements s'arrêtent, pense Asle, et il pense qu'il est seul, et il pense que c'est bon d'être seul, si seulement il avait pu être bien portant, si seulement il n'avait pas dû boire en permanence, il pense, ces tremblements horribles, il pense, et hormis les deux fillettes de tout à l'heure il n'a parlé à personne depuis sûrement une semaine, hormis quand il va acheter de l'eau-de-vie ou faire quelques courses il lui arrive de temps en temps de dire deux ou trois mots, et quand la journée n'est pas comme aujourd'hui, quand il n'est pas dans l'état où il était tout à l'heure, couché sur son canapé, incapable de bouger et si alourdi, incapable de rien sinon de trembler, oui, quand la journée perd sa lourdeur et n'est que légèreté, quand la journée se fond dans la suivante et quand plus aucune journée n'existe, là tout va bien, là tout flotte, oui, là c'est bon d'être seul, oui, là tout n'est qu'un tableau flottant, pour ainsi dire, pense Asle, là il peint, et quand il est bien lancé dans la peinture du tableau, là il peut disparaître entièrement dans le tableau, mais ça c'était avant, aujourd'hui il n'arrive plus à peindre, il n'arrive plus à rien, tout n'est que lourdeur, il n'arrive qu'à trembler, et il a essayé de joindre au téléphone le Petit, lui qui habite désormais à Oslo, mais il n'a pas répondu, et le Petit Dernier et la Fille ils habitent désormais dans un endroit quelconque du Trøndelag, et ça fait tellement longtemps qu'il n'a pas revu Liv, et Siv non plus d'ailleurs, et cette lourdeur en lui, cette pierre en lui, ces tremblements, car il tremble s'il ne prend pas de l'eau-de-vie, mais de toute façon il tremble même s'il a pris beaucoup d'eau-de-vie, il pense, il n'arrive plus à rien sinon à prendre un peu d'eau-de-vie au réveil, et il reprend de l'eau-de-vie dans le courant de la journée, et tant pis si la plupart du temps il n'arrive pas à faire en sorte que les tremblements s'arrêtent, non, ou il lui faut alors beaucoup d'eau-de-vie pour que ça se calme un peu, donc ce qui lui reste d'eau-de-vie il faut qu'il le garde pour demain matin, pense Asle, et il faudra qu'il aille acheter plus d'eau-de-vie demain dans le courant de la matinée, et dans le courant de la soirée il aura peut-être gagné suffisamment en légèreté pour pouvoir penser à sortir, comme aujourd'hui, oui, aller faire un tour à l'Auberge, comme maintenant, car il a l'impression d'avoir retrouvé des forces, oui, s'il n'a pas de forces pour faire autre chose il en a suffisamment pour prendre un peu d'eau-de-vie, ça au moins il y arrive, il pense, et c'est au moins quelque chose, il pense, mais quelle façon de penser, oui, car certes l'eau-de-vie l'a beaucoup aidé, il pense, mais là l'eau-de-vie a pris entièrement possession de lui, après qu'il s'est senti si alourdi que tout n'était que lourdeur, oui, même dire un mot était au-dessus de ses forces, il n'y avait que l'eau-de-vie qui était capable de lui apporter un peu de légèreté, capable de lui donner la force de lever la main, de se mettre debout, et il boit de nouveau une bonne gorgée d'eau-de-vie, et il sent de nouveau la chaleur se diffuser dans son corps, en ces journées où rien ne bouge en lui, où tout en lui n'est que lourdeur, où il a le cœur lourd, comme on dit, où il a l'âme mélancolique, comme ils disent, mais jamais auparavant il n'a été alourdi au point d'être incapable de dire un mot, et la seule chose qu'il veut c'est sortir, c'est descendre au bord de l'eau, c'est entrer dans la mer, c'est s'avancer dans la mer, c'est disparaître dans la mer, c'est le faire dans cette lumière qui brille parfois de l'obscurité, quand l'obscurité est devenue une opacité, il pense, mais là il ne veut plus être seul, il veut sortir, il veut aller faire un tour à l'Auberge, peut-être qu'il rencontrera quelqu'un qu'il connaît bien, quelqu'un à qui il pourra parler ? et peut-être que Guro sera à l'Auberge ? ça fait tellement longtemps qu'elle n'y est pas allée, mais peut-être aussi qu'il fera la connaissance de quelqu'un à qui il n'a jamais parlé ? qu'il n'a jamais rencontré ? et demain il faut qu'il aille acheter plus d'eau-de-vie, et comme il doit garder ce qui lui reste d'eau-de-vie pour demain matin il faut qu'il sorte, qu'il aille faire un tour à l'Auberge, au Dernier Bateau, comme ils la surnomment, pense Asle, et je le vois ranger son portefeuille dans la poche intérieure de son veston en velours noir, prendre une écharpe suspendue à un crochet du portemanteau, tapoter sur son veston en velours noir pour vérifier que son portefeuille est bien dans la poche intérieure, oui, il y est bien, et il y a des sous dedans, il le sait, tout comme il sait qu'il y a dedans une reproduction du Cortège nuptial dans le Hardanger, oui, nul autre que ce tableau, il le garde dans son portefeuille depuis des années et des années, ce tableau qui était autrefois dans un manuel scolaire quand il allait à l'école élémentaire, dans un livre de lecture, et il le trouve si beau, oui, il le trouve tellement beau, il le sait, tout comme il sait que beaucoup le regardent avec mépris, mais il trouve toujours que c'est un très beau tableau, ils peuvent dire ce qu'ils veulent, le tableau est très bien peint, non que lui-même peigne de cette manière, loin de là, oui, ce que lui-même peint ne ressemble en rien à ce tableau, et pourtant il le garde dans son portefeuille depuis qu'il est gamin après l'avoir arraché à son livre d'école, oui, il a arraché la page où elle figurait dans le livre de lecture qu'ils utilisaient à l'école élémentaire, puis il a découpé l'image et l'a rangée dans le portefeuille qu'il avait à l'époque, car il avait déjà un portefeuille à l'époque, même s'il n'y avait dedans quasiment jamais d'argent, mais en tout cas il y avait cette petite reproduction du Cortège nuptial dans le Hardanger, et depuis il a toujours gardé cette image dans son portefeuille, oui, il a changé à plusieurs reprises de portefeuille mais il a toujours rangé dans le nouveau l'image du Cortège nuptial dans le Hardanger, l'image est tellement défraîchie qu'on voit à peine qu'il s'agit du Cortège nuptial dans le Hardanger, ce qui l'a rendue encore plus belle d'une certaine manière, non pas qu'il l'ait regardée plus souvent pour autant mais il lui arrive néanmoins de la sortir de temps en temps pour la regarder, il l'avait même pliée en quatre à l'époque, pour avoir plus de place dans son portefeuille, d'abord une fois puis une deuxième fois, voilà pourquoi ainsi pliée en quatre l'image avait fini par se déchirer, mais il avait scotché les pliures au verso il y a très longtemps, et bon an mal an le scotch a tenu et l'image aussi, plus ou moins, et donc il la garde toujours dans son portefeuille où qu'il aille, hier comme aujourd'hui, même s'il est aujourd'hui quasi impossible de voir ce que l'image représente il la sort pour la regarder, jamais à la maison néanmoins, mais quand il est seul à l'Auberge ou ailleurs et n'a rien d'autre à faire, il ne la sort pas souvent mais il lui arrive néanmoins de regarder de temps en temps cette la vieille photographie du Cortège nuptial dans le Hardanger, arrachée et découpée du livre de lecture qu'il utilisait à l'école élémentaire, arrachée d'un côté et découpée de l'autre, pense Asle, et il pense qu'il doit prendre sa clé posée sur la commode dans l'entrée, qu'il doit aller vers la porte d'entrée, et pourvu qu'il ne croise personne, un voisin ou une voisine, pourvu que personne ne monte les marches de la cage d'escalier quand il les descendra, pense Asle, et il voit que Brage le regarde, et il pense qu'il devrait sortir le chien, mais il n'en a pas le courage, pas maintenant, il le sortira plutôt quand il rentrera, de toute façon c'est dans pas longtemps, et il dit à Brage qu'il doit un être un bon chien et surveiller la maison, et le chien le regarde, et Asle ouvre la porte d'entrée, et il n'entend rien, et il referme la porte d'entrée, et il verrouille la porte d'entrée, et il descend les marches, et il passe devant les vélos et les poussettes placées en bas de la cage d'escalier, et il pense qu'il ne doit surtout pas croiser un voisin ou une voisine, pourvu que non, il pense, et il va vers la porte cochère, et il l'ouvre, et il voit quelqu'un venir vers lui

Bonsoir, dit celui qui vient

et Asle tient la porte cochère à celui qui vient, et il dit bonsoir, et celui à qui il tient la porte demande s'il va faire un tour

Oui, il faut bien de temps en temps, dit Asle

Oui, ça fait du bien de prendre l'air, dit celui qui est venu

Oui, dit Asle

et celui qui est venu dit qu'il fait si beau dehors maintenant qu'il a neigé, et Asle dit que oui, oui c'est tellement blanc, plus clair comme qui dirait, il dit, et Asle voit que celui qui est venu vient d'entrer dans la cage d'escalier, et il relâche la porte cochère qui claque derrière lui, et je me vois debout face au poêle, et je regarde les flammes, et j'entends Åsleik dire que ça doit bien brûler dans le poêle à l'heure qu'il est, non ? je ne ferais pas mieux de refermer le couvercle ? il dit, et je dis que je vais le faire, et je referme le couvercle, et je pense que j'aurais dû passer voir Asle, je n'aurais pas dû passer sans m'arrêter, je n'aurais pas dû continuer de rouler, car à force son ivrognerie va finir par le tuer, donc il faut faire quelque chose, il faut que quelqu'un l'aide, je pense, et moi qu'est-ce que j'ai fait ? je me suis contenté de regarder l'immeuble où se trouve son logement à Skutevika, je suis passé sans m'arrêter, et il faut que je retourne à Bjørgvin, je pense, car il faut que j'aille voir Asle, il le faut absolument, je pense, oui, une voix muette en moi me dit qu'il faut que je retourne à Bjørgvin et que j'aille le voir, et ce doit être cette voix qu'on appelle la conscience, je pense, oui, même s'il faut deux heures pour rejoindre Bjørgvin il faut que j'y aille, je ne suis pas si fatigué que ça, je pense, je n'aurai qu'à passer la nuit à l'hôtel La Maison où je passe la nuit d'habitude, dans la chambre 407, la plus petite chambre qu'ils aient à disposition, car dès que cette chambre est libre je l'occupe, et pas uniquement parce qu'elle est la moins onéreuse mais aussi parce que je m'y sens bien, et parce que la fenêtre donne sur la cour et cache à moitié la cage d'ascenseur, oui, je crois que c'est ça, cette chambre que j'occupe dès qu'elle est libre, que je réserve à l'avance, même si je ne la réserve pas à l'avance il ne m'est encore jamais arrivé de me présenter à La Maison sans qu'il y ait une chambre libre pour moi, même s'il m'est arrivé une fois de devoir passer la nuit dans une sorte de cagibi sous les toits où ils m'ont installé un lit pliant, je pense, car j'ai pris ma décision, je vais retourner à Bjørgvin pour aller voir Asle, je pense, et j'entends Åsleik dire qu'il devrait rentrer chez lui, et je le regarde, et je dis que abruti comme je suis j'ai oublié de faire ce qui était le plus important à Bjørgvin, donc il faut que j'y retourne tout de suite, je dis

Tout de suite, à cette heure-ci ? il dit

et il semble aussi surpris qu'effrayé, comme si quelque chose n'allait pas chez moi, comme s'il s'inquiétait soudain pour moi, je pense

Oui, tout de suite, je dis

Tu es bien pressé tout à coup, il dit

et il dit est-ce que c'est vraiment ce que je veux ? maintenant, à cette heure-ci ? il est tard, il dit, et il risque de neiger, il dit, oui, il est même tombé quelques flocons cet après-midi, le temps semble s'être mis à la neige, il dit, et je dis que j'ai déjà mis mes pneus neige, et il dit que c'est bien, que s'il y a une chose qu'il regrette dans cette vie, oui, c'est de ne jamais avoir passé son permis de conduire, il dit, ce que ce serait bien d'avoir une voiture, surtout là où il habite, soit il doit marcher, soit il doit prendre le tracteur, oui, c'est bien de l'avoir, le tracteur, ça doit bien faire trente ans qu'il l'a, le tracteur, oui, au moins, il dit, oui, s'il doit se déplacer, soit il doit prendre son tracteur, soit il doit demander à quelqu'un de le conduire, soit il doit prendre le Bateau, non, il ne faut pas l'oublier, lui, le Bateau, c'est un bon moyen de transport, oui, il dit, et je dis que oui, oui il faut que j'aille à Bjørgvin, je pourrai lui raconter plus tard pourquoi, je dis, et je dis que s'il veut je peux le raccompagner chez lui, et il dit que c'est très gentil, merci, mais il préfère marcher, ce n'est pas très loin non plus, un bon petit kilomètre, quoique, il n'a rien contre d'être ramené, il dit, et il me redemande si c'est vraiment nécessaire que je retourne à Bjørgvin, je viens juste de rentrer chez moi, j'ai à peine mis un pied à la maison après être allé à Bjørgvin que je dois déjà y retourner, en plus il fait noir, en plus on est le soir, il risque de neiger, enfin, il l'a déjà dit, il dit, et je dis qu'il faut que j'y aille, oui, je lui raconterai plus tard de quoi il retourne, je dis, et Åsleik dit que si c'est comme ça c'est comme ça, je fais ce que je veux, il dit, et il dit qu'il m'attend dans la cour, et Åsleik s'en va, et je vois que le feu brûle toujours dans le poêle, et j'éteins la lumière dans la Grande Pièce, et je vais dans la cuisine, j'éteins la lumière dans la cuisine, et je vais dans le couloir, j'éteins la lumière dans le couloir, et je sors, et je referme la porte d'entrée, et je vois Åsleik dans la cour, et je lui dis qu'il n'a qu'à monter je vais le ramener, que ça lui évitera de rentrer à pied, que de toute façon je l'aurais ramené, ce soir comme toutes les autres fois, je dis, et Åsleik dit que c'est très gentil, merci, qu'autant monter puisque je vais dans la même direction, mais que sinon il a l'habitude de rentrer à pied, ça lui arrive tellement souvent, et puis ça ne lui coûte rien de marcher, ce n'est pas la peine que ça lui donne, mais bon, autant monter puisque je vais dans la même direction, il dit, en plus il fait un froid de canard, il dit, oui, c'est la fin de l'automne, plus que ça même, on est en plein pendant la période de l'Avent, bientôt ce sera Noël et l'hiver, oui, y a pas à dire, dit Åsleik, et ce soir il risque de neiger, dit Åsleik, et il s'assied dans la voiture, et je m'assieds dans la voiture, et je démarre le moteur

Oui, il va se mettre à neiger, je dis

La première neige de l'année, il dit

Mais ça ne va pas rester, je dis

Non, sûr, mais il peut aussi neiger beaucoup, il dit

Oui, je dis

Et ce sera moi qui déblaierai le chemin, oui, si tu es à Bjørgvin, oui, enfin, s'il le faut, il dit

Pour que tu puisses rentrer chez toi sur un chemin bien déblayé, il dit

Merci, merci beaucoup, je dis

Parce que même si je sais pas conduire de voiture je sais conduire mon tracteur, il dit

C'est bien pratique, je dis

Parce qu'il est peut-être vieux, le tracteur, mais c'est un bon tracteur, et il démarre bien, enfin, au bout d'un moment, il dit

Je t'ai toujours vu avec le tracteur, aussi loin que remontent mes souvenirs, je dis

C'est mon père qui l'a acheté, c'est dire s'il est vieux, il dit

Et pourtant il roule bien, je dis

et je descends le chemin, je tourne à droite pour m'engager sur la nationale car la ferme d'Åsleik est à un petit kilomètre un peu plus loin au bord du Sygnefjord, et Åsleik dit que c'est décidément un drôle de tableau que j'ai commencé à peindre, oui, celui avec les deux lignes, la violette et la marron, il dit, et je sens que je n'ai pas envie de parler de ça, je n'ai jamais envie de parler d'une image que je suis en train de peindre, ni d'ailleurs d'une image que je viens de finir de peindre, si une image est terminée cette image dit ce que l'image peut dire, ni plus ni moins, l'image dit avec son silence bien à elle ce qui peut se dire, et si elle n'est pas terminée on ne peut en d'autres termes pas dire ce qu'elle va devenir, ce qu'elle va dire, je pense, et après toutes ces années Åsleik doit quand même finir par comprendre que je n'aime pas parler de mes images, de ce qu'elles représentent, de ce qu'elles signifient, ces bavardages m'insupportent, ces bavardages m'horripilent, et dire qu'Åsleik se sent comme obligé de s'étendre sur ces deux lignes, comme si elles n'étaient que deux lignes, et soudain je l'entends dire que c'est une croix de Saint-André que j'ai peinte, et il insiste sur le mot, et il appuie tellement sur le mot que j'en sursaute presque, et je sens qu'il est fier de connaître ce mot, croix de Saint-André, et il répète le mot, croix de Saint-André, et il le dit avec une profonde fierté, il est fier de connaître ce mot, fier de connaître le sens de ce mot, oui, et là, quand Åsleik dit des mots de cette manière, oui, là je pense que je ne comprends pas comment j'arrive à le supporter, année après année, si ce n'est jour après jour, il n'est pourtant pas un abruti, il n'est pas un imbécile, Åsleik, il est un homme doué d'une intelligence bien à lui, je pense, donc c'est méchant d'avoir pensé ça, c'est honteux d'avoir pensé ça, et on est arrivés au chemin qui mène à la ferme d'Åsleik, et je m'arrête, et Åsleik demande quand je rentre, et je dis que je rentre demain, qu'il pourra repasser demain, demain soir, je dis, et Åsleik dit que c'est ce qu'il fera, qu'il en profitera peut-être pour choisir un tableau pour offrir à sa sœur en cadeau de Noël, il dit, et je dis que ça devrait pouvoir se faire, et Åsleik dit merci, il me remercie de l'avoir ramené, et il descend de la voiture, et je lève la main gauche pour lui faire au revoir, et Åsleik lève sa main pour me faire au revoir, et je continue ma route, je roule le long du Sygnefjord, et je pense que c'est une pure folie, c'est de la folie, je pense, de retourner à Bjørgvin à l'heure qu'il est, alors que j'ai déjà fait un aller-retour à Bjørgvin aujourd'hui, et je suis déjà fatigué, je le sens, peut-être qu'il vaudrait mieux rebrousser chemin ? je pense, non, non il faut que j'aille voir Asle, je pense, je n'aurais jamais dû passer sans m'arrêter devant l'immeuble où se trouve son logement, c'était presque lâche de ma part, je pense, voilà pourquoi il faut que je retourne à Bjørgvin, je pense, et pourquoi Åsleik s'est senti comme obligé de parler de l'image que j'ai commencé à peindre ce matin, comme si je ne lui avais pas dit maintes et maintes fois que je n'aime pas parler d'une image que je suis en train de peindre, que je n'aime pas non plus parler d'une image que j'ai fini de peindre, ce qui est fait est fait, ce qui est peint est peint, c'est comme ça, c'est comme ça dans la peinture et dans la vie, je pense, et puis son bavardage sur la croix de Saint-André, je pense, et je pense qu'à l'heure qu'il est Asle est comme à son habitude couché sur le canapé de son logement, sous les fenêtres qui donnent sur la mer, c'est pour ça que j'ai peint les deux lignes qui se croisent dans le milieu, et de la façon la plus étonnante qui soit c'est bien une image d'Asle couché sur son canapé que j'ai peinte, je pense, tout comme d'une autre façon ce n'est pas lui, et il n'aurait bien sûr pas fallu que je rentre chez moi sans aller voir Asle, lui qui est si amoindri, mais il y a de la route jusqu'à Bjørgvin, et l'aller-retour que j'ai fait aujourd'hui jusqu'à Bjørgvin m'a fatigué, et voilà que j'y retourne, voilà que je retourne à Bjørgvin pour la deuxième fois aujourd'hui, à cause de cette inquiétude qui s'est emparée de moi, qui m'a forcé à repartir, je pense, et je continue ma route, et je glisse dans ce bon assoupissement agréable et dénué de toute pensée qu'apporte la conduite, et je vois des flocons se déposer sur le pare-brise, et je continue de rouler le long du Sygnefjord, et je vois de plus en plus de flocons se déposer sur le pare-brise, et je mets en marche les essuie-glace, et des demi-cercles se dessinent au travers desquels je vois la route, autour desquels tout est blanc de neige, et je pense qu'Asle n'est sûrement pas chez lui, il est sûrement allé à l'Auberge, je pense, donc je n'ai même pas besoin d'aller sonner chez lui, mieux vaut aller directement à Bjørgvin, déposer la voiture sur le parking en face de la Galleri Beyer, descendre à La Maison, prendre une chambre pour la nuit, aller à pied à l'Auberge car Asle y est sûrement, assis seul à une table, je pense, et s'il n'y est pas, j'irai alors sonner chez lui, mais peut-être que je devrais plutôt d'abord sonner chez lui ? car peut-être qu'il est quand même chez lui ? auquel cas peut-être qu'il n'ouvrira pas ? je pense, et il neige, et il s'arrête de neiger, et je roule vers le sud, et je m'approche de l'allée où je me suis arrêté plus tôt dans la journée, celle qui mène au terrain de jeux, et je pense que je vais passer devant sans m'arrêter, et je ne suis décidément plus sûr du tout si ce que j'ai vu aujourd'hui sur le terrain de jeux était une scène que j'avais réellement vue ou une scène que j'avais imaginée, oui, comme en rêve en quelque sorte, je pense, mais c'était réel, je mentirais si j'affirmais le contraire, je pense, et je pense que ça me ferait du bien de faire une pause, j'ai beaucoup roulé aujourd'hui, je suis sans doute plus fatigué que je ne le crois, donc peut-être que je vais m'arrêter sur l'allée dont je m'approche et y faire une nouvelle petite pause, oui, sortir, me dégourdir les jambes, respirer un peu d'air frais, oui, voilà ce que je vais faire, je pense, et je continue de rouler vers le sud, et quand je serai arrivé dans le virage je serai tout près de l'allée, et j'arrive dans le virage, je vois l'allée, je tourne dans l'allée, je gare la voiture, et il fait maintenant nuit noire, il fait tellement nuit et il neige tellement que je ne vois pas le terrain de jeux, je pense, et il n'y a sans doute personne à l'heure qu'il est, je pense, et je pense que ça me ravivera un peu de sortir de la voiture, de respirer un peu d'air frais, de me détendre les jambes, je pense, et j'éteins le moteur, et je descends de la voiture, et je mets les pieds dans la neige, et il y a déjà beaucoup de neige, de la neige par terre, de la neige sur les côtes, de la neige dans les arbres, et je regarde la neige tomber, et je vois qu'il tombe un flocon, puis un autre flocon, puis il ne tombe plus rien, la neige s'est arrêtée de tomber, et comme tout est plus clair quand le paysage est blanc, oui, la neige blanche rend la nuit claire, et là-bas, oui, là-bas sur le sentier couvert de neige qui descend vers le terrain de jeux, là-bas je vois un couple marcher, main dans la main, et ce sont les deux mêmes que j'ai vus aujourd'hui, oui, et dire que c'est vrai, donc ce n'est pas une scène que j'ai imaginée, je pense, car je vois un jeune homme marcher, il a des cheveux châtains mi-longs presque couverts de neige, et à côté de lui marche une jeune femme, elle a de longs cheveux foncés épais eux aussi presque couverts de neige, et je l'entends dire que c'est d'une beauté incroyable, cette neige fraîche

Oui, c'est beau, il dit

Blanc et beau, il dit

Tout est devenu blanc, les arbres, les côtes, tout, il dit

Et nous on est devenus blancs, elle dit

Nous aussi on est devenus blancs, il dit

et ils se lâchent la main, et il pose son bras autour de ses épaules, et elle pose son bras dans son dos

Mais c'est triste de penser que la neige va se transformer en gadoue, il dit

On n'a qu'à profiter de la neige pendant qu'elle est là, elle dit

Oui, pendant qu'elle est blanche et fine et belle, elle dit

Car il va sûrement pleuvoir demain, comme d'habitude, il dit

et ils se regardent, et ils s'embrassent

Mais pour l'instant on n'y pense pas, il dit

À quoi on ne pense pas ? elle dit

À la neige qui va se transformer en pluie, il dit

Et qui va ensuite se transformer en gadoue, elle dit

C'est comme ça que ça se passe, oui, il dit

Oui, elle dit

et ils entrent sur le terrain de jeux, et il prend un peu de neige dans ses mains, il fait une douce boule de neige, il la jette sur elle mais il rate, et elle prend de la neige dans ses mains, elle fait une boule de neige, elle la comprime dans ses moufles, elle la jette sur lui de toutes ses forces, mais il se penche et la boule de neige file au-dessus de sa tête, et je les regarde, debout dans la neige, mais ils ne remarquent pas ma présence, et je sens que ça me fait du bien de sortir dans l'air frais, et je reste debout, je ne bouge pas, je regarde leurs pas dans la neige, leurs pas si visibles dans la neige, qui longent la nationale, tournent puis descendent au bas du sentier le long du terrain de jeux, et je suis l'empreinte de leurs pas qui tournent puis descendent au bas du sentier, le même sentier où j'ai marché plus tôt dans la journée, et je les vois enlacés dans une profonde étreinte, entièrement épris l'un de l'autre, et je suis leurs pas avec prudence, et je les vois desserrer leur étreinte, et elle s'allonge dans la neige, bras et jambes écartés, et elle replie les bras l'un contre l'autre, et elle replie les jambes l'une contre l'autre, et elle écarte les bras l'un de l'autre, et elle écarte les jambes l'une de l'autre, et les replie, et elle les écarte, et elle répète ce geste de très nombreuses fois, et elle reste allongée les jambes droit devant et les bras droit contre les flancs, elle est allongée toute raide, bouche fermée et yeux fermés, et je l'entends lui dire la peur dans la voix qu'elle ne doit pas rester allongée comme ça, elle donne l'impression d'être allongée raide morte, et je l'entends lui dire qu'elle doit se lever, et elle se lève, et elle dit que ce n'était pas son intention de donner l'impression d'être raide morte, et il dit qu'elle ne voulait sans doute pas donner cette impression, et elle s'approche de lui, et elle lui prend la main

Regarde comme il est beau, mon ange dans la neige, elle dit

Oui, il dit

Tu peux faire ton ange dans la neige toi aussi ? elle dit

Oui, je peux, il dit

et je passe devant le terrain de jeux, et j'entame la montée, lentement, pas à pas, de la côte raide à l'autre bout du terrain de jeux, celle qui mène à la colline, et il n'y a aucune empreinte de pas sur le sentier, et ce sont mes pieds qui dessinent des pas sur le sentier, et je m'arrête, je me retourne, et je vois qu'ils se tiennent toujours par la main, et je pense que c'est étrange, ils ne remarquent même pas ma présence tant ils sont épris l'un de l'autre, ils ne remarquent que la leur, mais s'ils m'avaient vu, s'ils m'avaient remarqué, ils auraient sans doute eu peur, non ? ou peut-être qu'ils auraient eu honte ? je pense, et je vois qu'il lâche sa main, qu'il se couche dans la neige, qu'il fait les mêmes mouvements qu'elle tout à l'heure, mais plus rapides, plus précipités, comme s'il était très pressé, ou quasi, et elle dit non, pas comme ça, et il s'arrête, et elle dit que maintenant c'est son tour, qu'elle veut faire son troisième ange dans la neige, car c'est mieux quand il y a trois anges dans la neige plutôt que deux, elle dit, et il reste allongé tout raide dans son ange dans la neige, les jambes droit devant et les bras droit contre les flancs, bouche fermée et yeux fermés, et je l'entends lui dire qu'il ne doit pas rester allongé comme ça, elle n'aime pas ça, il donne l'impression d'être allongé raide mort, elle dit, tout comme il n'aimait pas la voir allongée raide morte elle n'aime pas le voir allongé raide mort, elle dit, et je l'entends lui dire qu'il doit se lever, et il se lève, et elle dit encore qu'elle veut faire son troisième ange dans la neige, et il s'approche d'elle, et ils regardent les deux anges dans la neige, si beaux l'un à côté de l'autre, un ange touchant l'autre du bout de l'aile, l'effleurant, presque, ou pas, si, les ailes se touchent, et elle dit que leurs anges dans la neige sont si beaux qu'ils doivent rester comme ça, en fait elle ne veut plus faire de troisième ange dans la neige, elle dit, et il dit qu'il s'est dit la même chose, que les deux anges dans la neige sont si beaux qu'ils doivent rester tels quels, deux anges dans la neige, ça lui paraît mieux, il dit

Soit ils vont être recouverts par davantage de neige, il dit

Soit ils vont être transformés en pluie, elle dit

Oui, ou les deux, il dit

et ils se prennent à nouveau par la main, ils quittent le terrain de jeux, ils remontent le sentier, ils rejoignent la nationale, et je les regarde partir, et il dit qu'une voiturc cst garée là-bas, une camionnette, oui, là-bas, dans l'allée, et il dit que d'après lui elle n'y était pas tout à l'heure, quand ils sont passés devant, il dit, et elle dit qu'elle n'a pas le souvenir d'avoir vu une voiture garée là-bas, dans l'allée, quand ils sont passés devant, elle dit, et je ne bouge pas, je reste dans cette position un moment car je ne veux pas qu'ils remarquent ma présence, pour une raison qui m'échappe je ne le veux pas, je pense, et j'entame la descente du sentier, lentement, à petits pas, car le sol est peut-être verglacé, et je marche dans mes propres pas, les pas que j'ai déposés dans la neige lors de la montée de la côte raide, et je baisse les yeux, et je m'arrête, et je relève les yeux, et je les vois elle et lui, ils rejoignent la nationale, ils passent dans l'allée où est garée ma voiture, et je regarde leurs anges dans la neige sur le terrain de jeux, et j'entre dans le terrain de jeux, et je m'arrête, je ne bouge pas, je regarde les deux anges dans la neige, ils sont si beaux, si beaux que même si j'essayais de les peindre la peinture deviendrait un tableau laid à regarder comparé au spectacle de ces anges dans la neige, je pense, car c'est comme ça, c'est presque toujours comme ça, ce qui est beau dans la vie devient laid dans un tableau, parce que dans la vie c'était pour ainsi dire trop beau, une bonne image doit renfermer une part de laideur pour pouvoir briller comme elle le doit, elle doit renfermer une part d'obscurité, mais peut-être, peut-être que je pourrais réussir à peindre une image de ces deux anges dans la neige ? deux anges en passe de disparaître, en passe de fondre à jamais ? peut-être que je pourrais réussir à peindre une image qui brille ? je pense, et je sais d'emblée qu'en ce moment, en cet instant, une nouvelle image vient de se fixer dans ma mémoire, une nouvelle image est entrée en moi, s'y est fixée pour y demeurer, une image que je vais devoir essayer de dé-peindre, je pense, et je sens qu'il fait froid tout à coup, je ferais mieux de revenir à la voiture, de rejoindre Bjørgvin avant que je n'arrive trop tard, de reprendre la route maintenant, je pense, et je vois l'empreinte de leurs pas qui se sont déposés dans la neige, quatre en descente, tout près les uns des autres, deux grands et deux petits, quatre en montée, tout près les uns des autres, deux grands et deux petits, et je vois ensuite l'empreinte de mes pas qui suivent les quatre pas en descente, et ils semblent si esseulés, ils sont si irréguliers, comme si je ne marchais pas tout à fait droit, comme si j'étais ivre, comme si je titubais un peu, je pense, et pourtant je ne suis pas ivre, cela fait maintenant de très nombreuses années que j'ai bu mon dernier verre, et pourtant j'ai une démarche qui est sans doute devenu un peu titubante, je pense, et pourtant il me semble que j'ai une démarche droite et régulière, je pense, et je vais droit vers ma voiture, je tape des pieds pour enlever la neige de mes chaussures, je brosse mes mollets pour enlever la neige du pantalon, et je monte dans la voiture, je m'engage sur la nationale, et comme si j'étais plongé dans un assoupissement je continue de rouler vers le sud, je retourne à Bjørgvin, mais je dois faire attention car il n'y a pas de traces de pneus sur la route, tout est blanc, je dois rester sur la route, je ne dois pas déraper dans le fossé, je pense, et je les vois elle et lui dans la lumière des phares, eux que j'ai vus faire des anges dans la neige, eux que je vois marcher main dans la main, et il dit que ça va leur faire du bien de rentrer au chaud dans la maison, et elle dit que ça va même leur faire grand bien

Ales et Asle, il dit

Asle et Ales, elle dit

et je roule au pas, et je les dépasse lentement, et je continue de rouler vers le sud, et je pense que c'était si beau de voir ces deux anges dans la neige sur le terrain de jeux, et il est sûr et certain que j'ai bien vu ce que j'ai vu, que je ne l'ai pas vu en rêve, que ce n'est pas le fruit de mon imagination, tout comme ce que j'ai vu plus tôt dans la journée, tout comme elle et lui que j'ai vus couchés sous le manteau noir, car c'était le même long manteau noir qu'il portait à l'instant, je pense, et c'est le même long manteau noir que je porte en ce moment, et je glisse dans un assoupissement dénué de toute pensée, je continue de rouler vers le sud, et je vois arrivé un peu plus loin des empreintes de pneus déposées dans la neige par le passage d'une voiture, et je pense que cela facilitera ma conduite, je peux suivre ces traces, je pense, et puis quelle idée dans le fond, je pense, quelle idée de faire la route de Dylgja jusqu'à Bjørgvin et de revenir pour ensuite retourner à Bjørgvin la même journée, le soir, sous la neige, sauf que, oui, ça semblait la seule bonne chose à faire, je pense, et je replonge dans un bon assoupissement, et je pense que j'aime tant conduire ainsi dénué de toute pensée, que je n'ai alors plus qu'à me concentrer sur la conduite, qu'aucune pensée ne me tracasse, qu'aucune douleur ne me tourmente, car je n'ai qu'à conduire, ni plus ni moins, et le temps passe, et je continue de rouler vers le sud, et je m'approche de Bjørgvin, et juste devant moi je peux tourner à droite, descendre un chemin, atteindre l'immeuble où se trouve le logement d'Asle, à Skutevika, et je pense qu'il n'a pas neigé depuis que la neige s'est arrêtée de tomber sur le terrain de jeux, et je vois qu'il a également neigé à Bjørgvin, à Bjørgvin également tout est blanc et beau, même s'il y a beaucoup d'empreintes de pas et de pneus, et je pense que je pourrais aller sonner à la porte d'Asle, au cas où, même s'il n'est sûrement pas chez lui, même s'il n'ouvrira à personne, et je quitte la nationale, et je descends vers l'immeuble où habite Asle, et je gare ma voiture devant l'immeuble, et je vais à la porte cochère, et j'appuie sur la sonnette à côté de son nom, et j'attends, et bien sûr personne n'ouvre, et je rappuie sur la sonnette, et cette fois j'appuie longtemps, et je relâche la sonnette, et j'attends, et là non plus personne n'ouvre, car bien sûr Asle n'est pas chez lui, c'est bien ce que je pensais, il est sûrement à l'Auberge, au Dernier Bateau, comme ils la surnomment, il est sûrement seul à une table, je pense, puisqu'il va toujours à l'Auberge que fréquentent de vieux marins qui ne prennent plus du tout la mer, l'Auberge où tout n'est pas cher, où il arrive qu'Asle s'achète à manger, où le repas n'est pas cher, où la bière n'est pas chère, où l'eau-de-vie est à un prix raisonnable, je pense, oui, je ne crois pas qu'il aille dans d'autres bars, dans d'autres restaurants, plus maintenant, il va toujours à l'Auberge, au Dernier Bateau, donc c'est là-bas que moi aussi je vais aller, pour vérifier s'il y est, de toute façon j'ai ma place de parking attitrée non loin, devant la Galleri Beyer, et je monte dans ma voiture, et je la démarre, et je pense que je vais aller directement à la Galleri Beyer, et c'est presque incroyable à quel point Beyer m'a aidé, non seulement j'ai pu décrocher ma toute première exposition à la Galleri Beyer alors que j'étais encore étudiant à l'École des Beaux-Arts, je pense, alors qu'il était impossible ou quasiment impossible aux étudiants de l'École des Beaux-Arts d'obtenir une exposition dans sa galerie, oui, à dire vrai j'ai été le premier étudiant à être exposé, oui, même Beyer le disait, et le plus incroyable encore ayant été que tous mes tableaux ont été vendus lors de ma toute première exposition dans sa galerie, oui, quant à savoir ce qu'il serait advenu de moi sans Beyer je ne saurais trop le dire, je me souviens bien de la première fois où je l'ai vu, c'était aussi la première fois que j'entrais dans la Galleri Beyer, c'est Ales qui m'y a emmené, elle allait souvent à la Galleri Beyer, depuis qu'elle était gamine car même à cet âge ses parents l'y emmenaient aux expositions, et la première exposition que j'ai vue à la Galleri Beyer était celle d'Eiliv Pedersen, lui qui est devenu plus tard professeur à l'École des Beaux-Arts, je pense, et depuis ma toute première exposition à la Galleri Beyer c'est Beyer qui a vendu mes tableaux, je pense, et il réussit toujours à les vendre presque tous, même si parfois, les premières années, oui, je dois l'avouer malgré tout, il les vendait à un prix dérisoire, il faut le dire, mais toujours est-il qu'il a vendu la plupart de mes tableaux à un bon prix, même si certains ne se sont pas vendus, souvent mes meilleures images, et Beyer ne les vend d'ailleurs plus à un prix dérisoire, loin de là, cela fait longtemps qu'il a arrêté, il les range plutôt dans ce qu'il surnomme la Banque, la pièce attenante à la galerie en tant que telle, cette pièce où il stocke les tableaux qui ne sont pas exposés, je pense, et Beyer a eu un jour l'idée que les tableaux qui n'étaient pas vendus à Bjørgvin pourraient l'être à Oslo car son bon ami Kleinheinrich, celui qui dirige la Galleri Kleinheinrich à Oslo, accepterait certainement d'exposer mes tableaux dès l'instant où il y en aurait suffisamment pour organiser une exposition, tant et si bien que dès l'instant où Beyer a eu suffisamment de tableaux invendus stockés dans la Banque la Galleri Kleinheinrich les a exposés à Oslo, et avec le temps j'ai fini par avoir une exposition tous les quatre ans à Oslo, tant et si bien que la majorité de mes tableaux sont vendus, puis Beyer a eu l'idée de rassembler les tableaux qui n'avaient pas été vendus non plus à Oslo pour organiser une exposition à Nidaros, à la Galleri Huysmann, car Beyer connaissait bien le vieux Huysmann, il disait, Huysmann dirigeait la meilleure galerie de Nidaros, il disait, tant et si bien que j'ai aussi fini par avoir une exposition à Nidaros, je pense, et Beyer a aussi une grande collection personnelle de mes tableaux, à chaque exposition il a acheté une image pour sa collection personnelle, tant et si bien que lorsqu'il a été difficile de vendre mes tableaux à un bon prix il y a quelques années, oui, il en a profité pour acheter des images, et certains l'ont suivi et en ont profité pour acheter eux aussi des images, disait Beyer, non, décidément, je ne saurais trop dire ce qu'il serait advenu de moi sans Beyer, je pense, et bientôt je vais avoir une nouvelle exposition chez Beyer car tous les ans il organise une exposition avant Noël, oui, une sorte d'exposition de Noël, oui, ça a l'air terrible dit comme ça, mais mon exposition annuelle a lieu avant Noël, pendant la période de l'Avent, car c'est la meilleure période pour vendre des tableaux, en tout cas pour vendre mes images, a dit Beyer, et j'ai suffisamment de tableaux à Dylgja pour l'exposition de Noël organisée cette année étant donné que je peins tout le temps, étant donné que je peins tous les jours, donc il ne me reste plus qu'à emporter les tableaux à Bjørgvin, et j'avais bien sûr pensé les emporter aujourd'hui, mais j'avais tellement de choses à faire aujourd'hui, je pense, et je roule en direction de la Galleri Beyer car je gare ma voiture sur le parking en face de la galerie quand je suis à Bjørgvin

Tu peux garer ta voiture quand tu veux sur le parking en face de la galerie, m'a dit Beyer

et je lui ai dit merci, et Beyer m'a appris quelle route emprunter pour partir de Bjørgvin depuis la Galleri Beyer et pour rejoindre Bjørgvin afin de me garer devant la Galleri Beyer, située à peu près dans le centre de Bjørgvin, et c'est là que j'ai garé ma voiture pendant toutes ces années, car sinon je ne conduis jamais dans Bjørgvin ni dans d'autres villes d'ailleurs, j'aime conduire mais pas dans les villes, pas dans les centres-villes, je suis toujours inquiet et désorienté, je me sens perdu et ne trouve jamais le chemin, je m'engage dans des rues à sens unique et me trompe sur toute la ligne, un jour il m'a appris quelle route emprunter pour rejoindre Bjørgvin puis en repartir, mais j'ai donc appris quelle route emprunter pour rejoindre la Galleri Beyer puis en repartir dans le sens inverse, car un jour Beyer m'a retrouvé à Skutevika, il s'est installé à côté de moi dans ma voiture, il m'a indiqué quelle route je devais emprunter pour me permettre de rejoindre le centre de Bjørgvin puis la Galleri Beyer, et ensuite on est repartis dans le sens inverse, on est ressortis de Bjørgvin puis on est retournés à Skutevika, et ensuite on a refait la route dans le sens inverse, on est revenus à la Galleri Beyer puis on est retournés à Skutevika, et ainsi de suite à plusieurs reprises, jusqu'à ce que Beyer dise que maintenant je devais forcément me souvenir de la route, et j'ai répondu que je le pensais en effet, et c'était bel et bien le cas, je pense, et le fait d'avoir appris quelle route emprunter pour rejoindre la Galleri Beyer puis en repartir m'a été plus tard d'une grande utilité, c'est sûr et certain, sans l'aide de Beyer jamais je n'aurais osé conduire jusque dans le centre de Bjørgvin, certainement pas, mais désormais je conduisais avec la plus grande facilité jusqu'à la Galleri Beyer située au numéro 1 de la rue Høggata, je déposais ma voiture sur le parking en face de la Galleri Beyer, dès qu'il y avait une place libre, et il y en quasiment toujours une, et si ce n'est pas le cas j'attends un peu dans ma voiture jusqu'à ce qu'une place se libère, je pense, et si ça s'éternise trop je repars dans l'autre sens à Skutevika, je tourne arrivé là-bas, je reviens dans le centre de Bjørgvin, et là il ne m'est jamais arrivé de ne pas trouver une place libre en face de la Galleri Beyer, je pense, et je connais bien le chemin le plus rapide depuis la Galleri Beyer jusqu'à l'Auberge, il suffit de continuer un petit moment dans la rue Høggata, de descendre ensuite une ruelle appelée Venelle, qui là où elle est la plus étroite ne mesure guère plus d'un mètre de largeur et débouche sur une rue depuis laquelle on aperçoit à quelques mètres sur la gauche la place de la Criée, puis il suffit de traverser cette place, de prendre la rue à droite, de longer la Baie, et là on arrive à l'Auberge, mais si arrivé au bout de la Venelle on prend une rue à droite, juste avant la place de la Criée à côté de laquelle il y a aussi la Prison, donc si on prend cette rue jusqu'à atteindre une rue adjacente qu'on descend un peu, là on arrive cette fois à l'hôtel La Maison, situé juste sur le Port, avec le Café au rez-de-chaussée, et j'ai marché dans ces rues tellement souvent, je pense, que je n'ai aucune peine à les trouver, même quand il fait nuit noire, alors que maintenant, ce soir, la neige tombée rend tout nettement plus clair, même la route semble éclairée par les lumières que diffusent les fenêtres des logements, et je gare ma voiture en face de la Galleri Beyer, et je continue dans la rue

Høggata, et la neige se remet d'un coup à tomber, et elle ne tombe pas un petit peu mais beaucoup, brusquement, à gros flocons humides, et je m'arrête, je plisse les yeux, je passe mes paumes dans mes cheveux, j'enlève du dos de la main les flocons tombés dans mes yeux, et je trouve ça incroyable de voir toute cette neige qui tombe autant, qui tombe si brusquement, il est grand temps que je me mette à l'abri mais je n'ai plus très loin avant d'arriver à l'Auberge, au Dernier Bateau, comme ils la surnomment, et Asle y est sûrement à l'heure qu'il est, je pense, et je me sens tout à coup tellement tellement fatigué, donc si Asle n'est pas à l'Auberge j'irai directement à La Maison pour demander s'ils ont une chambre libre, je pense, et j'enlève de nouveau les flocons tombés dans mes cheveux et dans mes yeux, et je continue de marcher, et je pense de nouveau que je suis vraiment fatigué, que je suis tellement fatigué, peut-être que je devrais plutôt passer d'abord à La Maison pour me réserver une chambre et seulement ensuite aller voir si Asle est à l'Auberge, et si Asle n'est pas à l'Auberge j'irai directement à La Maison pour me coucher, dans une chambre bien chauffée, dans des draps fraîchement lavés, je pense, et je continue de marcher, et je descends la Venelle, et un peu plus loin j'aperçois quelque chose, il y a bien quelque chose un peu plus loin sous la neige ? oui, on dirait bien qu'il y a quelqu'un d'étendu par terre sous la neige, je pense, oui, il y a quelqu'un d'étendu par terre, complètement recouvert de neige, la tête appuyée sur un petit perron, orientée vers une porte, quelqu'un est étendu dans la neige qui tombe sur lui et le recouvre complètement, et je le rejoins à la hâte, et c'est lui ! c'est Asle ! oui, c'est Asle qui est étendu dans la neige ! mais qu'est-ce qui s'est passé ? Asle est étendu dans la neige, il ne semble plus donner signe de vie, il est étendu dans la neige comme s'il dormait, comme s'il était tombé de toute sa hauteur, comme s'il était tombé de tout son long, il est étendu par terre et la neige tombe sur lui, la neige le recouvre complètement, et je le rejoins à la hâte, et je lui prends l'épaule, et je le secoue, et il dit bonjour, donc oui, par chance, par bonheur, oui, il est en vie, mais il n'était pas éveillé quand je l'ai rejoint, et je pense mais qu'est-ce que c'est ça ? mais qu'est-ce qui s'est passé ?

Tu es tombé ? je dis

Je crois bien que oui, il dit

et Asle pense qu'il est tombé, pour une raison ou une autre il est tombé, il pense

Mais je ne me souviens pas d'être tombé, il dit

D'accord, je dis

et je ne bouge pas, et je regarde Asle, et je le tiens par l'épaule

Je ne comprends rien, il dit

et je garde ma main sur son épaule, je le prends par l'aisselle, j'essaie de le soulever, mais il reste assis, il tremble, il tremble de tous ses membres, et je dis qu'il a dû prendre froid, et il dit que non, non ce n'est pas ça, il, et il s'interrompt de lui-même, tu n'aurais pas un peu d'eau-de-vie ? il dit, oui, c'est pour ça que je tremble, il dit, j'ai besoin d'un peu d'eau-de-vie, il dit, il faut que tu me trouves un peu d'eau-de-vie, il dit, et je dis qu'on ferait mieux de trouver un taxi pour l'emmener aux Urgences

Non, il dit

et il pense qu'il est hors de question pour lui d'aller dans ces foutues Urgences, tout ce qu'il lui faut c'est un peu d'eau-de-vie et après tout ira bien, après il redeviendra bien, il pense

Pas question d'aller dans ces foutues Urgences, il dit

Pas besoin, il dit

et de nouveau Asle dit qu'il a besoin d'eau-de-vie, il dit, et il se met à genoux, et je me mets derrière lui, et je le prends par les aisselles, et je le soulève, et il m'aide comme il peut, et il finit par tenir debout, et la neige a fini de tomber, et Asle se secoue, il secoue la neige tombée sur lui

Quelle chiotte d'être tombé, il dit

et il dit qu'il faut qu'on aille à l'Auberge, au Dernier Bateau, oui, c'est juste à côté, c'est juste là-bas, il dit, il faut juste qu'on descende la Venelle, il dit, et je vois qu'on est au numéro 5 de la Venelle, et il dit que, oui, il faut juste qu'on prenne à gauche, on verra la place de la Criée, de là on ira de ce côté de la Baie, et là on sera à l'Auberge, oui, de là-bas on aura vue sur la Baie, il dit, et il doit dire que c'est chouette de me revoir, ça faisait longtemps, il dit, et je pense qu'on peut bien aller à l'Auberge, je lui achèterai un peu d'eau-de-vie pour qu'il arrête de trembler, puis je le ramènerai chez lui, je pense

On ne se voit pas assez souvent, je dis

Oui, il dit

Mais là on va se prendre un petit verre et discuter un peu, il dit

Oui, je dis

et je pense que c'était la Providence de Dieu si je suis retourné à Bjørgvin, car que serait-il arrivé si je n'étais pas revenu ? si Asle était resté étendu par terre au numéro 5 de la Venelle ? il serait mort de froid, si personne ne l'avait trouvé à temps il serait mort de froid dans la neige, je pense, donc j'ai vu juste en retournant à Bjørgvin, mais pourquoi je suis revenu ? moi qui étais tellement fatigué ? qu'est-ce qui m'a convaincu de revenir, je pense, moi qui croyais voir juste en retournant à Bjørgvin ? et je tiens Asle par le bras, et on descend la Venelle, et désormais il marche droit, je pense

Je ne suis pas soûl, il dit

Tu n'as pas besoin de me tenir par le bras, il dit

et je lâche son bras, et Asle pense qu'il va nettement mieux, il ne tremble presque plus, mais quelle chiotte qu'il se soit ramassé la figure, il pense, il voulait sûrement aller frapper chez Guro, oui, mais pourquoi il le voulait ? c'était quoi encore cette trouvaille ? il pense, et puis il s'est ramassé la figure juste devant sa porte d'entrée, et c'est pour ça qu'il a fini couché par terre sur le perron, devant l'immeuble où se trouve le logement de Guro, il pense

Je ne suis plus jamais soûl, il dit

Si seulement je l'étais, il dit

et je lui demande pourquoi alors il boit, et il dit qu'il boit pour redevenir normal, pour ne pas trembler, oui, pour être comme tout le monde, pour être comme les gens normaux, il dit, et je dis que oui, oui si c'est comme ça c'est comme ça, et on est arrivés au bout de la Venelle, et on prend à gauche, et on longe le trottoir, et je vois qu'Asle se remet à trembler, et je pense qu'à trembler comme ça il va falloir qu'Asle boive vite un petit quelque chose, qu'il redevienne normal, je pense

J'ai juste besoin de boire un petit verre d'eau-de-vie ou deux et je redeviendrai bien, il dit

et je pense qu'il ne devrait pas boire autant, il doit réduire sa boisson, il doit arrêter d'avoir ces horribles tremblements, je pense, mais est-ce qu'il va y arriver ? est-ce qu'il le veut ? je pense, et je dis qu'on va aller à l'Auberge, qu'il va pouvoir prendre un petit verre d'eau-de-vie, qu'il va pouvoir se réchauffer un peu, je dis, et je dis qu'après je le ramènerai chez lui

Je vais te payer une bière et un petit verre d'eau-de-vie ou deux, je dis

C'est moi qui paye, je dis

Non, je peux payer, il dit

Je suis sûr que c'est mon tour, je dis

Bon ben merci alors, il dit

Pas de quoi, je dis

et Asle dit merci, merci, c'est gentil de ta part, il dit, et on est arrivés à la place de la Criée, et je vois qu'Asle titube un peu, et je le prends par le bras, et il dit merci, et je tiens Asle par le bras, et je dis qu'on est presque arrivés, ce n'est plus très loin, non, je dis

Oui, il dit

et il semble trembler un peu moins, même si je distingue de temps à autre des ondes de tremblement agiter son corps, mais l'instant d'après il retrouve son calme

On voit déjà le panneau qui indique l'Auberge, il dit

et là, brusquement, de façon complètement inattendue, il s'effondre à côté de moi, et je le rattrape, j'essaie de le maintenir d'aplomb, mais je n'y arrive pas car Asle s'effondre sans pouvoir se relever, il est étendu sur le côté, et je me penche, je le secoue, il ne se réveille pas, et je pose ma main devant sa bouche, et il respire, et ça ne va pas, non, ça ne va pas du tout, je ne peux pas l'emmener à l'Auberge, c'est aux Urgences que je dois l'emmener, je dois appeler une ambulance pour l'emmener aux Urgences, je pense, et Asle se réveille, et il pense quelle chiotte, il s'est encore ramassé la figure, il pense, et il lève la tête vers moi

Je me suis encore ramassé la figure, il dit

et je pense que c'est bien que je sois là, qu'Asle ne soit pas seul, car qu'est-ce qui lui arrive ? est-ce qu'il n'a plus de forces du tout ? en tout cas il n'est pas bien, il n'est pas bien portant, je pense, et il ne peut rester seul, je pense, et je dis de nouveau que nous devons aller aux Urgences, et Asle dit de nouveau que non, on est presque arrivés à l'Auberge, il lui faut juste un petit verre d'eau-de-vie et il ira mieux, il dit

Je crois que je n'ai pas assez mangé, il dit

Ces derniers jours j'ai à peine mangé, c'est sans doute pour ça que je suis faible, il dit

et il dit qu'il doit boire un petite verre d'abord, qu'ensuite il s'achètera de quoi manger un morceau, parce qu'ils servent des bons plats à l'Auberge, d'abord un petit quelque chose à boire, ensuite un petit quelque chose à manger

Oui, je dis

Mais tu viens de t'effondrer, comme ça, je dis

Tu n'es pas bien portant, quelque chose ne va pas, je dis

et Asle pense qu'il est bien portant, c'est juste ces tremblements, et il faut qu'il arrête la boisson, qu'il diminue la boisson, qu'il déshabitue son corps de l'eau-de-vie, il pense

C'est juste que j'ai besoin d'eau-de-vie, il dit

Il faut qu'on aille aux Urgences, je dis

Non, on va au Dernier Bateau, il dit

et il essaie de s'asseoir, et je l'attrape sous les aisselles, et je l'aide à s'asseoir, et il finit à genoux

Non, non tu n'es pas bien portant, je dis

et il dit qu'il n'ira pas dans ces foutues Urgences, il redeviendra bien pourvu seulement qu'il boive un peu d'eau-de-vie, il dit, et je lui tends la main, et Asle rassemble ses forces, et je le tire vers moi, et il appuie son autre main dans la neige, il se pousse, il se relève, il se tient d'aplomb, et je le prends par le bras, et je pense bon, si c'est comme ça, si c'est comme ça allons à l'Auberge alors, pourtant Asle n'est pas bien portant, je devrais plutôt l'emmener aux Urgences, je pense, mais je ne peux pas lui refuser quelque chose, c'est à lui de décider ce qu'il estime être le mieux pour lui, je pense, et on avance lentement, pas à pas, et là il marche droit, je le vois bien, et la neige s'est arrêtée de tomber, et je pense que ça va bien aller, on est presque arrivés, il va bientôt pouvoir boire un petit quelque chose, il va pouvoir manger un morceau, je pense, et j'ouvre la porte de l'Auberge, et Asle entre, et il dit merci, et là il marche tout à fait droit, c'est juste qu'il tremble, il tremble de tous ses membres, surtout ses mains tremblent, et il s'arrête devant la porte, il ôte la neige sur ses vêtements de ses deux mains tremblantes, et je dis qu'il n'a qu'à aller s'asseoir, je vais m'occuper de lui trouver un petit verre d'eau-de-vie, je dis, et Asle va à la table la plus proche de nous, il s'assied avec son manteau noir, il pose sa sacoche en cuir marron sur la chaise à côté de lui

Ça fait du bien de s'asseoir, je dis

Oui, il dit

et il pense qu'il fait bon à l'Auberge, il fait chaud, il lui faut juste un peu d'eau-de-vie et les tremblements s'arrêteront, il pense, et il s'installe bien à son aise sur la chaise, et il tremble de tous ses membres, il doit absolument manger un morceau, je pense, mais il n'y arrivera certainement pas, je pense

J'ai un peu de mal à avaler la nourriture, il dit

J'ai à peine mis une bouchée sur ma langue que j'ai envie de vomir, il dit

Tu as mangé aujourd'hui ? je dis

Non, il dit

Et hier ? je dis

Je ne crois pas, il dit

et il me regarde, et je dis que je vais aller lui acheter une bière et un petit verre d'eau-de-vie, moi je prendrai un café, avec un peu de lait dedans, rien d'autre, je dis, et Asle hoche la tête, et je vais au comptoir, je passe la commande, et le Barman prépare la commande, et je paye, je retourne à la table où Asle et moi sommes assis, je pose devant lui la pinte de bière et un verre d'eau-de-vie, je retourne au comptoir, je prends la tasse de café, je verse un peu de lait dedans, je prends également le deuxième verre d'eau-de-vie, je retourne à la table où Asle et moi sommes assis, je pose la tasse de café sur la table, devant la chaise en face d'Asle, et il prend le verre d'eau-de-vie, il essaie de le soulever, mais il tremble tellement des mains que l'eau-de-vie déborde, et je prends son verre à sa place

Je vais t'aider, je dis

Merci, il dit

et je lève le verre, je le porte à sa bouche, et Asle le vide d'une traite, et il inspire profondément, il expire lentement, et il dit qu'il va bientôt revenir à lui, ça va bientôt aller mieux, il dit, et il pense qu'il lui faut juste le deuxième verre d'eau-de-vie et il redeviendra bien, il pense

Il faut que je prenne celui-là aussi, il dit

et il désigne le verre plein, et je lui demande si je dois l'aider, et il dit qu'il va essayer seul

Oui, fais comme tu veux, je dis

et Asle porte des deux mains le verre à sa bouche, il le vide à moitié, et il pense que ça lui fait drôlement du bien, il sent déjà qu'il retrouve son calme, qu'il tremble moins

Ça s'est bien passé, je dis

Oui, il dit

et le silence retombe

Tu ne bois plus, toi ? il dit

et je dis que j'ai arrêté de boire il y a de nombreuses années, je buvais beaucoup trop, à dire vrai je n'étais jamais sobre, et pour pouvoir peindre, oui, il fallait que je sois sobre, je dis, et Ales, ma femme, oui, elle n'aimait pas me voir boire autant, bien sûr, donc je me suis mis en tête d'arrêter, c'était difficile au départ, j'ai dû changer pas mal d'habitudes, mais j'y suis arrivé, à la fin j'ai réussi à arrêter de boire, mais j'ai dû accepter qu'on m'aide, je dis, et je pense que j'ai déjà raconté ça maintes et maintes fois à Asle et pourtant il me demande toujours si j'ai arrêté de boire, je pense

C'est bien, il dit

Que tu aies arrêté de boire, il dit

Non, enfin, je dis

Je veux dire, ce n'était pas si difficile, je dis

et je pense que je ne vais pas dire que ce qui m'a aidé à y arriver, oui, c'est d'avoir prié, j'ai prié Dieu chaque fois que le grand besoin me tombait dessus, et que si ce n'avait pas été pour Ales, et pour ma foi, oui, jamais je n'aurais arrêté, je pense, mais comme Asle est seul, et comme il n'a pas la foi, je ne peux pas lui dire ça

Moi aussi il faut que j'arrête, il dit

Mais je n'y arrive pas, il dit

C'est impossible, il dit

Tu as besoin d'aide, je dis

Oui, il dit

et il prend la pinte de bière, et il essaie de la soulever, et il tremble, certes moins que tout à l'heure mais il tremble, et des deux mains il réussit à porter le verre à sa bouche, et il boit une bonne gorgée de bière

Ça a bien marché, là, il dit

Je suis bien portant, je suis bien, pourvu simplement que j'aie suffisamment d'eau-de-vie dans le corps, il dit

et il pense que s'il veut vivre il doit arrêter de boire, seulement voilà, souvent, la plupart du temps, il n'a plus envie de vivre, car tout le temps il se dit dans sa tête qu'il va aller dans la mer, qu'il va disparaître dans les vagues, il pense, et il dit qu'il lui faut juste un peu d'eau-de-vie et les tremblements s'arrêteront, oui, un peu comme s'il retrouvait alors ses forces, il dit, et un nouveau silence retombe, un long silence

Mais je t'ai trouvé étendu par terre, oui, couché dans la neige, je dis

Oui, il dit

Tu te souviens d'être tombé ? je dis

Non, il dit

Je me souviens uniquement que tout à coup tu étais là et que tu m'as réveillé, il dit

et je m'assieds sur la chaise en face d'Asle, et je vois qu'il y a quelques clients ce soir, au Dernier Bateau, des hommes sont disséminés de part et d'autre de l'établissement, assis seuls à leur table, en solitaire, totalement seuls avec leur pinte de bière en face d'eux et leur paquet de tabac à côté d'eux, un ici et un autre là, ils se roulent une cigarette, ils s'allument leur cigarette, ils tirent une longue bouffée de leur cigarette, ils recrachent la fumée de leur cigarette, ils lèvent leur pinte de bière, ils boivent une grande gorgée de bière, désespérément seuls à leur table, un ici et un autre là, en solitaire, ils ne semblent même pas remarquer la présence des autres clients dans l'établissement, ni même que nous sommes entrés dans l'établissement, ils sont assis tout seuls à leur table, un ici et un autre là, en solitaire, plongés dans leur monde, enfermés en eux-mêmes, je pense, et Asle prend son paquet de tabac et sa boîte d'allumettes, et il se roule une cigarette, et il dit que ses tremblements sont parfois tellement horribles qu'il s'est mis à acheter des cigarettes classiques, mais il les laisse à la maison, car rien n'est aussi bon que des cigarettes roulées, une bonne cigarette roulée avec une bonne bière, et il s'allume sa cigarette

Tu as arrêté de fumer il y a longtemps ? il dit

Oui, je dis

et un silence retombe

J'ai arrêté de fumer il y a de nombreuses années, je dis

Je suis passé au tabac à chiquer, et je chique toujours, je dis

et je sors ma boîte de tabac à chiquer, et je coince sous ma lèvre une bonne prise de tabac à chiquer

Peut-être que ce serait bien pour moi ? il dit

et un nouveau silence retombe

Mais le plus important ce serait que je boive moins, il dit

Oui, je dis

et je pense que c'est bien qu'il veuille boire moins, mais il n'y arrivera sans doute pas sans aide, je pense

C'était difficile de se déshabituer de la boisson, oui, au début le besoin de boire était constamment là, mais une fois qu'il est parti, c'est facile de ne pas boire, je dis

et je dis qu'en fait je ne voulais pas arrêter de fumer, mais je fumais tellement que j'en venais à me lever la nuit pour m'allumer une cigarette ou même deux, et j'en étais si fatigué que j'ai fini par me rabattre sur le tabac à chiquer, ce qui m'a permis de faire des nuits complètes, avant je me levais dès mon réveil pour fumer une cigarette, alors que là je mettais une prise de tabac à chiquer sous ma lèvre, ça m'enlevait aussitôt le besoin de fumer et je pouvais paresser au lit sans devoir me lever pour fumer, je dis, et un silence retombe, et à mon tour je retire ma sacoche en cuir marron que je pose sur la chaise à côté de moi, et je regarde autour de moi, je regarde les autres clients présents dans l'Auberge, assis avec leur bière et leur cigarette en guise de rempart fragile entre eux et le monde, ces hommes cramponnés à leur bière, cramponnés à leur cigarette, avec une mer si grande en eux, dans le calme et dans la tempête, ces hommes attendant d'embarquer sur la prochaine traversée, celle qui sera leur toute dernière, celle qui n'en finira jamais, celle de laquelle ils ne reviendront jamais, celle qui ne les effraie pas, celle qui se déroulera comme elle veut et comme elle doit, car il doit bien y avoir un sens caché derrière tout ça, oui, forcément, le Seigneur a bien sa petite idée derrière la tête avec tout ça, ils pensent, parce qu'Il écrit droit sur des lignes toutes de traviole, et c'est le Diable qui fait qu'elles sont toutes de traviole, parce que sinon il doit bien être quelque part, le bon Dieu, oui, forcément, ils pensent, et ils se cramponnent de plus belle à leur cigarette et à leur bière, et ils récitent une petite prière silencieuse, une prière qui ressemble davantage à un coup d'œil jeté vers leur mer intérieure, une prière sans paroles, mais aussi loin que porte leur regard jeté vers cette mer intérieure porte aussi leur prière sans paroles, pourtant il doit bien exister un port pour les gars comme eux, ils pensent sûrement, un port ou un havre, ils pensent, et ils sentent en eux une soudaine pointe d'effroi, et ils lèvent leur pinte, et ce goût de bière, ce bon vieux goût de bière, il leur donne la sécurité dont ils ont besoin, je pense, et je vois Asle lever sa pinte et prendre une gorgée de bière

Merveilleux, il dit

et je lève ma tasse de café mélangé à un peu de lait, et je l'approche de sa pinte de bière

Santé, je dis

Oui, santé, il dit

On peut très bien trinquer comme ça, je dis

On va boire un petit quelque chose et ensuite on prendra un taxi pour aller aux Urgences, je dis

Non, il dit

et le silence retombe

Il vaut mieux que tu me ramènes chez moi en voiture, il dit

et je pense que je ne peux en aucun cas partir d'ici sans lui car il n'est pas bien portant, et quand je pense à ce qui se serait passé si je n'étais pas retourné à Bjørgvin ce soir, si j'avais continué de penser que j'étais trop fatigué pour conduire, qu'un chauffeur fatigué est un chauffeur dangereux, si j'avais continué de penser que je n'osais pas conduire jusqu'à Bjørgvin, que je n'avais pas la force de retourner à Bjørgvin, je pense, et je ne comprends pas pourquoi ça m'a paru si juste de le faire, je pense

C'est mieux comme ça, il dit

Oui, je dis

et je pense que si Asle était resté étendu dans la Venelle, sur le perron du numéro 5, recouvert de neige, s'il était resté enseveli sous la neige, oui, qui sait comment ça aurait fini ? car peu de gens circulent dans cette ruelle, encore moins par ce temps, donc il aurait pu mourir de froid, il aurait pu mourir gelé sous la neige, je pense, et je lève de nouveau ma tasse de café mélangé à un peu de lait et Asle soulève sa pinte de bière

On se connaît depuis longtemps, toi et moi, je dis

Depuis toute une vie ou quasi, il dit

C'est l'effet que ça me fait en tout cas, il dit

et il prend une gorgée de bière, il repose son verre, il dit qu'il doit aller pisser, et il est redevenu calme, suffisamment pour que tout aille bien, il dit, et il se lève, et je reste assis, et je regarde droit devant moi, je regarde son verre, je regarde le jaune doré de sa bière, et soudain j'entends un fracas, et je relève les yeux, et je vois Asle étendu par terre dans son manteau noir, et je me lève, je m'approche de lui, et le Barman s'approche de nous, il reste debout face à nous, bras ballants, et je regarde Asle, et l'un des hommes assis seul à sa table s'approche de nous, il s'accroupit, prend la main d'Asle, la tient un bon moment, et il nous regarde de biais

Il a un pouls faible, il dit

et il me regarde, et je me contente d'acquiescer, et j'entends Asle dire à voix basse aidez-moi à me relever, et ceux qui se sont entretemps approchés restent debout face à nous, et je dis que ça ne va pas, tu n'es pas bien portant, c'est la troisième fois que tu tombes, je dis, et un homme dit, oui, voilà ce qui peut arriver, lui-même en est passé par là, car j'ai entendu parler du delirium tremens, n'est-ce pas ? il dit, la tremblote quoi, il dit, et il dit que par deux fois il a pris la mer et a vu des hommes en mourir sur les bateaux, même si ça remonte à loin, car il n'est plus de la première jeunesse, non, il dit, et il dit que les deux hommes qu'il a vus mourir, ils les ont bien enveloppés, ils ont mis des poids à leurs pieds, ils les ont posés délicatement sur le bardé, et quand le capitaine a dit repose en paix, ils ont jeté le corps dans la mer, et comme il y avait toujours un ou deux croyants à bord, il fallait s'enquiller le Notre Père, et ceux qui connaissaient un peu le cantique, deux ou trois camarades et lui, ils essayaient de chanter Plus près de Toi mon Dieu, puis c'était terminé et tout le monde était soulagé, et là, dans des occasions comme ça, c'était pas de refus qu'ils se prenaient un verre ou même trois, ça leur faisait du bien, il dit, et un autre homme dit que oui, oui ça leur faisait même sacrément du bien, et un troisième dit que oui, oui c'était comme ça dans le temps, que si un marin mourait sur un bateau au large il était lâché par-dessus bord, il dit, et de toute manière qu'est-ce qu'on aurait fait du corps, hein ? au large, aussi loin en mer ? quand il faisait chaud ? quand c'était la canicule ? la seule chose qu'on pouvait faire, c'était de bien envelopper le mort, de lui mettre des poids aux pieds et de jeter le corps dans la mer le plus vite possible, il dit, et la mer le recevait bien, il dit, et encore un autre dit que oui, oui la mer le recevait bien car la mer, elle a Dieu en elle, il dit, et encore un autre dit que la mer est le plus grand cimetière qui existe au monde, et peut-être même le meilleur, dit encore un autre, oui, dit encore un autre, Dieu est plus dans la mer que sur le continent, et le silence retombe

La mer et ciel, dit encore un autre dit

La mer et ciel, oui, dit encore un autre

et deux autres disent qu'eux aussi ils ont vécu ça, ils ont vu des hommes être atteints de delirium puis en mourir et avoir leur tombe dans la mer, mais ça remonte à loin tout ça, ce n'est plus comme ça de nos jours, ça se passait comme ça autrefois, il y a longtemps, aujourd'hui ils ont des chambres froides sur les bateaux, bien sûr, dit l'un, et heureusement, dit un autre, et encore un autre dit que lui aussi il a la tremblote, oui, dit encore un autre, qui ne l'a pas eue ? mais il a des tremblements terribles, je dis, oui, le mieux serait que vous l'emmeniez aux Urgences, dit le Barman, et encore un autre dit que oui, oui c'est sans doute le mieux, et espérons que là-bas ils le prennent et qu'ils lui donnent des médicaments qui lui permettront d'arrêter de trembler, il dit, et Asle dit qu'ils doivent l'aider à se remettre d'aplomb, et il pense c'est quoi cette connerie ? qu'est-ce qui lui arrive ? il est encore tombé, il est sur un bateau ou quoi ? oui, c'est bien ça, vu qu'il ne tient pas sur ses jambes c'est que la mer doit être démontée, il pense, et il pense l'eau-de-vie, elle est où l'eau-de-vie ? il faut qu'il prenne un peu plus d'eau-de-vie, et un peu de bière aussi, oui, s'il en reprend un peu il redeviendra bien, il pense, et je le prends sous une aisselle, et le Barman le prend sous l'autre aisselle, et on le soulève, et Asle nous aide du mieux qu'il peut, et on arrive à le mettre debout, et Asle tient debout, et je lui tiens le bras

Un peu plus d'eau-de-vie et je redeviendrai bien, il dit

Non, je ne crois pas, dit le Barman

Il faut plutôt que tu ailles aux Urgences, je dis

et Asle pense c'est quoi cette connerie, il n'a pas besoin d'aller dans ces foutues Urgences, il n'est pas malade, tout ce qu'il lui faut c'est de l'eau-de-vie, beaucoup d'eau-de-vie, il dit, et je dis qu'il est grand temps qu'on aille aux Urgences, et les hommes autour de moi disent oui, ils sont d'accord, et l'un dit qu'il connaît trop d'hommes qui sont morts à force d'avoir des tremblements, et le Barman dit qu'il peut réserver un taxi, et je dis oui, et Asle dit c'est quoi cette connerie ? mais qu'est-ce qu'il peut faire ? de toute manière il n'y a pas de place pour lui sur ce bateau, il dit, et je vois le Barman aller au comptoir et décrocher le téléphone, et il dit quelque chose, et il revient, et il dit que le taxi est réservé, qu'il va arriver dans quelques minutes, et il dit que j'ai sûrement besoin d'un petit remontant pour me donner des forces, et je m'apprête à dire que je ne bois pas, qu'il fallait que j'arrête, mais le Barman est déjà revenu avec un verre d'eau-de-vie plein à ras bord qu'il me tend, et je dis que je ne bois plus, que j'en ai fini avec la boisson, que j'ai bu plus que de raison, je dis, et le Barman dit qu'il comprend, et il porte le verre à sa bouche, il le vide d'une traite, et il dit qu'on peut sortir car le taxi sera là d'une minute à l'autre, et je regarde Asle dans son manteau noir, et je vais chercher ma sacoche en cuir marron que je mets en bandoulière, et je prends la sacoche en cuir marron d'Asle que je lui mets ensuite en bandoulière, et je prends Asle par le bras, et je le guide dans l'établissement, et un homme le prend par l'autre bras, et un troisième va nous ouvrir la porte, et on sort, et l'un de ceux qui nous ont suivis secoue l'épaule d'Asle, et il lui dit que ça va bien se passer, qu'il va s'en tirer, lui aussi il a vécu ce que vit Asle en ce moment, et certes ça remonte à loin, mais il y est arrivé, même si c'était limite car à l'époque il était sur un bateau, au large, alors qu'Asle est sur le continent, et de nos jours il y a des bons médicaments, des médicaments qui soulagent les tremblements et permettent de se calmer, il dit, et sur ce le taxi arrive, et le Chauffeur sort ouvrir la portière, et Asle s'installe sur la banquette arrière, et je contourne le véhicule, j'ouvre la portière, je m'installe à côté d'Asle, et je dis que nous allons aux Urgences, et le Chauffeur repart, il conduit sans dire un mot, et je voyage moi aussi sans dire un mot, et je paie la course quand nous sommes arrivés aux Urgences, et je dis que je n'ai pas besoin de facture quand le Chauffeur me demande si j'en veux une, et je sors, et le Chauffeur sort lui aussi, et il ouvre la portière d'Asle, et je prends Asle par le bras, et je l'aide à sortir de la voiture, et le Chauffeur me demande si je vais me débrouiller pour le reste du chemin, et je dis que oui, et Asle dit où on est, bordel ? il était pas sur un bateau tout à l'heure ? et dans la tempête en plus, une tempête de tous les diables ! il dit, et je le tiens fermement par le bras

Je peux marcher tout seul, il dit

Mais tu es tombé plusieurs fois, je dis

Oui, a priori oui, il dit

Et c'est à cause de ce foutu mauvais temps aujourd'hui, il dit

et Asle dit qu'il lui faut juste un peu plus d'eau-de-vie et là tout ira bien, il ne lui manque que de l'eau-de-vie, il dit, et je dis oui oui, et d'une main je pousse la porte des Urgences, et nous entrons, et je vois qu'il n'y a personne à part nous, et Asle dit que je dois lui trouver de l'eau-de-vie, il le dit et il répète, et il demande où il est, et je dis qu'on est aux Urgences car il n'est pas bien portant, et tout en tenant Asle par le bras je m'approche de l'accueil, et la femme assise dans son bocal fait coulisser la vitre, et je dis avec un mouvement de tête en direction d'Asle qu'il n'est pas très en forme, et elle me demande son nom et sa date de naissance, et je n'arrive pas à me souvenir de sa date de naissance, et je la demande à Asle, et Asle me demande pour qui je le prends, je crois vraiment qu'il se souvient d'un truc pareil ? il dit, et la femme demande si Asle a de la famille, oui, elle le demande vraiment, et je dis que je ne suis qu'un ami, mais je sais que ses parents sont morts, qu'il avait une sœur mais qu'elle aussi est morte, oui, Alida elle s'appelait, et pourquoi je dis ça d'abord ? je pense, et je dis qu'il a été divorcé deux fois, qu'il a trois enfants, un fils aujourd'hui adulte et deux enfants encore mineurs, un garçon et une fille, et elle demande si j'ai leur adresse, et je ne connais même pas leur prénom car il parle toujours d'eux en les appelant le Grand, à propos du fils adulte qui habite à Oslo, et le Petit Dernier et la Fille qui habitent avec leur mère dans un endroit quelconque du Trøndelag, et je dis que la seule chose que je sais avec certitude c'est que sa première femme s'appelait Liv et que la seconde s'appelait Siv, mais que je ne connais ni leur nom de famille ni leur adresse, je dis, et j'indique mon nom et mon adresse, je donne mon numéro de téléphone, et elle dit qu'une infirmière va venir nous chercher dans un instant puis qu'un médecin auscultera Asle, et je la remercie, et Asle et moi allons nous asseoir sur une banquette, et je dis qu'il faut patienter un peu, qu'un médecin va venir l'ausculter, et il dit qu'il est hors de question qu'un médecin l'ausculte, il n'a pas besoin de médecin, primo, il dit, secundo, il dit, il n'y a pas de médecin sur ce bateau, tertio, il dit, tout ce dont il a besoin c'est de l'eau-de-vie, et puis d'abord ce bateau, il dit, pourquoi il est à bord de ce bateau ? et lui il se trouve où ? et comme s'appelle ce bateau où il se trouve ? est-ce qu'il est au Dernier Bateau ? demande Asle, et il dit qu'il était sûr d'être à Bjørgvin, mais ça lui a tout l'air d'être une autre ville ici, donc on est où ? il dit, et je dis qu'on est à Bjørgvin, et il dit que je ne dis que des conneries, qu'il vit depuis suffisamment longtemps à Bjørgvin pour savoir à quoi la ville ressemble, donc on est où ? car on n'est pas sur un bateau, alors est-ce qu'on est à Sartor ? il dit, est-ce qu'on est à Flora ? ou alors on est où ? il dit, ah ça y est, il dit, maintenant il sait, on est à Sartor, pas de doute là-dessus, non, il dit, oui, oui c'est là qu'on est, il dit, et je vois une infirmière tenir une porte ouverte, et je suis Asle jusqu'à la porte, et l'Infirmière nous souhaite la bienvenue, et on franchit la porte, et l'Infirmière nous guide dans un couloir, elle ouvre une autre porte qui donne dans un bureau, et on entre, et un homme est assis à une table, ce doit être un médecin, et le Médecin dit oui, et je dis qu'il a des tremblements terribles, qu'il est tombé plusieurs fois, qu'il a perdu connaissance, qu'il s'est mis à raconter des choses incompréhensibles, oui, qu'il ne sait pas où il est, je dis, et Asle demande encore si je peux lui trouver un peu d'eau-de-vie, il lui faut de l'eau-de-vie, s'il a juste un peu d'eau-de-vie tout ira bien, il dit, et puis d'abord pourquoi on est à Sartor ? qu'est-ce qu'on vient foutre à Sartor ? il dit, et c'est qui l'autre, là ? il dit en regardant le Médecin, et je regarde Asle, et le Médecin dit qu'Asle a besoin de repos, et l'Infirmière dit que je peux partir, qu'ils vont prendre soin de lui, tout ce dont Asle a besoin c'est de repos, rien que du repos, et il a surtout besoin de sommeil, du sommeil et du repos, elle dit, mais je peux appeler demain, et là je pourrais peut-être venir lui dire bonjour, ou il vaut d'ailleurs peut-être mieux qu'il se repose demain et que je ne vienne pas, elle dit, et je dis que si jamais Asle a besoin de quelque chose, ou s'il souhaite quelque chose, je peux toujours le lui apporter, et elle dit que je n'ai qu'à appeler demain, ils en sauront davantage, elle dit, et je dis merci pour votre aide, et je dis au revoir à Asle

Tu t'en vas ? il dit

Tu ne dois pas t'en aller, il dit

Il faut que je m'en aille, je dis

Mais tu ne peux pas t'en aller, on est au large, en pleine mer, il dit

Il faut que je m'en aille, je dis

Prends soin de toi, je dis

et je sors du bureau, je traverse le couloir, je retourne à la réception où je vois que d'autres personnes sont entretemps arrivées aux Urgences, attendant leur tour sur la banquette, et je sors des

Urgences, je m'arrête devant la porte, j'inspire profondément, j'expire lentement, et je vois que la neige s'est remise à tomber, de gros flocons blancs tombent et n'en finissent pas de tomber, et je pense qu'il est grand temps que j'aille à La Maison et que je prenne une chambre, je reviendrai peut-être demain matin de bonne heure pour voir Asle, puis je rentrerai à Dylgja, le plus tôt possible, je pense, et il neige, pas abondamment, pas modérément, mais régulièrement, calmement, la neige tombe sur Bjørgvin à gros flocons calmes et réguliers, et je pense que j'ai bien besoin de quelque chose de chaud, d'un bon café, oui, un bon café avec un peu de lait ferait bien l'affaire, je pense, et je me mets en marche, je laisse derrière moi les Urgences, et je pense que si seulement j'avais pu boire quelques gorgées de ce café qui m'a été servi à l'Auberge avant qu'on ne doive aller aux Urgences, et ce serait bien de manger un morceau, de manger un petit quelque chose, je pense, donc je vais aller au premier endroit venu où on peut acheter à manger et à boire, je prendrai un café avec un peu de lait, très certainement, je pense, et je pense que si seulement j'avais le numéro de téléphone de l'un des enfants d'Asle, de préférence celui du Grand, l'aîné, celui qui habite à Oslo, je lui aurais téléphoné, mais je ne connais même pas son nom, et même si je connais l'existence du Petit Dernier et de la Fille, même si je sais que la première femme s'appelait Liv et que la seconde Siv, je ne sais pas où ils habitent exactement, je pense, et je vois une enseigne éclairée au-dessus d'une porte, le nom Boire et Manger est écrit en lettres bleues et penchées, et c'est là que je vais aller, je pense, et ensuite j'irai à La Maison, on doit bien pouvoir y avoir une chambre, même si je n'ai pas réservé à l'avance, oui, il m'est arrivé maintes et maintes fois d'y aller à l'improviste et de demander une chambre, et j'en ai toujours obtenu une, oui, ça devrait bien se passer, même si un jour j'ai dû passer la nuit sur un lit pliant dans une sorte de cagibi sous les toits, ils sont toujours serviables et sympathiques à La Maison, je pense, et j'ouvre la porte sous l'enseigne éclairée où est écrit en lettres bleues le nom Boire et Manger, et je m'arrête dès que j'ai franchi la porte, et je jette un regard circulaire dans l'établissement pas très grand, je vois un bar, une espèce de carré placé dans le milieu de la pièce, je vois des tables installées contre le mur, mais je ne vois aucun client, ah si, là-bas, seule à une table, une femme aux cheveux blonds mi-longs, en train de se rouler une cigarette, un verre de vin rouge posé devant elle, et son visage ne me dirait pas quelque chose ? non, je ne l'ai jamais vue, c'est sans doute le fruit de mon imagination, je dois confondre puisque les gens ressemblent aux gens, je pense, et je me demande si je peux m'asseoir directement ou si je dois d'abord aller au comptoir, mais voyant le Barman me faire un signe de tête je m'approche de lui, et le Barman me regarde, et il me tend ses mains vides

Une bière pour ce monsieur ? il dit

Non, merci, je dis

Qu'est-ce qui ferait plaisir à monsieur ? il dit

Juste un café, je dis

Je vous sers ça tout de suite, il dit

et le Barman verse sans attendre du café dans un gobelet blanc sur lequel est écrit Boire et Manger, et il me demande si je souhaite manger un morceau, et je dis oui, peut-être bien, ce serait bien de manger un morceau, je dis, et le Barman me tend la carte, et je la parcours à la va-vite, et je vois qu'il y a au menu un smörrebröd de viande hachée et d'oignons poêlés, et je dis que je prendrai bien volontiers un smörrebröd de viande hachée, puisque c'est toujours ce que j'achète, je pense, et le Barman me dit qu'il m'apporte ça tout de suite, je n'ai qu'à prendre mon café et à m'asseoir, il m'apporte le smörrebröd de viande hachée, il dit, et je dis merci, merci beaucoup, et je lui demande s'il aurait un peu de lait, et il s'excuse aussitôt, il aurait dû me demander si j'en voulais, il dit, bien sûr qu'il en a, il dit, et il pose un petit pot de lait sur le comptoir à côté du gobelet, il me tend une cuillère, et je prends la cuillère, je verse un peu de lait dans mon café, je tourne, et je cherche une table libre du regard, et je vois la femme aux cheveux blonds mi-longs assise seule, et je vois une table libre derrière elle, je vais à cette table, je pose mon gobelet sur cette table, et d'un seul coup la pensée s'impose dans mon esprit, le chien d'Asle ! oui, Brage, son chien est seul dans le logement ! et dans le pire des cas un bon moment risque de s'écouler avant qu'Asle ne sorte des urgences, oui, un long moment risque de s'écouler avant qu'Asle ne puisse rentrer chez lui, dans son logement, retrouver son chien, donc il faut que j'arrive à entrer dans son logement, que j'aille chercher son chien, Brage, que je le fasse sortir, et le mieux est sans doute que je l'emmène chez moi à Dylgja, je pense, car je dois m'occuper du chien en attendant qu'Asle soit guéri, en attendant qu'Asle soit rentré chez lui, je pense, et je goûte le café, il est extrêmement chaud mais il est bon, le café me réchauffe bien comme il faut, et je prends une autre gorgée, oui, c'est un bon café, et je n'ai ni beaucoup mangé ni beaucoup bu aujourd'hui, je pense, donc ça me va faire du bien de manger un morceau, et en même temps je sens une certaine joie monter en moi, la joie d'être parmi les gens, pour ainsi dire, et tant pis si ce n'est que la femme aux cheveux blonds mi-longs assise seule devant moi, qui boit son vin et fume sa cigarette, et que grand bien leur fasse si les gens ont envie de boire plus que de raison, pourvu simplement qu'ils arrêtent à temps, non, non je veux plus y penser, je pense, et je me demande si je n'aurais pas vu la femme assise devant moi, qui me tourne le dos, autrefois, à une occasion ou une autre ? peut-être même que nous avons discuté ensemble ? ou que nous nous sommes rencontrés d'une manière ou d'une autre ? c'est bien possible, et c'est bien qu'il y ait d'autres gens dans le café, que je ne sois pas assis tout seul, c'est toujours un peu sinistre d'être seul et esseulé dans un café, il y a comme qui dirait quelque chose qui ne va pas dans ces cas-là, à l'inverse de ce qui se passe quand je suis chez moi, là j'ai l'impression que quelque chose ne va pas si je ne suis pas seul, une impression que je n'ai pas quand Åsleik est là, mais de toute façon il n'y a personne à part lui qui vient chez moi, je pense, donc pourquoi je suis en train de penser ça ? de penser que ça m'inquiéterait que des gens viennent me voir chez moi ? je pense, et je pense que le chien d'Asle ne peut pas rester seul, il faut que j'arrive à trouver une clé du logement d'Asle et que j'aille chercher son chien, il faut que je retourne aux Urgences, que je récupère la clé du logement d'Asle, que j'aille chercher son chien, oui, Brage, oui il faut que je m'occupe de Brage en attendant qu'Asle soit guéri, je pense, et je vois le Barman apporter dans une main une assiette blanche contenant un smörrebröd de viande hachée et dans l'autre un couteau et une fourchette enveloppés dans une serviette blanche, et il pose l'assiette devant moi, le couteau et la fourchette dans la serviette à côté de l'assiette, il me souhaite bon appétit, et je trouve que ça a l'air réjouissant, j'ai tellement faim que je me mets tout de suite à manger, je mange une bouchée, je bois une gorgée de café, c'est succulent, j'avais vraiment faim, et je vois la femme aux cheveux blonds mi-longs assise seule à sa table devant moi, je la vois écraser sa cigarette, je la vois se lever, et elle est loin d'être sobre, et je suis sûr qu'elle va m'adresser la parole, et je baisse les yeux, je prends une nouvelle bouchée de pain, d'oignons et de viande hachée

Mais, c'est toi ? elle dit

et je lève les yeux, et je vois la femme aux cheveux blonds mi-longs debout devant moi, elle se retient au bord de la table, et je sais que je l'ai déjà vue, mais je n'arrive à me souvenir ni du jour ni de l'endroit où je l'ai vue

Tu ne te souviens pas de moi ? elle dit

et j'essaie de me rappeler qui elle est

Silje, elle dit

et elle rit

Tu ne te souviens vraiment pas de moi ? elle dit

Tu ne te souviens même pas de mon nom ? elle dit

et celle qui dit s'appeler Silje me regarde d'un air presque étonné, et elle dit qu'elle a beaucoup pensé à moi, qu'elle a souvent souhaité qu'on se revoie, ça fait tellement longtemps, elle dit, mais je me suis sûrement marié depuis ? elle dit, et elle ne savait pas où j'habitais, la seule chose qu'elle savait c'était mon nom, que je m'appelle Asle, elle dit

Et maintenant tu es là, juste devant moi, elle dit

Car ça fait tellement longtemps que je t'ai vu, elle dit

Tu te souviens de moi ? elle dit

Tu n'étais pas bourré à ce point ? elle dit

Même que tu es venu plusieurs fois chez moi, elle dit

et je commence lentement à visualiser un petit logement, un canapé, une étagère, des photos aux murs et, non, non je ne veux pas y penser

Hein que tu te souviens de moi ? elle dit

Chez moi, dans la Venelle ? elle dit

Au rez-de-chaussée, elle dit

et je ne dis rien, et je vois que j'ai terminé mon smörrebröd, c'est dire comme j'avais faim, oui, ça n'a pas traîné, je pense, et je pose mon couteau et ma fourchette l'un à côté de l'autre sur l'assiette

En tout cas c'est chouette de te revoir, elle dit

et j'acquiesce, je bois mon café, je vide mon gobelet, et je dis que je dois hélas partir, j'ai à faire, et je fais signe au Barman, je lui fais signe que je veux payer, et il hoche la tête, et elle dit que je peux venir la voir si j'ai envie, elle habite toujours au même endroit qu'autrefois, au numéro 5 de la Venelle, au rez-de-chaussée, elle dit, et elle dit que je dois tout de même bien me souvenir d'elle ? et que je dois tout de même bien me souvenir qu'elle m'a accompagné à La Maison ? elle, Silje, oui, ou quel que soit son nom, car elle ne s'appellerait pas autrement ? elle ne s'appellerait pas Guro par hasard ? oui, elle avait même dormi avec moi dans le même lit, elle dit, elle s'en souvient bien, oui, même si ça remonte à loin, même si à l'époque j'avais des cheveux mi-longs châtains qui tombaient sur mes épaules et non des longs cheveux gris qui sont attachés par un élastique noir en haut de la nuque, elle dit, et elle rit, et elle dit qu'elle se souvient même de ma date de naissance car je la lui ai indiquée pour qu'elle puisse calculer mon chiffre porte-bonheur, elle dit, et elle me demande si je m'en souviens, et je dis que je dois partir, et elle dit que c'était le chiffre huit ou quatre fois deux, elle dit, et elle dit que ça lui ferait plaisir que je passe la voir, et le Barman m'apporte la note, et je sors mon portefeuille, je prends un billet, je le lui tends, et je dis que ça ira comme ça, et il dit merci, et je me lève, je pousse ma chaise contre la table, et elle lâche le bord de la table, et je vois qu'elle tient à peine debout, et je dis que je dois partir, que je suis pressé, je dis, et elle dit qu'elle sait que je m'appelle Asle, que je suis artiste, elle en sait même davantage sur moi, elle dit, car tous les ans au moment de l'Avent elle a vu que j'avais une exposition à la Galleri Beyer, elle dit, puis elle se tait, son regard prend un air rêveur, et elle dit que tout remonte à tellement loin, mais après notre première rencontre elle a vu toutes mes expositions à Bjørgvin, elle a souvent eu envie d'acheter un tableau mais elle n'en a pas les moyens, oui, elle aime vraiment mes peintures, elle dit, et je dis que je lui souhaite plein de bonnes choses, et elle dit que ça lui ferait plaisir que je passe la voir chez elle, au numéro 5 de la Venelle, car je dois bien me souvenir de l'endroit où elle habite ? car je n'étais jamais bourré à ce point, elle dit

Silje, elle dit

et elle rit, et elle pose une main dans mon dos

À moins que ce soit Guro ? elle dit

Mais le numéro 5 de la Venelle, tu t'en souviens ? elle dit

Et que je m'appelle Guro ? elle dit

et je dis que je dois partir mais que c'était bien de la revoir, et je l'entends dire quelque chose mais je ne comprends pas tout à fait ce qu'elle dit, et elle dit bonne chance, et je lui dis merci pareillement, et je sors, et il faut maintenant que je retourne aux Urgences, que je récupère la clé du logement d'Asle, je pense, car son chien ne peut pas rester seul dans le logement, et je peux m'occuper du chien pendant qu'il est malade, je dois le dire à Asle, je pense, et je pense que je vais bien finir par retrouver le chemin jusqu'aux Urgences, ça va bien se passer, car je n'ai pas marché très longtemps pour arriver à Boire et Manger, donc il s'agit maintenant de prendre le même chemin en sens inverse, je pense, et je suis debout dans la neige, sur le trottoir, derrière Boire et Manger, et je pense que je dois aller tout droit, dans l'une ou dans l'autre direction, donc il s'agit maintenant de choisir la bonne direction, je pense, et quand je suis arrivé je marchais de l'autre côté de la rue, et quand j'ai vu l'enseigne Boire et Manger j'ai traversé la rue, oui, c'est comme ça que ça s'est passé, je pense, donc il s'agit maintenant de retraverser la rue, d'aller tout droit, ça doit bien être ça, non ? je pense, et je pense que c'est bien que la neige se soit arrêtée de tomber, c'est plus facile de retrouver le chemin, plus facile quand on voit où on marche, évidemment, je pense, et je traverse la rue, et je vais tout droit, et il ne neige pas, et pourtant je me trompe toujours de chemin, pour une raison que j'ignore, je pense, c'est à n'y rien comprendre, je pense, je calcule mal et je me trompe, donc sans doute vaut-il mieux que je prenne un taxi, pour autant qu'il en passe un, je pense, car il faut que j'aille aux Urgences, que je récupère la clé du logement d'Asle, car son chien est toujours dans le logement et il ne peut pas rester tout seul, donc il faut que j'aille chercher le chien, je pense, et dès que j'aurai récupéré la clé je retournerai à ma voiture garée devant la Galleri Beyer puis j'irai à l'immeuble où se trouve le logement d'Asle, à Skutevika, et j'irai chercher le chien, j'irai chercher Brage, et je retournerai garer ma voiture devant la Galleri Beyer, et j'irai à pied jusqu'à La Maison où je louerai une chambre, je pense, mais il faut d'abord que j'aille aux Urgences, je pense, et j'ai à peine terminé de formuler cette pensée que je vois un taxi, et je lève la main, et le taxi s'arrête, et j'ouvre la portière, je m'assieds, je dis que je vais aux urgences, et le Chauffeur dit oui, ça va bien se passer, ce n'est pas très loin, il va trouver le chemin, il dit, et je dis que je ne connais pas bien Bjørgvin, et le Chauffeur dit que si c'est le cas il est là pour venir à ma rescousse, et l'un de nous dit quelque chose, et il s'est à peine mis à rouler que je vois le panneau où est écrit Urgences, et le Chauffeur s'arrête devant l'entrée, et je paye, et je dis que c'était une petite course, et il dit qu'une course est une course, et je descends du taxi, j'ai un peu honte, je ne croyais pas que c'était si près, il n'y avait qu'une centaine de mètres et j'ai pris un taxi, c'est complètement insensé, je pense, et j'entre aux Urgences, et il n'y a personne attendant sur la banquette, et je vais à la réception, et c'est la même femme dans son bocal, et je me place devant la vitre, et elle me reconnaît, elle fait coulisser la vitre, et je dis que je viens prendre des nouvelles de lui, oui, d'Asle, et elle dit que, oui, lui, il a été transféré ailleurs quasiment tout de suite, à l'Hôpital central, donc si je veux le voir je dois aller à l'Hôpital central, elle dit, et je demande, je ne sais même pas pourquoi, si ça fait longtemps qu'elle est au travail, et elle me regarde, elle esquisse un sourire un peu fatigué, et elle dit que ça a été une garde très longue, oui, car celle qui devait la remplacer n'a pas pu venir à cause d'un enfant malade, et comme ils n'ont pas de stagiaires en ce moment elle a dit qu'elle resterait jusqu'à ce qu'ils trouvent quelqu'un et celle qui va finalement la remplacer est en route, elle dit, et ça lui fera grand bien de dormir, enfin elle va dormir, et elle va bien dormir, dès qu'elle sera rentrée elle va dormir, dormir et encore dormir, elle dit, et je regarde dehors, je vois que le taxi est toujours garé devant l'entrée des Urgences, et je dis que si je me dépêche je peux peut-être prendre le taxi garé devant, et elle dit que, oui, il est encore là, et je lui dis au revoir, et elle dit merci pareillement, et je me dépêche de sortir, et j'ouvre la portière, et je demande au Chauffeur s'il est toujours libre

Oui oui, il dit

C'était vite fait, il dit

Tout va visiblement très vite chez vous, il dit

et je demande s'il peut me conduire à l'Hôpital central car celui que je venais voir a été transféré là-bas, je dis

Oui, là c'est du sérieux, il dit

Du sérieux ? je dis

Oui, il n'y a que les gens gravement malades qui sont transférés à l'Hôpital central, il dit

et je m'assieds dans le taxi et je pense que, oui, oui Asle est sacrément malade, il est tombé à plusieurs reprises, je l'ai trouvé étendu dans la neige, recouvert de neige, là-bas dans la Venelle, au numéro 5 de la Venelle, et ce n'est pas là-bas qu'habite Silje ou Guro ou quel que soit son nom ? au numéro 3 de la Venelle qu'elle habite ? oui, c'est plutôt ça, en tout cas c'est une drôle de coïncidence, je pense, et il tremblait tellement, il tremblait de tous ses membres, je pense, et heureusement, heureusement que je suis retourné à Bjørgvin, et je ne comprends toujours pas pourquoi ça m'a paru si juste de le faire, je pense, moi qui ai déjà fait un aller-retour à Bjørgvin aujourd'hui, mais ensuite j'ai été pris par cette inquiétude, ou quel que soit le nom qu'il faille lui donner, et si je n'avais pas trouvé Asle il serait toujours étendu à trembler sous la neige à l'heure qu'il est, non, non quelqu'un l'aurait trouvé avant moi, il y a toujours des gens dans les rues à Bjørgvin, il y a toujours quelqu'un qui se promène, je pense, et j'entends le Chauffeur dire qu'il espère qu'il ne va pas tomber plus de neige, mais pour une fois les chasse-neige sont passés, car les rues et les routes sont bien déblayées, il dit, ce n'est pas souvent qu'ils vont si vite, il dit, et je ne dis rien, et le Chauffeur se tait à son tour, et nous roulons, et il y a peu de circulation, et le taxi arrive à l'Hôpital central, et le Chauffeur s'arrête devant l'entrée, et je paye, je le remercie pour la course, et j'entre dans l'Hôpital central, je vois la réception, je vais à la réception, et la femme assise dans son bocal me regarde d'un air endormi, et je donne mon nom, je dis que je viens voir Asle, et elle dit que lui et moi avons le même nom, que, oui, elle va voir ce qu'elle peut faire, et elle consulte des documents, et elle relève la tête, elle me regarde, et elle me regarde longtemps, et elle me redemande le nom, et elle dit, oui, Asle, oui, et elle consulte d'autres documents posés devant elle

Asle, oui, je dis

Asle, c'était, oui, elle dit

et elle continue de consulter ses documents

Oui, celui qui a le même nom que vous a été admis chez nous, oui, il a été admis ce soir, elle dit

Est-ce que je peux le voir ? je dis

Non, pas maintenant, elle dit

et elle baisse la tête, et je frémis intérieurement car son chien, Brage, ne peut pas rester seul, il faut que je m'occupe du chien

Il est gravement malade ? je dis

Oui, on peut dire ça en effet, elle dit

et elle dit qu'il a été admis ce soir, il n'y a pas très longtemps, et qu'il est gravement malade oui, et elle dit que je suis renseigné comme étant la personne de confiance, et je dis que nous sommes de vieux amis mais que je ne suis qu'un ami, que c'est moi qui l'ai emmené aux urgences

Mais il a de la famille ? elle dit

Oui, mais il vit seul, je dis

et je dis qu'il a été deux fois divorcé mais qu'aucune de ses ex-femmes ni ses enfants ne vivent à Bjørgvin, qu'il a un chien, que le chien est tout seul dans le logement et qu'il ne peut pas rester seul, et elle acquiesce, et elle dit qu'il a été divorcé deux fois, oui, qu'il a trois enfants, oui

Divorcé deux fois, je dis

Trois enfants, je dis

et je dis que je sais qu'il a peu de liens tant avec ses ex-femmes qu'avec ses enfants, mais donc, c'est à son chien que je pense, son chien qui s'appelle Brage ne peut pas rester seul dans le logement, quelqu'un doit aller le chercher et s'occuper de lui

Quelqu'un doit aller chercher son chien, je dis

Oui, elle dit

Est-ce que je pourrais avoir la clé, comme ça je pourrais m'occuper du chien pendant qu'Asle ne peut pas le faire lui-même ? je dis

Je ne peux pas vous donner la clé de son logement, elle dit

et elle dit qu'il a des enfants, que je ne suis qu'un ami

Mais ses enfants ne vivent pas à Bjørgvin, je dis

Son fils aîné vit à Oslo et les deux autres enfants quelque part dans le Trøndelag, je dis

et je dis qu'il n'a plus affaire à ses ex-femmes, qu'il n'a pas beaucoup de contact non plus avec ses enfants, hormis peut-être avec l'aîné, avec le Petit comme il l'appelle, je dis, et je pense qu'elle ne veut visiblement pas me donner la clé du logement d'Asle, et qu'est-ce que je vais bien pouvoir faire dans ce cas ? je pense, est-ce que je dois entrer par effraction dans son logement dans ce cas ? je pense, car son chien Brage ne peut pas rester tout seul là-bas, je pense, et je la vois décrocher son téléphone, composer un numéro, et elle dit une phrase avec dedans les mots gravement malade, elle dit qu'il y a quelqu'un qui demande après lui, un homme qui dit qu'il y a un chien seul dans le logement de celui qui est hospitalisé, elle dit, et elle me regarde, et elle me demande s'il n'y aurait pas un concierge dans l'immeuble, et je dis qu'il n'y en a pas, du moins pas que je sache, je dis, et elle acquiesce, et elle dit dans le combiné qu'il n'y a pas de concierge, que je voudrais récupérer la clé pour m'occuper du chien, qu'il n'y a pas de parents et de famille à Bjørgvin pour le faire, elle dit

Le chien ne peut pas rester seul, je dis

et elle écoute ce que la personne à l'autre bout du fil a à lui dire, et elle dit merci, oui on va faire ça, elle dit, et elle dit qu'ils ont rassemblé ses vêtements, son portefeuille, ses clés et tout ce qu'il avait, qu'ils l'ont mis dans une armoire de la chambre où il est actuellement, mais que quelqu'un va aller récupérer la clé, qu'il me conduira au logement d'Asle, qu'il me suivra à l'intérieur pour que j'emmène le chien, elle dit, puisqu'ils ne peuvent pas me donner la clé, c'est le règlement, elle dit, ç'aurait été possible si nous avions été de la famille et pas de simples amis, elle dit

Oui, je ne suis qu'un ami, je dis

Oui, elle dit

et elle soupire, et elle dit que je peux m'asseoir en attendant, ça ne devrait pas être long, car quelqu'un va aller récupérer la clé et me conduire au logement d'Asle, oui, ce n'est pas la première fois que ce genre de chose arrive, elle dit, oui, donc ils ont mis en place une procédure dans ces cas-là, elle dit, et tiens, elle dit, le voilà justement, elle dit, et je vois un homme âgé venir vers moi, et il dit qu'il va me conduire pour que je puisse aller chercher ce chien

Merci, je dis

et je remercie la femme à la réception, et je suis l'homme âgé, et il ne dit pas un mot, et on sort, et on s'installe dans une voiture, et il dit qu'il est tombé un bon paquet de neige, mais il a ôté toute celle qui recouvrait la voiture, il dit, et j'entends à son accent qu'il est originaire de Bjørgvin, et je dis que oui, oui il a vraiment bien neigé, et il dit qu'il arrive de temps en temps que quelqu'un soit hospitalisé et ait un animal à la maison dont il faut s'occuper, mais la personne hospitalisée n'est plus en mesure de le dire, et c'est un voisin ou une voisine qui téléphone pour se plaindre qu'un chien aboie tout le temps, qu'il aboie depuis plusieurs jours, et là il doit aller chercher le chien, il dit, ça fait partie de son travail, il va chercher le chien et le confie à la Protection des animaux, ou c'est un parent ou un voisin ou un ami ou quelqu'un d'autre qui s'en occupe, comme ce qui m'arrive en ce moment, il dit, et il dit que, oui, oui il est une sorte de factotum à l'Hôpital central, il dit, et j'explique au Factotum où habite Asle, et il dit qu'il sait où c'est, ce n'est pas très loin, il dit, et on ne dit plus rien pendant le reste du chemin, et on est arrivés, et le Factotum s'arrête, il gare la voiture devant l'immeuble où se trouve le logement d'Asle, à peu près à l'endroit où j'ai garé ma voiture aujourd'hui, et on descend de la voiture, et il ouvre la porte cochère de l'immeuble, et je dis que le logement d'Asle se trouve au rez-de-chaussée à gauche, et on y monte, et on entend le chien aboyer, et je dis que le chien aboie derrière la porte, et le Factotum dit qu'il a sacrément de la voix, l'animal, et je dis que les petits chiens, puisque c'est un petit chien, ont souvent une voix plus puissante que les autres

Oui, et c'est aussi eux qui mordent les gens plus facilement, il dit

Vous avez peur des chiens ? je dis

Non, il dit

et il hésite, et il dit qu'il a un peu peur des chiens

C'est sûrement parce que, oui, sûrement parce qu'un jour j'ai été mordu par un chien que je venais chercher comme maintenant, il dit

Et ils sont souvent les plus menaçants, ces chiens, oui, quand je viens les chercher, il dit

Et si je suis tout seul, je prends des gants de sécurité, il dit

et il montre les gants

Je peux entrer en premier, je dis

Oui, si vous voulez, il dit

Je vais ouvrir, et puis vous entrerez, il dit

et le Factotum tripote la clé un petit moment avant de l'enfoncer dans la serrure, et il déverrouille la porte, et j'ouvre la porte, et je franchis la porte, et je suis à peine arrivée dans l'entrée que le chien se met à sauter autour de mes pieds, à aboyer à tout rompre, et je tâtonne contre la cloison, je trouve un interrupteur, j'allume la lumière dans l'entrée, je baisse la tête vers le chien qui saute à n'en plus finir autour de mes pieds et continue d'aboyer à tout rompre, et je le prends dans mes bras, je lui caresse le dos, je le caresse encore et encore, je dis gentil Brage, tu es un gentil Brage, je dis, et le chien se calme, et le Factotum me rejoint dans l'entrée, et je dis que je crois savoir où se trouve la laisse, et le Factotum dit qu'on ne peut pas rester très longtemps, on n'en a pas le droit, c'est illégal, il dit, on doit uniquement venir chercher le chien et s'en aller, il dit, et je dis que je vais juste chercher la laisse, que je sais qu'elle se trouve d'habitude sur la commode de l'entrée, et je vois qu'elle y est bel et bien, et je vois que toutes les portes sont fermées, que ce soit celle de la cuisine, celle des toilettes et celle de la salle de séjour ou de l'atelier, ou quel que soit le nom qu'il faille employer pour qualifier cette pièce, je pense, et je dis que je dois aller faire pipi, et le Factotum dit d'accord, ça ne doit pas être bien grave si je le fais, il dit, et j'entre aux toilettes, je trouve l'interrupteur, j'allume la lumière, je vois que tout est bien rangé, il y a une odeur de propre et de frais, donc Asle a dû nettoyer le sol et le lavabo et les toilettes, je pense, et je pense que non, non finalement, c'est tellement bien nettoyé qu'il vaut mieux que j'attende d'être arrivé à La Maison, mais, et le chien ? je pense, je ne peux pas emmener le chien à La Maison ? est-ce qu'on a le droit d'emmener un chien dans un hôtel ? je pense, ça alors, je pense, pourquoi je n'y ai pas pensé avant ? mais finalement oui, oui le chien peut dormir dans ma voiture, tout simplement, et demain quand je rentrerai chez moi à Dylgja j'emmènerai le chien, je pense, et ce sera bien d'avoir un chien, moi qui ai toujours eu envie d'avoir un chien, mais quand j'étais petit la Mère ne voulait pas que j'en aie un, et Ales ne voulait pas non plus que nous en ayons un, et après le départ d'Ales je n'ai plus pensé que ce serait bien d'en avoir un, mais dans les semaines qui viennent je vais en tout cas en avoir un, je pense, mais dès que je me réveillerai demain je me lèverai pour prendre mon petit déjeuner, je pense, et j'ai à peine formulé cette pensée que je sens la faim me tirailler, et je vois la table généreuse du buffet à La Maison, le pain frais, le saladier d'omelette, l'assiette de bacon, certaines tranches craquantes à point et d'autres à peine cuites, et je dois dire que j'ai hâte de prendre mon petit déjeuner, car le smörrebröd de viande hachée, certes il était bon, oui, mais il ne m'a pas rassasié, et j'ai encore faim, et j'entends le Factotum m'appeler

Bon, il faut que vous veniez là, il dit

Oui, j'arrive, je dis

Le règlement dit qu'on vient juste chercher l'animal et qu'on ne doit pas rester plus que nécessaire dans le logement, il dit

et je dis que j'arrive, et j'éteins la lumière des toilettes, et je retourne dans l'entrée, et je vois le

Factotum appuyé contre la porte et le doigt sur la sonnette, et je pense que j'aimerais bien voir la salle de séjour, et j'ouvre la porte de la salle de séjour

Non non, il faut que vous veniez maintenant, il dit

Je pensais juste jeter un coup d'œil dans la salle de séjour pour voir si tout est bien en ordre, je dis

Oui oui, il dit

et j'allume la lumière, et je vois que tout est bien rangé, bien à sa place, les tableaux sont bien empilés, tous face au mur et châssis apparent, si bien qu'on ne voit pas les images, les pinceaux et les tubes et les ustensiles de peinture sont à leur place sur la table, et je vois un rouleau de toiles entreposé dans un coin, et je vois un tas de montants pour fabriquer les châssis entreposé dans un autre coin, et j'entends le Factotum me demander si tout est bien en ordre, et je dis que oui, oui tout est bien en ordre, tout est bien rangé, je dis, et il dit que maintenant il faut que je vienne, et je dis oui, oui j'arrive, je dis, et j'éteins la lumière, et je referme la porte de la salle de séjour ou de l'atelier, ou quel que soit le nom qu'il faille employer pour qualifier cette pièce, et le Factotum dit bon, vous venez maintenant ? et je pense que c'est méchant de sa part de me tarabuster de cette manière, et je dis que je dois quand même jeter un coup d'œil dans la cuisine, et il dit que oui, oui il vaut mieux, oui, ça fait partie du règlement, oui, quand il y réfléchit bien c'est écrit dans le règlement, il faut vérifier que tout est en ordre, que les lumières sont éteintes, que les plaques ne sont pas allumées, il dit, mais lui ne le fait jamais, car le plus important est de faire ce qu'on a à faire et de repartir aussi sec, par exemple venir chercher un chien ou un chat, s'il le faut, et repartir, il dit, et puis, oui, il y a la famille ou la personne de confiance qui peut se charger du reste, il dit, et je dis oui oui

Mais dépêchez-vous à la fin, il dit

Oui oui, je dis

et j'ouvre la porte de la cuisine, et je tâtonne contre la cloison pour trouver l'interrupteur, et j'allume la lumière, et bien sûr, je pense, oui, bien sûr que tout est en ordre, tout est bien rangé, oui, je pense, il y a un verre dans l'évier et une bouteille sur la table dans laquelle il reste un peu d'eau-de-vie, sinon il n'y a rien nulle part qui cloche, oui, je pense, Asle garde son logement bien rangé, à tel point que c'en est presque inquiétant, je pense, et je ne vois pas ce qu'il y a d'inquiétant là-dedans

Bon, il faut que vous veniez maintenant, il dit

Oui oui, je dis

et j'éteins la lumière de la cuisine, et je referme la porte, et je prends la laisse sur la commode en tenant le chien avec l'autre main, et je vais vers la porte d'entrée où se tient le Factotum, et il s'écarte légèrement, et j'éteins la lumière de l'entrée, et il referme la porte d'entrée, et je me tiens à côté de lui avec le chien dans une main, et je vois le Factotum verrouiller la porte d'entrée, et je descends l'escalier, et j'entends le Factotum appuyer sur la poignée pour vérifier que la porte d'entrée est bien verrouillée, et je franchis la porte cochère de l'immeuble, et une fois dehors je pose le chien dans la neige, et avant même que je ne l'aie regardé je le vois s'écarter légèrement et lever une patte, et je vois un trou jaune se former dans la neige blanche, et c'est moche de voir cette pisse jaune dans cette neige blanche, et je vois le chien se mettre à danser à sauter dans la belle neige blanche, et je jette du bout du pied de la neige blanche sur la pisse jaune, et tout redevient blanc et beau, et le chien court dans la neige, il enfonce sa truffe dans la neige, il court en rond dans la neige, oui, le chien se baigne pour ainsi dire dans la neige, et j'entends le Factotum dire que bon, ça aussi c'est fait, et il me demande où il doit me conduire, et je dis que je loge à l'hôtel La Maison, et il me demande si on a le droit d'avoir un chien dans la chambre, et je dis que je n'en sais rien, et il demande ce que je compte faire du chien si je n'ai pas le droit de le prendre avec moi dans la chambre, et je dis qu'à ce moment-là il dormira dans ma voiture

Oui, c'est toujours une possibilité, il dit

et on regarde le chien qui sautille et qui frétille dans la neige

Vous le connaissiez bien ? il demande

Si je le connaissais ? je dis

Oui, enfin, si vous le connaissez, il dit

Oui, je dis

C'est un ami ? il dit

Oui, je dis

Rien qu'un ami ? il dit

Oui, rien qu'un ami, je dis

Rien qu'un ami, il répète

et le Factotum dit qu'il faudrait songer à partir, et je dis que le chien va sûrement faire ses besoins, et je vois le chien se recroqueviller, le derrière juste au-dessus de la neige, la queue en l'air, et il fait une grosse et longue crotte

Et ben dis donc, il dit, c'est pas rien, il dit

Oui, il avait grande envie, je dis

et le Factotum acquiesce, et le chien a terminé, et le Factotum me demande si je ne ramasse pas la crotte, et je lui demande s'il a un sachet pour la ramasser, et il dit qu'il n'en a pas, et je dis que je n'en ai pas non plus, et je jette du bout du pied de la neige blanche et belle sur la crotte de chien

Oui, il a sacrément bien neigé, il dit

C'est pas souvent qu'il neige comme ça à Bjørgvin, il dit

Non, je dis

C'est même rare, il dit

Mais c'est beau toute cette neige fraîche, il dit

Oui, je dis

et on ne dit plus rien, et on ne bouge pas, et on regarde d'un œil vide toute cette blancheur

Bien qu'il fasse noir, il fait plus clair grâce à la neige fraîche, il dit

Oui, c'est beau, je dis

Mais à Bjørgvin la neige ne reste jamais longtemps, il dit

Non, elle se transforme en pluie, je dis

et le Factotum me demande où j'habite, et je dis que j'habite à Dylgja

Et c'est pareil là-bas ? il dit

Oui, il neige tel jour et il pleut le lendemain, je dis

La neige sale et la gadoue, il n'y a rien de pire, je dis

Oui, il dit

Sans oublier le verglas, il dit

Oui, le pire c'est le verglas, je dis

et on se dirige vers la voiture, et j'appelle Brage, et le chien me rejoint en courant

Donc le chien s'appelle Brage ? il dit

Oui, je dis

Tiens donc, Brage, il dit

Alors comme ça il s'appelle Brage, il dit

Demain il va sûrement se remettre à pleuvoir, il dit

Oui, sûrement, je dis

C'est toujours pareil, il dit

Il n'y a jamais vraiment d'hiver à Bjørgvin, ou alors deux jours par an grand maximum et c'est tout, il dit

C'est comme ça, il dit

Vous avez vécu à Bjørgvin ? il dit

Oui, je dis

Il y a très longtemps, je dis

Vous travailliez à Bjørgvin ? il dit

J'allais à l'école, je dis

et je pense que curieux comme il est le Factotum va me demander dans quelle école j'allais, et si c'est ça je lui répondrai que j'allais dans une école, je pense, mais il ne me le demande pas, il ne me pose aucune autre question, et on est arrivés à sa voiture, et le chien s'ébroue pour retirer la neige de son pelage, et je tape des pieds pour retirer la neige de mes chaussures, et je cogne mes chaussures l'une contre l'autre, et je soulève le chien, et je brosse la neige qui lui reste sur le pelage, et j'entends le Factotum dire

Vous aimez les chiens ? il demande

Oui, pas vous ? je dis

Non, il dit

Parce que vous avez été mordu ? je dis

Sûrement, il dit

Ou parce que je ne les ai jamais aimés, il dit

Mais j'aime les chats, il dit

Moi aussi, je dis

J'aime les chats et les chiens, je dis

Mais vous préférez les chiens, il dit

Disons que j'ai souvent pensé prendre un chien, oui, je dis

Vous avez envie d'un chien ? il dit

Oui, je dis

et le silence retombe

Mais c'est aussi une responsabilité d'avoir un chien, je dis

et un nouveau silence retombe, et on s'installe dans la voiture, et je pose le chien sur mes genoux, et le Factotum me demande où il doit me conduire, vous logez sûrement à l'hôtel La Maison ? il dit, et je dis qu'il peut me déposer pas loin de la Venelle, ce sera très bien, je dis, et le Factotum me demande si j'ai déposé ma voiture quelque part, et je dis que oui, oui donc il peut me déposer là-bas, je dis, mais je refuse de dire où j'ai garé ma voiture car sinon il va me demander si je connais Beyer, si je connais des gens riches à Bjørgvin, des gens bien mis, si je ne serais pas peintre par hasard ou si je suis collectionneur de peinture, je suis sûr qu'il va me poser des questions de ce genre, je pense, et il dit oui, d'accord, et je ne dis plus rien, mais lui dire où j'ai garé ma voiture, non, pas question, mais j'ai quand même de la chance d'avoir ma place de parking attitrée, car il peut être difficile de trouver un endroit où se garer à Bjørgvin, la plupart des rues sont tellement étroites que c'est impossible, la plupart des rues ne sont que des ruelles et des venelles, elles ne sont que des smitt et des smau, comme ils disent à Bjørgvin, quant à savoir ce que ça désigne exactement, smitt, oui, et quant à savoir ce que ça désigne exactement, smau, oui, et j'entends le Factotum dire

Je le peux, il dit

Quoi ? je dis

Oui, vous déposer pas loin de la Venelle, il dit

Très bien, je dis

et il démarre la voiture, et il roule, et on ne dit rien, et la neige se remet à tomber, et un flocon puis un autre fendent l'air, et le Factotum allume ses essuie-glace, et le Factotum éteint ses essuie-glace, et un flocon puis un autre se posent à nouveau sur le pare-brise, et le Factotum rallume ses essuie-glace

C'est beau la neige fraîche, il dit

et un nouveau silence retombe, et on ne dit rien, et je suis assis avec le chien sur les genoux, et Brage ne bouge pas, et c'est bien de sentir sur moi la chaleur de son corps, je pense, et je lui caresse le dos, je le caresse encore et encore, la chaleur du chien me fait du bien, c'est bien de sentir son pelage sous mes doigts, je pense, et il neige, il neige encore et encore, et les essuie-glace vont d'un côté sur l'autre, encore et encore, et je vois la Galleri Beyer, et le Factotum dit qu'il va peut-être me déposer ici, et je dis que c'est très bien, et il s'arrête, et il me demande d'une voix perplexe si c'était bien ici où je voulais qu'il me conduise, et je dis oui, merci, je dis, et je lui demande s'il veut que je le paye pour la course, et le Factotum dit que non, non ce n'est pas la peine, et il me dit bonsoir, et je lui dis bonsoir, et je descends de sa voiture, et je referme la portière, et je me tiens dans la neige avec le chien dans les bras, et il neige, il neige encore et encore, et le Factotum fait marche arrière, et il reprend la même route que celle qu'il a prise pour venir ici, et je pense que je vais aller directement à ma voiture et y déposer le chien, puis je rejoindrai La Maison à pied, car je connais bien le chemin qui va de la Galleri Beyer à La Maison, j'ai appris ce chemin par cœur, ça au moins j'y arrive, il ne manquerait plus que ça, en plus c'est le chemin que j'ai emprunté tout à l'heure quand j'ai trouvé Asle étendu dans la Venelle, oui, recouvert de neige, je pense, oui, si même ça je n'y arrivais pas je serais infichu de vivre tout seul, je pense, et je vois que ma voiture devant la Galleri Beyer est ensevelie sous la neige, et pendant que la neige tombe et n'en finit pas de tomber et que je vais à la voiture je pense que c'est une idée folle de laisser le chien dans la voiture, encore plus avec cet hiver qui vient d'apparaître brutalement, et peut-être que le chien n'a jamais dormi seul dans une voiture ? peut-être qu'il va avoir peur ? peut-être qu'il va aboyer et hurler à la mort toute la nuit ? et peut-être que les voisins se plaindront à Beyer et que Beyer ne voudra après ça plus jamais rien n'avoir affaire avec moi ? et qu'est-ce que je ferai dans ce cas ? où est-ce que j'exposerai mes tableaux dans ce cas ? comment est-ce que je gagnerai ma vie dans ce cas ? je pense, et en plus il fait froid, le chien pourrait mourir de froid, donc ce n'était pas une bonne idée de laisser dormir le chien dans la voiture, mais qu'est-ce que je vais faire de lui dans ce cas ? et certes je pourrais toujours rentrer directement à Dylgja, mais je suis tellement tellement fatigué, il serait trop imprudent de prendre la route à l'heure qu'il est, mais peut-être qu'en fin de compte je peux l'emmener à La Maison ? peut-être qu'il peut dormir dans ma chambre ? je n'ai jamais vu de chien à La Maison, jamais je n'ai vu de clients avec un chien à La Maison, donc il est probable que les animaux ne soient pas autorisés à La Maison, peut-être, ou peut-être pas ? mais je pourrais au moins poser la question, je pense, et je fixe la laisse au collier, et je pose le chien par terre, et on continue de marcher dans la rue Høggata, et il est tombé tellement de neige que le chien est presque englouti sur le trottoir, puisque c'est un petit chien, ce qui ne l'empêche pas de se frayer un chemin dans cette neige légère et fine, la truffe en l'air, et je continue moi aussi mon chemin, et on s'engage dans la Venelle, et je pense que par bonheur, bien que la neige tombe abondamment, La Maison n'est plus très loin, et je vais aller directement à La Maison car je suis fatigué, je pense, tellement fatigué que je pourrais m'effondrer à mon tour, je pense, et il neige, il neige encore et encore, ce ne sont plus quelques flocons épars mais des tourbillons de neige, une tempête de neige avec le vent qui souffle encore en plus, oui, on peut dire que c'est une tempête de neige, je pense, et je pense que dans cette neige qui tombe et qui tourbillonne dans le vent il est difficile de voir où on est, mais pour avoir emprunté maintes et maintes fois ce chemin qui va de la Venelle à La Maison je serais capable de retrouver l'hôtel même dans la nuit noire, même dans l'obscurité la plus totale, même si je ne voyais rien, je pense, donc même s'il neige abondamment, même si je ne vois rien, ce n'est pas grave, je peux retrouver mon chemin, et puis ce n'est pas très loin, on sera arrivés dans peu de temps, je pense, et je continue de marcher, et je vois le chien se frayer un chemin dans la neige, et il semble être fatigué lui aussi, il souffle et il halète, forcément car c'est un petit chien, forcément car il n'est pas de la première jeunesse, et je m'arrête, et je soulève le chien, et je continue de marcher avec le chien dans les bras, et je ne pense à rien, et il neige encore et encore, et il n'y a personne nulle part, et il neige encore et encore, mais La Maison n'est plus très loin, il suffit de descendre la Venelle puis de prendre la rue à droite, ce que j'ai fait, puis de marcher jusqu'à atteindre une rue adjacente qu'on descend un peu, ce que j'ai fait aussi, sauf que je ne vois pas La Maison, avec le Café au rez-de-chaussée, donc est-ce que j'ai marché trop loin ? peut-être que je suis passé devant la première rue que j'aurais dû descendre ? je pense, j'ai l'impression d'avoir marché trop loin, puisque le chemin entre la Venelle et La Maison n'est pas très long, mais je n'ai quand même pas pu m'être trompé ? c'est incroyable, c'est impensable ! car j'ai emprunté maintes et maintes fois, oui, je ne sais plus combien de fois, ce chemin qui va de la Venelle à La Maison, il suffit juste de descendre la Venelle puis de prendre la rue à droite, de marcher jusqu'à atteindre une rue adjacente qu'on descend un peu, et de là on voit l'hôtel La Maison, situé juste sur le Port, et j'ai bien pris à gauche, j'ai bien continué de marcher, j'ai bien descendu une rue, et pourtant La Maison n'est visible nulle part, et jamais je n'ai marché aussi loin que maintenant, donc d'une manière ou d'une autre j'ai dû marcher trop loin, j'ai dû me tromper de chemin, forcément car je ne vois pas où je marche avec toute cette neige qui est tombée, je pense, et je m'arrête, et j'essaie de voir où je suis, mais non, je ne sais pas où je suis, car je ne me souviens pas d'avoir jamais emprunté cette rue, cette rue ne me dit absolument rien, du moins à ce que je peux voir dans ces tourbillons de neige, mais c'est quand même incroyable de penser que je ne suis pas arrivé à parcourir le bon chemin qui va de la Venelle à La Maison, j'ai pourtant emprunté le chemin que j'emprunte d'habitude, le même chemin que j'emprunte toujours, ou bien n'ai-je pas emprunté le bon chemin ? car je n'ai visiblement pas vu La Maison dans toute cette neige ? non, non j'ai dû me tromper de chemin, forcément, donc il ne me reste plus qu'à rebrousser chemin, à emprunter le même chemin que celui que j'ai emprunté pour venir, je pense, et je rebrousse chemin, et je devrais bientôt voir La Maison, je pense, et je continue de marcher avec Brage dans les bras, et il neige encore et encore, et le vent souffle, et la neige tourbillonne, oui, c'est une tempête de neige, je pense, et je pense que bientôt je vais croiser quelqu'un à qui je pourrai demander le chemin jusqu'à La Maison, je pense, ou si jamais je croise un taxi je pourrai le héler et il me conduira jusqu'à

La Maison, oui, peu importe que le trajet soit court, je pense, et je continue de marcher, et je pense que maintenant je vais croiser quelqu'un, ou qu'un taxi va passer, mais je ne vois ni passants ni voitures, forcément car il neige trop, je pense, donc les gens restent chez eux, et c'est aussi pour ça que je ne vois pas de taxi, je pense, pourtant je vais bien finir par croiser quelqu'un, ou un taxi va bien finir par passer, car il est grand temps que j'arrive à La Maison, à pied ou en voiture, que je prenne une chambre, car ils ont sûrement une chambre libre à La Maison, et les gens à la réception y ont toujours travaillé, et ils me reconnaissent chaque fois, c'est aussi pour ça que je loge toujours à La Maison, oui, parce que loger là-bas c'est un peu rentrer chez moi, je pense, et dire que j'aurais dû aller directement de la Venelle à La Maison, mais j'ai dû marcher trop loin, j'ai dû me tromper de chemin, forcément, je pense, et je me sens tellement fatigué, oui, je suis trop fatigué pour rentrer chez moi à Dylgja, car même si j'aime faire de la voiture ç'aurait été, oui, totalement imprudent, moi qui suis un chauffeur prudent, en tout cas j'essaie de l'être, et mieux vaut ne pas conduire quand on est très fatigué, pour avoir conduit depuis de très nombreuses années je sais qu'il est important de bien suivre la route, de bien être vigilant, c'est peut-être même le plus important, on doit savoir que n'importe quel imprévu peut arriver, on doit y être préparé, oui, on doit même être prévoyant pour ainsi dire, car il n'est pas rare que des cerfs courent brusquement en travers de la route, et de préférence quand il fait nuit noire, ou au crépuscule, ou à l'aube, oui, n'importe quel imprévu peut à tout moment arriver, et souvent n'importe quel imprévu arrive bel et bien, je pense, donc on doit savoir qu'une voiture peut débouler dans le prochain virage, on doit savoir si le chauffeur roule bien sur sa voie, et on doit être bien préparé s'il ne roule pas sur sa voie, oui, on doit peut-être même s'arrêter et attendre la voiture avant le virage, surtout sur la route qui va de l'Instefjord jusqu'à Dylgja, du fond du Sygnefjord jusqu'à la mer de Sygnesjøen puis jusqu'à l'océan, oui, car cette route est l'une des plus étroites et des plus sinueuses de toute la Norvège, et pour avoir roulé beaucoup en Norvège je le sais, oui, quand Ales était encore en vie nous roulions beaucoup, nous avons fait beaucoup de route dans tous les pays du Nord, tant en Suède qu'au Danemark, jusqu'en Islande et aux îles Féroé, et même en Finlande, mais je ne crois pas avoir roulé sur une route comme celle-ci, aussi étroite, aussi sinueuse, et quand il y a de l'orage, car là-bas il y a souvent de l'orage, oui, quand il y a eu de l'orage et beaucoup de pluie, oui, quand la pluie finit par dévaler de la paroi et des escarpements de la montagne et par inonder la route, là il se forme tellement d'ornières dans la chaussée que ça peut être un calvaire de rouler sur cette route, et même pour moi à qui la conduite apporte pourtant tant de plaisir il n'est pas faux de dire que la conduite sur cette route ne m'apporte plus aucun plaisir, mais sinon, oui, on peut le dire, la conduite m'apporte beaucoup de plaisir, je pense, et je continue de marcher dans la neige sur le trottoir, avec dans les bras le chien d'Asle, avec Brage, avec Brage contre ma poitrine, et je pense que j'ai pensé plusieurs fois en roulant sur la route qui va de l'Instefjord jusqu'à Dylgja, et je l'ai pensé en plaisantant, est-ce que dans ce virage il va venir une voiture dans l'autre sens ou est-ce qu'il ne viendra personne ? et j'ai pensé ensuite que je devais le prévoir, et chaque fois j'avais raison, si je pensais qu'il viendrait une voiture il en venait une, oui, et si je pensais qu'il ne viendrait pas de voiture il n'en venait pas, oui, et c'est devenu fatigant à la longue car chaque fois j'avais raison, ou peut-être qu'une fois ou deux je me suis trompé, certes, mais j'avais si souvent raison qu'à la longue ce n'était plus amusant mais fatigant d'essayer de le prévoir, donc j'ai arrêté de le faire, ce qui ne m'empêche cependant pas de savoir que le prévoir est important pour conduire en toute sécurité, et je suis un bon conducteur, mais pour trouver mon chemin, oui, pour trouver mon chemin dans les villes, ou pour trouver le bon chemin que je dois emprunter à pied ou en voiture dans un lieu que je ne connais pas, là je suis très mauvais, chaque fois je me trompe de chemin, que je sois à pied ou en voiture, je suis aussi mauvais pour trouver le bon chemin que je suis bon pour prévoir si une voiture va arriver dans l'autre sens ou pas après un virage, oui, ce n'est pas étrange ? ce n'est pas incompréhensible ? je pense, et je pense que même si je devais vivre plusieurs années dans la ville de Bjørgvin je ne serais pas familiarisé avec elle, je ne serais pas doué pour y trouver mon chemin, non, c'est presque fou quand on y pense, je pense, et pourtant c'est le cas, et c'est parce que j'ai toujours emprunté les mêmes rues et les mêmes ruelles, encore et encore, parce que j'ai pour ainsi dire trouvé mes sentiers dans la ville, par exemple de l'endroit où je gare ma voiture devant la Galleri Beyer, puis en continuant dans la Høggata, puis en descendant la Venelle, puis en allant à l'auberge, ou en allant à La Maison, je pense, donc je ne peux décemment pas avoir marché trop loin, je ne peux décemment pas m'être trompé de chemin, j'ai juste un peu trop marché, je me suis juste un peu trompé, et si seulement il venait quelqu'un à qui je pourrais demander mon chemin, car il doit bien y avoir quelqu'un qui est de sortie ce soir, quelqu'un à qui je pourrais demander ? mais je ne vois personne nulle part, et heureusement que je suis dans une ville et non en pleine montagne ou en pleine mer, au large, je pense, oui oui, je pense, oui aujourd'hui je vais devoir me débrouiller tout seul, puisque je ne vois aucun passant ni aucun taxi nulle part, car sinon ça s'arrange toujours, soit je croise quelqu'un qui me montre le chemin soit je hèle un taxi qui me conduit là où je veux aller, c'est toujours comme ça, je marche trop loin, je me trompe de chemin, je vais même dans le sens opposé à l'endroit où je dois aller, j'arrête quelqu'un à qui je demande de m'indiquer le chemin où je dois aller, et les gens sont sympathiques, les gens sont serviables, ils m'indiquent le chemin, ils me disent d'aller là et là, mais quoi qu'ils disent, je marche encore trop loin, je me trompe encore de chemin, et je dois encore arrêter quelqu'un, oui, c'est presque comme avec les chiffres quand j'allais à l'école, quoi que je fasse ou quoi que je ne fasse pas je me trompais, et c'est d'ailleurs toujours comme ça avec les chiffres, j'ai presque l'impression que le fait de ne pas savoir compter est lié au fait de ne pas trouver le chemin de l'endroit où je dois aller, mais les deux faits peuvent difficilement être liés, non ? je pense, car le sens de l'orientation et le sens des chiffres doivent réclamer des qualités différentes, non ? mais ce qui est sûr c'est que je n'ai ni le sens de l'orientation ni le sens des chiffres, oui, je crois que c'est la phrase qu'a employée le Maître à l'époque, tu n'as pas le sens des chiffres, il disait, une phrase dans ce genre, non, tu n'as pas le sens du calcul, voilà ce qu'il disait, un mot qu'il avait dû inventer, le Maître, le sens du calcul, c'est un mot inventé, alors que le sens de l'orientation, c'est un mot ordinaire, et je ne l'ai pas non plus, le sens de l'orientation, car j'ai maintenant marché relativement longtemps, j'ai marché plus loin que de l'endroit où est garée ma voiture devant la Galleri Beyer jusqu'à La Maison, c'est sûr et certain, autant que je sache j'ai marché en rond dans la ville et dans peu de temps je vais revenir à la Galleri Beyer, et ce serait sans doute le mieux, et ce doit être sans doute parce qu'il neige autant, oui, c'est une vraie tempête de neige, et qu'il est difficile de voir devant soi, si j'ai marché trop loin, si je me suis trompé de chemin, il ne peut y avoir d'autre explication dans la mesure où j'ai emprunté ce chemin maintes et maintes fois, ce qui ne m'a cependant pas empêché de me tromper de chemin, de marcher beaucoup plus loin, j'ai marché beaucoup plus longtemps que d'habitude entre la Galleri Beyer et La Maison, mais si je repose le chien par terre et si je le suis peut-être que je reviendrai à la Galleri Beyer ? peut-être qu'il va arriver à renifler le chemin qui me ramène à la Galleri Beyer ? je pense, et je pose Brage par terre, et il ne bouge pas, et il lève la tête vers moi, il me regarde avec ses yeux de chien, et je secoue un peu la laisse, et je dis allez Brage, et le chien se met à marcher, et il part dans la direction opposée à celle d'où on vient, et il ouvre la marche, et je marche derrière lui, car il ne me vient aucun autre moyen pour trouver le chemin qu'on doit emprunter, je pense, et je dois croire que le chien nous ramène à la Galleri Beyer, je pense, mais en tout cas on n'est pas à proximité de La Maison, je pense, mais dans tout ce que je peux voir il n'y a rien qui m'indique qu'on se rapproche de la Galleri Beyer, il n'y a rien que je reconnaisse dans les immeubles à travers cette neige qui tombe et n'en finit pas de tomber, mais au moins le vent s'est un peu calmé, donc il n'y a plus que de violentes chutes de neige et non une tempête de neige, je pense, et bien que j'aie marché un long moment, comme je me le figure, je n'ai croisé personne, je n'ai vu que deux voitures mais aucun taxi, et si seulement il était passé un taxi que j'aurais pu héler, et quel imbécile j'ai été de ne pas avoir demandé au Factotum de me conduire à La Maison, pourquoi ai-je eu l'idée de lui demander de me déposer à la Venelle ? qu'est-ce que c'était encore que cette trouvaille ? est-ce que j'ai eu cette idée parce que je ne voulais pas qu'il sache que j'allais loger à La Maison ? je pense, mais bon, je lui avais dit que j'allais loger là-bas, je pense, oui, je lui ai dit, et pourtant, pour une raison que j'ignore, j'ai demandé au Factotum de me conduire à la Venelle, je pense, et je marche derrière le chien, et si le chien va quelque part ce doit être vers la Galleri Beyer, non ? je pense, car il n'a pas d'autre endroit où il pourrait aller à part là-bas, non ? je pense, mais ça me fait presque mal au cœur de voir le chien se frayer un chemin dans toute cette neige, sur le trottoir, la truffe en l'air, il souffle et il halète, forcément car on est en côte raide, et je marche derrière lui, et je pense qu'il va bien finir par arriver quelqu'un à qui je pourrai demander mon chemin ? ou un taxi que je pourrai héler ? car je suis quand même à Bjørgvin, dans la deuxième plus grande ville de Norvège, je pense, mais d'un autre côté il n'est pas facile non plus de retrouver son chemin dans cette ville, il faut le dire, et d'abord où suis-je ? non, je ne reconnais pas du tout l'endroit où on est, mais je crois qu'on marche en direction de la Galleri Beyer, je pense, et je pense que si j'arrive au bord de l'eau, oui, là je pourrai toujours retrouver mon chemin jusqu'à l'hôtel La Maison puisqu'il est situé au bord de l'eau, dans la Baie, je pense, oui, l'hôtel La Maison est même situé juste sur le Port, mais quelle direction dois-je prendre pour arriver au bord de l'eau ? je pense, et je marche derrière le chien, et on monte en côte raide, et c'est forcément une erreur, je pense, car si on veut arriver au bord de l'eau il faut forcément descendre, donc je dois rebrousser chemin, je dois descendre, mieux vaut ça que de suivre le chien dans l'espoir vain qu'il retrouvera le chemin jusqu'à la Galleri Beyer, je pense, car il faut bien qu'on aille dans l'une ou dans l'autre direction, et si on descend on arrivera forcément au bord de l'eau, quel que soit l'endroit où on arrive, je pense, et je tire sur la laisse, et le chien s'arrête, et je pars dans la direction opposée, je descends la pente raide, et je marche maintenant dans les empreintes de pas déposées dans la neige par le chien et moi, avec le chien sur mes talons, et il neige toujours, et ce doit être pénible pour le chien de se frayer un chemin dans toute cette neige, de se maintenir au-dessus de la neige, la truffe en l'air, et je regarde le chien, et Brage me dépasse, et il marche vaillamment, Brage, oui, il n'y a pas à dire, et il ne neige plus autant que tout à l'heure, et, là-bas, oui, là-bas, je vois quelqu'un marcher dans ma direction, par bonheur je vois enfin quelqu'un, et je vais droit vers cette personne, et elle s'écarte légèrement, et je dis excusez-moi, excusez-moi, je ne connais pas très bien cette ville et je crois que j'ai réussi à me perdre, je dis, et une femme me regarde sous un énorme bonnet en laine recouvert de neige, et elle me demande où je vais, et sa voix me dit vaguement quelque chose, et je dis que je vais à l'hôtel La Maison, et elle dit que, oui, oui dans ce cas je marche dans la mauvaise direction, elle dit, et elle rit, et je vois que ce n'est autre que la femme assise seule à sa table à Boire et Manger, celle qui m'a reconnu, celle que j'ai plus ou moins reconnue, oui, oui c'est elle, celle qui s'appelait Guro, ou est-ce qu'elle s'appelait Silje ? et si elle a passé son temps à boire du vin à Boire et Manger, là, oui, elle doit être drôlement ivre, je pense, et je dis que je pensais qu'il fallait que je marche en descente pour rejoindre le bord de l'eau, puisque La Maison est située au bord de l'eau et que de là je retrouverais le chemin jusqu'à La Maison, je dis, et elle dit que oui, oui je peux le penser effectivement, peut-être, mais ce n'est pas le chemin le plus sûr, elle dit, autant qu'elle sache je pourrais tout aussi bien atterrir à la place du Danemark qu'à La Maison, elle dit, longer le bord de mer n'est pas si simple, il y a des endroits où on ne peut plus marcher tout du long au bord de l'eau, elle dit, et elle dit que oui, d'ailleurs, ce n'était pas simple pour elle non plus de trouver son chemin dans Bjørgvin, au début, quand elle est venue vivre ici, elle dit, il lui a fallu pas mal de temps avant de pouvoir rejoindre tranquillement un endroit, mais aujourd'hui, après toutes ces années passées à Bjørgvin, oui, aujourd'hui tout va bien, elle dit, même si elle ne connaît pas tous les coins et les recoins, ou plutôt tous les smitt et les smau, comme elle dirait plutôt et comme on dit ici, elle dit, elle sait en tout cas dans quelle direction aller si elle doit aller ici ou là, elle dit, et moi, elle dit, oui, je devrais pourtant être un peu plus au fait, moi qui ai vécu à Bjørgvin pendant plusieurs années, oui, même si ça remonte à loin, elle dit, toujours est-il que je ne marchais pas en direction de La Maison, qui est bel et bien située sur le Port, je marchais dans la direction opposée, elle dit, donc je n'ai qu'à la suivre puisqu'elle va dans la même direction que moi, elle dit, elle rentre chez elle, elle dit, et comme je le sais bien elle habite au numéro 5 de la Venelle, juste à côté de La Maison, elle dit, et je pense que c'est étrange de croiser Guro, ou quel que soit son nom, celle-là même qui était assise seule à sa table à Boire et Manger quand j'y étais, et je lui dis merci, merci beaucoup, et je me mets à descendre la pente raide, à côté d'elle

Tu te souviens que je m'appelle Guro, elle dit
et elle lâche un petit rire, et je dis que oui, et on descend la rue, et celle qui s'appelle Guro dit qu'il a sacrément neigé, il en est tombé un paquet, on patauge dans la neige, comme personne n'a déblayé les trottoirs, et comme en plus personne n'a créé de sentier dans la neige, elle dit, et le chien, ça doit être dur pour lui de marcher comme ça ? elle dit, et je soulève aussitôt Brage, et je le brosse pour lui enlever la neige qu'il a sur le pelage, et elle dit que je n'avais pas de chien quand je suis entré dans Boire et Manger, et elle demande si je l'avais attaché dehors, et d'abord pourquoi elle me pose cette question ? je pense, et je ne répondrai pas à sa question, pourquoi d'abord elle me pose une question pareille ? je pense, et elle me demande ce que je fais à Bjørgvin, et je dis qu'une connaissance est malade, que je voulais voir comment il allait, que j'ai bien fait de venir car il n'est vraiment pas bien, que je l'ai emmené aux Urgences où ils l'ont hospitalisé, enfin, oui, ils l'ont transféré à l'Hôpital central, je dis, et elle dit que j'ai sacrément fait une bonne action, et je n'ai rien à dire de plus, et elle dit que j'habite à Dylgja, non ? et j'acquiesce, et elle dit qu'elle le sait bien, car elle me connaît bien, elle dit, et elle dit qu'elle entend bien à mon accent que je suis originaire de la région du Hardanger, oui, même si elle n'avait pas su à l'avance que je viens du Hardanger elle l'aurait reconnu à mon accent, elle dit, et je dis que oui, oui elle a tout à fait raison, c'est là-bas que j'ai grandi, dans le Hardanger, je dis, à Barmen, dans une petite ferme, avec un verger, je dis, et elle dit qu'elle le sait, que je

le lui ai déjà raconté, je ne m'en souviens pas ? elle dit, mais j'étais sans doute trop soûl pour m'en souvenir, elle dit, il y a longtemps, il y a très longtemps, elle dit, je lui ai raconté que j'étais originaire de ce coin, que j'ai grandi dans un petite ferme avec un verger, dans le Hardanger, elle dit, et je dis que oui, oui c'est là que j'ai grandi, mais après j'ai vécu à Bjørgvin et depuis un certain nombre d'années à Dylgja, je dis, et elle dit que j'ai vécu suffisamment longtemps à Bjørgvin pour connaître un peu la ville, et je dis qu'elle a tout à fait raison, mais ça fait un grand nombre d'années que j'ai vécu à Bjørgvin et à cette époque je ne marchais pas beaucoup dans la ville, j'allais à l'École des Beaux-Arts, dans la section dite de Peinture, mais je n'ai jamais terminé l'École des Beaux-Arts, je dis, et elle dit que non, que je n'y suis pas resté très longtemps, elle sait tout ça, elle dit, je lui ai déjà tout raconté, elle dit, oui, je suis artiste, elle dit, et je dis que oui, oui c'est vrai d'une certaine manière, et elle dit que même si elle ne peut pas se considérer comme une artiste elle est douée de ses mains, elle aime le travail manuel, oui, c'est de cela qu'elle vit, elle a confectionné des quantités de nappes, grandes et petites, de chemins de table, courts et longs, tous en dentelle, elle dit, elle a appris à faire de la dentelle grâce à sa Mémé, elle dit, donc elle réalise des objets dans la plus pure tradition, elle dit, elle confectionne également des jabots en crochet pour les costumes traditionnels, oui, ça aussi elle a appris à le faire grâce à sa Mémé, elle dit, elle ne sait plus combien de jabots elle a confectionnés mais des quantités, car on dirait que de nos jours tout le monde veut porter un costume traditionnel, et il n'y a apparemment plus grand monde qui fait de la dentelle et du crochet, elle dit, et elle met ses créations en vente à la Maison de l'Artisanat, c'est comme ça qu'elle gagne sa vie, elle dit, et le fait qu'elle ait atterri à Bjørgvin ça non plus ce n'est pas un hasard, car après sa scolarité elle a travaillé dans un magasin qui s'appelait Fruits du Hardanger, jusqu'à ce que le commerce fasse faillite, après elle est restée vivre à Bjørgvin, elle a changé d'endroit à plusieurs reprises, mais depuis un certain nombre d'années, oui, elle ne sait plus combien exactement, elle vit dans un logement situé pas très loin de La Maison, un appartement qu'elle loue au numéro 5 de la Venelle, au rez-de-chaussée, elle dit, mais tout ça je le sais bien, elle dit, et ce soir elle est d'abord passée boire un petit verre de vin à Boire et Manger, et ensuite elle est passée voir une amie, mais si elle avait su que l'hiver viendrait aussi brutalement, que la neige tomberait aussi brutalement, oui, là elle serait restée chez elle, elle dit, et je pense qu'elle parle et n'en finit pas de parler, elle parle tellement que je ne saisis pas tout ce qu'elle dit, je pense, et je pense qu'elle n'est pas du tout passée voir une amie, elle est restée boire du vin rouge à Boire et Manger, car elle est loin d'être sobre, je pense, et peut-être qu'elle est quand même passée voir une amie chez qui elle a bu du vin rouge ? je pense, et elle dit encore une fois qu'elle est passée voir une amie, puis elle s'est dit qu'elle passerait bien d'abord boire un verre de vin rouge, elle dit, et c'est comme ça qu'elle est allée à Boire et Manger, et c'est là qu'on s'est croisés pendant qu'elle y était, elle dit, et je pense que oui, oui finalement elle a très bien pu passer d'abord à Boire et Manger où elle a bu du vin rouge puis chez son amie où elle a continué de boire du vin rouge, je pense, oui, qu'à cela ne tienne, mais au moins elle connaît le chemin jusqu'à La Maison, je pense, et je dis que j'espère qu'il restera une chambre pour moi à La Maison, et elle demande si je n'ai pas réservé de chambre au préalable, et je dis que non, non je n'ai pas l'habitude de le faire, mais ce voyage à Bjørgvin s'est fait tellement dans la précipitation, je dis, et je dis que je loge très souvent à La Maison, et certains des employés qui travaillent à la réception depuis un certain nombre d'années me connaissent bien, tout comme je les connais bien, certes pas tous mais beaucoup, car ces dernières années il y a eu beaucoup de nouveaux employés, comme s'ils passaient leur temps à commencer leur nouveau travail et à l'arrêter tout de suite après, je dis, et elle dit que oui, oui il y a tellement d'hôtels et de possibilités d'hébergement à Bjørgvin qu'il y a tout le temps des nouveaux qui ouvrent, donc si ce n'est que ça je n'ai pas de souci à me faire, oui, j'aurai toujours un toit au-dessus de ma tête, elle dit, et si jamais tout était plein partout, oui, je peux toujours dormir chez elle, elle dit, il ne manquerait plus que ça, qu'elle refuse de loger quelqu'un de la campagne qui débarque à Bjørgvin qui a besoin d'un toit au-dessus de sa tête pour la nuit, elle dit, surtout si c'est quelqu'un qui a déjà couché chez elle plusieurs fois, oui, qui a même partagé son lit, elle dit, et je ne comprends pas ce qu'elle veut dire, mais après tout elle n'a qu'à continuer de parler à tort et à travers, mais quoi ? j'aurais partagé son lit ? je pense, et je la remercie, je lui dis merci, merci beaucoup, mais je n'aime pas m'imposer chez les gens, je dis, je suis plutôt timide dans mon genre, je dis, je préfère loger à La Maison, je dis, et elle dit que je fais comme je veux, mais si jamais ça devait être plein à La Maison, oui, je peux toujours dormir chez elle, car elle a même partagé mon lit à La Maison, elle dit, oui, je m'en souviens forcément, elle dit, même si ça remonte à loin, même si à l'époque j'avais des cheveux mi-longs châtains qui tombaient sur mes épaules et non de longs cheveux gris attachés par un élastique noir en haut de la nuque, elle dit, et je ne comprends pas de quoi elle parle, et elle dit que par ce temps c'est un calvaire de devoir aller d'hôtel en hôtel pour demander une chambre, même si les hôtels sont à touche-touche sur le Port, elle dit, et je dis encore une fois qu'il y a toujours une chambre pour moi à La Maison, et elle dit qu'on doit sûrement trouver une chambre tout le temps là-bas, mais il arrive que différentes manifestations aient lieu à Bjørgvin, des séminaires, des conférences, des rencontres de violoneux, oui, qu'est-ce qu'elle en sait, elle ? mais elle sait en tout cas que l'hôtel La Maison peut être plein, elle dit, et elle dit qu'un jour où elle avait voulu réserver une chambre à La Maison pour des connaissances qui venaient à Bjørgvin, eh bien à cause d'une confirmation ou d'un mariage, à moins que ce soit à cause d'un enterrement, bref, toujours est-il qu'il n'y avait plus une seule chambre de libre à La Maison, et je ne dis rien, et on entame la montée d'une côte raide, et on arrive à la Butte, où se trouve l'Université de Bjørgvin, je pense, et rien que ce nom, Université, oui, ce nom m'a toujours, oui, si ce n'est effrayé, en tout cas rempli de révérence, oui, de déférence, sans que je sache pourquoi, mais une université, un lieu où les gens passent leurs journées à lire et à écrire, à penser et à discuter, à avoir des connaissances sur les sujets les plus divers, oui, je dois dire que j'admire un tel lieu, que j'admire les gens qui y travaillent, je pense, et mon Ales, elle aussi a étudié là-bas, elle a étudié l'histoire de l'art, elle s'est spécialisée dans l'art des icônes, je pense, et quand j'allais à l'École des Beaux-Arts, un professeur de l'Université de Bjørgvin, Christie il s'appelait, donnait des cours magistraux en histoire de l'art, et ce sont sans doute ces cours magistraux qui m'ont apporté le plus pendant toutes ces années que j'ai passées à l'École des Beaux-Arts, oui, s'entendre raconter l'histoire de la peinture, des temps les plus reculés jusqu'à aujourd'hui, car le professeur Christie parlait et racontait et montrait des diapositives, il avait des diapositives de dessins, de peintures, de sculptures, venant de tous les pays et de toutes les époques, et il racontait, il racontait encore et encore, et c'était très impressionnant, tout ce qu'il montrait, tout ce qu'il racontait, car telle œuvre d'art était chaque fois plus grandiose que l'autre, oui, il faut le dire, et c'est là que j'ai compris le peu que j'apportais avec mes images, le quasi-rien pour ainsi dire, mais j'avais quand même quelque chose, quelque chose d'individuel, de très personnel, car il y avait dans mes images quelque chose qui n'existait pas dans les autres images qu'il m'était donné de voir, je le voyais bien, et même si ce n'était pas grand-chose, c'était quand même quelque chose, oui, je pouvais quelque chose, je savais quelque chose, je voyais quelque chose que je ne voyais sinon pas dans ce que montrait le professeur Christie, quelque chose de différent, quelque chose qui avait sa propre lumière, mais ce quelque chose était-il suffisant ? pouvait-on se considérer comme un artiste peintre sous prétexte qu'on avait quelque chose de très personnel dans les images qu'on peignait ? ne fallait-il pas quelque chose de plus ? oui, voilà ce que je pensais, et je me suis mis à douter de ma capacité à peindre des images qui auraient de la valeur, je me suis mis à penser qu'il vaudrait peut-même mieux arrêter, car j'étais à peine ce qu'on peut considérer comme un artiste peintre, ce que je pouvais, ce que j'avais et que nul autre n'avait, c'était sans doute trop peu, donc oui, peut-être qu'il vaudrait mieux, oui, qu'est-ce que j'allais faire sinon ? car est-ce que j'étais doué dans autre chose ? est-ce que j'avais du talent pour autre chose ? est-ce que j'avais un don, comme ils disaient ? non, ce serait lequel ? et d'abord est-ce que j'avais envie de faire autre chose sinon peindre des tableaux ? je pensais à cette époque, je pense en ce moment, en marchant à côté de celle qui visiblement s'appelle Guro, celle avec qui j'ai visiblement dormi, dans son lit, avec qui j'ai même dormi à La Maison, non, c'est impensable ce qu'on est obligé d'entendre, je pense, et je caresse encore et encore le dos du chien, il me réchauffe bien la poitrine, et celle qui visiblement s'appelle Guro dit que ce n'est plus très loin, qu'on se rapproche, même si on marche lentement, même si c'est dur de marcher, oui, de patauger dans toute cette neige, elle dit, et je pense qu'au bout d'un moment il m'est apparu avec une netteté toujours plus grande que les peintures que je préférais, les artistes dont je me sentais le plus proche, étaient ceux qui avaient leur image individuelle la plus claire, ou comment dire ? une image qu'ils peignaient encore et encore alors que l'image n'était jamais identique, non, jamais, ces images étaient toujours différentes alors que toutes ces images se ressemblaient, et elles ressemblaient à une image qui n'était jamais peinte, qui ne pourrait jamais être peinte, mais qui était toujours invisible derrière ou dans l'image qui était peinte et de ce fait ressemblait toujours à l'image qui était peinte, une image invisible, et cette image était présente dans chacun des différents tableaux, je pensais à cette époque, et il ne faisait pas de doute pour moi que c'étaient les tableaux qui comptaient, la peinture à l'huile sur la toile, ni plus ni moins, et rien d'autre, car les sculptures et les dessins et les lithographies de toutes sortes et de toutes techniques pouvaient être beaux autant qu'ils voulaient, pour moi c'était la peinture à l'huile qui comptait, mais je ne supportais pas l'acrylique, et je savais aussi dessiner, et pendant les années que j'ai passées à l'École des Beaux-Arts j'ai bien sûr beaucoup dessiné, savoir dessiner était considéré comme très important, mais après ma sortie de l'École des Beaux-Arts, oui, je dois avouer que je pensais de temps en temps toujours en ces termes, mais après, oui, après j'ai très rarement dessiné, au sens propre du terme, même s'il m'arrive de temps en temps de réaliser une esquisse pour l'ébauche d'une image, qui souvent ne ressemble en rien à l'image que je peindrai par la suite mais qui va dans le sens de cette image, ou fait allusion à elle, fait penser à elle, et voilà pourquoi j'ai sans doute toujours sur moi un carnet d'esquisses et un crayon de bois dans ma sacoche en cuir marron, je pense, et j'entends celle qui visiblement s'appelle Guro me demander, comme tout le monde avant elle, si je peux vivre de mon art, de mes images, de mes peintures, et on m'a posé cette question si souvent que je n'ai pas la moindre envie d'y répondre, et je ne comprends pas qu'elle, justement elle par rapport à tout le monde, elle qui vit de la réalisation de nappes et de chemins de table en dentelle et de jabots au crochet pour les costumes traditionnels, qu'elle me pose cette question, et je dis juste oui tiens

Oui tiens, je dis

Pas mal, elle dit

Tu dois être doué pour peindre, elle dit

Oui, remarque, je sais bien que tu l'es, elle dit

et elle lâche un petit rire, et elle veut dire autre chose, mais je dis doué, enfin bon, peindre des toiles c'est ce que je sais faire dans cette vie, à part ça je ne sais rien faire, je dis

Mais quand même, elle dit

Oui, il doit y avoir des gens qui ont envie d'acheter tes peintures ? elle dit

Oui tiens, je dis

et elle dit qu'elle le savait bien, oui, elle savait que les gens achetaient mes peintures, car, oui, et je ne le savais sans doute pas, mais elle est au courant de mes expositions, et elle a souvent eu envie d'acheter une de mes toiles, elle aime beaucoup ce que je fais, même si certaines toiles lui parlent plus que d'autres, elle dit

Car une toile parle elle aussi, elle dit

Il y a comme un discours qui sort d'elle, elle dit

Oui, c'est à n'y rien comprendre, mais un tableau vraiment bien parle de lui-même, ce qui est déjà plus facile à comprendre mais qui ne peut pas être exprimé en mots, elle dit

et je dis qu'elle a tout à fait raison sur ce point, moi aussi j'y pense en ces termes, je dis, et elle dit qu'elle n'a jamais eu les moyens d'acheter une toile que j'ai peinte, et d'ailleurs, oui, quand elle y réfléchit bien, ma façon de gagner ma vie n'est pas très différente de la sienne, en fait non, elle dit, car elle fait sa dentelle et son crochet, tout le temps, et cette façon de gagner sa vie est devenu un mode de vie, oui, enfin, une espèce de mode de vie, et ce mode de vie, elle l'a depuis qu'elle est gamine, oui, depuis qu'elle était assise sur les genoux de sa Mémé, elle dit, car elle était toujours assise sur ses genoux et suivait chacun de ses gestes, sa façon de faire de la couture, oui, elle suivait des yeux le moindre des gestes de sa Mémé, elle dit, et quand elle a grandi sa Mémé lui a appris à faire de la dentelle, à faire du crochet, puis elle s'y est mise, oui, alors qu'elle n'était qu'une gamine, et depuis ce jour elle n'a pas arrêté d'en faire, depuis toutes ces années elle met ses créations en vente à la Maison de l'Artisanat, et quand elle estime qu'elle a assez de créations elle va les mettre en vente à la Maison de l'Artisanat, et elle est bien rétribuée, elle est payée comptant, à la livraison, et de cette manière elle s'en sort bien, mais surtout depuis que son mari a plié bagage, oui, enfin, elle l'appelle son mari alors qu'ils n'étaient pas mariés, et elle dit qu'il est parti, oui, il est parti et n'est jamais revenu, même si c'est elle qui l'a pour ainsi dire jeté dehors, et ce n'est rien de dire qu'elle le regrette, elle dit

Ce qu'il faut être bête, elle dit

et elle dit que c'est moche de parler de ça, encore plus parce que c'était un homme bien, elle dit, elle n'aime pas les grands mots, elle ne sait pas trop comment les manipuler, mais en tout cas elle peut dire qu'ils se sont aimés, oui, mais, elle dit, et elle ne dit plus rien, et on continue de marcher dans la neige, on continue de se frayer un chemin dans la neige, car la neige continue à tomber, même si elle tombe moins, quelques flocons ici et là, et je caresse le dos du chien, je le caresse encore et encore, je le serre tout contre ma poitrine, et elle dit qu'elle n'a jamais entendu quelqu'un jouer du violon aussi bien que lui, personne, et quand ils vivaient encore ensemble elle ne l'a jamais appelé autrement que le Violoneux, elle dit, bon, est-ce qu'il vient, maintenant, le Violoneux ? bon, on mange, est-ce qu'il peut passer à table, le Violoneux ? et il était doué au violon, il a même gagné plusieurs concours nationaux, des concours de première catégorie, oui, il n'y a pas à dire, elle dit, il savait jouer du violon, mais, mais, elle dit, mais il y avait l'eau-de-vie, elle dit, et elle ne dit plus rien, et elle dit qu'à la fin elle n'en pouvait plus, elle n'en pouvait plus de sa boisson, elle n'en pouvait plus de sa folie, elle a fini par le jeter dehors, car elle était chez elle, c'était son logement à elle, un appartement qu'elle loue au numéro 5 de la Venelle depuis pas mal d'années, et elle dit qu'elle l'avait entretenu suffisamment longtemps même si elle n'avait pas à payer pour sa boisson, il se l'achetait avec ses sous à lui, elle dit, oui, mais elle lui avait balancé des horreurs à la figure, tellement d'horreurs, oui, elle en avait assez, elle lui a dit qu'elle voulait qu'il s'en aille, et c'est ce qu'il a fait, le Violoneux, car il ne fallait pas lui dire les choses deux fois, au Violoneux, et donc il a pris son violon, il a plié bagage, il est parti de l'autre côté de la montagne, dans l'est du pays, et là-bas, oui, non, mieux vaut ne pas en parler, parce qu'il était originaire de là-bas, de l'est du pays, et puis, oui, enfin je comprends ce qu'elle veut dire, elle dit, en tout cas le violon est vite parti, et pour le reste, oui, le Violoneux dormait beaucoup dehors, elle en avait entendu parler, pas par lui directement mais par d'autres, oui, je comprends ce qu'elle veut dire, elle dit, et à ce qu'il paraît une nana quelque part dans l'est du Telemark aurait eu pitié de lui et l'aurait emmené chez elle, là où elle habitait, elle possédait visiblement une maison dans un bled quelconque, il y serait resté vivre pendant plusieurs années, jusqu'à sa mort, puisque visiblement il a bu jusqu'à la fin de sa vie, mais sinon c'était un homme bien, un homme très bien, et il lui manque, elle dit, oui, il lui manque sacrément, tous les jours il lui manque, il ne se passe pas un jour sans qu'il lui manque, elle dit, et elle pense souvent qu'elle a été bien bête de lui dire de s'en aller, combien de fois elle a regretté, oui, combien de fois elle a pleuré d'avoir autant divagué, elle dit, car dès qu'il est parti en emportant son violon il s'est mis à lui manquer, et il lui a manqué tous les jours, depuis ce jour malheureux où il a plié bagage, elle dit, car elle ne pensait pas ce qu'elle disait en lui demandant de s'en aller, même s'il y avait une part de vérité dans ce qu'elle disait, toujours est-il qu'elle lui a demandé de s'en aller, et lui il s'est contenté de la regarder, il n'a strictement rien dit, bien qu'il soit soûl, car dans le fond il n'était jamais complètement soûl, pas comme le sont la plupart des gens, il était soûl à sa manière, et il jouait du violon comme lui seul savait en jouer, il jouait à sa manière et il buvait à sa manière, en tout cas jamais il n'était soûl comme le sont la plupart des gens, boire le rendait sobre dans le fond, oui, il n'y en avait pas deux comme lui, et où il trouvait son eau-de-vie, et surtout où il trouvait l'argent pour son eau-de-vie, ça, elle n'en savait rien, mais il arrivait toujours à en trouver, et c'est comme ça pour tous les buveurs, par rapport à la boisson, elle dit

Tu seras à côté de moi quand je serai mort ? elle dit

et elle me regarde, et je frémis

Oui, c'est ce qu'il m'a dit, elle dit

Tu seras à côté de moi quand je serai mort ? elle dit

Quand même, dire une chose pareille, elle dit

et elle dit que cette phrase, il la lui disait souvent, oui, quand il avait bu, et surtout les dernières années qu'ils ont passées ensemble, car là il était quasiment toujours soûl, elle dit, et elle rit, et elle dit qu'il jouait encore mieux quand il avait un peu bu, mais pas trop non plus, car s'il avait trop bu il jouait n'importe comment, et faisait du grand n'importe quoi, oui, comme ce jour où il était tellement soûl qu'il a quitté la scène en plein milieu de son concert et qu'il a dit, non, non ça va pas, et là-dessus il est parti, ou plutôt il a quitté la scène en titubant, elle était présente, elle a tout vu, elle dit

Il s'est levé en plein milieu d'un morceau et il a quitté la scène, elle dit

Non ça va pas, il a dit, et là-dessus il est parti, elle dit

et elle dit que c'était un alcoolique, ou en partie, ou plutôt s'il ne l'était pas il l'est en tout cas devenu, oui, elle peut le dire sans peine, il buvait à cause de sa timidité, oui, il buvait parce qu'il était timide, parce qu'il avait le cœur lourd, et pourtant tout a bien marché pour lui pendant de nombreuses années, oui, en fait, que tu le croies ou non, elle dit, mais il y avait un certain équilibre entre nous, elle dit, il gagnait bien sa vie grâce à ses concerts, de plus en plus avec le temps, il jouait lors des mariages comme les Violoneux l'ont toujours fait, il jouait une fois par semaine au bal de Gimle, il recevait toujours des propositions pour jouer ici et là, mais boire, oui, il n'avait jamais arrêté, et pendant longtemps ça n'a pas été bien grave, du moins jusqu'à ce que la boisson prenne le contrôle de sa vie et qu'il ne soit plus en état de jouer proprement, quand il ne produisait plus que des fausses notes et des couacs, oui, et puis ce sempiternel rabâchage au sujet des cordes de violon du Hardanger, comme quoi elles devaient être fabriquées avec des boyaux de chat, il y a toujours des femmes de la haute société de Bjørgvin pour croire à ces bêtises, pour les colporter, comme elles sont ignares, comme elles ne comprennent rien à rien, ces dames bien mises, elle dit, oui, et pour dire la vérité elle regrette de tout son cœur d'avoir dit au Violoneux de s'en aller, elle dit, ce qu'il faut être bête, elle dit de nouveau, car même s'il buvait ils ne se disputaient jamais, il était toujours gentil, et souvent ils prenaient un petit verre ensemble, car elle ne dit pas non à un petit verre, pas du tout, elle n'est pas du genre à donner dans l'abstinence, oui, je le sais bien puisque je l'ai vue avec un verre de vin rouge aujourd'hui, elle dit, et les meilleurs moments qu'elle garde en mémoire, oui, les meilleurs moments de sa vie entière, c'est lorsqu'elle buvait du vin rouge pendant qu'il jouait du violon, ça fait partie des plus beaux moments qu'il lui ait été donné de vivre dans cette vie, oui, elle en pleurerait presque quand elle y repense, il lui suffit d'y repenser, il lui suffit d'entendre sa musique et elle a envie de pleurer, donc il vaut mieux ne pas y penser, elle dit, car à la fin la boisson a pris entièrement le contrôle de sa vie, mais c'était quand même un homme bien, oui, même à cette époque, pas de doute là-dessus, et il ne faut pas dire de mal des morts, il faut parler d'eux en bien, elle dit, et tiens, au fait, elle dit, oui, quand ils se sont vus la toute première fois, c'était à un concours, c'était le premier concours auquel elle participait, oui, il était assis sur scène, et il a d'abord joué du violon comme n'importe quel violoniste, mais après plus il jouait plus il s'enfonçait dans la musique, plus il faisait corps avec la musique, comme s'il s'extrayait de lui-même et des autres, comme si la musique et lui mais aussi tous ceux et toutes celles qui l'écoutaient étaient soulevés par son interprétation, et ensuite il a pivoté sa chaise, il a tourné le dos au public, il a continué à jouer, et tout continuait de flotter, jusqu'à ce que lui-même soit avec son jeu au-dessus de ce flottement, que tout disparaisse dans les airs, là il s'est arrêté, il s'est levé, et il a quitté la scène sans se retourner, les gens applaudissaient, ils applaudissaient encore et encore, les applaudissements refusaient pour ainsi dire de s'arrêter, comme si le public dans la salle avait été témoin d'un miracle, jamais avant ça et jamais après ça elle n'a entendu quelqu'un jouer mieux que lui, ni lui ni personne d'autre d'ailleurs, et c'est, oui, maintenant elle en a tant dit qu'elle peut très bien dire ça aussi, oui, c'est ce soir-là que ça a été vrai pour elle et lui, c'est ce soir-là qu'ils sont devenus un couple, elle dit, et elle ne dit plus rien, et je ne dis rien, et on continue de marcher dans la neige, taiseux, pas à pas, dans cette neige que personne avant nous n'a foulée

Oui, l'eau-de-vie fait du bien et en même temps elle fait du mal, elle dit

Elle est comme ça, elle dit

et elle demande si je bois, et je dis que je buvais, et pas qu'un peu, mais, oui, c'est une histoire longue et compliquée, je dis, mais au bout d'un moment ça a été soit l'eau-de-vie soit l'art, oui, on pourrait même dire soit l'eau-de-vie soit la vie, et oui, oui j'ai réussi à me défaire de l'emprise que l'eau-de-vie avait sur moi, mais ça n'a pas été facile, je dis, et bien sûr, Ales, ma femme, n'aimait pas me voir boire, et si ce n'avait pas été grâce à elle, non, je ne sais pas comment j'aurais fini, je dis

Tu ne bois plus ? elle dit

Non, je dis

et le silence retombe

Et Ales, ta femme ? elle dit

Elle a trouvé la mort, je dis

et un nouveau silence retombe, et on ne dit rien pendant un long moment, et je dis que depuis que j'ai arrêté de boire je n'ai plus bu une goutte, que je suis assez doué pour y arriver, je dis, et je dis que non, non je ne suis pas doué, j'ai simplement fait ce que j'avais à faire, et j'ai reçu de l'aide pour le faire, sans l'aide des forces célestes et terrestres je n'y serais jamais arrivé, oui, pourquoi ne pas dire la vérité ? oui, sans l'aide des forces également terrestres jamais je n'y serais arrivé, mais c'est surtout grâce à Ales que j'y suis arrivé, et quand je suis arrivé à arrêter de boire il n'était plus difficile du tout de s'en passer, mais s'arrêter, oui, se déshabituer de la boisson, oui, ça c'était difficile, oui, c'était une période ardue, je dis, et elle dit que son mari, oui, enfin, celui qu'elle appelle toujours son mari, le Violoneux donc, il n'est jamais arrivé à s'arrêter de boire, et il n'a jamais essayé non plus, pas à ce qu'elle sache, et pas jusqu'à ce que la nana du Telemark le prenne chez elle, car elle buvait forcément elle aussi, ce n'est pas possible autrement, sinon elle ne l'aurait pas supporté, et après est advenu ce qui devait advenir, il n'a pas fait de vieux os, et puis non, non elle ne veut pas penser à toute cette tristesse, elle dit, et tiens il ne neige plus, la neige s'est arrêtée de tomber, elle ne s'en était même pas rendu compte, elle dit, et elle lève la tête, et tiens regarde, elle dit, et elle lève le bras, regarde là-bas, oui, de ce côté de la Baie, maintenant tu es sauvé, elle dit, et elle éclate d'un rire bref, et je la remercie, je lui dis merci beaucoup de m'avoir aidé, et elle dit pas pour ça, quand on connaît le chemin, elle dit, mais quand on ne le connaît pas, oui, là c'est autre chose, elle dit, et elle dit qu'elle ne voulait pas se moquer quand elle a ri, et s'il y avait une raison à ce qu'elle a ri c'est parce qu'elle se reconnaissait en moi, les gens de la campagne qui débarquent à Bjørgvin, elle dit, mais oui, comme elle l'a dit tout à l'heure, s'ils n'ont pas de chambre de libre à La Maison je peux toujours passer la nuit chez elle, elle dit, elle a de la place dans son logement, de la place à ne plus savoir qu'en faire, elle dit, et je pense que je n'ai jamais aimé passer la nuit chez les gens, ça me rend toujours timide, oui, j'ai l'impression de commettre un acte interdit, comme si je m'imposais, comme si je m'insinuais dans la vie des gens, comme si j'apprenais des choses sur leur vie que je n'ai pas le droit de connaître, comme si je dérangeais leur vie ou comme si j'étais dérangé par leur vie, oui, comme si leur vie s'imposait à moi, oui, comme si j'étais soudain rempli par la vie des autres, je pense, comme si quelqu'un venait chez moi à l'improviste alors que je ne connais rien de pire que ça, oui, car alors je suis gagné par l'inquiétude, je ne sais plus quoi faire de moi, non, quand les gens que je connais bien viennent me voir, comme Åsleik, ça ne me dérange pas, c'est comme il se doit, oui, c'est comme d'habitude, oui, c'est comme ça que ça se passe avec les gens que je connais bien, ils ont pour ainsi dire leur place à la maison, chez moi, et je ne trouve pas ça compliqué non plus d'aller voir chez eux les gens que je connais bien, même s'ils sont peu nombreux, je pense, à proprement parler il n'y a qu'Åsleik, je pense, oui, il n'y a qu'Åsleik et personne d'autre, il n'y a pas d'autres personnes, et quand il vient chez moi je n'ai quasiment pas l'impression qu'un étranger vient me voir, et je n'ai pas non plus l'impression d'être un étranger quand je vais le voir, car Åsleik et moi nous nous connaissons depuis si longtemps que nous n'avons pas l'impression d'avoir de secrets l'un pour l'autre, enfin, si, bien sûr que nous en avons, mais nous avons davantage l'impression de savoir quels secrets nous cachons l'un à l'autre, ou nous avons l'impression de les savoir mais de ne pas vouloir les connaître, ou de ne pas avoir à y penser, de ne pas y penser, de les laisser tranquilles, dans leur sommeil, sans y toucher, sans les déranger, mais ça ne se passe pas comme ça avec les gens que je ne connais pas, et les visites à l'improviste ? autrefois ? oui, à proprement parler elles n'avaient lieu que lorsque Ales et moi vivions à Bjørgvin, là nous avions de la visite, mais après, quand nous nous sommes installés à Dylgja, il n'y avait plus qu'elle et moi, et là, quand Ales était encore en vie, la seule personne qui venait nous voir de temps en temps à Dylgja, c'était sa mère, Judit, et Åsleik, bien sûr, et Beyer, aussi, mais il n'est venu qu'une fois, et non, non y repenser est au-dessus de mes forces, penser à Ales est au-dessus de mes forces, le manque est trop grand, si je pense à elle je perds pied, je perds pied et je disparais, je pense, mais le jour où Beyer devait venir chez nous Ales ne pouvait pas être à la maison, elle préférait aller voir sa mère Judit à Bjørgvin, donc le jour où Beyer devait venir je l'ai emmenée à Bjørgvin, oui, jusqu'à la Galleri Beyer, et le lendemain je suis allé la chercher devant la Galleri Beyer, car si je n'aimais pas les visites Ales les aimait encore moins, je pense

Je te connais sans doute mieux que tu ne le penses, elle dit

et je ne comprends pas ce qu'elle veut dire, comme quoi elle me connaîtrait mieux que je ne le pense, oui, qu'est-ce qu'elle veut dire par là ? certes j'ai été interviewé quelques fois par le journal Bjørgvin Tidende, c'est vrai, mais ça ne peut pas être ça qu'elle veut dire

Je m'appelle Guro, elle dit ensuite

et elle le dit en mettant l'accent sur son nom, comme si elle voulait me rappeler quelque chose, et elle dit que maintenant je sais comment elle s'appelle, au cas où je l'aurais oublié, elle dit, donc si j'ai une mauvaise mémoire, si je ne me souviens que de très peu de choses à propos d'elle, au moins je me souviendrai de son nom, elle dit, et elle dit qu'il serait temps qu'on se salue pour de vrai, qu'on se dise bonjour pour de vrai, elle dit

Oui, je m'appelle Guro, elle dit

et je lui tends la main, et je tiens Brage d'une seule main

Et moi je m'appelle Asle, je dis

Oui, ça au moins on peut le partager, elle dit

et il y a comme une pointe de moquerie dans sa voix

Oui, je veux dire, comment on s'appelle, elle dit

Oui, je dis

et le silence retombe, et on ne dit rien pendant un long moment, et elle dit qu'elle ira voir ma prochaine exposition à la Galleri Beyer, et elle aura sûrement lieu pendant la période de l'Avent, non ? elle dit, puisqu'il y en a toujours une à cette époque, elle dit, et elle dit qu'elle a vu toutes mes expositions qui ont eu lieu à la Galleri Beyer, et on est enfin arrivés à La Maison, et je dis que je vais aller demander s'ils ont une chambre de libre pour moi, et elle dit qu'elle peut m'attendre dehors, si jamais c'était complet, on ne sait jamais, auquel cas je peux toujours, si je le veux, oui, et comme elle me l'a déjà dit tout à l'heure, passer la nuit chez elle, elle dit, et je la remercie, et elle dit qu'en fait elle peut tout aussi bien m'accompagner à l'intérieur, et j'ouvre la porte, et celle qui s'appelle Guro entre, et je la suis avec le chien dans les bras, je vois que le vieil homme de Bjørgvin travaille ce soir à la réception, le Bjørgvinois, et il y travaille depuis tant d'années qu'il fait partie de ceux que je connais bien, ceux auprès de qui j'ai souvent pris une chambre, un vieil homme très poli, et je vois que plusieurs clés sont accrochées au mur de la réception derrière lui, ce qui veut dire qu'il reste des chambres, je pense, et le Bjørgvinois dit

Bonjour, ou plutôt bonsoir, il dit

Notre bon monsieur est de sortie, il dit

et le Bjørgvinois me regarde, et il regarde celle qui se tient derrière moi

Oui, vous êtes tous les deux de sortie, il dit

et le Bjørgvinois semble connaître celle qui m'accompagne, et il se lève, et il nous fait une petite révérence

Oui oui, je dis

Est-ce que vous auriez une chambre pour moi ? je dis

Vous voulez dire, pour vous deux ? il dit

Non, juste pour moi, je dis

et je pense aussitôt qu'il ne pensait peut-être pas à celle qui s'appelle Guro et à moi, mais bien à Brage et à moi

Très bien, il dit

Oui, pour le chien et moi, je veux dire, je dis

Vous avez un chien ? il dit

Oui, je dis

et je pense que je n'ai pas le courage de commencer à expliquer pourquoi j'ai un chien

En fait les chiens ne sont pas autorisés dans les chambres, il dit

Et vous n'êtes jamais venu avec un chien, il dit

Non, en effet, je dis

Non, je ne sais pas, il dit

et Guro dit qu'elle peut prendre le chien, que je passerai le chercher demain, elle a toujours aimé les chiens, elle dit, elle a déjà eu un chien, même si ça remonte à l'époque où elle était gamine, elle dit

On va pouvoir arranger ça, il dit

Car, il dit

et le silence retombe, et le Bjørgvinois ne dit rien pendant un long moment

Car oui, oui, puisque c'est vous, puisque vous êtes notre meilleur client, oui, je vais faire une exception, il dit et je ne dis rien, et je ne bouge pas, et je ne sais pas quoi dire car je n'ai jamais vu un chien à La Maison

Il faut surtout que le chien n'aboie pas, il dit

Non, tant qu'il est avec moi il n'aboiera pas, je dis

Je suis ravi de l'entendre, il dit

Car même si nous avons peu de clients ce soir, ils n'aimeraient sûrement pas être réveillés par des jappements, il dit

Je comprends, je dis

Mais je peux prendre le chien, elle dit

et je pense que lorsqu'on a discuté à Boire et Manger elle m'a dit qu'elle s'appelait autrement, Silje, oui, Silje ou quelque chose comme ça, alors que maintenant elle a dit qu'elle s'appelle Guro, et elle l'a dit à plusieurs reprises, et maintenant je ne pense plus à elle que sous le nom de Guro, je pense, et le Bjørgvinois dit

La chambre où vous logez d'habitude est libre, il dit

La chambre 407, je dis

et je dis que ce voyage à Bjørgvin s'est fait un peu dans la précipitation car d'habitude je réserve toujours ma chambre au préalable, et le Bjørgvinois dit qu'il le sait bien

Oui, cette chambre, bien volontiers, je dis

Votre chambre est libre, et comme c'est vous, je prends le risque que tout va bien se passer avec le chien, il dit

et je le remercie, je dis merci, merci beaucoup, et je dis que tant que le chien est avec moi il n'aboiera pas

On va arranger ça tout de suite, votre chambre est libre et se trouve à votre disposition immédiate, il dit et le Bjørgvinois retire la clé du crochet contre le mur derrière lui, et il me tend la clé, et il me souhaite la bienvenue à La Maison, et il dit que je vais bien sûr trouver le chemin tout seul, quant au petit déjeuner je sais tout ça aussi bien que lui, il dit, et je le remercie, je dis merci, oui, tout va bien se passer, je dis, et je me tourne, et Guro est toujours là, et je la remercie, je dis merci beaucoup pour ton aide, et elle dit de rien, tout le plaisir était pour elle, elle dit, et elle dit qu'elle espère qu'on se reverra, et je dis que oui, oui on se reverra sûrement, et on échange une poignée de main en guise d'au revoir, et on dit au revoir, et je vais vers l'ascenseur, et elle va vers la porte d'entrée, et elle s'arrête, et elle dit

Mais, et le petit déjeuner ? elle dit

et je me retourne, et je la regarde

Le chien sera obligé de rester tout seul ? elle dit

et le Bjørgvinois la regarde, et il dit

Oui, vous n'avez pas faux dans ce que vous dites, il dit

Tu vas emmener le chien au moment du petit déjeuner ? elle dit

et je dis que je n'y ai pas pensé, et le Bjørgvinois dit qu'il me le déconseille, et d'abord pourquoi fallait-il qu'elle parle du petit déjeuner ? je pense, je n'en ai pas eu assez aujourd'hui ? je ne suis pas assez fatigué ? je ne pourrais pas avoir enfin un peu de repos ? avoir un peu la paix ? j'ai besoin de sommeil, et je sens d'un coup à quel point je suis infiniment fatigué, tellement fatigué que je pourrais m'effondrer net, et le Bjørgvinois dit encore

Oui, vous n'avez pas faux dans ce que vous dites, il dit

et je ne sais pas quoi dire, et Guro dit qu'elle peut prendre le chien, que je passerai le chercher demain matin, elle dit, et je sens que je n'ai plus la force de dire quoi que ce soit, le chien n'a qu'à dormir où il peut, je pense, et je la regarde

Je reviens à dix heures demain avec le chien, elle dit

Ou sinon tu sonnes chez moi vers cette heure-là, ou même avant si tu veux, elle dit

et j'acquiesce, et Guro dit que si je veux venir chercher le chien à ce moment-là, ou même avant, ou même après, je sais où elle habite, c'est dans la Venelle, au numéro 5 de la Venelle, elle dit, oui, comme elle me l'a déjà dit, elle dit, elle habite juste à côté de La Maison, il suffit de prendre à droite puis la première à droite, et la Venelle est en fait la première ruelle dans laquelle on débouche, et enfin à gauche, elle dit, et elle sourit, et le Bjørgvinois me regarde, et Guro vient vers moi, et je lui donne le chien et la laisse, et le Bjørgvinois dit que c'est sans doute mieux comme ça pour tout le monde, oui, et peut-être surtout pour le chien, il dit, et je me retourne, et je vais vers l'ascenseur, et j'appuie sur le bouton avec la flèche vers le haut, et l'ascenseur arrive, et je me retourne

Bonne nuit, je dis

et celle qui s'appelle visiblement Guro et le Bjørgvinois me disent bonne nuit, et j'ouvre la porte de l'ascenseur, et j'entends la porte d'entrée se refermer, et j'entre dans l'ascenseur, et j'appuie sur le bouton où figure le chiffre 4, et je ne bouge pas, et je sens l'ascenseur s'ébranler, et je sens que je suis tellement tellement fatigué, infiniment fatigué, je pense, et je pense que j'ai bien fait de retourner à Bjørgvin, car comment ça se serait passé pour Asle ? il était étendu par terre, recouvert de neige, il était malade, il tremblait tout le temps, il est tombé à plusieurs reprises, il a perdu connaissance, il était étendu et ne bougeait plus, alors qu'est-ce qui se serait passé si je n'étais pas retourné à Bjørgvin ? je pense, et l'ascenseur monte lentement, c'est un vieil ascenseur, il se hisse lentement, par à-coups, et je pense que je ne veux plus penser, ni à Asle ni à rien, je suis fatigué, infiniment fatigué, je vais aller directement me coucher, je pense, et l'ascenseur est arrivé au quatrième niveau, et il s'arrête brutalement, se balance légèrement, et je regarde la porte de l'ascenseur, et il me semble qu'une éternité s'écoule avant que je ne puisse l'ouvrir et sortir, et ce n'est pas possible, je ne sais plus si je dois aller à droite et continuer au bout du couloir, ou si je dois aller à gauche et continuer au bout du couloir, et dire que j'ai logé dans la chambre 407 maintes et maintes fois et je ne suis pas sûr de la direction que je dois prendre, ce n'est pas possible bon sang de bois, je n'ai plus qu'à choisir à droite ou à gauche et je verrai bien où j'arrive, je pense, et je me sens en colère, je suis en colère contre moi, je suis furieux contre moi, et je prends à droite, je vois le chiffre 400 écrit sur une porte, et je continue au bout du couloir, et je vois les chiffres sur les portes augmenter, donc je suis dans la bonne direction, ici, ici, et là, enfin, le chiffre 407 figure sur la porte, et j'enfonce la clé dans la serrure, et j'arrive à déverrouiller la porte dès la première tentative, et j'entre dans la chambre, j'allume la lumière, et j'enlève ma sacoche en cuir marron que je porte en bandoulière, et je la pose sur une chaise, et je retire mon manteau noir, et je le pose sur le dossier de la chaise, et je vais directement me coucher, sans enlever mes vêtements, oui, même mon veston en velours noir je ne l'enlève pas, même mes chaussures je les garde aux pieds, et j'inspire profondément, et j'expire longuement, et je croise les mains, et je fais le signe de croix, et j'inspire profondément, et je dis intérieurement Pater noster Qui es in cælis Sanctificetur nomen tuum, et je reste étendu, et je dis intérieurement Notre Père, qui es aux cieux, que ton nom soit sanctifié, que ton règne vienne, mais il est déjà là, il est arrivé, je le sens, toujours quand je m'interroge s'il est là je sens que Dieu est très proche de moi, oui, Il existe comme un champ autour de moi, à moins que ce ne soit Son ange, mon ange, que je sens ? je pense, et que Dieu le protège, que Dieu protège Asle, qu'Asle redevienne bien portant, je pense, et je pense qu'il va s'écouler peu de temps avant que je puisse être auprès de Dieu, avant que j'arrive dans le règne de Dieu, et j'inspire profondément, et je dis intérieurement Kyrie, et j'expire lentement, et je dis eleison, et j'inspire profondément, et je dis Christe, et j'expire lentement, et je dis eleison, et je le répète, et je le répète encore et encore, et je reste étendu, et je ne bouge pas, et je regarde droit devant moi, je regarde dans le vide, et je ne vois d'abord rien, je sens juste à quel point je suis fatigué, et je vois une toile posée sur un chevalet, et je vois les deux traits qui se croisent, et j'entends Åsleik dire croix de Saint-André, il dit avec sa fierté paysanne croix de Saint-André, et je sens en moi une réticence envers cette image, envers cette image dans son entier, il n'y a rien à ajouter à cette image, il n'y a plus rien à faire, il n'y a plus qu'à s'en défaire, qu'à s'en débarrasser, car elle est terminée, tout inachevée qu'elle soit elle est bel et bien achevée, elle est terminée, elle est bel et bien telle qu'elle doit être, comme je l'ai peinte actuellement, elle n'a rien besoin de plus, la grande toile blanche puis les deux traits qui se croisent, ces deux traits qui forment une croix, et c'est lui que j'ai peint, Asle, bien sûr que c'est lui, mais je n'aime pas y penser, pas maintenant, car je veux maintenant qu'on me laisse en paix, et je dis intérieurement Pacem meam do vobis, pacem relinquo vobis, et je dis Je vous donne ma paix, je vous laisse la paix, et je ne sais pas ce que je pourrais faire de plus dans cette image, elle est raide, elle est morte, elle n'est que deux traits, deux lignes, qui se croisent, elle ne renferme pas cette lumière qu'une bonne image doit avoir, elle n'est pas une image, purement et simplement, c'est une croix de Saint-André, dit Åsleik, et il a raison, et il répète le mot, croix de Saint-André, il dit, et il appuie tellement sur le mot, comme s'il était fier de connaître ce mot, croix de Saint-André, fier qu'un homme comme lui, Åsleik, connaisse un tel mot, et il le dit d'une manière qui a le don de le rendre plus petit qu'il ne l'est, il se rend plus petit qu'il ne l'est en disant le mot de cette manière, avec sa fierté paysanne face au mot croix de Saint-André, je pense, et je reste étendu, et je pense que je dois oublier cette image, ou essayer de l'oublier, mais l'image s'est fixée dans ma mémoire, car certaines des images que je peins se fixent en moi, mais la plupart des images qui se sont fixées dans ma mémoire sont des images provenant de la vie, pas des images provenant de mes tableaux, oui, ces espèces d'éclairs provenant de choses que j'ai vues, qui se fixent en moi et qui m'importunent, en fait, parce que je n'arrive jamais à m'en débarrasser, et que j'essaie de dé-peindre, et d'une certaine manière j'arrive à les dé-peindre en les peignant de telle sorte qu'elles ne ressemblent plus aux images qui se sont fixées dans ma mémoire, de telle sorte qu'elles sont des choses qui cessent de surgir de ma mémoire, je pense, et je pense que tous les tableaux pour la prochaine exposition que j'aurai dans peu de temps à la Galleri Beyer sont déjà terminés, et j'aurais dû y penser plus tôt, j'aurais dû penser à les emporter et à les livrer à Beyer aujourd'hui, ou peut-être même plutôt ce matin de bonne heure, je pense, mais je ne pense pas toujours raisonnablement, je n'arrive pas à planifier les choses correctement, ce matin par exemple je me suis mis en tête d'aller faire les courses à Bjørgvin, ce que j'ai fait, mais je n'ai fait que ça, et je pense que demain quand je serai rentré chez moi je vais remiser l'image avec les deux traits, l'image de la croix de Saint-André, comme dit Åsleik, oui, l'image n'aura qu'à s'appeler Croix de Saint-André, et ce nom, ce titre, je le peindrai avec de la peinture à l'huile noire sur le montant supérieur du châssis, comme j'en ai l'habitude, et je peindrai un A majuscule sur la toile, dans le coin en bas à droite, comme j'en ai aussi l'habitude, à moins que je ne l'aie déjà fait ? car n'ai-je pas déjà peint le titre de l'image, signé avec un A majuscule, retiré l'image du chevalet, remisé la peinture avec les autres tableaux qui ne sont pas encore terminés et qui sont posés entre la porte de la chambre et la porte du couloir, inclinés châssis apparent ? n'est-ce pas ce que j'ai fait ? je pense, mais si je ne l'ai pas fait, je la remiserai dès que je serai rentré chez moi demain, je pense, et je prendrai un autre tableau que j'ai posé dans la pile des images inachevées, ces images que j'ai presque réussi à rendre bien, mais pas tout à fait encore, des images où il manque quelque chose, que je n'ai pas encore réussi à développer, que je dois laisser reposer, quand je rentrerai chez moi à Dylgja, quand je serai enfin rentré chez moi à Dylgja je prendrai l'un des tableaux les plus loin dans la pile, donc un des tableaux inachevés que j'ai remisés depuis longtemps et dont je ne suis pas encore entièrement satisfait, quelle que soit l'image que j'aie peinte, je pense, et je pense que je dois emporter ces tableaux posés en deux piles près de la porte de la cuisine, inclinés châssis apparent, et les livrer à Beyer, car ce sont les images que j'ai terminées, il y a une pile avec les grands tableaux et une pile avec les tableaux plus petits, il y a aussi les images que je dis avoir terminées et dont je sens que je n'arrive pas à les développer, je les ai rendues aussi bien que possible, et si je ne sais pas à quel point elles sont bien je sais néanmoins que je ne peux pas les rendre meilleures, ce qui veut dire que ma prochaine exposition est prête, oui, il y a plutôt trop que pas assez d'images, je pense, mais si Beyer trouve qu'il y en a trop, oui, il rangera alors ceux qu'il ne veut pas exposer dans la pièce attenante à la galerie en tant que telle, la Banque, comme il la surnomme, et j'aurais déjà dû avoir emporté les images à la Galleri Beyer, ça commence à être urgent, donc il faut que je le fasse vite, car Beyer accroche lui-même les images, et il est très vigilant sur l'accrochage, je pense, et c'est grâce à Beyer si j'ai pu survivre en tant qu'artiste peintre, car il faut se donner drôlement du mal si on veut vivre de sa peinture, je pense, oui, de ce point de vue être artiste peintre ressemble à n'importe quel autre métier, même si exercer le métier d'artiste peintre aurait quelque chose de plus particulier que d'exercer le métier ordinaire de peintre en bâtiment, où le métier d'artiste peintre aurait quelque chose d'extraordinaire, quelque chose de noble, il y a dans cette idée quelque chose de pédant, quelque chose de prétentieux, pour dire la vérité, et en fait j'ai honte d'être artiste, honte d'être artiste peintre, mais qu'est-ce que j'aurais pu faire d'autre ? et surtout maintenant, à mon âge ? non, hélas je ne suis pas utile à grand-chose sinon à peindre des tableaux, car en plus j'ai toujours été maladroit, oui, et dans tout, hormis quand je dessine et quand je peins, oui, c'est incompréhensible, et ce n'est pas parce que je suis incapable physiquement de faire quelque chose de bien si je n'y arrive pas, non, ce doit être autre chose qui m'en empêche, sans que je sache ce que c'est, je sais juste que j'aurais été un mauvais artisan, et ça a toujours été comme ça, depuis que je suis gamin, et compter ça non plus je ne le sais pas, et écrire encore moins, quoique, pour dire la vérité je ne suis pas si mauvais quand il s'agit d'écrire, il n'y avait rien à redire à mes compositions quand j'étais à l'école, et j'étais relativement bon en anglais, oui, je n'écris pas si mal en anglais, oui, et en allemand aussi, aujourd'hui je lis très volontiers des livres en anglais et en allemand, certes il y a beaucoup de mots et d'expressions que je ne comprends pas, mais j'en comprends le sens d'une certaine manière, et je lis aussi des livres en suédois et en danois, oui, bien sûr, quand j'allais à l'École des Beaux-Arts j'ai commencé à lire des livres en langue originale, car les connaissances qu'avait le professeur Christie sur la littérature, il les avait acquises à force de lire des livres écrits en anglais ou en allemand, et surtout en allemand, certaines fois aussi en suédois ou en danois, rarement en norvégien, et toujours en bokmål, mais jamais en néo-norvégien, et la plupart des livres que je voulais lire je devais oser aller à l'éminente Bibliothèque de l'Université pour demander à les emprunter, et à partir du moment où je suis allé à l'École des Beaux-Arts j'ai pu y emprunter les livres que je voulais lire, et rares étaient les livres cités par le professeur Christie que je pouvais emprunter à la Bibliothèque municipale, et donc je lisais, je lisais encore et encore, je n'en comprenais sans doute même pas la moitié, mais ça ne faisait pour ainsi dire rien, car j'en comprenais une partie, et ce que je comprenais était des pensées qui m'ont permis par la suite d'en comprendre davantage, de mieux comprendre la langue que je lisais, car même si j'avais des dictionnaires je n'aimais pas les consulter, je préférais deviner le sens d'un mot, ce qui était souvent possible grâce au contexte, grâce aux autres mots connus à côté desquels il était le mot inconnu avait alors du sens, donc en fin de compte j'étais assez doué en langues, non, ça a toujours été le sens des chiffres qui m'a fait défaut, mais aussi le fait que je manque totalement de sens de la direction, de sens de l'orientation, le fait que je suis complètement maladroit, donc, oui, il n'y a bien qu'une chose que je puisse faire en fin de compte c'est peindre des tableaux, et si je veux gagner ma vie je dois peindre, c'est bien et en même temps c'est mal, mais je n'ai pas le choix, je dois continuer, oui, je dois continuer de peindre image après image, ça au moins, et quand je ne peins pas je reste souvent des heures et des heures assis à regarder droit devant moi, à regarder dans le vide, avec un regard tout aussi vide, oui, je peux regarder pendant très longtemps dans le vide, droit devant moi, avec un regard tout aussi vide, et j'ai l'impression qu'au bout d'un moment quelque chose surgit de ce vide, de ce néant, comme si quelque chose de réel pouvait surgir de ce néant, quelque chose qui en dit long, et ce qui est alors dit peut devenir une image, ou je peux aussi rester assis à regarder dans le vide, droit devant moi, et être tout en même temps totalement vide en moi, et être très silencieux, et c'est dans ce silence vide que j'ai l'habitude de réciter mes prières mentales les plus vraies, oui, c'est dans ce silence vide que Dieu est le plus près, que Dieu peut être entendu, et c'est dans l'invisible que Dieu peut être vu, et bien sûr que je connais mon Pater Noster, et à dire vrai je prie tous les jours, oui, au moins trois fois par jour, oui, souvent plus même, et j'ai appris la prière en latin, mais je la récite, je ne la débite jamais, et je l'ai à ce point apprise par cœur que je la vois devant moi, car je me souviens aussi des écrits comme si c'étaient des images, oui, mais j'essaie de ne me souvenir que des écrits que j'estime importants, mais j'arrive, à l'inverse des images, à ne pas me souvenir des écrits, et j'ai fait ma propre traduction en néo-norvégien de Notre Père, que je connais aussi par cœur, bien sûr, et que je vois aussi devant moi, oui, mais c'est toutefois dans ces moments, quand je reste assis à regarder dans le vide, droit devant moi, quand le vide à son tour se fait en moi, quand le silence se fait en moi, que viennent mes prières les plus vraies, et quand j'entre dans ce silence vide je peux y rester longtemps, je peux rester assis très longtemps ainsi, je ne remarque même pas que je suis assis, je me borne à regarder dans un néant vide, et je deviens d'une certaine manière ce néant vide que je regarde, et je ne sais pas pendant combien de temps je regarde ce néant vide mais je le regarde longtemps, très longtemps, je peux rester assis très longtemps ainsi, et ces moments silencieux je crois qu'ils se transforment en lumière dans mes tableaux, en une lumière qui devient visible dans l'obscurité, oui, qui devient une obscurité lumineuse, je ne sais pas, mais il arrive que je pense, ou que j'espère, qu'il en est ainsi, je pense, et je suis étendu, et je pense que maintenant je dois absolument dormir, mais je vais d'abord réciter mon rosaire, avec certaines des prières rituelles, comme j'ai l'habitude de le réciter, car ce n'est pas souvent que je prie avec mes mots à moi, et si je le fais c'est alors dans le cadre de prières d'intercession, et je suis timide dans ces prières, si je dois prier pour une chose qui me concerne alors je prie pour être bon envers les autres, et si je dois absolument prier pour une chose qui me concerne alors je prie pour que vienne le règne de Dieu, oui, Que ta volonté soit faite Fiat voluntas tua Sur la terre comme au ciel Sicut in cælo et in terra, et je suis tellement tellement fatigué, et je dois absolument dormir, mais je suis sans doute trop chamboulé pour pouvoir dormir, et je m'assieds sur le bord du lit, et je me lève, et j'enlève mon veston en velours noir que je pose sur le dossier de la chaise où j'ai mis tout à l'heure ma sacoche en cuir marron et mon manteau noir pardessus, et je retire mes chaussures d'un coup de pied, et j'enlève mon pantalon que je laisse traîner par terre, et j'enlève mon pull noir que je fais tomber sur mon pantalon, et je sens qu'il fait froid dans la chambre, et j'éteins la lumière, et je me couche sur le lit, et je m'enveloppe bien dans la couette, et je rassemble mes pensées, et je pense que Dieu doit se montrer bon et aider mon ami, Asle, pour qu'il guérisse et redevienne bien portant, il est trop jeune pour mourir déjà, il peint de trop bons tableaux pour mourir déjà, oui, je ne veux pas dire non plus que je sais mieux que Dieu ce qui est meilleur pour Asle, mais je veux, et je le peux, en toute humilité, avec la plus grande sérénité dont je peux faire preuve, prier Dieu pour qu'Il laisse vivre Asle, oui, oui, oui je T'implore, mon cher Dieu, que Tu fasses tout ce qui est en Ton pouvoir pour qu'Asle guérisse et redevienne bien portant, et je reste étendu, et je regarde droit devant moi, dans le vide, dans un néant obscur, et je suis fatigué, je suis tellement tellement fatigué, mais peut-être que je suis trop fatigué pour pouvoir dormir ? je pense, et je pense que je peins sans doute mieux quand une pression est exercée sur moi, oui, peut-être que je peins mieux quand je dois présenter suffisamment d'images pour mon exposition ? car même si j'aime peindre, oui, il y a souvent une grande douleur dans ce que je peins, et d'une certaine manière une grande douleur en moi, car ces images emmagasinées en moi, oui, sont presque toutes liées à quelque chose dont il est douloureux de se souvenir, la lumière est liée à l'obscurité, oui, c'est comme ça, et certains peintres se défont avec une grande réticence de leurs images, ils préfèrent les garder pour eux, ils préfèrent ne pas les vendre, alors que pour ma part j'éprouve une grande joie chaque fois que je vends une image, oui, à vrai dire, chaque fois que je me débarrasse d'une image, et c'est peut-être quelque chose qui me reste de l'époque où j'étais gamin et gagnais quelques sous en peignant les maisons et les fermes des voisins, et ce n'était pas rien pour une demi-portion comme moi, mais le faire me procurait une grande joie, oui, peindre une image puis m'en séparer et gagner de l'argent grâce à ça me procurait une grande joie, et aujourd'hui encore vendre une image me procure une grande joie, oui, vendre une image est une grande joie en soi, et, oui, je dois admettre que je le pense aussi en ces termes, oui, quand j'ai vendu une image je donne aussi, comme un cadeau pour ainsi dire, la lumière qui doit être dans une image, oui, j'ai l'impression de redonner à quelqu'un le cadeau qui m'a été donné, je pense, j'ai l'impression de recevoir de l'argent pour l'image mais pas pour la lumière qui est dans cette image, car elle m'a été donnée en cadeau, et c'est pour ça que je dois la redonner, et cette lumière, je peux sans doute dire, oui, pour autant que je n'emploie pas de trop grands mots, qu'elle est souvent liée à quelque chose de moche, à un mal, à une douleur, à une souffrance, et la personne qui achète le tableau partage non seulement la lumière qui s'y trouve mais aussi la souffrance, la désespérance, la douleur qui sont dans la lumière, je pense, et s'il n'y a pas de lumière dans une image, oui, alors je ne redonne pas cette image, une image n'est pas terminée tant que la lumière n'est pas en elle, même si cette lumière est invisible, je pense, oui, même si personne à part moi ne peut voir la lumière, elle doit quand même y être, voir la lumière, oui, comme ils disent, il a vu la lumière, comme ils disent, et ils devraient savoir à quel point ils ont raison de dire ça, même s'ils le disent toujours à propos d'une personne dont ils estiment qu'elle a plus ou moins perdu le sens et la raison, une personne qui n'est plus tout à fait de ce monde, et à propos de qui ils disent aussi avec mépris, enfin bref, qu'est-ce que ça change dans le fond, ce qu'ils disent ? car je vois ce que je vois, j'ai vu ce que j'ai vu, j'ai vécu ce que j'ai vécu, j'ai peint ce que j'ai peint, donc ils peuvent dire ce qu'ils veulent, je pense, oui, et c'est aussi pour ces raisons que vendre une image me procure une grande joie parce que je redonne la lumière, je pense, et puis je vis de ma peinture, je n'ai jamais vécu de rien d'autre, et dans ces conditions il faut bien sûr que je vende des images ! car de quoi vivrais-je si je ne vendais aucune image ? non, je n'aurais pas grand-chose, je vivrais dans la pauvreté, et il y a suffisamment de peintres qui vivent dans une extrême pauvreté, même si la plupart d'entre eux essaient de le cacher le mieux possible, jouent au grand seigneur et invitent tout le monde quand ils ont gagné quelques sous, mais je n'ai jamais été comme ça, je n'ai jamais dépensé plus d'argent que nécessaire, je pense, jamais plus d'argent que le strict nécessaire, pour dire les choses comme elles sont, oui, j'ai toujours été économe, comme ils disent, et je m'en suis toujours bien sorti, je pense, oui, justement parce que j'ai été économe, oui, parcimonieux, à un degré qui ressemblerait presque à de la radinerie, oui, à de la pingrerie, comme disent les anciens, je n'aime pas dépenser mon argent, pas du tout, et je ne l'ai jamais aimé, mais je suis bien obligé d'en dépenser à un moment, comme tout le monde, et ce que j'aime m'acheter se résume à des toiles et des tubes de peinture à l'huile, oui, toutes sortes d'objets et ustensiles nécessaires à la peinture, et j'aime tellement en acheter que j'ai tellement de toiles et de tubes de peinture à l'huile, de térébenthine et de montants pour les châssis, de pinceaux et de chiffons et j'en passe que je n'aurais même plus besoin d'en acheter jusqu'à la fin de mes jours, et même au-delà, en de telles quantités que j'en stocke la majeure partie dans une pièce du grenier, et tout y est bien rangé, bien à sa place, je pense, ce qui ne m'empêche pas d'en acheter davantage, j'en achète plutôt que d'utiliser le stock que j'ai au grenier, comme aujourd'hui où j'ai acheté un rouleau de toiles chez le Marchand de Couleurs un bon tas de montants chez le Charpentier, et ça paraît avoir eu lieu il y a si longtemps, oui, comme si j'avais été chez le Marchand de Couleurs et chez le Charpentier il y a des années et des années, mais bon, oui, quand il s'agit d'acheter ce dont j'ai besoin pour peindre là il n'est plus question d'économiser quoi que ce soit, et cela a sûrement à voir avec mon enfance où je vendais des images et achetais des toiles et des tubes de peinture à l'huile et de la térébenthine avec l'argent gagné grâce à une image que j'avais vendue, je pense, et je suis étendu sur le lit de l'hôtel La Maison, dans la chambre 407, sur ce lit où j'ai dormi maintes et maintes fois, et je suis tellement tellement fatigué, et je n'arrive pas à dormir, car comment va Asle ? comment va-t-il à l'Hôpital central ? car Asle doit se reposer, ils ont dit qu'il avait besoin de repos et que c'était pour ça que je ne pouvais pas aller le voir, et je n'ai pas cherché à les contredire, bien sûr, je me suis contenté de partir, et c'est sans doute pour ne pas penser à Asle que je pense au reste, à tout ce à quoi je pense d'habitude, car Asle devait se reposer, c'était le mieux pour lui, a dit l'Infirmière, et c'est pour ça qu'il valait mieux que je revienne demain et que je demande quand je pourrais passer le voir, elle a dit, et j'ai dit que c'est ce que je ferais, pour autant qu'il ne dorme pas, car s'il dormait il faudrait alors le laisser dormir, je ne pourrais alors pas passer le voir, je devrais alors revenir un autre jour, car j'habitais assez loin de Bjørgvin, au nord, à Dylgja, est-ce qu'elle savait où c'était ? j'ai dit, et l'Infirmière a dit que non, et j'ai dit, non, non c'est un village si petit que quasiment personne n'en a entendu parler, j'ai dit, et elle a dit qu'on faisait comme ça, je n'aurais qu'à revenir demain, ou plus tard dans la journée, et je pourrais d'abord téléphoner et demander si je pouvais passer, et on verrait ce qu'on peut faire, elle a dit, car c'est bien ce qu'on a dit ? ou ce n'est que le fruit de mon imagination ?

c'est bien ce qui s'est produit ? c'est bien ce que l'Infirmière et moi avons dit ? je pense, et en tout cas je suis étendu dans mon lit, à La Maison, dans ma chambre attitrée, la chambre 407 où je loge toujours, et je n'arrive pas à dormir, et je pense que beaucoup de ceux qui estiment savoir ce qui est bien et ce qui est mal en général, ce qui est bien et ce qui est mal dans l'art, l'art qui est bon et l'art qui est mauvais, n'aiment pas mes images, oui, pendant plusieurs années il ne valait mieux pas peindre des images, oui, des tableaux, si on voulait être un vrai artiste, oui, car ceux qui peignaient des images étaient bien sûr considérés comme des artistes de piètre qualité, non pas des artistes peintres mais des peinturlureurs, des barbouilleurs, et le pire était ces artistes qui non seulement peignaient des images mais vendaient ces images, oui, le pire était ces artistes qui peignaient des images que des gens voulaient acheter, car où était l'art dans ces images ? ne valait-il pas mieux considérer ces images comme un pur divertissement ? comme une marchandise ? comme une décoration ? un machin à accrocher sur le mur au-dessus du canapé ? oui, peut-être, mais l'art ce n'est pas ça, comme ils disent, ou comme ils pensent, et je sais bien ce que je fais, je sais bien ce qui est une bonne image et ce qui est une mauvaise image, ce qu'il y a de bien et ce qu'il y a de mal dans une image, et je sais bien que je peux peindre une image comme moi seul peux la peindre, car j'ai mon image individuelle intérieure de laquelle proviennent les autres images pour ainsi dire, ou qu'elles essaient de dire, ou en tout cas d'atteindre, mais l'image individuelle intérieure ne peut être peinte, ne peut être dite, je peux en m'approchant ou en m'éloignant de cette image intérieure, et plus je m'approche de cette image intérieure en peignant, mieux je peins et plus il y a de lumière dans l'image, oui, c'est exactement ça, je pense, et je l'ai vu tout comme je l'ai vécu, et ce que je sais au plus profond de moi-même, dans mon image intérieure, j'aimerais aussi en dire quelque chose, quelque chose que j'aimerais que les autres sachent, oui, et dans ce cas-là tant mieux si c'est ensuite accroché au mur au-dessus du canapé, car ce que je sais, oui, ce que je veux partager, ce que je veux montrer, oui, bien sûr que ça ne peut pas être dit, mais peut-être que ça peut être montré ? et tant que ce sera possible je veux le montrer, parce que c'est vrai, parce que j'en suis sûr, parce que je sais que c'est bien, que c'est bien pour moi et que c'est bien pour les autres, et ce que je veux montrer a à voir avec la lumière, et avec l'obscurité, ça a à voir avec l'obscurité lumineuse dans sa profusion de néant, oui, on peut le penser, ces mots-là on peut les utiliser, et il y a aussi quelque chose de cette image que j'ai en moi que je vois quand je vois quelque chose qui se fixe en moi et dont je ne peux après me défaire, ces successions d'images, d'images très distinctes, que j'ai dans ma mémoire, et qui m'importunent, elles sont une importunité, oui, un déplaisir, et c'est comme ça depuis que je suis gamin, il y a tant et tant d'images comme celles-ci, des quantités et des quantités d'images comme celles-ci, comme les bottes noires de Pépé sur le chemin, par un soir sombre sous la pluie, ou la main de Pépé, brillante, luminescente, dans un éclair, dans une étincelle, et certaines images m'importunent à force de venir et de revenir, alors que d'autres se posent calmement et ne surgissent que rarement, mais celle qui ne cesse de venir et de revenir, c'est le visage d'Ales sous la pluie, dans le noir, la pluie qui coule sur son visage désespéré, mais dans toute cette douleur, dans toute cette souffrance, il y a sa lumière, la lumière noire, oui, je devrais avoir honte, mais ainsi étendu mes yeux se baignent de larmes, la lumière noire sur son visage désespéré, la lumière invisible, les yeux désemparés, révulsés, la bouche entrouverte, la pluie qui coule sur son visage dans cette soirée crépusculaire, ou le contraire, oui, l'éclair sur le visage calme et pensif d'Ales lorsqu'elle a été plongée dans ses pensées et qu'elle s'est incorporée par ce geste dans une lumière incompréhensible qui brille de son visage, oui, ma mémoire renferme tant et tant de visages, certains tordus par la douleur, certains marqués par le repos, et la plupart du temps seul un visage est présent, presque sans conscience, uniquement rempli de, oui, de quoi ? oui, ma mémoire renferme tant et tant de visages qu'ils sont sur le point de se fondre en un seul et même visage, je pense, et puis le visage d'Ales brille en diffusant sa lumière de bonté et de bienveillance sur ce qu'elle regarde, je pense, et maintenant je dois dormir, je suis tellement tellement fatigué, et je suis étendu sur mon lit à La Maison, dans la chambre 407, la chambre où je loge toujours, dès qu'elle est libre, et si je ne loge pas dans la chambre 407 je loge alors dans l'une des chambres voisines, dans la chambre 409, ou dans la chambre 405, et toutes les chambres sont petites, et elles donnent toutes sur la cour, je pense, et je suis étendu dans le lit, et je n'arrive pas à dormir, et demain je prendrai un taxi pour aller à l'Hôpital central, pour aller voir Asle, pour lui dire que je me suis occupé de son chien, pour lui demander si je dois lui rapporter quelque chose, lui acheter quelque chose, je pense, et je prendrai un taxi jusqu'à la Venelle, et je ramènerai son chien, et je prendrai ma voiture garée devant la Galleri Beyer, et elle sera sûrement ensevelie sous la neige, mais heureusement j'ai un bon balai et une bonne raclette à neige, donc je me débrouillerai bien, je balaierai bien la voiture pour pouvoir rentrer à Dylgja, pour pouvoir rentrer chez moi, car j'aimerais tant être à la maison en ce moment, être étendu dans mon lit chez moi à la maison plutôt qu'être étendu dans le lit de l'hôtel La Maison, oui, même si j'ai dormi maintes et maintes fois dans ce lit ce n'est pas mon lit, c'est un lit où ont dormi tant d'autres gens, où dormiront tant d'autres gens encore, c'est comme ça, oui, c'est à ce point l'évidence même que je me demande pourquoi j'y pense, oui, pourquoi j'y pense ? pourquoi j'ai cette pensée ? car pourtant j'aime bien loger à La Maison, c'est bien pour ça que j'y ai logé maintes et maintes fois, c'est bien pour ça que j'y loge toujours quand j'ai besoin de passer la nuit à Bjørgvin, et je ne compte plus les fois où j'ai passé la nuit à La Maison, donc j'y suis bien, mais aujourd'hui il m'est impossible de dormir, je ne sais pas ce qu'il y a, mais je suis inquiet, je n'arrive pas à dormir, tout semble s'effondrer, et je vois Asle étendu à l'Hôpital central, et l'Infirmière et le Médecin sont debout à côté de son lit, et ils disent qu'il faut lui poser une voie intraveineuse, oui, ils disent une phrase de ce genre, et le Médecin prend son pouls, et je vois encore Asle étendu à l'Hôpital central, et il dort, et ses longs cheveux gris qui tombent sur ses épaules, et il tremble de tous ses membres, et pendant qu'il dort il tremble de tous ses membres, et le Médecin dit qu'ils doivent augmenter la dose du médicament dont il dit le nom, et l'Infirmière dit qu'ils lui ont déjà donné la dose maximale, et le Médecin dit que, oui, dans ce cas il ne reste plus qu'à attendre, qu'ils lui en redonneront plus tard, il dit, et je vois les longs cheveux gris d'Asle, et je vois son corps être agité de tremblements, de frissonnements, et je vois l'Infirmière et le Médecin sortir, et Asle est étendu dans son lit d'hôpital, et son corps tremble et frissonne en permanence, et ce n'est pas beau à regarder, je n'ai pas la force de le regarder, et heureusement que je l'ai trouvé, alors qu'il était étendu devant la porte d'entrée du numéro 5 de la Venelle, recouvert de neige, je pense, et je n'arrive pas à dormir, et je pense que c'est bien que je sois retourné à Bjørgvin, mais pourquoi je suis revenu ? que j'aie formulé la pensée de revenir, certes, mais que je l'aie fait réellement ? je ne le comprends pas vraiment, c'est comme si quelque chose m'avait poussé à revenir, comme si quelque chose m'avait guidé à le faire, je pense, et je vois Asle étendu contre l'épaule du Père, et il pleure, il pleure toutes les larmes de son corps, les larmes coulent toutes seules, et il se tord, il se tord car il a mal, il a mal au ventre, et le Père arpente la pièce en le tenant dans ses bras, le Père le berce en faisant des va-et-vient, le Père est sorti de la chambre à coucher à l'étage, le Père a dit qu'il emmène Asle pour que la Mère et la Sœur puissent au moins continuer de dormir, il a dit, et le Père sort dans le couloir, et il porte Asle contre son épaule, il lui caresse le dos, et Asle pleure, il pleure toutes les larmes de son corps, il pleure de plus en plus fort, il sanglote, il hoquette, il pleure par à-coups, il pleure si fort qu'il paraît crier, et le Père le caresse, le Père le tient contre lui sans cesser de lui caresser le dos, et Asle se détend peu à peu, son chagrin diminue, son chagrin devient une respiration, une respiration régulière, et le Père arpente le couloir en le tenant dans ses bras, et la respiration d'Asle et les caresses du Père semblent être dans le même mouvement, et Asle s'assoupit, il s'éloigne de ces picotements qu'il a dans le ventre, il disparaît loin de la douleur, et le Père arpente le couloir à l'étage en le tenant dans ses bras, et le Père ouvre de l'autre main la porte de la chambre à coucher, doucement, délicatement, et le Père et Asle entrent dans le noir, et Asle entend le Père dire à voix basse qu'il dort, il s'est enfin endormi, il dit, et la Mère dit que c'est bien, tant mieux, il a pleuré pendant tellement longtemps, elle dit, et Asle sent que le Père l'allonge dans son lit, qu'il étend la couette sur lui, et le Père lui caresse les cheveux, tout doucement, et Asle disparaît loin dans sa respiration calme, il disparaît loin dans son sommeil calme, et il est étendu dans le lit avec le visage posé sur le côté, et il a une respiration régulière, et le Père va se coucher à côté de la Mère, et elle dit à voix basse que le Père doit être très fatigué, il doit être épuisé après sa longue journée de travail, lui qui a ramassé des poires du matin de bonne heure jusqu'au soir tard, et maintenant ça, ce soir, Asle qui a crié jusqu'à maintenant, Asle qui a pleuré jusque tard dans la nuit, elle dit, et le Père dit qu'il est fatigué, qu'il va essayer de dormir un peu, et je vois Asle étendu dans son lit d'hôpital, et son corps est agité de tremblements et de soubresauts, son corps tremble et frissonne, et je vois Asle étendu contre une poitrine, il est un petit enfant, ce n'est pas la poitrine de la Mère, c'est une autre poitrine, mais il sent la chaleur d'une poitrine contre sa mâchoire, et il enfonce sa mâchoire dans la poitrine, oui, tout le poids de sa petite tête est appuyé contre la poitrine, et je vois qu'une robe recouvre la moitié de la poitrine, une robe à fleurs, et la robe dessine un V au bas de la gorge, et ce V recouvre deux seins, deux seins comme deux O comprimés l'un contre l'autre, et Asle pose sa petite main sur un sein, et celle qui le tient dans ses bras rit, elle sourit et elle le berce contre sa poitrine, et il lève sa petite tête vers elle, il regarde sa poitrine, il regarde la fente entre les deux seins, et il trouve que ce qu'il voit ressemble à la fente entre deux fesses, est-ce qu'elle le tient contre ses fesses ? il pense, ce n'est pas possible ? les fesses ne peuvent pas être en haut ? il pense, et il demande si elle a les fezzes en l'air, car il zozote et n'arrive pas à prononcer les S, et il entend un éclat de rire déferler dans son oreille, et le rire remplit la pièce, et celle qui le tient contre sa poitrine se penche et rit aux éclats si bien qu'Asle est soulevé puis abaissé, et elle le tient toujours bien serré contre sa poitrine, et il suit ses mouvements, et il a l'impression d'être suspendu en l'air mais elle le tient toujours bien serré, elle le serre encore plus fort contre sa poitrine, oui, celle qui le serre très fort contre sa poitrine rit aux éclats, et Asle voit la mère se tordre de rire, et il voit la Mémé rire aux éclats elle aussi, et il comprend qu'il a dit quelque chose de bizarre, et il ne comprend pas tout à fait ce qu'il y a de bizarre dans ce qu'il a dit, et celle qui le tient contre sa poitrine se met à marcher, et Asle l'entend dire que oui, oui il n'a pas sa langue dans sa poche, le petit, elle dit, et dire qu'il n'a que deux ans, dit la Mémé, et la Mère dit que oui, oui c'est drôlement bien dit, elle dit, et les trois femmes rient encore, mais plus calmement, elles ne rient plus aux éclats, elles ont un rire lent et bienveillant, et la Mère dit qu'elles n'ont qu'à passer à table, le café est prêt, elle dit, et Asle se tortille, et celle qui le tient contre sa poitrine le pose par terre, et Asle est debout dans la pièce, et il voit que sa Mémé s'est assise sur une chaise devant la table, et il va vers sa Mémé, et il entend celle qui le tenait contre sa poitrine dire qu'il marche bien, même si ce n'est qu'un bout de chou il marche bien, elle dit, et la Mère dit qu'il n'a pas encore le pas bien assuré, oui, elle dit, et Asle va vers sa Mémé, et elle dit oui, viens voir ta Mémé, elle dit, et la Mémé tend ses bras vers lui, et il va vers les bras de sa Mémé, et il atteint les bras de sa Mémé, et elle le prend par les aisselles, et elle le soulève, et elle l'assoit sur une cuisse, et elle le serre contre elle, et il sent la bonne chaleur du corps de sa Mémé, et elle le berce doucement contre la chaleur de son corps, et je vois Asle étendu dans son lit d'hôpital, les mains plaquées contre les flancs, et son corps tremble et frissonne en permanence, et des tuyaux sont reliés de son corps à un pied de perfusion, et je vois l'Infirmière debout à côté de lui, et elle pose une main sur son front, et le Médecin ouvre la porte, et il entre, et l'Infirmière dit que ça ne se présente pas bien, il va falloir que les spasmes s'arrêtent bientôt, elle dit, et le Médecin acquiesce, et il dit qu'ils lui ont donné la dose maximale, ils ne peuvent pas augmenter la dose, il dit, et ils restent tous les deux un petit moment sans rien dire, et le Médecin dit que l'issue est indéterminée à l'heure qu'il est, qu'il ne sait pas si le patient va s'en sortir, et l'Infirmière dit que oui, oui ça se présente mal, elle dit, il vaudrait sans doute mieux le maintenir sous surveillance constante, elle dit, il vaudrait peut-être mieux le transférer dans une chambre où il sera sous surveillance constante, elle dit, et le Médecin dit que oui, oui c'est sans doute mieux comme ça, et je suis étendu dans le lit à La Maison, dans la chambre 407, et je n'arrive pas à dormir, et je vois Asle étendu dans son lit d'hôpital, je vois son corps être agité de tremblements, de soubresauts, de frissonnements, et je vois ses longs cheveux gris qui bougent à cause des tremblements, et j'entends le Médecin dire que non, non ça ne se présente pas bien du tout, et l'Infirmière dit qu'on peut se demander s'il va s'en sortir, et le Médecin dit que ça se présente très mal, si seulement ces spasmes pouvaient s'arrêter, ne serait-ce qu'un peu, il dit, et Asle doit avoir en permanence quelqu'un qui le surveille, il dit, peut-être qu'il est suffisamment fort pour s'en sortir, il dit, et l'Infirmière dit oui, et je vois des gens arriver, et ils emportent le lit et le pied de perfusion avec tous les tuyaux reliés au corps d'Asle, et ils sortent dans le couloir, et ils entrent dans un ascenseur, et ils vont un étage au-dessus, et ils traversent un couloir, et ils emmènent Asle dans une chambre, et un homme est étendu dans un lit, et un autre homme en blouse blanche est assis dans un fauteuil, et je vois qu'Asle a le visage presque gris, et l'homme assis se lève, et il s'approche du lit où Asle est étendu, et il donne un coup de main aux deux autres, et ils placent le lit contre le mur face à l'autre lit, et Asle est étendu dans son lit d'hôpital, et il tremble, il frissonne, son corps est en permanence agité de tremblements, de soubresauts, et Asle est étendu dans son lit d'hôpital, et il se réveille, et il regarde celui qui s'est rassis dans le fauteuil, et l'homme assis lui dit qu'il doit dormir, il doit se reposer, vous avez besoin de repos, vous avez besoin de sommeil, il dit, et Asle referme les yeux, et il est étendu dans son lit d'hôpital, et son corps est en permanence agité de soubresauts, et je suis étendu dans le lit à La Maison, dans la chambre 407, et je vois Asle debout à côté du Père, et il regarde un trou creusé dans la terre, et il sait que le cercueil avec des fleurs et des couronnes va être déposé dans le trou, et il sait que dans ce cercueil gît le Pépé, le Pépé qui était grand, gros, immense, énorme, et Asle sent les larmes lui monter aux yeux, et des gens sont amassés autour du trou dans la terre, beaucoup de gens, ils se sont légèrement écartés du trou pour faire place aux porteurs qui vont arriver avec le cercueil blanc où gît le Pépé, qui vont se mettre le long du trou, et à l'autre bout du trou il y a un tas de terre, et Asle voit le pasteur arriver, le pasteur vêtu de sa robe noire et de sa fraise blanche autour du cou, il ouvre le cortège, il est suivi des hommes qui portent le cercueil blanc où gît le Pépé, et Asle regarde le cercueil, et il sent la peur s'emparer de lui, et il voit le pasteur s'approcher, se placer sur le côté, et le pasteur vêtu de sa robe noire et de sa fraise blanche autour du cou est légèrement écarté pour faire place aux porteurs, et les porteurs s'approchent, ils se rapprochent avec le cercueil blanc, et le Père recule légèrement, et Asle recule lui aussi, et les gens reculent à leur tour, les porteurs passent devant Asle avec le cercueil blanc sur lequel sont posées les fleurs et les couronnes, et Asle voit qu'ils marchent légèrement penchés car c'est sans doute lourd de porter le Pépé, énorme et immense comme il était, pense Asle, et il voit qu'une sorte de cadre est posé avec des sangles en travers du trou noir dans la terre, et les porteurs posent le cercueil blanc sur le cadre avec les sangles en travers du trou, et le pasteur prend la parole, et il jette de la terre sur le cercueil, et il dit Tu es poussière, et tu retourneras à la poussière, et les gens autour du cercueil se mettent à chanter Plus près de Toi mon Dieu, et d'autres gens enfoncent lentement le cercueil dans le trou, et Asle prend la main du Père, et ils se tiennent côte à côte, Asle et le Père, main dans la main, et ils regardent le cercueil où gît le Pépé s'enfoncer dans la terre, de plus en plus en profondeur, jusqu'à ce qu'on ne voie plus le cercueil, et Asle ne peut plus retenir ses larmes, les larmes coulent sur ses joues, et il tient toujours la main du Père dans la sienne, et tout ce qu'il ressent c'est la main du Père dans la sienne, et les gens commencent à s'éloigner du trou dans la terre où se trouve désormais le cercueil de son Pépé, son Pépé qui est désormais entouré de terre, et c'est très profond jusqu'au cercueil, jusqu'au Pépé, et Asle relève la tête, et il voit que le Père a la tête baissée, qu'il regarde le cercueil, et Asle baisse la tête, et il regarde le cercueil, et pendant que les gens s'en vont il reste debout à côté du Père, il regarde le cercueil où gît le Pépé, et à la fin il ne reste plus que le Père et Asle, et derrière eux la Mère et la Sœur et la Mémé, et il entend la Mère dire

On y va ? elle dit

et le Père hoche la tête, et il dit oui à voix basse, et il ne bouge pas

Viens, elle dit

et il voit la Mère s'en aller, et il voit sa sœur Alida s'en aller à son tour, et elles marchent derrière les autres, mais loin derrière, et la Mémé ne bouge pas elle non plus, et le Père secoue la tête, et je suis étendu dans mon lit à La Maison, dans la chambre 407, et je n'arrive pas à dormir, et je vois Asle étendu dans son lit d'hôpital, et son corps est en permanence agité de tremblements, de soubresauts, de frissonnements, il tremble de tous ses membres, et le Médecin dit que ça se présente très mal, il dit qu'ils lui ont donné la dose maximale de médicaments, ils ne peuvent pas augmenter la dose, il dit, et le Médecin et l'Infirmière sortent de la chambre, et je suis étendu dans le lit à La Maison, et je n'arrive pas à dormir, et je vois Asle et le Père rejoindre la Mère et la Sœur qui les attendent, et Asle pense que sa sœur s'appelle Alida, que peu de filles s'appellent comme ça, il essaie de ne penser rien qu'à ça, il ne connaît personne à part sa sœur qui s'appelle Alida, il pense, sœur Alida, oui, il pense, et la Mémé met sa main autour du bras du Père, et ils marchent tous ensemble pour rejoindre les autres, le Père, Asle, la

Mémé, la Sœur, la Mère, et je pense que je dois dormir, je ne peux pas rester étendu dans mon lit à La Maison toute une nuit sans dormir, je pense, et je vois Asle assis dans le grenier d'une remise où il lit un livre, et je le vois assis dans un bateau avec le Père, et je le vois assis dans un autocar, il pense à un camarade qui vient de mourir, il vient juste d'apprendre sa mort, et je le vois étendu dans un lit où il lit un livre, où il dessine, où il peint, et je le vois marcher dans les rues et il boit de la bière et elle est nue et elle est étendue dans le lit et il ne sait pas ce qu'il doit faire et il la touche et il sent qu'il a envie de se coucher sur elle et il le fait et il n'ose pas la pénétrer quelque chose l'en empêche il n'ose pas car dès qu'il s'approche d'elle la peur s'empare de lui et il se retire et elle reste étendue et elle s'appelle Liv et il se couche sur elle et il est assis sur un pupitre et il se roule une cigarette fume livres un professeur parle il demande salle de classe dessin peinture les autres étudiants la salle de peinture filles garçons fumer bière peinture boire de la bière discuter et être là et attendre et puis, enfin, enfin il est né, enfin il est venu au monde dans la lumière et Asle est devenu père il est jeune très jeune mais il est devenu un père et ses longs cheveux bruns et les autres sont tellement mieux que lui il ne vaut rien et elle veut être avec les autres ensemble avec les autres ensemble avec tous les autres et c'est fini et il a envie de se coucher dans la neige de s'endormir dans la neige parce que c'est trop loin pour rentrer à pied et il est tellement fatigué tellement soûl il voit les étoiles briller très clairement une étoile et le Père et lui sont dans une barque son fils ils pêchent livres dessin peinture lecture peinture uniquement peinture uniquement et bière eau-de-vie la bonne ivresse la meilleure rien de particulier au début puis de mieux en mieux et il boit et elle dit qu'il ne doit pas boire tous les soirs une petite ivresse tous les soirs et il boit peinture argent pas d'argent vendre une image gagner de l'argent ne pas avoir d'argent exposition expositions critiques achat d'image tubes de peinture à l'huile toile toujours peinture à l'huile et toujours toile peinture à l'huile sur toile châssis montants châssis clous toile elle et elle qui vient s'asseoir à sa table et ils commencent à discuter et elle a vu ses expositions chez elle étendus l'un à côté de l'autre l'embrasser un de ses fils l'embrasser ils se déshabillent il la pénètre ils sont étendus l'un à côté de l'autre ils discutent rentrer à la maison elle est étendue son fils dort rentrer à la maison elle est étendue elle est étendue par terre elle respire à peine ambulance le garçon qui pleure et qui pleure encore qui hurle ambulance son fils et lui elle lui écrit une lettre ils se rencontrent s'embrassent mangent ensemble il est assis il boit elle arrive elle s'assoit expositions peinture à l'huile toile châssis besoin d'un logement montants pas de logement images les autres eau-de-vie sentir la chaleur bière une autre pinte discuter de ceci et de cela rire elle vient et c'est Noël côtes d'agneau fumées l'été la maison de ses parents à elle la maison blanche se taire peindre ne jamais renoncer toujours continuer ils peuvent dire ce qu'ils veulent rien que continuer les yeux sombres enfants d'autres enfants peinture maison il s'assoit il boit enfants peintures leur maison aurait besoin d'être repeinte images jours nuits impossible de dormir et il est étendu là dans son lit d'hôpital et son corps est en permanence agité de tremblements de soubresauts de frissonnements et l'homme assis se lève et je suis assis et je regarde l'image, les deux traits qui se croisent et je vois Åsleik debout face à l'image et il regarde l'image et il dit Croix de Saint-André, c'est une croix de Saint-André, il dit, et il appuie tellement sur le mot, cette insistance débile sur le mot, par pure fierté de connaître ce mot, croix de Saint-André, une fierté paysanne, cette fierté de connaître ce mot, croix de Saint-André, et il n'y a rien à ajouter à cette image, il n'y a plus rien à faire, il n'y a plus qu'à s'en défaire, il n'y a plus qu'à la remiser, mais pas encore, peut-être que je vais peindre par-dessus les deux traits, peut-être que ça peut devenir une bonne image si la croix disparaît dans l'image, si elle devient invisible, ou presque invisible, si elle est transformée en quelque chose tout au fond de la peinture, derrière la peinture, et je me lève, et je vais vers l'image, et je la soulève du chevalet, et je la repose sur le chevalet, et je pense que malgré tout je ne vais pas la mettre dans la pile des tableaux posés contre le mur entre la porte de la chambre et la porte du couloir, inclinés châssis apparent, ces images sur lesquelles je travaille en ce moment mais que je n'ai pas encore terminées, au-dessus desquelles est suspendue ma sacoche en cuir marron, et je m'éloigne de l'image, et je regarde l'image, et elle n'est pas si minable, mais elle n'est pas encore un tableau, mais peut-être qu'elle le deviendra ? et c'est toujours pareil, je pense, ou si ce n'est toujours en tout cas très souvent, je pense, l'image est presque comme elle doit être, j'y suis presque, mais pas tout à fait, j'en suis proche, très proche, je pense, mais il est encore trop tôt pour mettre l'image dans la pile des tableaux inclinés châssis apparent, et je vois que l'homme assis entre les deux lits se lève, et il s'approche du lit où l'autre homme est étendu, et il appuie un doigt sur son épaule, et l'autre homme ne bouge pas, et l'homme qui était assis pose une main devant sa bouche, et il tâte son pouls, et il sort de la chambre, et maintenant je dois dormir, et je ne veux pas savoir quelle heure il est, mais je suis inquiet, je ne sais pas ce qu'il y a, et heureusement que je suis retourné à Bjørgvin, heureusement que j'ai trouvé Asle, lui qui n'est jamais sobre, lui qui n'a jamais été sobre, jamais vraiment, depuis de nombreuses années, depuis tant et tant d'années, même s'il dit qu'il ne boit que l'après-midi et le soir, il n'a plus été sobre depuis très longtemps, j'en suis sûr et certain, je pense, et je pense que je vais bientôt me lever, que je vais prendre un taxi jusqu'à l'Hôpital central, que je vais aller voir Asle, que je vais lui dire que je m'occupe de son chien, de Brage, et ensuite j'irai lui acheter quelque chose, lui rapporter quelque chose de chez lui, quelque chose dont il a besoin ou dont il a envie, un livre peut-être, je pense, et ensuite je ramènerai son chien qui est chez cette Guro, oui, Guro, ça doit être ça, celle qui habite dans la Venelle, et elle m'a dit à quel numéro elle habite mais je ne m'en souviens plus en ce moment, je pense, car son chien, Brage, oui, il ne faut pas que je l'oublie, il faut que je le ramène, oui, Brage, son chien, est chez cette femme que j'ai rencontrée, celle qui vit de sa dentelle et de son crochet, elle a emmené le chien et je dois passer le chercher chez elle, et elle habite dans la Venelle, au numéro 3 de la Venelle, ou est-ce que c'est au numéro 5 ? mais en tout cas c'est dans la Venelle, et c'est demain que je dois passer le chercher, je pense, et au moins je serai réveillé, et c'est vers dix heures que je pourrai passer le chercher, mais je peux aussi venir plus tôt, elle a dit, oui, ça doit être ça, ça doit être ce qui a été convenu entre nous, je ne m'en souviens plus très bien, mais elle habite dans la Venelle, ça je m'en souviens bien, mais d'abord il faut que je prenne un taxi jusqu'à l'Hôpital central, que je passe voir Asle, que je lui dise que je m'occuperai de son chien, de Brage, pendant la durée de son hospitalisation, donc il n'a pas de soucis à se faire pour le chien, voilà ce qu'il faut que je lui dise, je pense, et je peux lui rapporter quelque chose dont il aurait envie, quelque chose de son logement, ou je peux lui acheter quelque chose, car là-bas, à l'Hôpital central, il ne pourra certainement pas peindre, mais dessiner ou griffonner ça il le pourra, et tant pis s'il n'aime pas dessiner, c'est ce qu'il a toujours dit, dessiner n'a jamais été son truc, il a dit, constamment, il a toujours dit qu'il est peintre, pas dessinateur, pour lui c'est la peinture à l'huile sur une toile qui compte, rien d'autre, sans qu'il sache lui-même pourquoi, il faut que ce soit de la peinture à l'huile sur une toile, et pourtant il a toujours un carnet d'esquisses et un crayon de bois dans la sacoche en cuir marron qu'il porte toujours en bandoulière, donc il lui arrive de griffonner des esquisses qui par la suite peuvent devenir un tableau, oui, ça je le sais, je pense, mais je ne comprends pas pourquoi je suis si inquiet, je n'arrive pas à dormir, alors autant me lever, mais pourquoi ? qu'est-ce que je ferai alors ? ou est-ce qu'on est déjà le matin ? et est-ce que j'ai dormi ? est-ce que j'ai somnolé ou est-ce que j'ai flotté dans un demi-sommeil ? est-ce que j'ai rêvé ou est-ce que j'ai flotté dans un demi-rêve ? je pense, et comme ce voyage s'est fait dans la précipitation je n'ai rien pris, je n'ai ni brosse à dents ni dentifrice, je n'ai même pas de quoi me changer, et même si j'ai un carnet d'esquisses et un crayon de bois dans ma sacoche en cuir marron je n'ai pas envie de dessiner à l'heure qu'il est, car qu'est-ce que je dessinerais ? je pense, et je n'ai pas pris de livre non plus, car je lis beaucoup, et ces derniers temps j'ai surtout lu la Bible, je lis un petit passage ici, un petit passage là, oui, j'ai déjà lu la Bible dans son entier mais en ce moment je saute de-ci de-là, au hasard, je lis un passage de telle page que j'ai ouverte au hasard, mais je n'ai pas envie de lire la Bible posée sur la table de nuit, si je dois lire la Bible je veux la lire dans une de mes bibles, pour une raison que j'ignore je veux que ce soit comme ça, et je me considère comme croyant, oui, comme croyant et pratiquant, oui, je me suis même converti au catholicisme, je suis devenu catholique, mais qu'il soit possible de croire en un dieu aussi vindicatif que celui de l'Ancien Testament, celui qui a fait tuer des enfants et exterminer des populations, non, ça ne je ne le comprends pas, car c'est justement pour ça que Jésus-Christ est venu sur terre, comme le raconte le Nouveau Testament, non ? il est venu sur terre pour annoncer que Dieu n'est plus le Dieu de la vengeance, mais le Dieu de l'amour, de la grâce, oui, pour annoncer que Dieu est désormais le Dieu de la bénédiction et non le Dieu de la vengeance, de la punition, de la destruction, qu'Il est désormais le Dieu de l'amour pour tous les êtres humains sur terre et non plus seulement le Dieu d'Israël, oui, c'est forcément ça, oui, l'ancien Dieu de la vengeance a mis fin à ses jours lorsqu'Il est mort sur la croix avec et par et dans Jésus-Christ, non ? je pense, même si c'est le même Dieu, ce sont les êtres humains qui ont longtemps mal compris Sa volonté, je pense, et c'est pour ça qu'il a fallu éclaircir pour les êtres humains quelle était Sa volonté, je pense, car il y a quand même de beaux passages dans l'Ancien Testament, des passages intelligents, non, il n'y a rien à redire là-dessus, et certains passages de l'Ancien Testament indiquent ce qui va se passer dans le Nouveau Testament, en tout cas on peut le lire comme ça, si on veut, mais, comme on dit toujours, ce qui est écrit dans l'Ancien Testament doit être compris à la lumière de Jésus-Christ, à la lumière de Dieu devenu être humain, qui s'est transformé en être humain, s'est laissé crucifier et a trouvé la mort, oui, en partageant la condition humaine il a renouvelé le lien qui unissait autrefois Dieu et les êtres humains, avant le péché mortel, qui séparait les êtres humains et Dieu, qui les a conduits dans la cruauté et dans la mort, oui, avant que le Diable, avant que Satan, ne devienne maître de ce monde, comme il est écrit, oui, avant que le grand crime ne soit commis quand les êtres humains, ou

Adam, ont été séduits par Ève, comme il est écrit, ont rompu le lien qui les unissait à Dieu et se sont abandonnés à la cruauté qui s'est disséminée de plus en plus dans ce bas-monde, oui, même Dieu considérait l'être humain comme une créature cruelle, avant de lui-même devenir un être humain et de mettre fin à ses jours, ou de laisser les êtres humains y mettre fin, et ensuite il est devenu le bon Dieu qu'il a toujours été quand en tant que Jésus-Christ il a ressuscité d'entre les morts et a quitté cette terre, en tant que Dieu et être humain, intact et indivisible, pour qu'il soit possible aux êtres humains de faire la même chose, parce que la cruauté et la mort régnaient en ce bas-monde, qui est le royaume du Diable, Dieu est devenu un être humain puis est mort puis est ressuscité pour que tous les êtres humains qui mourraient, ou qui étaient déjà morts, puissent ressusciter en Dieu, car lui, le Fils de Dieu, permettait que les êtres humains et Dieu soient à nouveau réunis en une seule et même entité, dans le royaume de Dieu, qui existe déjà, dans chaque instant, dans l'éternité qui est elle-même dans chaque instant qui est lui-même dans le royaume de Dieu, certes, mais est-ce que j'y crois ? est-ce que je crois vraiment à tout ça ? à cette folie que nous proclamons, comme Paul l'écrit quelque part dans la Bible, oui, comme il l'est écrit dans la Bible, non, je n'y crois pas, car il est impossible d'y croire, c'est en contradiction totale avec le bon sens et la raison, car soit Dieu est tout-puissant et le libre-arbitre n'existe pas, soit Dieu n'est pas tout-puissant et le libre-arbitre existe, à l'intérieur d'un cadre donné, certes, mais si Dieu n'est pas tout-puissant, puisqu'Il a alors donné le libre-arbitre à l'être humain, Il a par conséquent renoncé à sa toute-puissance, forcément, car sans libre-arbitre l'amour ne peut pas exister, alors que Dieu est amour, c'est la seule chose sur Dieu qui soit dite dans le Nouveau Testament, et ce faisant Il n'est pas le Dieu de la toute-puissance mais le Dieu de l'impuissance, oui, le Dieu de la faiblesse, mais il y a beaucoup de force dans la faiblesse, oui, peut-être même que c'est la faiblesse qui en fait est la force ? et il est possible que Dieu soit tout-puissant dans sa faiblesse et que le libre-arbitre existe, même si c'est une pensée qu'on ne peut pas formuler, car il y a tant et tant de choses qu'on ne peut pas formuler en pensée, par exemple l'infini de l'espace, et le plus surprenant est cependant qu'il est possible de croire au message chrétien, au message joyeux, à l'Évangile, étrangement, oui, c'est possible, car il suffit de se mettre à croire et on croit, la croyance ou la foi viennent d'elles-mêmes, oui, comme la présence sans mots de Dieu, oui, comme Ton ange, je pense, et je fais partie de ceux qui croient, ou plutôt de ceux qui savent, sans que je puisse expliquer pourquoi, non, je ne peux pas dire pourquoi, ni totalement ni partiellement, car la croyance, la foi, la compréhension, la connaissance, oui, je dirais plutôt le savoir, c'est quelque chose dont on comprend de façon aussi brutale qu'incompréhensible que c'est la vérité, et la vérité n'a jamais été dite telle qu'elle est, et elle ne sera jamais dite telle qu'elle est, parce qu'elle n'est pas mot mais Parole, elle est ce qui est derrière tous les mots, qui rend possible les mots, les langues, le sens, et peut-être que ça peut être montré mais en tout cas ça ne peut pas être dit, oui, c'est comme ça, et une croyance pareille, une foi pareille, une compréhension pareille, une connaissance pareille, un savoir pareil, c'est une grâce dont seuls quelques-uns sont nantis, mais cette grâce, ce pouvoir, dont seuls certains sont nantis peut inclure d'autres, oui, même ceux qui ne sont pas nantis d'une telle grâce, qui ne savent même pas qu'une telle grâce existe, la grâce inclut tous les êtres humains, je pense, et je pense que cette pensée n'est pas tout à fait claire, si tant est qu'on puisse la qualifier de pensée, je pense, et c'est une pensée formulée comme dans un rêve, je pense, et je n'ai plus la force d'aller à d'autres messes, car elles ne sont qu'un seul et même chapelet de mensonges, je pense, et je n'ai plus la force de lire la Bible, je l'ai suffisamment lue, et je ne lirai certainement pas la Bible posée sur la table de nuit, elle m'agace, elle est posée là comme si elle me fixait du regard, comme si elle attendait quelque chose de moi, et puis d'abord elle est laide à regarder, avec sa couverture qui reproduit une espèce de bouquet de fleurs, c'est une Bible indigne, je n'ai jamais compris pourquoi chaque hôtel de ce pays doit avoir une Bible posée sur la table de nuit, je pense, et là je veux dormir, je veux juste dormir, je suis tellement tellement fatigué, et peut-être que je m'assoupis, peut-être que je ne m'assoupis pas, et la première chose que je ferai demain sera de prendre un bon petit déjeuner, car ils ont toujours un excellent petit déjeuner à La Maison, du pain frais, une merveilleuse omelette dans un grand saladier, de fines tranches de bacon dans un grand cylindre placé sur un présentoir, avec un couvercle qu'on peut soulever et qui s'ouvre sur de merveilleuses tranches de bacon, certaines craquantes à point et d'autres à peine cuites, et qu'elles soient préparées comme ci ou comme ça elles ont un goût succulent, et je me sers chaque fois abondamment, je prends beaucoup d'omelette et beaucoup de bacon, et je me coupe une ou deux tranches de pain frais, et je trouve une table près de la fenêtre, pour autant qu'il y en ait une de libre, car j'aime être assis près de la fenêtre, j'aime avoir vue sur le Port et la Baie, sur les bateaux amarrés, et je vais me chercher une grande tasse de café avec un peu de lait, et je profite de ce merveilleux repas, et je vais peut-être me chercher un journal, comme j'en ai souvent l'habitude, pas toujours mais souvent, car la plupart du temps la lecture du journal m'importune, c'est pour ça que je ne suis abonné à aucun journal, car je ne suis pas d'accord avec la majorité de ce qui est écrit dans le journal, oui, presque jamais, et surtout avec ce qui est écrit sur l'art, et notamment avec celui qui écrit sur l'art dans le Bjørgvin Tidende, il n'y connaît absolument rien en art, il est à peine possible d'avoir aussi peu de connaissances en art que lui, et pour une raison qui m'échappe le journal n'a rien trouvé de mieux que de le faire écrire sur l'art, c'est incompréhensible, il n'écrit jamais rien de bien sur mes expositions, pour autant qu'il écrive sur mes expositions, pour autant qu'il mentionne mes expositions, la plupart du temps mes expositions ne sont même pas annoncées, et peut-être que le petit déjeuner est déjà servi, je pense, et je regarde l'heure, et je vois qu'il est presque six heures, et c'est l'heure à laquelle commence le petit déjeuner, et je suis étendu sur le lit, et j'ai à peine fermé l'œil de la nuit, ou peut-être que j'ai dormi un peu, et autant me lever et prendre mon petit déjeuner, je pense, et si Asle est suffisamment bien portant peut-être que je pourrai aller le chercher à l'Hôpital central, et ensuite on marchera ensemble jusqu'à ma voiture garée devant la Galleri Beyer, car Asle connaît le chemin qui mène à la Galleri Beyer, et ensuite on marchera ensemble jusqu'à la Venelle, on ira chercher son chien, Brage, et ensuite je ramènerai Asle et le chien jusqu'au logement d'Asle, à Skutevika, car il y avait aussi ça, celle qui vit de sa dentelle et de son crochet a emmené le chien d'Asle, Brage est chez elle, dans la Venelle, au numéro 5 de la Venelle, ou est-ce que c'était au numéro 3 ? et c'est bien au numéro 3 de la Venelle que j'ai trouvé Asle, étendu sur le perron, recouvert de neige ? oui, c'est bien là-bas, et d'abord pourquoi précisément là-bas ? peut-être qu'il voulait aller voir celle qui habite là-bas ? oui, celle qui visiblement s'appelle Guro, oui, Guro, ça doit être ça, car Asle était comme étendu sur un petit perron, la tête orientée vers une porte d'entrée, donc peut-être qu'il voulait aller chez elle, chez Guro ? non, il passait sûrement par là en allant à l'Auberge, et le hasard aura voulu qu'il tombe devant chez elle, car c'est en tout cas par là qu'on est passés, je pense, mais il vaudrait mieux que j'aille chercher son chien dans la Venelle avant d'aller à l'Hôpital central, je pense, et comme je n'arrive pas à dormir autant me lever, je pense, et est-ce que j'ai dormi ou simplement somnolé ? flotté dans un demi-sommeil ? pourtant j'ai été un peu parti, parti un peu dans le sommeil, parti un peu dans le rêve, et je remarque qu'Ales se couche à côté de moi, elle est couchée contre moi et m'enlace dans l'arc de son bras, et je prends la croix en bois marron tout en bas du rosaire, le rosaire qu'Ales autrefois m'a offert, je tiens la croix entre le pouce et l'index, et je pense que Dieu n'existe peut-être pas, non, bien sûr qu'Il n'existe pas, Il est, et si je n'existais pas Dieu n'existerait pas non plus, je pense, et je vois devant moi Maître Eckhart écrire que si l'être humain n'existait pas, so wäre auch « Gott » nicht, daß Gott « Gott » ist, dafür bin ich die Ursache, et wäre ich nicht, so wäre Gott nicht « Gott », et bien sûr que c'est comme ça, je pense, et je dis intérieurement Pater noster Qui es in cælis Sanctificetur nomen tuum Adveniat regnum tuum Fiat voluntas tua sicut in cælo et in terra Panem nostrum quotidianum da nobis hodie et dimitte nobis debita nostra sicut et nos dimittimus debitoribus nostris Et ne nos inducas in tentationem sed libera nos a malo, et je déplace mon pouce et mon index sur le premier grain situé entre la croix et la série de trois grains du rosaire, et je dis intérieurement Notre Père, qui es aux cieux, que ton nom soit sanctifié, que ton règne vienne, que ta volonté soit faite sur la terre comme au ciel Donne-nous aujourd'hui notre pain de ce jour Pardonne-nous nos offenses, comme nous pardonnons aussi à ceux qui nous ont offensés Et ne nous laisse pas entrer en tentation mais délivre-nous du Mal, et je déplace mon pouce et mon index sur le premier grain de la série de trois, et je pense que j'ai l'habitude de m'endormir en récitant la prière de Jésus ou un Ave Maria, et je vois les mots devant moi, et je dis intérieurement Ave Maria Gratia plena Dominus tecum Benedicta tu in mulieribus et benedictus fructus ventris tui Iesus Sancta Maria Mater Dei Ora pro nobis peccatoribus nunc et in hora mortis nostræ, et je déplace mon pouce et mon index sur le deuxième grain, et je dis intérieurement Je vous salue, Marie pleine de grâce Le Seigneur est avec vous Vous êtes bénie entre toutes les femmes Et Jésus, le fruit de vos entrailles, est béni Sainte Marie, Mère de Dieu, Priez pour nous pauvres pécheurs, Maintenant et à l'heure de notre mort, et je déplace mon pouce et mon index sur le troisième grain, et je dis intérieurement Ave Maria Gratia plena Dominus tecum Benedicta tu in mulieribus et benedictus fructus ventris tui Iesus Sancta Maria Mater Dei Ora pro nobis peccatoribus nunc et in hora mortis nostræ

II

Et je me vois debout face à l'image avec les deux traits qui se croisent à peu près dans le milieu, un marron et un violet, et je me vois la regarder, et je vois que j'ai peint les traits avec une grande lenteur, avec une épaisseur dans la peinture, qui a coulé, et à l'endroit où se croisent les lignes la couleur se mélange avec une grande beauté avant de couler vers le bas, et je pense que ce n'est pas un tableau, mais en même temps l'image est telle qu'elle doit être, elle est terminée, et je m'écarte un peu de l'image, je reste debout face à l'image, je regarde l'image, et je me vois étendu dans le lit de l'hôtel La Maison, et je pense qu'on est aujourd'hui mardi, rien qu'un mardi, et autant me lever, ou en tout cas m'habiller, je pense, et je m'assieds sur le bord du lit, et je pense qu'une nouvelle nuit est passée, je pense, et je me lève, et je prends mon pantalon qui traîne par terre, et je l'enfile, et je passe mon pull noir par-dessus la tête, et je prends mon veston noir en velours, et je l'enfile, et je m'assieds sur le bord du lit, et je dénoue les lacets, et j'enfile mes chaussures, et je renoue les lacets, et je vois mon manteau noir posé sur le dossier de la chaise, et je pense qu'aussi fatigué que j'aie été quand je me suis couché j'ai à peine dormi, ou alors j'ai bel et bien dormi et je n'ai pas cette impression ? je pense, et aussi étrange que cela puisse paraître je ne me sens pas très fatigué, je pense, et je me relève, et je vais à la salle de bains, et je m'asperge la figure d'eau froide, une fois, plusieurs fois, et je défais mes cheveux, je passe mes doigts dans mes longs cheveux gris, je prends l'élastique noir qui retient mes cheveux en haut de la nuque, je rattache mes cheveux, je me rince la bouche à l'eau chaude, je me gargarise, je recrache l'eau chaude, je répète l'action plusieurs fois, et maintenant je suis prêt, vaille que vaille, à descendre prendre mon petit déjeuner, je pense, car ils commencent à le servir à six heures, je m'en souviens bien, oui, je n'ai pas perdu la mémoire même si j'ai les cheveux gris, car j'ai l'habitude de me coucher tôt et de me lever tôt, je me couche vers neuf heures et je m'endors quasi aussitôt, et je me réveille vers quatre heures et je me lève quasi aussitôt, et je me mets à peindre vers cinq heures, c'est comme ça, je pense, et je pense que ça va me faire du bien de prendre mon petit déjeuner, et je pose sur un bras mon long manteau noir, et je mets en bandoulière ma sacoche en cuir marron, et j'ouvre la porte, et j'éteins la lumière, et je referme la porte, et je mets la clé dans la poche de mon veston en velours, et je vais vers l'ascenseur, et je fais mon signe de croix une fois que je suis dans l'ascenseur, tous les matins je fais mon signe de croix, soit je fais mon signe de croix, soit je fais mon signe de croix et je récite un Pater Noster ou un Notre Père, sans oublier le signe de croix que je fais après ma prière, je pense, et l'ascenseur descend par à-coups, et je sors de l'ascenseur, et j'entre dans la salle de restauration, dans le Café, car le matin la salle de restauration du Café est transformée en salle de petit déjeuner pour les clients de l'hôtel, et c'est bien de quitter la chambre, je dors toujours si bien là-bas, dans la chambre 407, mais cette nuit j'ai mal dormi, si tant est que j'aie dormi, et pourtant c'est étrange car je ne me sens pas du tout fatigué, je pense, et il n'y a personne dans la salle de restauration, c'est sans doute encore trop tôt, je pense, et je me sers abondamment, et je me trouve une table près de la fenêtre, avec vue sur la Baie et le Port, et je m'assieds, et je mange, mais la nourriture n'est pas aussi bonne que d'habitude car je pense tout le temps à Asle, je me demande comment il va, est-ce qu'il est guéri ? ou est-ce qu'au moins il va mieux ? est-ce qu'il va pouvoir sortir aujourd'hui ? et s'il ne peut pas sortir peut-être que le Factotum peut se procurer la clé du logement d'Asle pour que j'aille chercher ce dont Asle aurait envie, car je n'obtiendrai pas la clé, non, si je veux entrer dans le logement d'Asle il faut que le Factotum m'accompagne pour ouvrir la porte et refermer derrière moi, puisque c'était ça comme hier soir quand je suis allé chercher le chien, je pense, oui, et je devais être chamboulé par tout ce qui s'est passé pour ne plus me souvenir de rien, je pense, et je regarde autour de moi, et je suis toujours seul dans la salle de restauration, et je pense qu'il y a peu de clients à La Maison à cette période de l'année, en plus je me suis levé de bonne heure, ils viennent juste de servir le petit déjeuner, et je n'ai vu absolument personne sur le Port, je pense, et aucun bateau n'est amarré dans la Baie, tout est recouvert de neige, tout est blanc, c'est très beau, je pense, mais la nourriture ne me plaît pas autant que d'habitude, je n'ai mangé qu'un peu d'omelette et qu'un peu de bacon, je n'ai bu qu'un peu de café, et c'est une honte de laisser cette bonne nourriture dans son assiette, et je me lève, je vais à la réception, je dis bonjour, et la veilleuse de nuit, une employée que je n'ai encore jamais vue, me regarde d'un air endormi, et je dis que je voudrais payer ma nuit d'hôtel, et elle me prépare la facture, et je paye la facture, et je lui donne la clé, et je sors de l'hôtel, et il ne fait pas aussi noir, car la lune brille, oui, c'est la pleine lune, et la neige brille d'un éclat blanc, et l'air est froid et limpide, oui, c'est très beau, il n'y a pas à dire, je pense, on voit même les étoiles, la neige a déjà été déblayée devant l'entrée de La Maison, oui, le trottoir est déblayé, et maintenant ? qu'est-ce que je vais faire maintenant ? je pense, il est tôt, sans doute encore trop tôt pour aller chercher le chien, car celle qui l'a emmené dort sûrement encore à l'heure qu'il est, celle qui a partagé sa vie avec un violoneux, un homme qui à la fin buvait tellement qu'elle lui a demandé de s'en aller, ce qu'elle a regretté, ce qu'elle a regretté de tout son cœur, mais comment elle s'appelle déjà ? et où elle habite ? si, ça je m'en souviens, oui, elle s'appelle Guro et elle habite au numéro 3 de la Venelle, oui, bien sûr, mais elle n'est sans doute pas encore levée à l'heure qu'il est, à moins qu'elle se lève tôt ? quoi qu'il en soit je peux d'abord aller à la voiture car elle est sûrement ensevelie sous la neige, mais heureusement j'ai un balai et une raclette à neige, bien sûr, donc je vais aller à la voiture pour la balayer, je pense, et aujourd'hui je me sens suffisamment sûr de moi pour retrouver le chemin, je pense, et je ricane presque tout seul, car ce chemin qui mène de La Maison à l'endroit où j'ai garé ma voiture, devant la Galleri Beyer, oui, sur le parking que Beyer m'a pour ainsi dire attribué à l'époque, oui, je le connais par cœur, mais aussi incroyable que cela puisse paraître j'ai réussi hier soir à me tromper de chemin, mais c'était parce qu'il n'y avait pas moyen de voir, parce qu'il neigeait, oui, parce qu'il y avait même une tempête de neige, je pense, mais maintenant il suffit juste de quitter La Maison, de remonter un peu la rue, de prendre à droite, de marcher un petit peu, de prendre à gauche, de remonter la Venelle jusqu'à atteindre la rue Høggata, de marcher un peu sur le trottoir, et là on arrive à la Galleri Beyer, on la voit dans toute sa splendeur, au numéro 1 de la rue Høggata, puisque c'est l'adresse de la galerie, avec son vaste parking en face, et je vais d'abord aller à ma voiture, balayer la neige de la carrosserie, racler la glace du pare-brise et des vitres, et peut-être que je pourrai faire un petit tour, ou, tiens, oui, quand j'aurai balayé et raclé la voiture autant démarrer le moteur et réchauffer un peu la voiture, oui, et ensuite j'irai sonner chez celle qui habite dans la Venelle et qui s'appelle Guro, oui, c'est Guro, dans la Venelle, oui, au numéro 3 de la Venelle, et comme je m'en souviens je sonnerai à la bonne porte, je pense, et je marche sur le trottoir, et je m'engage dans la Venelle, une ruelle étroite d'environ deux mètres de large, qui se rétrécit peu à peu et ne mesure guère plus d'un mètre de largeur avant de s'élargir à nouveau, je pense, et je ne dois pas rater le numéro 3, et je m'arrête, et je vois dans la pénombre, qui aurait été bien plus sombre s'il n'y avait pas eu la pleine lune, que le numéro 3 est juste au-dessus de ma tête, et je vais jusqu'à la bonne porte, et je regarde les noms à côté des sonnettes, et je lis Hansen et Nielsen et Berge et Nikolausen, mais je ne vois Guro sur aucune des sonnettes, mais si elle habite au numéro 3 elle doit avoir Berge comme nom de famille, sans doute, ou peut-être, quoique, Hansen est un nom plus commun, quoique, pas quand on vient de la campagne, je pense, et je relève la tête, et je vois que toutes les fenêtres sont plongées dans le noir, et je me tourne, et je regarde à côté, et je vois que c'est sur ce perron que j'ai trouvé Asle recouvert de neige, enfin, j'en suis presque sûr, et je vois que la plaque au-dessus de cette porte d'entrée porte le numéro 5, et je vais au numéro 5, et je regarde les noms à côté des sonnettes, et je lis Hansen et Olsen et Pedersen et, Dieu soit loué, je lis Guro à côté d'une sonnette, Guro et rien de plus, quoique, celle qui s'appelle visiblement Guro m'a bien dit qu'elle habitait au numéro 3 de la Venelle, non ? ce qui veut donc dire que je ne l'ai pas bien mémorisé ? que j'ai marché et pensé au mauvais numéro ? et le contraire m'aurait bien étonné, oui, bon, c'est comme ça, et toutes les fenêtres du numéro 5 sont plongées dans le noir, pourtant c'est bien là qu'elle habite, non ? car elle doit être le genre de personne à n'indiquer que son prénom à la sonnette, je pense, en tout cas je sais maintenant que c'est bien là qu'elle habite, et qu'elle a indiqué son prénom au lieu de son nom de famille à côté de la sonnette, et j'ai encore dû me tromper avec les chiffres, je pense, et c'est vraiment un coup de chance qu'elle n'ait indiqué que son prénom à côté de la sonnette, Guro, je pense, puisque je ne connais pas son nom de famille, mais on peut avoir parfois la chance de son côté, je pense, et je dis à voix haute qu'elle doit encore dormir à l'heure qu'il est, Guro, et je pense que je ne peux pas sonner et la réveiller, pas maintenant, mais peut-être un peu plus tard, je pense, donc je vais d'abord aller balayer et racler ma voiture, démarrer le moteur, réchauffer la voiture, réchauffer surtout l'intérieur, et puis j'irai la réveiller, celle qui s'appelle Guro, je pense, et je pense que c'est sur le perron de la porte d'entrée du numéro 5 de la Venelle que j'ai trouvé Asle hier soir, il était étendu sur le perron, la tête orientée vers la porte d'entrée, devant la porte d'entrée du numéro 5 de la Venelle, donc peut-être qu'il allait chez celle qui s'appelle Guro ? peut-être, car il avait des copines, comme il disait, et peut-être que Guro faisait partie de ces copines ? et maintenant c'est elle qui a son chien, pour autant que ce ne soit pas une autre Guro qui habite dans l'immeuble du numéro 3 de la Venelle, car c'est bien ce qu'elle m'a dit ? qu'elle habitait au numéro 3 de la Venelle, n'est-ce pas ? donc c'est peut-être elle avec Berge comme nom de famille qui a le chien chez elle ? et qu'elle ne s'appelle pas Guro ? car elle m'a bien dit en premier qu'elle s'appelait autrement, non ? comment c'était déjà ? c'était Silje, non ? ou autre chose ? donc peut-être qu'en fait elle ne s'appelle pas du tout Guro ? je pense, mais c'était lequel, l'autre nom ? celui qu'elle m'a indiqué en premier ? oui, quand on s'est vus à Boire et Manger ? je pense, oui, si, c'est bien Silje qu'elle m'a dit, c'était bel et bien ça, je pense, et je continue de marcher jusqu'à atteindre la rue Høggata, et dès que je suis sur le trottoir je vois la Galleri Beyer, je la vois un peu plus bas, et c'est sur la butte suivante que Beyer a son logement, et je vois ma voiture, elle est garée à côté de celle de Beyer, ensevelie sous la neige, et il fait encore noir, mais grâce à la lueur de la pleine lune et à la lumière des lampadaires et à l'éclat de la neige je vois relativement bien, donc maintenant on va voir, je pense, et je pense que lorsque j'ai revu ma voiture j'ai ressenti comme un petit sursaut de joie, oui, ce que je peux être puéril, je pense, et je vais vers ma voiture, et je la déverrouille, et je m'assieds au volant, et maintenant on va voir, on va voir si elle démarre correctement, et ça va sûrement être le cas, car j'ai une voiture bien entretenue, et la batterie fonctionne correctement, je pense, et j'enfonce la clé dans le démarreur, et je tourne la clé, et la voiture démarre au quart de tour, et j'allume le chauffage à fond, car il fait froid dans la voiture, et je sors de la voiture, et j'ouvre le coffre, et je prends le balai, et je referme le coffre, et j'entreprends de balayer la neige qui recouvre la voiture, et il est tombé beaucoup de neige, et il y a environ trente centimètres de neige sur le toit de la voiture, oui, environ trente, je pense, et je balaie la neige, et je pense que lorsque j'aurai enlevé la neige de la voiture et raclé la glace du pare-brise et des vitres j'irai sonner chez celle dont le nom Guro est indiqué sur la porte, oui, voilà ce que je vais faire, et tant pis si je la réveille, ça ne doit pas être bien grave si je la réveille, elle n'aura qu'à me donner le chien et se recoucher pour continuer à dormir, mais, oui, puisque je suis tout le temps parti du principe qu'elle habitait au numéro 3 de la Venelle et non au numéro 5 peut-être que je ferais mieux de sonner au nom de Berge ? car elle a d'abord dit en premier qu'elle s'appelait autrement que Guro, oui, quand on s'est vus à Boire et Manger, oui, Silje elle a dit, ou est-ce qu'elle a dit Silja ? ou un autre nom dans ce style ? et elle a dit qu'on se connaissait bien, oui, peut-être même qu'elle a dit qu'on se connaissait sur un mode biblique ? oui, peut-être qu'elle a dit ça ? ou peut-être quelque chose d'approchant ? oui, c'est possible, non, ce n'est pas impensable, je pense, et je balaie, et je déblaie, et la voiture commence lentement à ressembler à quelque chose, je n'arrive pas à enlever toute la neige, bien sûr, mais au moins le plus gros, je pense, et il faut que je racle toutes les vitres, je pense, et je rouvre le coffre, je range le balai dans le coffre, je prends la raclette, je referme le coffre, et j'entreprends de racler les vitres, et comme le pare-brise avant et le pare-brise arrière se sont réchauffés depuis que j'ai mis le chauffage c'est plus facile d'enlever la glace, et je racle le mieux possible les vitres des portières, et je finis par me dire satisfait, et je range la raclette dans le coffre, et je me remets au volant, et une légère chaleur se diffuse à l'intérieur, et je reste assis, et je regarde droit devant moi, et je suis à la fois très éveillé et très fatigué, je le sens bien, et maintenant il faut que j'aille chercher le chien, Brage, oui, c'est la première chose que je dois faire, je pense, et je regarde ma montre, et il est déjà sept heures passées, oui, là il doit être possible de sonner chez celle qui s'appelle Guro, puisque c'est chez elle qu'est le chien, puisque c'est comme ça que celle qui a pris le chien s'appelait, Guro, oui, elle blaguait quand à Boire et Manger elle disait s'appeler Silje, je pense, et si je me trompe quelqu'un sera en colère contre moi, tant pis, je pense, et j'éteins le moteur, je sors de la voiture, je verrouille la voiture, et maintenant je vais parcourir le chemin qui me mène directement au numéro 3 de la Venelle, je pense, et je vais appuyer sur la sonnette à côté du nom Berge, je pense, car elle m'a bien dit qu'elle habitait au numéro 3 de la Venelle, j'en suis sûr, tout en me disant ceci et cela à propos de son nom, donc je vais sonner à ce nom, chez Berge, je pense, et je marche sur le trottoir de la rue Høggata, et puis, oui, oui je tourne à gauche, et je suis déjà arrivé dans la Venelle, et je descends la Venelle, et je regarde la plaque qui porte le numéro 3, je vois que toutes les fenêtres de l'immeuble sont plongées dans le noir, et je m'approche de la porte d'entrée, et j'appuie sur la sonnette à côté du nom Berge, et j'entends la sonnerie retentir à l'autre bout, une sonnerie non pas forte mais étouffée, lointaine, donc il s'agit d'attendre un peu, je pense, car peut-être qu'elle ne va pas se réveiller ? peut-être qu'il ne va rien se passer ? peut-être que je dois appuyer une deuxième fois sur la sonnette ? car j'ai donné un bref coup de sonnette, j'ai à peine appuyé sur le bouton puisque je ne voulais pas faire trop de bruit, donc peut-être que je dois sonner une deuxième fois ? je pense, et je rappuie sur la sonnette, plus longtemps cette fois, et je vois une lumière s'allumer à la fenêtre à côté de moi, donc elle habite bien au rez-de-chaussée, pour autant que je n'aie pas réveillé quelqu'un d'autre, pourtant elle a bien dit qu'elle habitait au rez-de-chaussée, n'est-ce pas ? oui, oui je crois que c'est ce qu'elle a dit, je pense, et je ne bouge pas, et je pense que je n'aime pas ça, mais je ne vais quand même pas marcher dans les rues et attendre, rester dans la voiture et attendre, et je vois un visage apparaître derrière la fenêtre, et ce n'est pas une femme dans la force de l'âge, non, le visage que je vois est celui d'une femme bien avancée en âge, et elle ouvre la fenêtre

Oui, qu'est-ce que vous voulez ? elle dit

et elle plisse les yeux vers moi, de colère ou d'agacement, ou peut-être simplement d'indifférence, et oh non, je pense, oh non, je me suis encore trompé avec les chiffres, je pense

Mais répondez-moi à la fin, elle dit

et je pense que je dois dire quelque chose, mais qu'est-ce que je vais dire ?

Alors ? elle dit

et je dis qu'elle doit m'excuser, que je suis profondément désolé, mais je me suis trompé, j'ai sonné à la mauvaise porte, et comme si ce n'était pas déjà assez grave comme ça, je dis, en plus on est de très bonne heure, oui, ça n'arrange vraiment rien, je dis, que je réveille les gens à cette heure-ci

Vous ne m'avez pas réveillée, elle dit

Heureusement, je dis

Je ne dors presque plus, elle dit

et je ne sais pas quoi dire

Je ne dors presque plus et j'attends, j'attends juste de m'endormir à jamais, à jamais, elle dit et je ne bouge pas, et je ne dis rien, et je dois de nouveau m'excuser, et je dis que je croyais sonner chez quelqu'un qui s'appelle Guro

Vous croyiez ? elle dit

L'autre là-bas ? elle dit

Oui, celle chez qui les hommes sonnent à toutes les heures du jour et de la nuit, elle dit

Donc chez elle vous pouvez sonner en toute sécurité, elle dit

Elle devrait avoir honte, elle dit

Mais avoir honte, ça, elle ne connaît pas, elle dit

Elle qui avait un homme si bien, elle dit, et dire qu'elle l'a flanqué dehors, elle dit

et elle secoue la tête, et elle dit qu'on n'a pas idée, même elle elle n'a jamais flanqué son mari dehors, alors qu'elle avait toutes les raisons de le faire vu qu'il fréquentait d'autres femmes, elle dit, oui, et ça ne la surprendrait pas qu'il ait fricoté avec l'autre, là, cette Guro, elle dit, et même si elle était beaucoup plus jeune que lui elle est restée avec lui, parce qu'elle n'était pas une dévergondée, elle, elle dit, et elle l'a regretté quand il est mort, oui, il lui a beaucoup manqué, car c'était un homme bien, oui, un homme qui faisait de son mieux, qui travaillait à la sueur de son front pour entretenir sa famille, comme un homme doit le faire, sauf que, elle dit, et je la vois s'essuyer les yeux du dos de la main, un matin, elle dit, oui, elle l'a trouvé raide mort dans son lit, et même si ça remonte à pas mal d'années ça lui arrache toujours des larmes rien que d'y repenser, elle dit, et je dis que je suis profondément désolé de l'avoir dérangée, et elle dit que je ferais mieux de continuer mon chemin et d'aller sonner chez l'autre dévergondée, là, puisque c'est elle que je veux tant voir, elle dit, et je dis pardon, et elle referme sa fenêtre, et je vois la lumière s'éteindre, et je pense que je me suis encore une fois drôlement trompé, comme d'habitude, car ce n'est pas du tout au numéro 3 de la Venelle que Guro habite en fin de compte, et j'espère vraiment que c'est au numéro 5 qu'elle habite, là où Guro est écrit à côté de la sonnette, car sinon je ne sais pas comment je vais récupérer le chien, Brage, et si Asle ne récupère pas son chien, non, qu'est-ce qui va advenir de lui ? je pense, mais le mot Venelle, oui, celle qui a pris le chien me l'a dit, j'en suis sûr et certain, car les mots je m'en souviens, oui, je suis doué pour les mots, c'est pour ça que je peux lire des livres dans plusieurs langues, je pense, et je me retourne, et je vais au numéro 5, et je vois que toutes les fenêtres sont plongées dans le noir, et j'appuie sur le bouton où Guro est écrit à côté de la sonnette, et je vois une fenêtre s'ouvrir à ma droite, et celle qui s'appelle Guro, oui, car c'est bien elle, Dieu soit loué c'est elle, sort la tête et d'une voix endormie dit oui, qu'est-ce qu'il y a ?

C'est, je dis

Ah, elle dit

et elle dit ça d'une voix pas très contente, et j'entends un chien aboyer, et je vais à la fenêtre

Ah, c'est toi, elle dit

C'est toi, oui, je croyais que c'était un autre, elle dit

Oui, je dis

Oui, toi ou un autre, elle dit

et elle lâche un petit rire, et elle se réveille peu à peu

Oui, tu sais, elle dit
Je dormais, elle dit
Oui, je dis
Oui, tu sais comment c'est pour une femme seule, elle dit
et je ne bouge pas, et je ne dis rien
Mais tu veux entrer ? elle dit
et je ne dis rien
Tu ne peux pas rester dehors dans un froid pareil, il fait chaud à l'intérieur, elle dit
et elle dit que je n'ai qu'à entrer, elle va venir m'ouvrir, elle dit, et elle remarque que je n'ai aucune envie d'entrer chez elle, je n'ai jamais aimé entrer chez les gens, j'ai toujours l'impression d'être trop près des gens
Oui, tu es déjà venu chez moi, elle dit
Des fois et des fois, elle dit
et elle rit
Mais visiblement tu ne t'en souviens pas ? elle dit
Tu ne m'as même pas reconnue hier soir, elle dit
Je l'aurais pourtant bien cru, elle dit
et elle dit qu'elle a beaucoup pensé à moi car je suis venu lui rendre visite plusieurs fois, oui, elle dit ça, rendre visite, mais j'étais trop soûl à l'époque pour m'en souvenir aujourd'hui, elle dit, oui, visiblement, j'étais visiblement trop soûl, elle dit, et elle est en tout cas visiblement réveillée, je pense, et je dis que, oui, je venais juste pour le chien
Tu t'es réveillé tôt ? elle dit
Oui, je dis
Tu n'arrivais pas à dormir ? elle dit
Non, je dis
Tu pensais à l'autre ? elle dit

et je dis que oui, oui je pensais à comment va Asle, et maintenant je voudrais rentrer chez moi, je voudrais rentrer à la maison, et donc je suis venu chercher le chien d'Asle, oui, Brage, elle connaît son nom, je dis, je suis venu le ramener, bien sûr, comme je pensais le faire, je dis

Oui oui, elle dit

Et je m'en souviens bien, que c'est à Dylgja que tu habites, elle dit

et elle lâche un petit rire, et j'acquiesce, et elle dit qu'elle a vu chacune de mes expositions à Bjørgvin, à la Galleri Beyer, là-haut, dans la Høggata, elle dit, et elle allie le geste à la parole en faisant un signe de tête vers le haut et en appuyant sur le mot Galleri Beyer, comme si c'était quelque chose de grandiose, quelque chose de noble, en appuyant sur le mot Høggata, exactement comme Åsleik a appuyé sur le mot croix de Saint-André, oui, exactement comme lui, exactement pareil, avec la même fierté paysanne, je pense, et elle me redemande si je veux entrer, et je dis non, et elle dit que maintenant je sais en tout cas où elle habite, car je ne l'avais pas oublié au moins ? donc la prochaine fois que je viens à Bjørgvin il faudra que je passe la voir, elle dit, mais ce serait bien que je passe un coup de fil avant, elle dit, car, elle dit, et elle s'interrompt, et elle lâche un nouveau petit rire, et je demande si je peux avoir le chien, et elle dit mais oui, mais oui bien sûr, elle dit, et elle le dit d'une voix un peu agacée, et elle s'en va, et j'entends quelqu'un sur le palier, et la porte d'entrée s'ouvre, et elle se tient devant moi en peignoir jaune, le chien contre la poitrine, et elle me tend le chien, et je prends le chien, et je tiens le chien contre ma poitrine, et je lui caresse le dos, et je dis merci, merci de m'avoir aidé, merci beaucoup, je dis, et elle dit qu'il ne manquerait plus que ça, il ne manquerait plus qu'elle ne vienne pas en aide à quelqu'un, elle dit, et je m'apprête à poser le chien par terre, et je me rends compte que la laisse manque, et je demande où est la laisse, et elle dit ah oui, attends, attends deux secondes, elle va la chercher, elle dit, et elle referme la porte d'entrée, et elle s'en va, et je caresse le dos de Brage, je le caresse encore et encore, et je pense que c'est bien que j'ai pu te récupérer, gentil Brage, je pense, et j'attends, j'attends encore, mais qu'est-ce qu'elle fabrique ? mais où est-elle fourrée ? elle était sur le seuil de la porte il y a encore une seconde et voilà qu'elle a disparu, je pense, il ne faut tout de même pas longtemps pour retrouver une laisse, non ? je pense, et je vois la fenêtre se rouvrir à ma droite, et elle passe la tête à travers la fenêtre, et elle dit qu'elle ne retrouve pas la laisse, c'est classique, c'est toujours comme ça, elle dit, elle a dû la poser quelque part, elle dit, mais si je reviens un peu plus tard elle pourra me la donner, car elle va sûrement la retrouver, la laisse va bien finir par réapparaître, elle dit, et ce serait chouette que je repasse la voir, elle dit, et je dis merci, merci beaucoup, elle doit m'excuser de l'avoir réveillée, mais elle peut continuer de dormir, je dis, et elle dit qu'elle m'attend, que je n'ai qu'à repasser pour venir chercher la laisse, qu'elle m'offrira un café et que je pourrai même manger un morceau, oui, tiens, elle dit, et pourquoi je ne viendrais pas dîner ? elle dit, et je dis merci, merci beaucoup, mais il faut que je rentre tout de suite à Dylgja, je dis, et elle dit que je dois prendre bien soin de moi, que c'était chouette de me revoir, et je lui dis merci, je lui souhaite la même chose, et elle referme la fenêtre, elle éteint la lumière, et je remonte la Venelle, le chien bien serré contre ma poitrine, et ça me fait du bien de sentir la chaleur du chien contre ma poitrine, ça m'apporte de la sécurité, du bien-être, et je continue de marcher dans la Venelle, et je dis à Brage que c'est drôlement bien de le revoir, qu'on va aller à ma voiture, et on arrive dans la Høggata, et je vais directement à ma voiture, et j'ouvre la portière, et je me vois poser Brage sur la banquette arrière, et je m'assieds au volant, je pose ma sacoche en cuir marron sur le siège passager, je démarre le moteur, et l'intérieur de la voiture s'est refroidi, bien que le chauffage soit à fond, mais ça va vite se réchauffer, je pense, et je m'engage dans la Høggata, et je pense que ça ne sert à rien de prendre un taxi pour aller à l'Hôpital central car je ne pourrai certainement pas parler à Asle, c'est encore trop tôt, ou alors il ne va pas encore bien, je le sens, je le sais, je pense, car Asle doit se reposer, Asle doit dormir, ça et rien d'autre, je pense, et la peur s'empare de moi, car peut-être qu'Asle va dormir et ne plus jamais se réveiller ? je pense, et je pense que maintenant, maintenant je vais rentrer chez moi, je vais rentrer dans ma maison à Dylga, puis je vais me reposer, je vais me retrouver, puis je me mettrai à peindre, je pense, et je pense que dès que je serai rentré à la maison je téléphonerai à l'Hôpital central pour demander si je peux aller voir Asle, et si je peux passer le voir aujourd'hui même je pourrai toujours retourner à Bjørgvin, en tout cas si je peux lui venir en aide d'une manière ou d'une autre, je pense, et je remonte sereinement la Høggata, et je tourne brièvement la tête, et je vois Brage qui dort sur la banquette arrière, et je regarde devant moi, et je vois Åsleik debout face à l'image avec les deux traits qui se croisent, je le vois la regarder, et il dit croix de Saint-André, comme s'il était fier de connaître ce mot, croix de Saint-André, et je pense que je suis sûr qu'il apprend de temps en temps un nouveau mot, oui, qu'il potasse un nouveau mot, et quand il l'a appris il doit forcément dire le mot, par exemple croix de Saint-André, comme s'il devait montrer en disant ce mot qu'il est quelqu'un de spécial, qu'il sait des choses spéciales, la façon dont il dit le mot le prouve, oui, lui aussi il sait des choses, peut-être même plus que moi, même si j'ai fait des études, ce qui n'est pas son cas, il a tout juste le certificat d'études et encore, rien d'autre, il n'est pas allé plus loin, ce qui ne fait pas de lui un demeuré, loin de là, il est au contraire très dégourdi, il est capable de dire les choses les plus dégourdies d'une manière qui permet de comprendre ce qu'on n'avait pas compris jusque-là, de voir ce qu'on n'avait pas vu jusque-là, et c'est justement ce qu'on essaie de faire quand on peint, oui, on essaie de voir quelque chose qu'on a déjà vu avec un nouveau regard, de voir quelque chose comme si on le voyait pour la première fois, non, pas seulement ça, mais on essaie de voir et de comprendre quelque chose avec un nouveau regard, les deux à la fois pour ainsi dire, je pense, et je vois que les deux traits représentent Asle étendu sur son canapé, alors qu'il n'arrive à formuler qu'une seule pensée, et la seule pensée qu'il arrive à formuler c'est qu'il va se lever, qu'il va descendre au bord de l'eau, qu'il va entrer dans la mer, qu'il va patauger dans la mer, qu'il va marcher jusqu'à ce que les vagues déferlent sur lui et qu'il disparaisse à jamais dans la mer, car désormais la douleur, la souffrance, oui, le désespoir, ou quel que soit le nom qu'il faille lui donner, ne sont plus supportables, la douleur était si lourde qu'il n'arrivait même plus à lever une main, et il tremblait tellement, il tremblait des mains, il tremblait de tous ses membres, donc il devait se lever, il devait se trouver quelque chose à boire, surtout ça, d'abord boire un peu d'eau-de-vie, ensuite descendre au bord de l'eau, entrer dans la mer, patauger dans la mer, pense Asle, voilà à quoi il pensait étendu sur son canapé, et dans le même temps j'étais dans la Grande Pièce, ou dans mon atelier, ou quel que soit le nom qu'il faille employer pour qualifier cette pièce, et je le peignais sous la forme de deux traits, un marron et un violet, je pense, et je regarde devant moi, et je vois la route, et je me sens tellement content, je suis tellement tellement content, je ne comprends pas que je puisse être aussi content sous prétexte que je quitte Bjørgvin, je pense, et je pense que c'est peut-être parce que j'ai un chien avec moi, j'ai Brage avec moi, je pense, et quand je serai rentré à la maison je téléphonerai à l'Hôpital central pour demander quand je peux passer voir Asle, si je peux lui apporter quelque chose, et je leur demanderai de lui dire que je m'occupe de son chien, Brage, il est maintenant chez moi, Asle n'a pas de soucis à se faire pour lui, je pense, et je suis déjà sorti de Bjørgvin, et je roule vers le nord, et je tourne la tête, et je vois le chien, Brage, qui dort sur la banquette arrière, et je suis tellement content, je me sens soudain rempli d'une grande joie qui est aussi un grand chagrin, une joie si forte que j'ai l'impression que quelque chose en moi va se briser, et je continue de rouler tranquillement vers le nord, et je pense que je viens juste de passer devant Skutevika, je n'ai même pas regardé l'immeuble où Asle a son logement, je pense, et je roule vers le nord, et bientôt je serai rentré à la maison, je pense, et la première chose que je ferai ce sera de dormir, car je me sens tellement tellement fatigué, et je glisse dans un assoupissement, et le temps s'écoule, et je m'approche de l'allée avec le terrain de jeux, et je pense que même si je me sens extrêmement fatigué je ne vais pas m'arrêter dans l'allée, je ne vais pas regarder le terrain de jeux, je ne vais pas regarder la vieille maison marron où Ales et moi vivions autrefois, car ça ne me fait que du mal de regarder la maison, car alors le manque d'Ales me reprend, et je passe devant la maison marron, et je vois un jeune homme aux cheveux châtains mi-longs, il est vêtu d'un long manteau noir, et je vois une jeune femme aux longs cheveux foncés marcher vers la maison marron, ils avancent main dans la main vers la maison marron, et je regarde droit devant moi, et je continue de rouler vers le nord, et je vois Asle tenir la main de la Sœur, sœur Alida, et ils sont sur le bord de la route, ils ne bougent pas, et ils ont l'air de penser qu'ils doivent traverser la nationale, mais ils sont trop petits pour ça, et d'abord pourquoi ils sont seuls ? où sont leurs parents ? est-ce qu'ils habitent dans l'une des deux maisons blanches qu'on voit derrière eux, deux maisons côte à côte, sous un escarpement pas très raide de la montagne ? je pense, et je vois la Sœur se retourner, et elle dit regarde, regarde la maison derrière nous, elle dit

C'est là qu'on habite, elle dit

Oui, il dit

Oui, qu'est-ce qu'elles ont les maisons ? il dit

C'est là qu'on habite, elle dit

On habite dans une des maisons, et le Pépé et la Mémé habitent dans l'autre, elle dit

Je le sais bien, il dit

Oui, oui mais je venais juste d'y repenser, elle dit

De repenser que, dans la plus haute maison, c'est là qu'on habite, elle dit

La maison où on habite elle s'appelle la Nouvelle maison, et la maison où le Pépé et la Mémé habitent elle s'appelle la Vieille maison, il dit

Et on dirait que les deux maisons se tiennent par la main, elle dit

Peut-être, il dit

Comme toi et moi on se tient par la main, les deux maisons se tiennent par la main, elle dit

Oui, on dirait bien, il dit

et ils regardent les maisons, et ils ne voient pas les adultes, ni le Père ni la Mère, ni le Pépé ni la Mémé, il n'y a que les maisons, toutes les deux blanches, l'une vieille et longue, l'autre nouvelle et haute, et les deux maisons sont si visibles devant tout ce vert, devant le pâtis vert planté d'arbres fruitiers, devant le feuillage des arbres, et devant la montagne noire qui se dresse à pic, qui se fait immense en se dressant derrière le pâtis incliné à la montagne, devant la grange rouge située juste derrière les maisons blanches

Et puis il y a la montagne noire, elle dit

Oui, il dit

Je crois que les maisons se tiennent par la main parce qu'elles ont peur de la montagne noire à pic, elle dit

et Asle dit qu'il n'y avait jamais pensé avant mais ça doit être ça, maintenant qu'elle le dit il le voit lui aussi, les deux maisons blanches qui se tiennent par la main parce qu'elles ont peur de la montagne noire, oui, c'est vraiment ça, il dit, et la Sœur dit que la montagne noire est vraiment effrayante, elle est tellement escarpée, et puis elle est toujours mouillée, il y a toujours de l'eau qui sort de tout un tas de failles dans la roche, elle dit, et elle demande si Asle a entendu parler de la montagne bleue, et il dit que oui

La montagne bleue, il dit

et la Sœur dit que cette montagne-ci devrait plutôt être qualifiée de montagne noire, et Asle dit que oui, oui c'est plutôt la montagne noire, il dit, et ils se retournent encore, et ils regardent la route, et je roule vers le nord, et je me demande pourquoi ces enfants sont seuls ? pourquoi il n'y a pas d'adultes avec eux ? pourquoi personne ne fait attention à eux ? je pense, et je vois ces enfants debout sur le bas-côté de la route, le long d'une nationale étroite, et au bord de la route, en face de la Grève, un peu plus loin que là où sont les enfants, il y a un virage, qui contourne la Vieille butte, et les voitures déboulent à toute vitesse quand elles prennent ce virage, je pense, et qu'est-ce qui se passera si les deux enfants traversent la route ? je pense, et je vois qu'il y a une flaque de gadoue dans le milieu de la route, et la Sœur lâche la main d'Asle, et elle s'élance sur la route, et elle court vers la flaque, elle se met à taper des pieds, elle saute dans la flaque, la gadoue se projette sur ses jambes, sur sa robe, et heureusement qu'ils ont des bottes, pense Asle, et il dit qu'elle ne doit pas faire ça, et la Sœur dit que c'est tellement rigolo, lui aussi il doit venir patauger dans la flaque, elle dit, et Asle dit qu'elle est en train de tout se salir, elle ne doit pas faire ça, car sinon qu'est-ce que dira la Mère ? elle se mettra en colère, elle se mettra à hurler, il dit, mais la Sœur fait semblant de ne pas l'entendre, elle continue de patauger dans la flaque, sa robe est presque entièrement recouverte de gadoue, presque entièrement recouverte de taches grises, Asle le voit, il ne bouge pas, et il dit que ça suffit, il faut qu'elle arrête, car non seulement elle est en train de se salir mais c'est dangereux de rester en plein milieu de la route, il dit, une voiture peut débouler à n'importe quel moment, il vient constamment des voitures, il pense, et il a à peine formulé cette pensée qu'il se met à courir, et il attrape la Sœur par le bras, et elle pousse un hurlement, et il la tire vers l'autre côté de la route, et elle pousse un nouveau hurlement, et elle dit qu'elle veut continuer à patauger, et il dit qu'elle ne peut pas, elle n'a qu'à regarder sa robe, elle n'a qu'à voir à quel point elle l'a salie, il dit, et la Sœur baisse les yeux sur sa robe

Oui, elle dit

et elle semble au bord des larmes

Elle qui était si belle, elle dit, si bleue et si belle, elle dit

Et maintenant tu vois, il dit

et il voit la Sœur se mettre à pleurer, et il lui dit de ne pas pleurer, ce n'est pas grave si la robe est sale, ça peut se laver, il dit, et puis la Mère ne se mettra sûrement pas en colère, il dit, il dira que c'est de sa faute à lui, que c'est lui qui lui a demandé d'aller patauger dans la flaque de gadoue, comme ça ce sera lui qui se fera gronder, il dit, étant donné que la mère le gronde tout le temps, quoi qu'il dise et quoi qu'il fasse, il dit, et la Sœur sèche ses larmes, et Asle dit que non, non ça ne lui fait rien de se faire gronder, et il pense que oui, oui il fait un peu le fanfaron en disant ça

Mais ma robe est toute sale, elle dit

et elle se remet à pleurer

Forcément puisque tu es bête comme tes pieds, il dit

et il a à peine terminé sa phrase qu'elle se met à hurler

Pardon, il dit, je n'aurais pas dû dire ça, il dit

C'est pas ce que je voulais dire, il dit

Tu n'es pas bête, il dit, tu es juste gentille et mignonne et intelligente, il dit

et la Sœur ne pleure plus, elle renifle uniquement, et Asle dit que tout va s'arranger, que tout va bien se passer, il dit, mais, il dit, au moins elle aura appris que ça ne se fait pas ce qu'elle a fait, surtout quand on porte ses habits du dimanche, il dit, et la Sœur ne dit rien, et ils ne bougent pas, et il la prend par la main, et ils ne bougent pas, et Asle pense qu'ils vont se faire gronder, qu'il va se faire gronder, car la Mère va se mettre sacrément en colère quand elle verra que la Sœur a tout sali sa robe, et volontairement encore en plus, il pense, alors qu'il a promis à la Sœur de dire que c'est lui qui lui a demandé de le faire, qui lui a demandé de sauter et patauger dans la gadoue, et s'il le lui a promis, oui, alors il doit tenir sa promesse, il pense, et même s'il s'en fiche de se faire gronder il ne peut pas dire non plus qu'il se réjouit vraiment à cette idée, il pense, donc ils n'ont pas besoin de rentrer tout de suite, il pense, ils peuvent tout aussi bien trouver autre chose à faire

On pourrait aller à la Vieille butte ? il dit, peut-être que les myrtilles sont mûres ? il dit

et la Sœur ne bouge pas, et elle ne dit rien

Tu n'as pas envie ? il dit

et la Sœur ne bouge toujours pas, et elle ne dit toujours rien, et Asle sent l'impatience le gagner, il commencerait presque à s'ennuyer, ils ne peuvent pas continuer à rester au bord de la route sans bouger, sans rien faire, autant aller sur la Vieille butte, mais s'ils y vont ils doivent alors retraverser la route, et ils doivent alors faire bien attention, bien regarder s'il vient des voitures, si des voitures déboulent du virage au bas de la Vieille butte, il pense

Tu n'as pas envie d'aller à la Vieille butte ? il dit

et la Sœur secoue la tête, et Asle demande ce qu'elle a envie de faire dans ce cas, et elle ne dit rien, et il demande s'ils ne devraient pas plutôt aller à la petite maison bleue dans ce cas, celle qui se trouve sur le bas-côté de la route, ils n'y sont jamais allés, et il s'est souvent dit qu'il avait envie d'aller voir cette maison, il dit, et la Sœur secoue la tête, et il demande s'ils devraient aller sur la Grève dans ce cas, descendre jusqu'au Hangar à bateaux, marcher sur le Ponton, descendre voir le Bateau, comme le Père dit souvent, je descends voir le Bateau, il dit, le Père, ou il faut que je descende écoper le Bateau, vider l'eau qu'il y a dedans, il dit, le Père, et la Mère dit alors que le Père doit être prudent, et le Père dit alors qu'il l'est toujours, il est toujours prudent, il dit, ou encore il dit qu'il va faire un petit tour et essayer de prendre un poisson ou deux, et la Mère répète la même chose, elle lui dit qu'il doit être prudent, pense Asle, et le Père et la Mère leur ont dit, à la Sœur et lui, qu'ils ne doivent jamais aller seuls au bord de l'eau, c'est dangereux, car s'ils tombent dans l'eau ils peuvent se noyer, a dit la Mère, et elle a parlé du garçon avec qui elle allait à l'école, qui était dans la même classe qu'elle, qui est tombé dans la mer, il était parti pêcher, il était seul dans un bateau, et il est tombé à l'eau, la mer était froide, et quand on tombe dans la mer il est difficile de remonter dans le bateau, c'est presque impossible, elle dit, et il n'y est pas arrivé, et le bateau a été retrouvé, à la dérive, et le garçon, celui avec qui elle allait à l'école, ils ne le voyaient nulle part, ils ne l'ont retrouvé qu'une semaine après, peut-être, peut-être même encore après, quand des gars en bateau ont aperçu quelque chose qui ressemblait à un corps humain flotter en mer, et c'était bien un corps, et ils l'ont agrippé, ils l'ont monté à bord, et c'était lui, oui, c'était le garçon avec qui elle allait à l'école, et il n'était pas beau à voir, ont dit les gars, non, elle ne doit surtout pas y repenser, c'est moche, c'est impensable, elle dit, et ils l'ont ramené sur la terre ferme, et l'enterrement a eu lieu, et tous les élèves de l'école sont allés à l'enterrement, et elle se souvient à quel point c'était triste, à quel point les parents et les frères et sœurs du garçon pleuraient, comme si les larmes ne voulaient pas s'arrêter de couler, et le pasteur a dit quelque chose comme quoi les voies de Dieu sont impénétrables, oui, souvent incompréhensibles, comme quoi tout ce qui nous arrive a un sens malgré tout, voilà ce que le pasteur a dit, et il a dit aussi que Dieu écrit droit avec des lignes courbes, ou peut-être que c'était l'inverse, ou peut-être que c'étaient des lignes tordues, toujours est-il qu'elle s'en souvient encore, elle dit, et elle a dit qu'à l'époque elle ne comprenait pas quel sens pouvait bien avoir la noyade d'un garçon, et même le pasteur l'a dit lui aussi, que c'était incompréhensible, que c'était au-delà de l'entendement humain, il a dit, mais même s'il ne comprenait pas le sens de cette noyade, et d'ailleurs personne non plus, elle avait malgré tout un sens, il a dit, le pasteur, dit la Mère, car après que Jésus-Christ, Dieu lui-même, lui-même partie intégrante du Dieu un et trine, est mort et a ressuscité, oui, après que Dieu est devenu être humain et a vécu selon la condition humaine, au fil de la naissance, de la vie et de la mort, oui, grâce à Lui notre mort a été transformée en vie pour les êtres humains, a dit le pasteur, pour tous les êtres humains, oui, tant pour ceux qui ont vécu avant le Christ que pour ceux qui ont vécu en même temps que lui et enfin pour ceux qui ont vécu après lui, la mort, oui, la mort a été transformée en vie, en éternité, a dit le pasteur, dit la Mère, et là le garçon était auprès de Dieu, oui, il était rentré à la maison, là d'où il venait, a dit le pasteur, car Dieu était à présent auprès du garçon, oui, il en était sûr et certain, a dit le pasteur, et il a dit que Dieu était aussi auprès du garçon quand il s'est noyé, qu'Il a pris soin de lui le mieux possible, de ça aussi le pasteur était sûr et certain, il a dit, et la Mère dit qu'elle ne comprenait quelle consolation il pouvait bien y avoir là-dedans car le garçon était parti, la mer l'avait pris, lui avait pris la vie, et maintenant son corps était déposé dans la terre, elle dit, et c'est pour ça qu'ils ne doivent jamais aller au bord de l'eau ou descendre au Fjord, ils ne doivent pas y aller seuls, ils ne peuvent y aller que si le Père ou un autre adulte les accompagne, là uniquement ils peuvent aller au bord de l'eau ou descendre au Fjord, et ils ne doivent surtout pas aller sur le Ponton car là-bas, sous le ponton, l'eau est très profonde, elle dit, donc ne jamais jamais aller seuls sur le Ponton, elle dit, et Asle ne bouge pas, il tient la Sœur par la main, et il pense que s'ils descendent sur la Grève, oui, au moins là-bas ils pourront nettoyer la robe de la Sœur, pour qu'elle soit à nouveau propre et belle, et la Mère ne pourra pas se mettre en colère sous prétexte qu'ils ont nettoyé la robe, elle ne pourra que se mettre en joie, oui, car elle n'aura pas besoin de laver la robe puisqu'ils l'auront déjà fait, pense Asle, en plus il n'y a pas d'autre lieu où il aime autant être qu'au bord de l'eau, il y a tant de choses à regarder là-bas, les petites crabes qui marchent sur les galets, le varech avec ses espèces de bulles qu'on peut faire éclater et qui dégagent une mauvaise odeur, les tout petits poissons qui nagent au bord du rivage, tous les coquillages, qu'ils soient bleus ou blancs ou parfois jaunes, et puis c'est tellement bien de s'asseoir sur les rochers, de regarder la mer, le Ponton, le Bateau amarré en mer, joli et marron, et puis il y a plein de choses qui dérivent en mer et qui finissent leur course sur la Grève, des branches d'arbre, des rames cassées, des flotteurs de filet de pêche, et il arrive même qu'il y ait des bouteilles jetées à la mer, avec un message que quelqu'un a écrit et a enfoncé dans la bouteille, et tant pis s'il n'en a jamais trouvé, même s'il a arpenté la Grève pour en trouver une, oui, il a même marché jusqu'à la Laiterie, dans un sens puis dans l'autre, et s'il a trouvé beaucoup beaucoup d'objets sur la Grève il n'a jamais trouvé de bouteille jetée à la mer, il a vu beaucoup de bouteilles rejetées par les flots, oui, c'est même courant, mais s'ils marchent sur la Grève jusqu'à la Laiterie peut-être qu'ils finiront par en trouver une quelque part, et d'ailleurs à propos de bouteilles, il y en a tout un tas derrière la Boulangerie, sûrement plusieurs centaines, mais c'est parce que le Boulanger boit, sa femme tout comme lui, Asle le sait bien, et quand ils ont terminé une bouteille ils l'emportent plus bas vers la Grève pour la déposer dans un tas d'autres bouteilles, pas complètement au bord de la Grève mais là où le Raidillon qui part de la Boulangerie jusqu'à la Grève devient la côte, oui, et c'est incroyable le nombre de bouteilles qu'il y a sur ce tas énorme, pense Asle, toujours est-il qu'il trouve souvent des bouteilles échouées sur la Grève, et il trouve toujours du bois flotté, et par deux fois il a trouvé des ballons, deux ballons qu'il a toujours, il n'y avait plus beaucoup d'air dedans mais le Père a réussi à les regonfler et là ils étaient parfaitement utilisables, ils ont même beaucoup joué avec les deux ballons, la Sœur et lui, pense Asle, et bien sûr qu'il va souvent sur la Grève, même si la Mère dit qu'il n'en a pas la permission, mais le Père ne lui a jamais dit, sûrement parce qu'il allait souvent sur la Grève lui aussi quand il était petit, oui, quand il était gamin comme le gamin qu'est Asle en ce moment, car le Père a toujours vécu dans la ferme où ils habitent actuellement, il est né dans la grande et longue maison blanche, là où habitent le Pépé et la Mémé, le Pépé étant le grand-père paternel, et donc le Père est né dans cette ferme, oui, il y a toujours vécu depuis, et peut-être qu'il en sera pareil pour lui, pense Asle, ou peut-être pas, il y a tellement d'autres endroits où on peut vivre, il le sait bien, il suffit de voir la Mère, elle est née dans la ville de Haugalandet, puis elle a grandi sur une île face à la ville, Hisøy elle s'appelle, cette île, il y est souvent allé, lui-même puisqu'il est né à l'hôpital de la ville de Haugalandet, donc là, oui, là aussi il pourrait vivre, là et dans tout un tas d'autres endroits, on n'a pas besoin de rester vivre à la ferme où on est né, comme le père, et la Sœur dit

Qu'est-ce qu'on fait ? elle dit

On s'ennuie à force, elle dit

Il faut qu'on trouve un truc à faire, elle dit

Peut-être, donc, qu'on pourrait aller à la maison bleue ? il dit

J'ai toujours eu envie d'aller voir cette maison, mais je ne l'ai jamais fait, il dit

Mais tu imagines si les gens qui habitent là-bas sortent alors que je suis toute sale, alors que ma robe est toute sale, elle dit

et Asle dit que sa robe n'est pas vraiment propre, certes, mais que ce n'est pas grave non plus, vu qu'ils vont juste jeter un œil à la maison, personne ne les verra, personne ne verra que sa robe est sale, il dit, et puis elle n'avait qu'à pas être bête et patauger dans une flaque de gadoue car alors, oui, forcément, sa robe devient toute sale, elle n'a aucun mal à le comprendre, il dit, enfin bon, ils peuvent quand même aller jeter un œil à la maison bleue, il dit, et la Sœur dit oui, d'accord, et ils longent le bord de la route, et ils arrivent à la maison bleue, et ils s'arrêtent, et ils la regardent

C'est une vieille maison drôlement belle, il dit

Oui, elle dit

La couleur bleue est tellement bleue

et la Sœur acquiesce

Elle n'était sûrement pas aussi belle quand elle était encore fraîche, mais maintenant, la pluie et le vent et la neige l'ont rendue drôlement belle, il dit

et il dit que la peinture s'écaille par endroits, ce qui la rend encore plus belle, et la Sœur dit qu'elle ne le voit pas vraiment, qu'elle ne voit pas que la couleur est devenue plus belle, mais qu'elle voit que la maison est bleue, ça oui, elle dit

Tu connais le nom des couleurs ? il dit

Oui, elle dit

Car il y en a beaucoup, il dit

Il y a beaucoup plus de couleurs qu'il y a de noms pour les désigner, de noms que je connaisse en tout cas, il dit

Oui, sûrement, elle dit

Jaune, bleu, blanc, il dit

Rouge, brun, noir, elle dit

Et violet, il dit

Oui, et plein d'autres encore, elle dit

et Asle dit que c'est exactement ça, car la couleur bleue de la maison bleue est complètement différente de la couleur bleue du ciel ou de la couleur bleue de la mer ou de la couleur bleue de sa robe, il dit, elle n'a qu'à regarder, il dit

Oui, regarde à quel point la couleur bleue de la maison est différente de celle de ta robe, il dit

Et il dit que les couleurs ne sont jamais tout à fait pareilles, qu'elles changent toujours, que ça a à voir avec la lumière, il dit, donc c'est complètement impossible d'avoir des noms pour toutes les couleurs qui existent, ça ferait tellement de noms que personne ne pourrait les apprendre tous, il dit, et la Sœur dit qu'un bleu reste quand même bleu et qu'un jaune est jaune, elle dit

Oui, oui c'est exactement ça, il dit

Bien sûr que c'est comme ça, il dit

et ils ne bougent pas, et ils se tiennent par la main, et la Sœur dit qu'ils viennent de faire quelque chose de défendu, car la Mère leur a dit et répété qu'ils n'avaient pas la permission de descendre jusqu'à la nationale, elle dit, et Asle dit que oui, et il dit que s'ils écoutaient tout ce que leur Mère leur défend de faire ils ne feraient presque plus rien, il dit, et ils ne bougent pas, et ils voient s'ouvrir la porte d'entrée de la maison bleue, et ils voient quelqu'un en sortir, un homme avec un gros ventre et un chapeau sur la tête, et il se retourne, et il referme la porte, et il remonte le sentier gravillonné qui va jusqu'à la nationale, et les graviers crissent quand il marche dessus, et la Sœur chuchote qu'ils feraient mieux de partir, car sa robe est toute sale, elle dit, et l'homme les regarde, et il s'arrête, et il leur fait la révérence

Tiens, c'est vous, il dit

Vous avez fait un long voyage, il dit

Et vous êtes venus jusqu'ici pour voir le Gros, il dit

Pourtant je croyais que vous n'aviez pas la permission de votre maman de faire ce long chemin tout seuls ? il dit

et tant la Sœur qu'Asle baissent les yeux

Mais en tout cas c'est chouette de vous voir, il dit

Et vous vous appelez comment ? il dit

Je m'appelle Asle, dit Asle

Et moi je m'appelle Alida, dit la Sœur

Asle et Alida, dit l'homme

Et moi je m'appelle Gudleiv, dit l'homme

Et je savais bien comment vous vous appelez, il dit, mais je devais quand même vous poser la question, il dit

et Gudleiv tend la main à Asle, et il dit Gudleiv, et Asle dit Asle, et Gudleiv tend la main à la Sœur, et il dit Gudleiv, et la Sœur dit Alida, et Gudleiv dit qu'ils ont enfin fait connaissance, comme le font les bons voisins entre eux, il était grand temps, il dit, eux qui sont ses plus proches voisins, mais ils n'auraient pas envie de voir comment c'est chez lui ? car sa femme, oui, elle s'appelle Gunvor, aimerait sûrement bien faire leur connaissance, en fait il était sur le point d'aller faire les courses à la Coopérative, mais ce n'est pas pressé, maintenant que sa femme et lui ont une visite aussi grandiose les courses peuvent attendre, car ni la Coopérative ni les courses ne vont se volatiliser, il dit, donc autant qu'ils viennent chez eux tout de suite, non ? il dit, et la Sœur regarde Asle, et elle chuchote qu'ils feraient sans doute mieux de rentrer à la maison car la Mère ne sait pas où ils sont et elle a toujours dit qu'ils n'ont pas la permission de marcher le long de la nationale, elle dit, et Asle regarde l'homme, il regarde Gudleiv, et Gudleiv dit

Venez donc chez nous pour faire la connaissance de Gunvor, elle sera contente de vous voir, il dit

et Gudleiv se retourne, et il descend le sentier gravillonné, et le gravier crisse pendant qu'il marche, et Asle serre fort la main de la Sœur, il la tire presque pour qu'elle le suive, pour qu'ils suivent ensemble Gudleiv qui marche devant eux avec son chapeau

Oui, c'est chouette de vous voir, il dit

C'est tellement inattendu, il dit

Mais c'est toujours chouette d'avoir des invités inattendus, il dit

et il ouvre la porte d'entrée, et il dit

Soyez les bienvenus, il dit

et il dit sur le seuil Gunvor, il faut que tu viennes, on a des invités inattendus, il dit, et dit à Asle et à la Sœur mais entrez donc, et Asle entre, et il tient la Sœur par la main, et il la tire presque pour qu'elle le suive, et il voit Gunvor venir vers eux, et elle marche en s'appuyant sur une canne

Oh, comme c'est chouette, elle dit

Ce ne serait pas Asle et Alida ? elle dit

Vous n'êtes encore jamais venus voir le Gros, elle dit

Mais entrez, voyons, elle dit

et Gunvor se retourne, et elle entre dans la grande pièce, et Gudleiv referme la porte, et il dit qu'ils n'ont qu'à entrer, et Asle dit que la robe de la Sœur n'est pas bien propre, et Gudleiv dit que oui, il le voit, oui, même s'il n'a pas une bonne vue il s'en est bien rendu compte, il dit, et Asle dit que la Sœur n'a pas pu s'empêcher de patauger dans une flaque de gadoue au milieu de la nationale alors qu'il lui avait pourtant dit de ne pas le faire car sa robe allait être sale, mais elle a quand même continué, il dit

Les jeunes enfants sont comme ça, dit Gunvor

Mais je vais nettoyer le plus gros, elle dit

et la Sœur baisse les yeux, et elle tire légèrement la main d'Asle comme si elle voulait qu'ils s'en aillent, et il lui serre la main, et elle dit aïe, et Gudleiv demande si elle a mal quelque part, et tant Asle que la Sœur font non de la tête, et elle dit que non, non elle n'a mal nulle part, elle dit

Il n'y a rien, dit Asle

et Gudleiv dit qu'ils n'ont qu'à enlever leurs bottes et entrer, et Asle lâche la main de la Sœur, et ils retirent tous les deux leurs bottes, et ils les posent l'une à côté de l'autre

Oui, par un temps pareil, il vaut mieux porter des bottes, dit Gudleiv

Et Asle voit que Gudleiv retire ses chaussures puis qu'il prend ses chaussons

Viens donc me voir, ma petite, dit Gunvor

et la Sœur va voir Gunvor qui lui tend une main, et elle dit qu'elle s'appelle Gunvor, et la Sœur dit qu'elle s'appelle Alida

C'est chouette de faire ta connaissance, dit Gunvor

Oui, la Sœur dit

et Asle s'approche de la Sœur, et il voit Gunvor tenir sa canne dans une main et dans l'autre la main de la Sœur, et il voit Gunvor pousser une porte à l'aide de sa canne, il la voit ouvrir l'eau dans le lavabo, prendre un chiffon, le passer sous l'eau et frotter les taches de gadoue sur la robe de la Sœur, et Gunvor dit que non, non c'est pas facile à enlever, elle dit, mais au moins le plus gros, ce qui est dessus, elle va y arriver, elle dit, et Gudleiv dit à Asle qu'ils n'ont qu'à retourner dans la grande pièce, et il ouvre la porte de la grande pièce, et il dit faites comme chez vous, et Asle entre, et il va s'asseoir à un bout du canapé, et il voit Gunvor entrer avec la Sœur, et Gunvor la tient par la main, et elle lui dit qu'elle n'a qu'à s'asseoir sur le canapé elle aussi, à côté d'Asle, et puis ils vont voir ce qu'ils peuvent bien leur offrir, elle dit, et elle regarde Gudleiv

Oui, peut-être que vous avez envie de boire quelque chose ? il dit

Vous aimez la limonade ? il dit

et tant Asle que la Sœur font signe que oui

Oui, il dit, oui ce serait bien, il dit

et la Sœur hoche la tête, et elle dit oui, et Gudleiv dit comment il a pu ne pas y penser plus tôt, qu'ils aimaient la limonade, il dit

Parce que vous aimez la limonade ? dit Gunvor

Oui, dit Asle

Oui, dit la Sœur

Je vais voir ce qu'on a, dit Gudleiv

et il ouvre une porte, et il quitte la grande pièce

Il est parti voir ce qui nous reste comme limonade à la cuisine, dit Gunvor

Je crois qu'on a une bouteille, elle dit

et Gunvor s'assied dans un fauteuil, elle pose sa canne contre le fauteuil, et Asle voit un immense métier à tisser dans la grande pièce, comme s'il la remplissait entièrement, comme s'il y avait deux métiers à tisser placés l'un en face de l'autre

Oui, ce sont nos métiers à tisser que vous voyez, dit Gunvor

On tisse l'un à côté de l'autre, Gudleiv et moi, elle dit, des rubans pour les costumes traditionnels, ceux qui pendent devant, sur le tablier, on les appelle des galons tissés, dit Gunvor

Oui, dit Asle

Des galons, dit la Sœur

Vous ne les avez jamais remarqués, ces galons tissés ? dit Gunvor

et tant Asle que la Sœur font signe que non

Des costumes traditionnels, dit la Sœur

Oui, vous savez, ces vêtements qu'on porte les jours de fête, dit Gunvor

et un silence retombe, et Gudleiv entre, et il secoue la tête, et il dit qu'il était pourtant sûr d'avoir de la limonade à la cuisine, au moins deux bouteilles, mais non, il n'en voit nulle part, et il dit qu'il va descendre vérifier à la cave, peut-être qu'il y en a là-bas, il en est presque sûr, il dit

Oui, il doit y en avoir à la cave, dit Gunvor

et Gudleiv ouvre une porte, et il quitte la grande pièce, et Gunvor désigne la porte, et elle dit qu'un escalier descend de cette porte et mène à la cave, et elle dit que oui, oui Gudleiv et elle tissent ces rubans pour les costumes traditionnels, elle dit, c'est comme ça qu'ils gagnent leur argent pour s'acheter ce dont ils ont besoin, elle dit, et quand Gudleiv sera revenu il pourra leur montrer un galon dont le tissage est terminé pour qu'ils voient à quoi ça ressemble, elle dit, et Asle dit que oui, ce serait chouette de le voir, il dit, et il voit soudain Gudleiv dans l'encadrement de la porte, il voit qu'il tient une bouteille de limonade au citron, et Gudleiv vient la poser sur la table basse, devant Asle et la Sœur, entre eux deux, et il va refermer la porte de la cave, et il va dans la cuisine, il revient avec deux verres qu'il pose devant eux, et il sort de sa poche un décapsuleur et ouvre la bouteille, et Asle se demande d'où il sort ce décapsuleur ? il pense, celui qui s'appelle Gudleiv devait forcément l'avoir dans sa main, non ? il pense, et Gudleiv leur verse chacun un peu de limonade au citron dans leur verre, et il dit et voilà, et tant Asle que la Sœur disent merci, et Gunvor dit qu'elle espère que la limonade sera bonne, et Asle et la Sœur soulèvent leur verre, et Asle dit que c'est drôlement bon, donc il devait avoir grand soif, et il vide son verre, et il le repose, et Gunvor dit à Gudleiv qu'elle a promis de leur montrer un galon tissé, et Gudleiv va en chercher un, et il le tend à Gunvor qui le pose sur la table basse, et Gunvor dit voilà à quoi ça ressemble, voilà à quoi ressemble un galon tissé pour un costume traditionnel, elle dit, et Asle regarde les couleurs, il regarde le motif, et il n'a pas de mots pour décrire ce qu'il voit, et aussitôt les couleurs et le motif se fixent dans sa mémoire, et dire qu'un tissage peut être aussi beau, il pense, non, jamais il ne l'aurait cru, certes il a souvent vu le Pépé et la Mémé dans leur costume traditionnel, mais jamais il n'a pensé que c'était particulièrement beau, alors que maintenant il voit devant lui le galon tissé, il voit les couleurs, il voit le motif, oui, il voit quelque chose qu'il n'a jamais vu, et jamais il n'a vu quelque chose d'aussi beau être fabriqué, il pense, et Gunvor leur demande s'ils trouvent ça beau, et Asle dit qu'il n'a jamais vu quelque chose d'aussi beau être fabriqué, que ça doit être dur, oui, ça doit être dur d'arriver à fabriquer ça, il dit, et la Sœur dit qu'elle aussi elle trouve que c'est beau, et elle pose son verre sur la table basse, et Asle voit qu'elle aussi a fini sa limonade, et Gudleiv demande s'ils veulent plus de limonade, et tous les deux font signe que oui, et Gudleiv leur verse le reste de limonade au citron, d'abord à la Sœur, ensuite à Asle

Et voilà, il n'y a plus de limonade, dit Gudleiv

Mais tant qu'il y en avait c'était bien, dit Gunvor

Et elle était drôlement bonne, dit Asle

Oui, dit la Sœur

et elle lève son verre, et elle boit de la limonade

Tu aimes bien la limonade, toi, dis donc, dit Gudleiv

et la Sœur vide son verre, et elle dit oui à voix basse, et elle repose son verre sur la table

Tu en auras une autre la prochaine fois que vous viendrez nous voir, dit Gudleiv

et Asle boit à son tour un peu de limonade, et il regarde Gunvor, et pour la deuxième fois il dit que le galon tissé est vraiment beau, et Gunvor dit qu'elle s'est sentie fortifiée de l'entendre dire qu'il n'a jamais vu quelque chose d'aussi beau être fabriqué, et Gudleiv dit à Asle tu as de l'œil, mon garçon, tu as de l'œil et tu as beaucoup de jugeote, il dit, et on frappe à la porte, et Gudleiv dit qu'il va ouvrir, et Gunvor dit alors

Peut-être que votre mère vous a vus entrer chez nous et qu'elle vient vous chercher, elle dit et tant Asle que la Sœur baissent les yeux

Elle n'est pas au courant ? dit Gunvor

Non, dit Asle

Mais elle doit s'inquiéter pour vous ? dit Gunvor

et tant Asle que la Sœur ne disent rien

Vous êtes partis sans prévenir ? dit Gunvor

Vous êtes partis sans en avoir la permission ? dit Gunvor

et ni Asle ni la Sœur ne répondent

Vous feriez mieux de rentrer chez vous tout de suite, dit Gunvor

Car votre mère doit se demander où vous êtes, dit Gunvor

J'imagine bien qu'elle se fait un sang d'encre, dit Gunvor

Peut-être, dit Asle

Oui, dit Gunvor

Mais c'est chouette que vous soyez venus, revenez nous voir bientôt, mais il faudra alors que vous préveniez votre mère de l'endroit où vous allez, dit Gunvor

Oui, dit Asle

et Asle voit Gudleiv entrer, et il est accompagné d'un homme immense avec un gros ventre et un crâne chauve, et Asle pense qu'il doit s'agir du Rasé, celui dont les enfants doivent se méfier, tant le Père que la Mère le lui ont dit, ils lui ont dit de ne jamais le suivre, ni monter dans sa voiture ni aller chez lui, pense Asle, et Gunvor dit à Gudleiv que leur mère ne sait pas où ils sont, ils sont partis tout seuls, donc il vaut mieux qu'ils rentrent chez eux tout de suite, dit Gunvor, et Gudleiv dit que non, non pas un instant il n'y a pensé, il dit

Rentrez chez vous tout de suite, dit Gudleiv

Promettez-le-moi, dit Gunvor

et Asle et la Sœur se lèvent, et le Rasé s'assied dans le canapé

Et je vous remercie beaucoup d'être passés nous voir, j'espère que je vous reverrai bientôt, dit Gunvor

Merci pour la limonade, dit Asle

Oui, merci, dit la Sœur

Il n'y a pas de quoi, dit Gunvor

et Gudleiv dit qu'ils doivent revenir, c'était chouette d'avoir chez soi deux enfants aussi sympathiques, il dit, ils doivent lui promettre que ce jour-là ils préviendront leur mère de ce qu'ils comptent faire, il dit, et il les suit jusque dans le couloir, et ils enfilent leurs bottes

Merci pour la limonade, dit Asle

Il n'y a pas de quoi, dit Gudleiv

Merci pour la limonade, dit la Sœur

Vous en aurez plus la prochaine fois, dit Gudleiv

et la Sœur prend la main d'Asle dans la sienne

Venez nous voir plus souvent, dit Gudleiv

Oui, venez nous rendre visite, dit Gudleiv

Mais prévenez vos parents d'abord, il dit, votre mère ou votre père, il dit

et il ouvre la porte d'entrée, et Asle et la Sœur sortent

Au revoir, dit Asle

Au revoir, dit la Sœur

Oui, au revoir, dit Gudleiv

et il referme la porte, et Asle et la Sœur ne bougent pas, ils restent devant la petite maison bleue, et Asle dit l'homme grand et gros, sans cheveux, qui est venu à la fin, les gens l'appellent le Rasé, oui, il l'a entendu dire plusieurs fois, il dit

Le Rasé ? elle dit

et il dit que tant le Père que la Mère ont dit que les enfants devaient se méfier de lui

Se méfier ? elle dit

Oui, il dit

Ne pas monter dans sa voiture et ne pas aller chez lui s'il demande de l'accompagner, il dit

et la Sœur ne dit rien, et Asle et elle remontent le sentier gravillonné, et ils arrivent à la nationale

Maintenant je veux rentrer à la maison, elle dit

et ils marchent le long de la nationale, et ils entendent une voiture, et ils se tournent, et ils voient une voiture débouler de la Vieille butte, et ils s'arrêtent, ils se mettent bien sur le bas-côté de la route, ils ne bougent pas, et la voiture les dépasse

Et si on allait sur la Grève ? il dit

Mais on n'a pas la permission d'y aller, elle dit

Je sais, il dit

Il faut qu'on rentre à la maison, elle dit

Non, on va au bord de l'eau, il dit

Parce que qu'est-ce qu'on fera à la maison ? il dit

Y a rien à faire là-bas, il dit

Je peux jouer avec ma poupée, elle dit

et ils ne bougent pas, et ils restent sur le bas-côté de la route

Non, on va sur la Grève, il dit

et Asle pense qu'il y va souvent, alors que la Sœur ne l'a jamais accompagné jusqu'à la Grève, jamais elle n'a été tout au bord du Fjord pour regarder l'eau, jamais elle n'a vu le Hangar à bateaux, ni le

Bateau d'ailleurs, il pense, et ce serait tellement bien qu'elle puisse le voir, il pense, même si lui-même l'a vu des fois et des fois puisqu'il va souvent au bord de l'eau, bien que la Mère lui dise qu'il n'a pas la permission d'y aller, oui, et s'il ne va pas tous les jours au bord de l'eau en tout cas il y va très souvent, et la Mère ne s'en rend pas compte, elle croit sûrement qu'il joue quelque part dans la ferme, dans la Grange peut-être, c'est pour ça que la Mère ne le gronde pas, mais la Sœur, elle, elle ne l'a jamais accompagné au bord de l'eau, n'est-ce pas ? non, ça ne s'est jamais fait, elle est encore petite, la Sœur, et elle n'aimera sûrement pas être sur la Grève, quoique, peut-être qu'elle aimera quand même ? peut-être qu'elle trouvera ça joli d'être au bord du Fjord et de regarder l'eau ? et peut-être même qu'ils pourront aller sur le Ponton pour regarder le Bateau ? il pense

Mais la Mère a dit qu'on n'avait pas la permission, elle dit

Je sais, il dit

Donc on ne peut pas aller sur la Grève, elle dit

Mais j'y vais souvent, moi, au bord de l'eau, il dit

et ils ne bougent pas, et la Sœur dit qu'elle veut rentrer à la maison, et Asle dit que non, non maintenant ils vont sur la Grève, oui, quoi qu'en dise la Mère, car la Sœur n'est jamais allée là-bas, elle, n'est-ce pas ? il dit, et la Sœur dit ils peuvent vraiment le faire ? et Asle dit qu'ils font ce qu'ils veulent, et ils suivent le chemin qui descend en pente jusqu'au Hangar à bateaux

Dans le Hangar à bateaux il y a plein de choses passionnantes, il dit

Tu as envie d'y entrer ? il dit

Il me fait peur, elle dit

Mais non, il ne fait pas peur, il dit

et il prend la Sœur par la main, et ils entament la descente du sentier qui mène au Hangar à Bateaux, et Asle pense qu'il espère vraiment que la Mère ne les voit pas en ce moment, sans quoi elle va venir les chercher en courant et là ils se feront doublement gronder, d'abord parce que la Sœur a sali sa robe, ensuite parce qu'ils font quelque chose qu'ils n'ont pas la permission de faire, parce qu'ils sont au bord de l'eau, au Hangar à bateaux, sur la Grève, au bord du Fjord, sur le Ponton, au Bateau, ils vont là où ils n'ont pas la permission d'aller, pense Asle, et la Sœur dit que non, non elle n'ose pas, et elle s'arrête, et Asle la tire par la main, et elle lui dit d'arrêter

Lâche-moi, lâche ma main, elle dit

et Asle lâche sa main, et ils ne bougent pas, ils sont sur le sentier qui descend au Hangar à bateaux, et Asle regarde le toit du Hangar à bateaux, avec ses dalles en pierre grises, ou plutôt ses plaques d'ardoise, il sait qu'elles s'appellent comme ça parce que le Père le lui a dit, des plaques d'ardoise, mises sur le toit les unes à côté des autres, ou plutôt une telle légèrement au-dessus de telle autre, si bien que le toit du Hangar à bateaux est un miroir de teintes de gris, il pense, c'est presque incroyable qu'il existe autant de gris, il pense, et ces gris sont tellement différents en fonction du temps qu'il fait, si le soleil brille on croirait qu'il n'y a que deux sortes de gris, alors qu'en fait c'est l'ombre qui a différentes nuances de gris, car les couleurs sont toujours en mouvement tout en donnant l'impression simultanée d'être au repos, oui, les couleurs sont du mouvement dans le repos et du repos dans le mouvement, il pense, et sans parler des cloisons du Hangar à bateaux, dont le bois est devenu tout gris, dont les fentes entre les planches du revêtement donnent à la construction quantités de nuances de gris, il pense, et il dit que le Hangar à bateaux est gris mais il y a aussi tellement de sortes de gris qui n'ont pas de noms, et la Sœur dit oui, et il serre sa main dans la sienne car c'en est presque stupéfiant cette quantité de différents gris, et c'est pareil pour cette quantité d'autres couleurs, comme le bleu, on dit bleu, juste bleu, alors qu'il y a sûrement un millier de bleus différents, oui, mille, au moins mille, non, il y en a tellement qu'on ne peut pas les compter, il pense

Et les bleus, oui, il y en a tellement qu'on ne peut pas les compter, il dit

Oui, elle dit

Bleu, elle dit

Le ciel est bleu, elle dit

De temps en temps, il dit

Mais aujourd'hui le ciel est gris, aussi, il dit

Il l'est d'ailleurs presque toujours, il dit

Oui, gris, elle dit

Le ciel est gris, le Hangar à bateaux est gris, les plaques d'ardoise sur le toit sont grises, les cloisons du Hangar à bateaux sont grises, mais tu vois que ce sont différentes teintes de gris, pas vrai ? il dit

et la Sœur fait signe que oui

Tu le vois ? il dit

Oui, elle dit

Mais ça t'est un peu égal ? il dit

Oui, elle dit

Si tu as envie, on peut entrer dans le Hangar à bateaux, il dit

Mais ça doit être effrayant, non ? elle dit

Il doit faire tout noir à l'intérieur, non ? elle dit

et Asle dit est-ce qu'elle voit la lucarne en haut du Hangar à bateaux ? est-ce qu'elle voit le crochet rouillé ? eh bien il suffit d'ouvrir la lucarne, ce qui est facile, et ils pourront entrer dans le Hangar à bateaux, il dit, et la Sœur dit qu'elle n'a pas envie d'y entrer

Tant pis alors, il dit

et ils vont jusqu'au coin du Hangar à bateaux, ils avancent sur le passage étroit le long du mur vers l'autre coin devant eux, et la Sœur dit qu'elle a peur, qu'elle ne sait pas si elle ose aller plus loin, et Asle dit que dès qu'ils seront arrivés un peu plus loin la Mère ne pourra plus les voir depuis la maison mais qu'alors ils pourront voir la Grève et le Fjord, le Ponton et le Bateau, il dit, et la Sœur s'arrête, et Asle s'arrête à son tour, et ils ne bougent plus, la Sœur et lui, et la Sœur dans sa robe tachée de gadoue dit

Ils étaient gentils, Gunvor et Gudleiv, elle dit

Oui, il dit

Ils nous ont même donné de la limonade et tout, elle dit

Mais Gunvor n'a pas réussi à enlever beaucoup de gadoue de ta robe, il dit

Il va falloir qu'on la nettoie sinon la Mère se mettra en colère, il dit

Oui, elle dit

Il va falloir qu'on la nettoie dans l'eau, il dit

C'est possible ? elle dit

Oui, c'est facile, il dit

Et la Mère ne se mettra pas en colère ? elle dit

Non non, pas si la robe est propre, il dit

Alors d'accord, elle dit

et ils continuent jusqu'au coin du Hangar à bateaux, ils sont sûrement assez loin pour que la Mère ne puisse pas les voir depuis la maison, ni depuis la cour ni depuis la fenêtre de la Grande Pièce, pense Asle, maintenant ils sont en sécurité, il pense, et la Sœur s'arrête, et elle ne bouge plus, et elle dit qu'à l'autre bout du passage étroit, devant eux, oui, c'est plein d'orties, il ne le voit pas ? elle dit, et Asle ne répond pas, il voit que certaines orties ne sont pas plus hautes que lui, il voit que les feuilles sont dentelées et pointues, que ces pointes sont dirigées vers eux, et il dit que la Sœur doit raser le mur, derrière, et il s'avance vers les orties pour les abaisser, et la Sœur dit qu'elle n'aime pas du tout ça, c'est effrayant, ça lui fait peur, elle dit

On ne pourrait pas revenir en arrière ? elle dit

Mais ce sera bien dès qu'on aura passé le coin, il dit, car alors on verra l'eau, il dit

Je crois que je n'ai pas trop envie, elle dit

Et la Mère a dit qu'on ne devait jamais aller au bord de l'eau, elle dit

Et là on est quand même en train de le faire, elle dit

et Asle se remet en marche, lentement, il ouvre la marche, et la Sœur le suit sans cesser de le tenir par le pull, et Asle regarde devant lui, et il voit que d'autres orties étendent leurs feuilles dentelées en les tournant sur le passage étroit, de grandes feuilles dentelées et vertes, à certains endroits en bas sur le sol en bois, à d'autres endroits tout en hauteur, oui, quelques feuilles s'étendent bien au-dessus de sa tête, elles se balancent légèrement, alors même qu'il n'y a presque pas de vent les feuilles se balancent, et il voit une feuille d'ortie s'approcher tout contre son visage, et il s'arrête, il abaisse l'ortie avec le pied, et ils continuent d'avancer, et Asle voit une feuille d'ortie s'approcher de son mollet, il lève la jambe, il abaisse l'ortie avec le pied, et il voit une ortie étendre ses feuilles, plusieurs feuilles, beaucoup de feuilles, jusqu'au milieu ou presque du passage étroit, et celle-là aussi il doit l'abaisser avec le pied, il pense, et il lève la jambe, il abaisse l'ortie avec le pied, et la Sœur dit que c'est vraiment effrayant, elle a vraiment peur, elle dit, et elle serre le pull d'Asle, et Asle s'avance lentement, il reste le plus près possible du mur, et la Sœur dit ne marche pas si vite, et Asle ralentit le pas, il lève encore la jambe, il abaisse encore une ortie avec le pied, et cette fois il n'y a plus d'orties qui s'étendent jusque sur le passage étroit, et l'autre coin se trouve juste devant eux, et Asle s'avance, lui d'abord, la Sœur ensuite, et Asle dépasse le coin du Hangar à bateaux, et quand la Sœur l'a à son tour dépassé ils sont tous les deux loin des orties, et Asle prend la Sœur par la main, et il ne comprend pas pourquoi voir l'eau lui procure un si grand plaisir, il pense

Je vois l'eau, il dit

Moi aussi, elle dit

C'est bien de voir l'eau, il dit

Oui, elle dit

et ils sont arrivés sur les rochers, et ils voient le Ponton avec sa belle muraille en pierres, ils voient le Bateau et le Fjord et tout le reste, pense Asle, et la Sœur s'arrête

Mais, elle dit

Oui, il dit

La Mère dit que, elle dit

et Asle l'interrompt, et il dit que la Mère dit qu'ils ne doivent jamais aller au bord de l'eau, mais là ils le font quand même, il dit

Oui, elle dit

et elle serre fort sa main dans la sienne

On a fait ce qu'on voulait et pas ce que la Mère veut, elle dit

et elle le dit avec dans la voix ce qui ressemble à de la fierté, pense Asle, comme s'ils avaient fait quelque chose de grandiose, comme s'ils avaient grandi en le faisant, comme s'ils avaient fait ce qu'ils veulent et non ce que la Mère leur a dit de faire, pense Asle, et il lâche la main de la Sœur, et il s'avance sur les rochers, il s'assied, il regarde le Ponton, il regarde le Bateau, et pendant ce temps la Sœur ne bouge pas, elle reste debout, la Sœur, et pendant ce temps il reste assis, Asle, il ne bouge pas, il regarde l'eau, et il pense que c'est si beau de voir le Bateau amarré, là-bas au Ponton, presque au repos sur l'eau, et puis le Fjord, aujourd'hui presque immobile lui aussi, hormis quelques friselis ici et là causés par le vent, et le Bateau bouge à peine, juste un peu, il se lève puis s'abaisse, il penche sur les côtés, il revient en arrière, il est joli et marron, et il y a tellement de différentes teintes de marron sur le bateau que Asle finit par être troublé à force de regarder le bateau, mais c'est beau de voir que le Bateau est marron de tellement de façons, qu'il a tellement de nuances de marron alors qu'il est tout bonnement marron, et comme dans une vision Asle voit devant lui toutes ces teintes de marron telles qu'elles sont, comme des différentes couleurs de marron et non comme les différentes couleurs marron d'un bateau, mais bien comme des couleurs individuelles, rien que des couleurs distinctes, et il voit ces différentes nuances s'incorporer les unes aux autres, il voit telle couleur marron modifier telle autre, oui, toutes les autres, par la seule force de sa nuance, elle les transforme en autre chose, en ce qu'elles n'auraient pas été sinon, et c'est incroyable de penser que toutes ces couleurs s'appellent quand même marron, juste marron, car le Bateau est marron, il n'est jamais question d'un autre mot, d'une autre couleur, tout comme la pâte cuite du fromage de chèvre est elle aussi marron, le sac à main de la Mère est marron, il pense, même si à chaque fois ce sont des marrons complètement différents les uns des autres

Tu ne trouves pas ça bizarre qu'on dise que le Bateau est marron ? il dit

Qu'est-ce qu'il faudrait dire sinon ? elle dit

Vu que le Bateau est marron, elle dit

Oui, il dit

Il y a tellement de différentes couleurs marron et pourtant on dit simplement que le Bateau est marron, il dit

Oui, le Bateau est marron, elle dit

Oui, il est marron, il dit

Mais le fromage et le sac à main de la Mère aussi, il dit

et en disant ça il entend qu'il a une voix presque en colère, et il ne comprend pas pourquoi

Il n'y a pas de quoi se mettre en colère, elle dit

Un bateau marron est un bateau marron, elle dit

Oui, il dit

Mais, il dit

et il ne dit plus rien

Je ne sais pas de quoi tu parles, elle dit

S'il fallait qu'on dise que le Bateau est de tel marron et que le fromage est de tel marron, là, oui, on n'arrêterait pas de parler, elle dit

Oui, il dit

Mais tu vois quand même que le Bateau est de différents marron ? il dit

Oui, plus ou moins, elle dit

Mais ça n'a pas d'importance, elle dit

et elle dit que même si les différentes couleurs marron du Bateau ne sont pas tout à fait pareilles, elles sont quand même marron, et c'est pour ça que le Bateau est marron, elle dit

Oui, il dit

Et tu ne trouves pas ça beau de regarder les différentes couleurs marron ? il dit

Pas particulièrement, elle dit

C'est pareil, en fait, elle dit

Et je ne trouve pas que le marron soit une belle couleur non plus, elle dit

et il ne dit plus rien, et la Sœur s'assied à côté de lui, et ils restent assis, ils ne bougent pas, et il regarde sa vision rien qu'à lui, cette vision où les couleurs marron du Bateau sont extraites de ce même Bateau, et il voit devant lui les couleurs marron alignées sur une surface, il voit comment tout se transforme pour peu qu'il déplace l'une de ces couleurs marron, il voit comment les autres couleurs marron sont ainsi modifiées

Bon, on fait quelque chose ? elle dit

Oui, il dit

On pourrait tirer le Bateau jusqu'au Ponton, je sais comment on fait, il dit

et la Sœur dit que non, non c'est impossible car là ce ne sera pas seulement la Mère qui se mettra en colère mais le Père aussi, elle dit, et Asle dit qu'ils peuvent faire autre chose que tirer le bateau, ils peuvent aller sur le Ponton, et la Sœur dit que la Mère leur a dit de ne pas le faire, n'allez jamais sur le Ponton, elle a dit, dit la Sœur, et Asle dit qu'il n'a pas le souvenir qu'elle l'ait dit, elle a juste dit qu'ils ne devaient pas aller au bord de l'eau ou sur la Grève, il dit, et la Sœur dit que oui, oui ça en tout cas elle l'a dit, elle l'a dit et répété des fois et des fois, et là ils viennent de faire pile ce qu'elle leur a dit de ne surtout pas faire, et Asle dit que oui, oui exactement, ils viennent de faire ce qu'ils ont envie de faire, et la Sœur dit qu'elle n'avait pas tant envie que ça, et Asle dit que oui, oui ça c'est vrai, il dit, mais lui, lui en tout cas, il avait envie d'aller au bord de l'eau, et ce n'est pas beau d'être ici, peut-être ? il dit, c'est beau d'avoir en face de soi le Ponton et le Bateau, le Fjord et le reste, il dit, et la Sœur dit que oui, oui c'est bien, mais les orties l'étaient nettement moins, et si elle avait su qu'elles poussaient le long du passage étroit, oui, jamais elle ne serait allée au bord de l'eau, elle dit, et Asle dit qu'il n'avait pas le souvenir que des orties poussaient à cet endroit précis, elles y étaient peut-être mais elles n'étaient pas aussi grandes, il dit

Les orties, elle dit

Elles étaient immenses, les orties, il dit

et il écarte les mains le plus possible, et la Sœur dit que oui, oui elles étaient grandes comme ça, elle dit, et elle dit qu'on s'ennuie à force de rester assis là, et Asle dit qu'ils peuvent aller sur la Grève car il y a toujours tout un tas de choses à voir, des crabes, des petits poissons, et il y a toujours tout un tas d'objets à la dérive, des objets flottants, il dit

Des objets flottants, elle dit

Oui, ça s'appelle comme ça, des objets flottants, il dit

Des objets flottants, oui, elle dit

et Asle se lève, et la Sœur reste assise, et il va sur le Ponton, et il dit viens, et il détache les amarres du Bateau, et la Sœur dit mais qu'est-ce que tu fais ? et Asle dit qu'il veut simplement rapprocher le Bateau du Ponton, monter à bord et rester un peu dedans, il dit, et il tire le Bateau jusqu'au ponton, et il monte à bord du Bateau, et la Sœur crie

Sois prudent, elle dit

Oui, il dit

et il est monté à bord du bateau, et il se met à pousser le bateau sur l'eau, et la Sœur crie

Ne fais pas ça, elle dit

C'est dangereux, elle dit

Non, il dit

et il pense qu'il va montrer à la Sœur que ce n'est pas du tout dangereux, et il monte sur la planche du milieu, et il reste ainsi, debout sur la planche, et la Sœur crie

Descends, elle dit

et il s'assied sur la planche, et il se met à se balancer d'un côté sur l'autre, et le Bateau se balance à son tour d'un côté sur l'autre, et il crie à la Sœur tu vois comme le Bateau se balance bien ? tu vois les belles vagues qu'il fait dans l'eau ? il dit, et la Sœur ne répond pas, et Asle pense qu'il ferait mieux de regagner la terre ferme, et il se relève, il s'avance dans le Bateau, il tire le Bateau pour le ramener vers le Ponton, il monte sur le Ponton, il pousse le bateau pour qu'il retrouve sa place au milieu de l'eau, pour qu'il flotte si joliment dans le Fjord, il amarre le Bateau, et il retourne à côté de la Sœur toujours assise sur les rochers où elle n'a pas bougé, et elle dit qu'ils pourraient peut-être rentrer à la maison maintenant, non ? elle n'a plus envie d'être désobéissante, ils n'ont pas la permission de franchir la nationale, ni d'aller au bord de l'eau, elle dit, et Asle dit que non, non maintenant ils vont marcher sur la Grève

Viens, il dit

et la Sœur ne bouge pas, et elle reste assise sur les rochers

Je ne sais pas si j'ai envie, elle dit

Ne sois pas bête, il dit

Je ne suis pas bête, elle dit

Pourquoi tu dis que je suis bête ? elle dit

Bête toi-même, elle dit

Ce n'est pas ce que je voulais dire, il dit

C'est toi qui es bête, moi je ne suis pas bête, elle dit

Ce n'est pas ce que je voulais dire, il dit

et la Sœur dit que d'accord, si ce n'est pas ce qu'il voulait dire, dans ce cas d'accord, elle dit, et Asle dit qu'elle n'est pas bête, et la Sœur dit que lui non plus n'est pas bête, et il lui tend la main, et elle prend sa main, et il la tire pour la relever, et ils descendent des rochers, ils descendent vers la Grève, et comme la marée est haute on voit à peine la Grève, les vagues s'abattent sur les galets et les rochers en petits clapotis, et Asle dit que la marée est tellement haute qu'on ne voit presque plus rien de la Grève, mais il trouve toujours quelque chose, des objets que les flots ont rejetés sur le rivage ou plus loin encore, sur la côte, quelque part entre la Grève et le Raidillon, il dit, et elle demande quel genre d'objets, et il dit des bouteilles par exemple, oui, comme il l'a dit tout à l'heure, il dit, et certaines bouteilles contiennent une lettre, et ce sont alors des bouteilles jetées à la mer, oui, comme il l'a dit tout à l'heure, il dit, et la Sœur dit oui, et il dit qu'il n'en a jamais trouvé une, une bouteille jetée à la mer, mais il a trouvé beaucoup de bouteilles, et en bas de la Boulangerie il y a un tas énorme de bouteilles, oui, comme il l'a dit tout à l'heure, il dit, oui, elle ne peut pas imaginer à quel point le tas de bouteilles est énorme, un tas gigantesque, il dit, et d'ailleurs en longeant la Grève, en passant devant la Boulangerie, on peut rejoindre la Laiterie, mais on ne peut pas aller plus loin, il dit

Et si on allait jusqu'à la Laiterie ? elle dit

On peut, oui, il dit

et ils se mettent en marche, main dans la main, ils longent la côte, cette petite bande de terrain entre la Grève et le Raidillon, là où l'herbe pousse et se transforme en montée, et ils ne disent rien pendant un long moment, et Asle dit regarde, regarde là-bas, les flots ont rejeté une grosse bûche sur le rivage, il dit, et la Sœur ne dit rien, et ils continuent de marcher, et un crissement résonne, et ils continuent de marcher sans rien dire

C'était quoi ce bruit d'après toi ? elle dit

Je ne sais pas, il dit

et ils continuent de marcher

C'était un crissement très strident, elle dit

Oui, il dit, mais comme un frottement aussi, il dit

Un frottement, elle dit

C'est un peu bizarre, il dit, mais le bruit devait venir de la nationale, sûrement un vieux tracteur, il dit

et ils sont arrivés à la Butte aux hangars à bateaux, et quand ils la contournent ils arrivent à la Pointe, et là ils voient le bateau de ceux qui habitent la Ferme de la Pointe, amarré dans le Hardangerfjord, et plus haut, dans la maisonnette blanche, oui, c'est là qu'habite Bård, pense Asle, et d'ici, depuis la Pointe, ils voient la Laiterie, elle est située au bout de la Grève, après la Boulangerie et avant la Coopérative, mais elle ils ne la voient pas car la Laiterie bouche la vue, et à côté de la Laiterie il y a la grande maison jaune du Rasé, mais elle non plus ils ne la voient pas, pense Asle, et la Sœur dit qu'elle a l'air loin la Laiterie pour y aller à pied, et Asle dit qu'elle a l'air loin mais que ce n'est pas aussi loin que ça en a l'air pour y aller à pied, il dit

C'est nettement plus court que ça en a l'air, il dit
Si, c'est loin, elle dit
et Asle serre un peu plus fort la main de la Sœur, et il lève les yeux vers la Ferme de la Pointe, il regarde la cour de ferme, et soudain il voit Bård dans la cour, Bård a les yeux baissés vers eux, il les regarde, et Asle n'a pas envie de parler avec Bård car Bård est toujours méchant, il dit toujours que leur ferme est plus grande que la leur, que leur bateau est plus beau que le leur, que son père est plus fort que le sien, toujours des bêtises de ce genre, pense Asle, et ils continuent de marcher en direction de la Laiterie
Le bruit tout à l'heure, c'était sûrement celui d'un vieux tracteur, il dit
Mais il était très fort, comme s'il venait d'un endroit juste à côté de nous, elle dit
Oui, il dit
Ça fait un bruit pareil, un tracteur ? elle dit
Un bruit de frottement et de crissement à la fois ? elle dit
Si c'est un vieux tracteur, oui, il dit
et ils continuent de marcher, et ils ne disent rien, mais une incertitude semble s'être déposée sur eux, et ils pensent sans le penser en mots qu'ils ne devraient pas faire ce qu'ils sont en train de faire, qu'ils sont en train de faire quelque chose qu'ils n'ont pas la permission de faire, quelque chose que la Mère leur a dit des fois et des fois de ne pas faire, oui, ils font quelque chose de défendu, et peut-être que c'est pour ça qu'ils entendent un bruit de frottement et de crissement ? pense Asle, peut-être que le bruit ne vient pas d'un tracteur mais du fait qu'ils s'adonnent à quelque chose

de défendu ? il pense, car en définitive un vieux tracteur ne fait pas un bruit pareil, il pense, et ce bruit ne lui plaît pas du tout, il pense, et ils continuent de marcher, et ils s'arrêtent, et Asle se retourne, et il voit Bård debout dans le bateau de la famille, celui devant lequel ils sont passés tout à l'heure, Bård est debout sur une planche, il dit, et la Sœur se retourne à son tour

Ça a l'air dangereux, elle dit

Il fait ça juste parce qu'il nous a vus passer, il dit

Il veut crâner, il dit

et il dit que Bård est une poule mouillée, qu'en fait il est terrorisé d'être debout sur la planche, qu'il fait ça juste pour crâner sous prétexte qu'ils sont devant lui, uniquement à cause de ça, donc raison de plus pour ne plus le regarder et continuer leur chemin, il dit, et la Sœur et lui se retournent encore, ils continuent de marcher, à pas lents, et Asle dit que quand ils auront dépassé l'endroit où la Grève forme un coude ils ne verront plus Bård, et tant mieux, il dit, et ils continuent de marcher, et ils se tiennent par la main, et ils sont arrivés à l'endroit où la Grève forme un coude, et ils ne voient plus la Pointe, et ils marchent en direction de la Laiterie, et Asle lâche la main de la Sœur pour lui montrer quelque chose

Regarde là-bas, il y a une rame, il dit

et Asle s'élance vers un endroit où le Raidillon et la Grève se rencontrent, et la Sœur s'arrête, et Asle soulève la rame, et il crie

Regarde, il dit

C'est quoi ? elle dit

Une rame, il dit

Oui, elle dit

J'ai trouvé une rame, il dit

Et elle est intacte, il dit, on peut très bien l'utiliser, il dit

et il l'agite, et il dit qu'il y a peut-être une autre rame sur la Grève, plus loin, près de la laiterie, car les rames vont toujours par deux, il dit, et la Sœur dit qu'elle a envie de rentrer à la maison

Je n'aime pas ce bruit, elle dit

Non, il dit

Mais on peut quand même aller jusqu'à la Laiterie, il dit

Je n'aime pas ce bruit, elle dit

On n'a qu'à aller jusqu'à la Laiterie et on rentre à la maison, il dit

D'accord, elle dit

et ils ne bougent pas, et Asle repose la rame par terre, et il serre brusquement la Sœur dans ses bras, et il dit qu'ils n'ont qu'à aller jusqu'à la Laiterie et ensuite aller voir les bouteilles sur le gros tas en bas de la Boulangerie, et ensuite, oui, pourquoi pas aller jusqu'à la Coopérative ? il dit, car il y a tout un tas de choses à voir dans la vitrine de la Coopérative, il dit, et la Sœur dit qu'ils n'en ont pas la permission, car la Mère leur a défendu de descendre à la nationale, c'est trop dangereux, elle a dit, oui, la route est trop étroite, il y a à peine de la place pour une voiture et des passants, donc ils ne doivent jamais y aller seuls, ou alors uniquement avec des adultes, avec le Père et la Mère, elle a dit, dit la Sœur, et Asle ne dit rien, et ils continuent de marcher sur la Grève, à pas lents, et la Sœur dit qu'elle est fatiguée de marcher, et Asle dit qu'ils peuvent s'asseoir pour se reposer un peu, et ils s'assoient chacun sur un galet, et ils ne disent rien, ils restent assis, et Asle pense que c'est ennuyeux de rester assis comme ça, il a l'impression qu'ils sont assis depuis une éternité, il pense

On continue ? il dit

Oui, elle dit

et ils se relèvent, et la Sœur prend Asle par la main, et ils continuent de marcher, et plus loin ils voient la Boulangerie, ils voient aussi la Laiterie, pense Asle, et s'ils veulent aller jusqu'à la Coopérative ils doivent remonter le sentier qui va à la Boulangerie, passer devant les bouteilles, devant le tas de bouteilles, oui, devant la montagne de bouteilles, remonter encore jusqu'à la nationale, et arrivés là-bas ils verront la Coopérative, et ensuite ils n'auront plus très long à marcher de la Boulangerie jusqu'à la Coopérative

On ne pourrait pas rentrer à la maison ? elle dit

Non, il dit

J'ai peur, elle dit

Il n'y a pas à avoir peur, il dit

Si, elle dit

De quoi tu as peur ? il dit

Si on va à la Coopérative, il faut qu'on passe devant la grande maison jaune, celle qui est à côté de la Laiterie, elle dit

Et c'est là, dans la grande maison jaune, elle dit, qu'habite le Rasé, celui qui n'a pas un cheveu sur la tête, elle dit

Celui qui fait peur, elle dit

Oui, il dit

Celui que les enfants ne doivent pas approcher, elle dit, même que c'est toi qui l'as dit, elle dit

Oui, il dit

et ils continuent de marcher, et ils remontent le sentier, pas à pas, qui va à la Boulangerie

Ça y est, le bruit horrible est parti, il dit

et la Sœur fait signe que oui

Et là-bas on voit le tas de bouteilles, il dit

et il le montre du doigt

Oui, elle dit

et elle dit qu'en fait il n'y a pas grand-chose à voir, rien qu'un tas de bouteilles vides, elle dit, et Asle dit que oui, oui peut-être, mais que ce sont des bouteilles d'eau-de-vie, car le Boulanger et la Boulangère boivent, elle tout comme lui, et quand ils boivent ils boivent tout le temps, et ils font du pain tout de traviole, mais ils font le pain quand même, bien qu'ils boivent tout le temps et soient soûls à longueur de journée, car quand les gens qui boivent de l'eau-de-vie deviennent soûls ils ne tiennent jamais debout, il leur arrive même de se casser la figure, et ce qui est sûr c'est que le pain que font le Boulanger et la Boulangère quand ils sont soûls est tout de traviole alors qu'ils sont droits et beaux quand ils n'ont pas bu d'eau-de-vie, il dit, et la Sœur acquiesce, et elle dit qu'elle a envie de rentrer à la maison, et ils sont presque arrivés à la nationale, et la Mère leur a souvent dit de ne surtout pas y aller seuls, et le Raidillon est tellement abrupt, et elle est tellement fatiguée, elle dit, et elle s'assied dans l'herbe, et Asle s'assied à côté d'elle, et ils ne bougent pas, ils restent assis, ils ne disent rien, et la Sœur dit qu'elle entend des voix, et Asle dit qu'il n'entend rien, et la Sœur dit non, bon d'accord, elle dit, et Asle dit qu'il faut qu'ils se remettent en route, on s'ennuie à force de rester assis comme ça, il pense, et il se lève, et il tend la main à la Sœur, et il la tire pour la relever, et elle se met debout, et elle ne bouge pas, et elle dit qu'elle entend encore des voix, mais des voix qui sont loin, et Asle dit qu'il n'entend rien, et il la tire presque pour qu'ils montent jusqu'à la Boulangerie puis à la nationale où ils n'ont pas la permission d'aller, le Père et la Mère le leur ont dit des fois et des fois, elle dit, et Asle dit que c'est vrai, et quelqu'un derrière eux dit ah, c'est vous qui vous promenez, et ils se retournent

Oui, c'est bien vous, dit le Boulanger

Votre mère vous a peut-être envoyés chercher du pain, dit le Boulanger

Oui, peut-être que vous êtes assez grands pour aller faire les courses pour votre mère et acheter du pain ? dit le Boulanger

Vous êtes des enfants gentils, dit le Boulanger

et ils ne bougent pas

Ou bien vous vous promenez tout bonnement ? dit le Boulanger

et la porte de la Boulangerie s'ouvre, et la Boulangère franchit la porte

Tiens donc, c'est vous ? dit la Boulangère

Oui, ils se promènent, dit le Boulanger

Et ils n'ont pas eu la permission de leur mère, dit la Boulangère

Non non, dit le Boulanger

Je crois bien que non, dit le Boulanger

et il s'approche d'eux, et il pose une main sur l'épaule d'Asle, et il pose l'autre main sur l'épaule de la Sœur, et il dit qu'ils ont plutôt intérêt à rentrer directement chez leur mère car elle se fait sûrement un sang d'encre pour eux, dit le Boulanger

Oui, ça se comprend, dit la Boulangère

et elle dit attendez deux secondes, et elle entre dans la Boulangerie, et elle en ressort l'instant d'après, et elle s'approche d'eux, elle tient une brioche dans chaque main qu'elle leur tend

Des enfants gentils comme vous ont bien mérité une petite brioche, dit la Boulangère

Mais à la condition que vous rentriez directement chez votre mère, dit la Boulangère

Merci, merci beaucoup, dit Asle

Oui, merci, merci beaucoup, dit la Sœur

Il n'y a pas de quoi, mignons comme vous êtes, dit la Boulangère

Oui, des enfants drôlement mignons, dit le Boulanger

Et maintenant rentrez chez vous, dit la Boulangère

Votre mère est sûrement morte d'inquiétude à cause de vous, dit la Boulangère

Peut-être même qu'elle est en train de vous chercher à l'heure qu'il est, dit la Boulangère

Car je suis sûre et certaine que vous n'avez pas la permission de marcher seuls le long de la nationale, dit la Boulangère

On est passés par la Grève, dit la Sœur

Et ça non plus vous n'en aviez pas la permission, dit la Boulangère

D'aller au bord de l'eau, dit la Boulangère

Pas du tout même, dit la Boulangère

et Asle et la Sœur ont déjà commencé à grignoter leur brioche, et ils devaient avoir faim car ils mangent et ils mâchent, et la Boulangère demande si c'est bon, et ils disent que oui, tous les deux en même temps, la bouche pleine, et la Boulangère dit tant mieux si c'est bon, et Asle pense que tant que le Boulanger et la Boulangère sont là la Sœur et lui ne pourront pas aller à la Coopérative car ils leur ont dit qu'ils devaient rentrer directement chez eux retrouver la Mère, qu'elle est sûrement morte d'inquiétude à cause d'eux, qu'elle ne leur a jamais donné la permission de partir tout seuls comme ça, ce qui est vrai, mais ils n'ont rien fait de mal, il n'y a que la Mère qui le pense et qui le dit, uniquement parce qu'elle a peur pour eux, parce qu'elle a peur de tout, ils n'ont la permission de ne rien faire, ni de marcher le long de la nationale, ni d'aller au Hangar à bateaux ou sur la Grève, rien, ils n'ont la permission de rien, ils ont juste la permission de rester à la maison ou d'aller dans la cour, jamais autre chose, uniquement parce que la Mère a peur de tout, il pense, et il entend mentalement la Mère dire au Père pas vrai ? et il entend mentalement le Père dire à la Mère c'est comme ça, ils n'ont pas la permission d'aller près de la nationale, ni de descendre au bord de l'eau, il dit, et la Mère dit vous entendez ? vous entendez ce que le Père vous dit ? il vous dit exactement la même chose que moi, elle dit, pense Asle, et, tiens, là-bas, oui, Asle voit la Mère arriver là-bas en courant, et il pense qu'elle vient les chercher et que non, non, ça y est, ils vont se faire gronder, et la Mère vient vers eux en courant, et elle est morte d'inquiétude, elle a même l'air d'avoir pleuré, et elle arrive devant eux, et Asle ne comprend rien, est-ce qu'elle a eu peur pour eux à ce point ? il pense, non, ils n'auraient jamais dû faire ce qu'ils ont fait, il pense, et la Mère les prend tous les deux dans ses bras, la Sœur et lui, et elle les serre contre elle, et elle dit essoufflée au Boulanger et à la Boulangère que, que, oui, vous avez entendu ? elle dit, vous avez entendu qu'il s'est noyé ? que le garçon de ceux qui habitent à la Ferme de la Pointe, Bård, qui a le même âge qu'Asle, il a été retrouvé noyé, à l'instant, juste à l'instant, elle dit, et elle avait tellement peur qu'Asle et la Sœur soient allés au bord de l'eau qu'elle est descendue jusqu'à la Grève pour les chercher, mais elle ne les a pas vus, donc elle a longé la Grève, et quand elle est arrivée à la Butte aux hangars à bateaux et ensuite à la Pointe, elle a vu tout un attroupement de gens sur la Grève, en bas de la Ferme de la Pointe, et elle a vu que la voiture du Docteur était garée dans la cour de la ferme, et elle s'est approchée des gens, et elle a vu que Bård était allongé sur la Grève, non, non elle n'a pas la force de revoir la scène, elle dit, et elle lâche Asle et la Sœur, elle se cache les yeux avec les mains, elle reprend Asle et la Sœur dans ses bras, et elle dit que oui, oui la femme là-bas, oui, elle ne se souvient plus de son prénom mais ça n'a pas d'importance, oui, donc cette femme, oui, cette femme lui a dit que quand elle est passée devant la Ferme de la Pointe, oui, sur le chemin, oui, là-bas, dit la Mère, et elle allie le geste à la parole, oui, cette femme a donc regardé vers le Fjord et elle a vu quelque chose flotter à la surface de l'eau, à côté du bateau de ceux qui habitent à la Ferme de la Pointe, et elle a eu l'impression de voir un enfant, donc elle est allée frapper chez la mère, qui était à la maison, et elles sont descendues toutes les deux sur la Grève, et quand elles sont arrivées sur la Grève, la mère a vu que c'était son fils, son fils Bård, qui flottait à la surface de l'eau

C'est Bård, elle a dit

et la mère a pataugé dans l'eau froide, elle s'est même mise à nager pour attraper Bård, elle a réussi tant bien que mal à le ramener sur le rivage, elle l'a soulevé en le tenant contre sa poitrine, elle l'a porté jusqu'à la petite bande de terrain entre la Grève et le Raidillon, elle l'a posé par terre, il ne respirait plus, il avait perdu connaissance, et elle, oui, elle qui voyait son fils sans vie s'est dit qu'elle devait appeler le Docteur, et elle a couru chez elle à la Ferme de la Pointe, elle a composé le numéro de téléphone du Docteur, il lui a dit qu'il venait tout de suite, il lui a dit qu'ils devaient lui faire du bouche-à-bouche, essayer d'insuffler de l'air dans ses poumons, mettez votre bouche contre la sienne, soufflez de l'air dans ses poumons, quand il expire vous soufflez encore de l'air dans ses poumons, a dit le Docteur, ou quelque chose dans ce genre, et elle est redescendue en courant sur la Grève, et l'autre femme qui était présente avait déjà essayé de souffler de l'air dans les poumons de Bård, encore et encore, et cette femme, oui, celle dont le nom ne lui revient décidément pas, elle dit, a continué de lui faire du bouche-à-bouche comme le Docteur l'avait indiqué au téléphone, jusqu'à ce que le Docteur arrive, et il a fait pareil qu'elle ensuite, en appuyant sur le ventre et sur le cœur de Bård, en répétant ces gestes pendant un long moment, mais Bård était toujours aussi sans vie qu'avant, et le Docteur a fini par relever la tête, oui, par regarder le ciel, et il a dit que Bård était mort, qu'il s'était noyé, a dit celle dont la Mère a oublié le nom, dit la Mère, et elle a vu Bård étendu par terre, sans vie, et, non, elle n'a pas la force de revoir la scène, elle dit, et elle ferme les yeux, et elle dit que c'est là où elle s'est demandé où étaient ses enfants, ils ne se seraient pas noyés eux aussi, au moins ? elle a pensé, en plus ça faisait un bout de temps qu'elle ne les avait pas vus, donc elle est repartie en courant en direction de la maison, elle est montée sur le Ponton mais elle n'a vu personne, elle a regardé la surface de l'eau, autour du Bateau et tout, mais là non plus elle n'a vu personne, puis elle est repartie toujours en courant le long de la Grève, elle est remontée le long de la nationale, et jamais elle n'aurait cru qu'elle pouvait courir aussi vite, elle dit, et après avoir couru partout elle les a enfin trouvés, ils étaient là, c'étaient bien Asle et sa sœur Alida, oui, elle et lui, ils étaient vivants, ils vivaient, c'était incroyable, ils vivaient, ils étaient en vie, elle dit, et elle se remet à pleurer, elle serre Asle et la Sœur fort contre elle, si fort que ça leur fait mal, pense Asle, et il essaie de se libérer de l'étreinte de la Mère mais elle les serre encore plus fort, tellement fort qu'il peut à peine respirer, pense Asle, et la Boulangère dit que c'est impensable, si jeune, il n'avait même pas six ans et voilà qu'il s'est noyé, oui, il n'avait même pas encore commencé l'école obligatoire et voilà qu'il s'est noyé, non, c'est trop moche, elle dit, et Asle voit que le Boulanger ne dit rien, qu'il ne bouge pas, qu'il regarde droit devant lui

Le petit Bård de la Ferme de la Pointe s'est noyé, dit le Boulanger

Non, c'est à peine croyable, dit le Boulanger

C'est impensable, dit la Boulangère

Il voulait sûrement monter dans le bateau de la famille, dit le Boulanger

et la Mère dit qu'il a dû tirer le bateau et monter dedans, puis il a dû se casser la figure et tomber dans l'eau froide, en plus il ne savait pas nager, il n'a pas pu remonter à bord du bateau, c'est sûrement ce qui s'est passé, dit la Mère, et elle dit que quand elle était petite fille il est arrivé la même chose à un garçon de sa classe, il était parti pêcher et il est tombé à l'eau, il a été retrouvé mort, il s'était noyé, mais il n'a été retrouvé que longtemps après être resté dans l'eau, elle dit, et le Boulanger dit que c'est horrible, oui, c'est à peine croyable

C'est impensable, dit la Boulangère

Il n'y a pas de mots pour décrire cette horreur, dit le Boulanger

Non, dit la Mère

Non, non, non, dit la Mère

et elle serre Asle et la Sœur contre elle, elle les serre encore et encore, et elle dit qu'elle a eu tellement peur parce qu'elle ne les trouvait pas, elle a même cru à la fin qu'ils étaient avec Bård sur le bateau, qu'ils étaient eux aussi tombés à l'eau et étaient au fond du Fjord à l'heure qu'il est, elle dit, alors qu'ils sont tous les deux devant la Boulangerie, tous les deux en vie, vivants et bien en vie, et jamais, non, jamais elle n'a vu quelque chose d'aussi beau que ses deux enfants en face d'elle, vivants et bien en vie, en train de manger chacun une brioche, elle dit, et les larmes coulent au bas de ses joues, elles coulent et n'en finissent pas de couler, et elle lâche Asle et la Sœur pour essuyer ses larmes du plat de la main, elle essuie ses joues et ses yeux

Oui, je leur ai donné chacun une brioche, dit la Boulangère

Et je leur ai dit qu'ils devaient rentrer tout de suite à la maison, car ils n'avaient sûrement pas la permission de leur mère de se promener tout seuls comme ça, dit la Boulangère

et la Mère dit que non, non en effet

Des chenapans désobéissants, dit la Mère

et à ces mots elle éclate de rire, elle rit de joie entre ses larmes, et elle dit que c'est sûrement Asle qui en a eu l'idée, mais maintenant elle est tellement heureuse, tellement soulagée qu'elle n'a pas la force de se mettre en colère, elle veut juste rentrer à la maison, mettre ses enfants en sécurité, elle dit, et la Boulangère dit que, tiens, la Mère devrait emporter des brioches pour la peine, et elle retourne dans la Boulangerie

Non, il n'y a pas de mots pour décrire cette horreur, dit le Boulanger

Non, dit la Mère

C'est horrible, dit le Boulanger

Oui, dit la Mère

et ils ne disent rien, ils ne bougent pas, et la Boulangère revient avec un sachet marron

Oui, emportez donc des brioches, dit la Boulangère

et elle tend le sachet marron à la Mère

Oh, merci, oui, merci bien, dit la Mère

et la Mère prend le sachet marron, et Asle pense que c'est encore une nouvelle couleur marron, et la

Mère le prend par une main, celle qui tient le sachet marron rempli de brioches, et elle prend la Sœur par l'autre main, et elle dit que maintenant ils vont rentrer chez eux, en sécurité dans la maison, et ils ne bougent pas

C'est terrible cette nouvelle, dit la Boulangère

C'est à peine croyable, c'est même difficile de croire que ça ait pu arriver, dit le Boulanger

Je ne comprends pas, dit le Boulanger

Ça me dépasse, dit la Boulangère

Comment Dieu peut-il laisser faire ça ? dit le Boulanger

Comment Dieu, qui a tant de bonté en lui, peut-il laisser faire ça ? dit le Boulanger

Dieu n'existe pas, dit la Boulangère

Ou alors un Dieu qui n'a pas une once de bonté en lui, dit la Boulangère

Moi je crois que le pauvre petit est et repose à présent auprès de Dieu, dit la Mère

Oui, sûrement, dit le Boulanger

Il repose auprès de Dieu, le petit, oui, dit le Boulanger

Oui, le petit Bård, dit la Boulangère

et ils ne bougent pas, et Asle sent uniquement la Mère lui serrer la main si fort que ça lui fait mal, et il secoue légèrement sa main, et la Mère la lâche

Espérons qu'il repose auprès de Dieu, dit la Mère

et elle se retourne, et ils remontent le sentier qui mène à la nationale, et arrivés au bord de la route ils voient déjà leur maison, et Asle pense que Bård, Bård de la Ferme de la Pointe, s'est noyé, qu'il est mort, qu'il est parti pour toujours, que jamais plus Asle ne lui adressera la parole, et c'est à peine croyable parce que d'habitude ce ne sont que les personnes âgées qui meurent et qui s'en vont, pas les enfants, ce n'est pas possible que les enfants meurent, il pense, du moins il croyait que ce n'était pas possible, que la mort, le fait d'être parti pour toujours, était loin dans le temps, si loin qu'on ne pouvait pas le voir, il pense, et il entend la Mère dire que jamais elle n'a été aussi contente que quand elle les a vus, jamais de sa vie elle n'a éprouvé une telle joie, elle dit

Je suis tellement contente que je pourrais sauter de joie, elle dit

et elle fait un petit bond, et elle éclate de rire

Quand on sera rentrés à la maison, je vous ferai un chocolat chaud à tous les deux et on mangera des brioches en buvant du chocolat chaud, elle dit

et Asle pense que oui, oui il pense qu'il pourra manger des brioches en buvant du chocolat chaud, mais que non, non ce ne sera pas bon, sauf qu'il ne peut pas le dire, il ne peut pas le dire à la Boulangère qui a voulu se montrer gentille en offrant à la Sœur et à lui chacun une brioche, il était obligé de la prendre, de la manger et dire que c'était bon, et là il va faire pareil quand ils seront rentrés, même si la Mère sait pertinemment qu'il n'aime trop ni le chocolat chaud ni les brioches, elle a dû oublier, il pense, mais elle en tout cas elle aime les brioches et le chocolat chaud, il pense, et je suis assis dans ma voiture, et je regarde droit devant moi, et je suis déjà arrivé à l'Instefjord, et je roule le long du Sygnefjord, et je roule lentement, et je pense qu'en fait je ne voulais ni passer mon permis de conduire ni avoir une voiture, alors qu'aujourd'hui j'aime tellement faire de la voiture, je pense, et le Père était pareil, il ne voulait pas de voiture, mais la Mère en parlait, elle en parlait encore et encore, elle disait que ce serait bien d'avoir une voiture, et le Père a fini par dire oui, et la Mère a dit que ce serait bien que ce soit pour de vrai, qu'ils s'achètent une voiture, elle a dit, et le Père a fait oui de la tête, et là la Mère disait

Tu ne pourrais pas passer ton permis ? elle disait

et le Père disait que si, si il pourrait le faire mais il ne savait pas s'il allait réussir à tout apprendre, il avait déjà tellement à faire avec la récolte de ses fruits et la construction de ses bateaux dans la Remise, il disait, et puis ce serait cher de passer le permis, et encore plus cher d'acheter une voiture, il disait, et même si la récolte devait être bonne, oui, même s'il devait gagner beaucoup d'argent grâce à sa récolte, même s'il devait construire beaucoup de bateaux, et même si ces bateaux devaient être beaux et bien construits, non, l'argent gagné grâce à tout ça ne suffirait pas, il disait, ils s'en sortaient déjà bien comme ça, oui, ils s'en sortaient bien, mais est-ce qu'ils avaient vraiment les moyens de se mettre un emprunt sur le dos pour acheter une voiture ? il disait, non, pas qu'il sache, il disait, et la Mère disait qu'ils devaient tout de même avoir les moyens de s'acheter ce que les autres gens s'achetaient, ils n'étaient quand même pas moins bien lotis que les autres, elle disait, et il disait qu'il n'était pas certain de pouvoir tout apprendre, pas du tout d'ailleurs, il disait, et la Mère disait que si, si il y arriverait sûrement, et le Père disait que dans ce cas il s'agissait de trouver le temps pour le faire, lui qui était déjà bien occupé, oui, il avait tellement de choses à faire, s'ils voulaient s'en sortir il avait plutôt intérêt à construire pas mal de bateaux pendant l'hiver, et au printemps il devait entretenir le verger, s'occuper des arbres, les tailler, leur donner de l'engrais, les pulvériser, et l'été était la meilleure période pour vendre des bateaux, pour tous ceux qui avaient un chalet au bord du Fjord et voulaient s'acheter un bateau, et à l'arrivée de l'automne il fallait récolter les fruits, les trier, les mettre en cageots, les vendre, il disait, et sans parler de tout ce qu'il avait encore à faire, il disait, et la Mère disait que oui, oui ça faisait beaucoup, mais ce serait tellement bien d'avoir une voiture, de plus en plus de gens à Barmen en avaient une, oui, presque une famille sur deux du même âge qu'eux en avaient une, oui, presque tout le monde, elle disait

Bientôt il y aura plus de gens en voiture qu'à pied quand ils iront faire leurs courses à la Coopérative, il disait

Oui, justement, elle disait

On aurait pu faire des promenades en voiture, elle disait

On aurait pu aller jusqu'à Haugalandet, jusqu'à Hisøy ou jusqu'à Vika et aller voir mes parents, elle disait

Et mes frères et mes sœurs, et mes neveux et nièces, elle disait

Oui, il disait

et il ne disait plus rien

Ça coûte cher une voiture, il disait

Tu n'arrêtes pas de travailler, donc tu dois bien gagner un peu d'argent, et si les autres ont les moyens de s'acheter une voiture, nous aussi dans ce cas, non ? elle disait

Sauf que la fabrication des bateaux rapporte moins qu'autrefois, et comme la plupart des gens veulent un bateau en plastique, il est de plus en plus difficile de vendre des bateaux en bois, en tout cas à un prix à peu près raisonnable, et ce n'est pas les fruits qui me rapportent tant que ça non plus, encore moins depuis que l'importation de fruits a augmenté, il disait

Pourtant tu travailles tout le temps, tu es toujours occupé, elle disait

et elle disait que les autres gens, les gens qui travaillaient nettement moins que lui, ils avaient le permis et la voiture, elle disait

Ce n'est pas gratuit non plus de passer son permis, il disait

et il ne disait plus rien

Mais oui, oui un jour il faudra bien qu'on s'achète une voiture, il disait

J'ai hâte, elle disait

Oui, ce serait bien, il disait

et je viens de passer devant la ferme d'Åsleik, et la route est bien déblayée, comme d'habitude, car dès que la neige commence à tomber Åsleik est à l'œuvre sur son tracteur, je pense, et ça va être bien de rentrer chez moi, de revenir dans ma maison, je pense, et je quitte la nationale, je m'engage dans le chemin qui monte chez moi, lui aussi Åsleik l'a déblayé, je pense, et je m'arrête dans la cour, je reste assis dans la voiture, j'expire longuement, et je me dis que c'est drôlement bien d'être rentré à Dylgja, d'être revenu à la maison, d'être dans ma bonne vieille maison, je pense, et je descends de la voiture, et j'ouvre la portière arrière, je prends Brage dans mes bras, je le pose par terre dans la neige, et il batifole dans la neige, il file à toute vitesse ici et là, il lève ensuite une patte, il lâche un jet jaune qui creuse un trou et révèle la terre noire au milieu de la neige blanche, il se met à courir partout dans la neige poudreuse quand il a terminé, et je l'appelle, et il s'arrête, il ne bouge pas, il me regarde avec un air de défiance, et je me dis que j'ai enfin un chien, je pense, et je dis viens là Brage, et il vient vers moi en se dandinant, et je vais vers ma maison, avec le chien sur mes talons, et j'entre dans la Grande Pièce, et je vais à la cuisine, toujours avec le chien sur mes talons, et je verse de l'eau dans un bol, et je le pose dans le coin derrière la porte du couloir, et Brage se jette immédiatement dessus, il boit à n'en plus finir, et je prends un autre bol, j'y réduis une tranche de pain en grosses miettes, je pose le bol à côté de l'autre, et Brage se jette immédiatement dessus, il mange à toute vitesse, oui, il avait visiblement grand faim et grand soif, je pense, et je vois que le bol d'eau est vide, et je le remplis à nouveau, et je le repose par terre, et je vois que le bol de nourriture est vide lui aussi, et j'y réduis à nouveau une tranche de pain en grosses miettes, et je pose le bol à côté de l'autre, mais Brage renifle le pain et l'eau sans y toucher, et j'entre dans la Grande Pièce, avec le chien sur mes talons, et je me mets debout face au tableau avec ses deux traits qui se croisent dans le milieu, et même maintenant, dans l'après-midi, alors qu'il fait moitié jour, ou qu'il fait moitié nuit, ou quelle que soit la façon de l'exprimer, je pense, je vois que l'image brille, oui, même dans cette pénombre j'ai l'impression que la lumière brille dans toute l'image, et c'est presque incompréhensible, et pourtant je l'ai tout de suite compris, dès l'instant où je les ai peints, j'ai compris qu'avec ces deux traits j'étais arrivé à quelque chose, j'avais vraiment peint une bonne image, à sa façon, à sa façon rien qu'à elle, et je sais que je ne vais rien ajouter à cette image, et je pense que je réussirais sûrement à vendre cette image, mais à un bas prix, à un prix beaucoup trop bas, même s'il est fort probable qu'il s'agit là d'une des meilleures peintures que j'ai composées jusqu'à présent, je pense, une des peintures qui renferme le plus de lumière, je pense, et je pense que cette peinture je vais la garder pour moi, car même si je la vends elle disparaîtra dans la nature, et là je l'aurais alors perdue à jamais, car elle sera alors donnée ou revendue, et je sais que je n'en tirerai de toute manière pas beaucoup d'argent, personne ne voudra payer le prix fort pour cette peinture, et à coup sûr si c'est moi qui l'ai composée, je le sais pertinemment, donc cette peinture je vais la garder pour moi, car en fait, oui, même si aux yeux des autres il s'agit d'une peinture ratée, puisque c'est peut-être une peinture ratée, pour ce que j'en sais, il n'empêche qu'à mes yeux à moi il s'agit d'une image où j'ai réussi à capturer ce que j'essaie de capturer dans toutes mes images, je pense, ce quelque chose, cette chose, oui, cet indicible, cet indicible qui est peut-être visible malgré tout, qui est presque visible, oui, ce quelque chose qui, pour autant qu'on puisse le montrer d'une manière ou d'une autre, est davantage visible que dicible, mais pas seulement dans une peinture, car ce quelque chose peut être montré tout aussi bien dans la fiction, dans la littérature, je pense, et cette image ne ressemble en rien aux autres que j'ai pu peindre, aussi parce que la toile est visible, car j'ai toujours eu pour habitude de recouvrir d'abord la toile d'une couche de peinture blanche au lieu de peindre directement à même la toile, c'est pour ça que j'utilise autant de peinture blanche, je pense, et je pense que je suis tellement fatigué que la seule chose juste, la seule chose dont j'ai envie, serait de dormir un peu, je pense, et je suspends ma sacoche en cuir marron au crochet du portemanteau entre la porte de la chambre et la porte du couloir, et je vais dans le couloir, je suspends mon manteau noir, je retire mes chaussures, et je retourne dans la Grande Pièce, je retire mon veston en velours noir, je le pose sur le dossier de la chaise placée à la gauche de la table ronde, je vais à la banquette installée dans un coin, et je m'allonge, et même s'il fait froid dans la pièce, bien que le poêle électrique soit resté allumé depuis mon départ, et je devrais d'ailleurs faire un feu dans le poêle à bois, je m'allonge quand même sur la banquette, et j'étends sur moi la couverture grise, celle que la Mémé avait elle aussi sur elle lorsqu'elle vivait encore dans la Vieille maison, qu'elle était malade, juste avant d'être conduite à la Maison de retraite, elle me l'a donnée et je l'ai emportée quand j'ai quitté le foyer familial pour aller au Lycée, et depuis je l'ai toujours eue avec moi, où que j'aille vivre la couverture grise m'a suivi, je pense, et je vois Brage me rejoindre, et il saute sur la banquette, et il se couche contre moi, et j'étends la couverture sur lui également, et je lui caresse le dos, je caresse son pelage encore et encore, de haut en bas et de bas en haut, et Brage se love contre moi, et ça me fait du bien de sentir la chaleur du chien contre moi, et je pense que ça y est, j'ai enfin un chien, et c'est drôlement bien qu'Åsleik ait déblayé le chemin, oui, tant la nationale que le chemin qui monte à ma maison, oui, comment je me débrouillerais sans Åsleik ? sans lui et son vieux tracteur ? qui sinon lui aurait déblayé le chemin qui monte à ma maison ? oui, j'aurais dû faire comme autrefois, avant que je ne fasse construire le chemin, j'aurais alors dû garer la voiture en bas le long de la nationale et remonter à pied, mais avec cette côte raide j'avais toujours l'impression de marcher pendant tout un moment, encore plus quand j'avais des choses à porter, donc porter des choses à la maison était toujours une corvée, oui, c'était une corvée, mais j'aurais fait avec, forcément puisque je faisais déjà avec avant de décider de faire construire le chemin, et je m'en sortais relativement bien, je pense, et toujours est-il que dès qu'une couche de neige se dépose Åsleik est déjà à l'œuvre avec son tracteur, en plus il est toujours chez lui, hormis deux jours par an quand il va voir la Sœur à Øygna, au bord de l'Instefjord, pour fêter Noël avec elle, je pense, et je m'emmitoufle dans la couverture, et je reste allongé sur la banquette avec Brage lové contre moi, et je ferme les yeux, et je sursaute car soudain j'entends un bruit strident, et c'est ce bruit, je pense, comme s'il venait d'un endroit juste à côté de moi, tout près de moi, un bruit de frottement et de crissement, un bruit qui doit venir d'un vieux tracteur, je pense, et je ne me sens plus aussi fatigué que tout à l'heure, donc j'ai dû m'assoupir, je pense, et il faut maintenant que je me lève, que je fasse quelque chose, je pense, et le bruit de frottement et de crissement est maintenant tout près de moi, je pense, et je me lève, et Brage se lève lui aussi, il me regarde, donc oui, oui maintenant j'ai un chien, je pense, et j'y ai souvent pensé, j'ai souvent pensé qu'il serait bien d'avoir un chien, simplement ça ne s'est jamais fait, je pense, et je regarde la chaise où j'ai l'habitude de m'asseoir, celle de gauche, placée devant la table ronde, et je vais m'asseoir dans la chaise, et Brage me suit, il saute sur moi, il se couche sur mes genoux, il regarde dans la même ligne de mire que moi, là où la cime du pin au bas de ma maison doit se retrouver au centre de la vitre du milieu dans la fenêtre aux deux battants, au centre du battant droit, et je regarde le point de repère que je regarde toujours, à peu près dans le milieu de la mer de Sygnesjøen, et je vois les vagues, et ça me calme d'une certaine manière de regarder le même endroit, de regarder mon point de repère, les vagues qui s'y agitent, je glisse lentement mais sûrement dans un assoupissement qui ressemblerait presque au sommeil mais n'en est pourtant pas un, peut-être, je pense, et je remarque qu'il fait froid dans la pièce, je ferais mieux de faire un feu dans le poêle, mais c'est toujours si laborieux, la plupart du temps je repousse ce moment jusqu'à ce que je doive littéralement faire du feu, je pense, et là, oui, là il fait tellement froid dans la pièce que je dois faire du feu, je n'ai plus le choix, je pense, et je caresse le dos de Brage, je caresse son pelage encore et encore, et je pense que je vais faire du feu, maintenant, tout de suite, je pense, et je réentends ce bruit, ce bruit de frottement et de crissement, je pense, et dire que je suis comme ça, assis, oisif, désœuvré au point de ne même pas faire du feu alors qu'il fait froid dans la pièce, je pense, et je réentends encore ce bruit, ce bruit de frottement et de crissement, et il est tout près de moi, et ça ne fait pas de doute, ce bruit de frottement et de crissement doit venir du vieux tracteur d'Åsleik, je pense, et Åsleik ne va pas tarder à frapper à la porte, je pense, ce qui veut dire qu'il a recommencé à neiger, je pense, et je regarde les vagues, et je vois Asle et la Sœur marcher en direction de la Laiterie, ils marchent main dans la main, il se sont même mis à marcher plus vite, ils veulent visiblement arriver le plus rapidement possible à la Laiterie pour rentrer ensuite chez eux tout aussi rapidement, je pense, et là je dois vraiment me mettre debout, je dois vraiment faire du feu, et Åsleik est surement dans la cour à l'heure qu'il est, je pense, et j'entends la Sœur dire qu'on n'entend plus le bruit de frottement et de crissement, et Asle dit que oui, et la Sœur dit que c'était un bruit horrible, et j'entends qu'on frappe à la porte, et je me lève, et j'oublie l'espace d'un instant que j'ai Brage sur mes genoux, et il tombe par terre au moment où je me lève, et il pousse un grognement affreux

Tais-toi, je dis

et Brage continue de grogner

Tais-toi, je dis

et je le dis d'une voix forte et puissante, et je soulève Brage, et je le tiens dans mes bras, et il s'arrête d'aboyer, et je pense que ça doit être Åsleik qui a frappé, oui, Åsleik, mon voisin et ami, je pense, et je vais dans le couloir, et j'ouvre la porte d'entrée, et je vois qu'il a beaucoup neigé depuis que je suis rentré chez moi, et je vois Åsleik sur le seuil, avec sa longue barbe grise, son paletot marron et sa toque en fourrure avec des cache-oreilles

T'as un chien maintenant ? il dit

Pour une surprise, c'en est une, il dit

C'est un chiot ? il dit

et je dis que je m'occupe du chien d'une connaissance de Bjørgvin, que ce n'est pas un chiot mais un petit chien, je dis, et Åsleik demande si c'est le chien de celui qui porte le même nom que moi, et je dis que oui, et Åsleik dit que j'ai tellement souvent parlé d'avoir un chien qu'il croyait que je l'avais fait pour de vrai

Non, je dis

et je pose Brage par terre, et il aboie à plusieurs reprises sur Åsleik qui lui tend alors la main, et le chien la sent puis se calme

Il s'appelle Brage, je dis

Pas mal comme nom de chien, il dit

et je vois Brage sauter et courir dans la neige, et il soulève une patte pour pisser, et Åsleik dit

Ah, j'ai déblayé le chemin pour toi, il dit

Sauf qu'il s'est remis à neiger, il dit

Ce n'est pas souvent qu'il neige autant à Dylgja, je dis

Il s'écoule toujours pas mal d'années entre chaque chute de neige, il dit

et on ne dit plus rien, et on ne bouge pas, et je me sens d'un coup fatigué, et je remarque qu'Åsleik a envie de discuter, et je ne peux pas faire autrement que de l'inviter à entrer

Entre donc, je dis

Si tu veux bien ? il dit

Oui oui, je dis

T'en as mis du temps avant de me laisser entrer, dis donc, il dit

Fais comme chez toi, je dis

D'accord, il dit

Il fait froid à force, quand on reste dehors, je dis

Oui, il dit

et il dit qu'il m'a apporté quelque chose, et il retourne à son tracteur, il sort deux sacs en plastique de la cabine du conducteur, il revient vers moi, et il me tend les sacs

Oui, j'ai quelque chose pour toi, il dit

Et tu peux sûrement deviner ce que c'est, il dit

et il me donne les sacs, et il en monte une forte odeur des meilleures côtes d'agneau fumées qui soient, et je vois qu'un des sacs en est quasiment plein, et je vois que l'autre contient d'énormes filets de morue fermentée, chacun bien enveloppé dans un sachet en plastique

Merci beaucoup, je dis

C'est forcé, oui, il dit

C'est du donnant donnant, il dit

Oui, merci, je dis

et je ne bouge pas, je tiens les deux sacs plastique dans chaque main, et leur poids dans mes bras me procure une bonne sensation, et ses sacs il les a bien remplis, Åsleik, oui, je pense

J'en ai pris pas mal cette année, il dit

Tu le sens, hein ? il dit

J'en ai mis plus que ce que je te donne d'habitude, il dit

Oui, je dis

et un silence retombe

Et c'est parce que, il dit

Oui, je dis

Et c'est parce que j'aimerais bien avoir un grand tableau cette année, pour l'offrir en cadeau de Noël à la Sœur, il dit

Elle en a suffisamment, des petits tableaux, il dit

Parce qu'elle a toujours un petit tableau à Noël, il dit

Je t'ai presque soupçonné de peindre des petits tableaux uniquement pour que je puisse lui en offrir un, il dit

et j'entends ce qu'il dit, et maintenant que j'y réfléchis peut-être que c'est ce que j'ai fait, après tout ? je pense, mais ces derniers temps je n'ai pratiquement pas peint de petits tableaux, je n'en ai que quelques-uns, quatre ou cinq peut-être, donc c'est bien de donner à Åsleik un grand tableau, mais le tout dernier, celui avec la croix de Saint-André, non, celui-là il ne peut pas l'avoir, c'est sûr et certain, je préférerais encore qu'il reprenne sa viande et son poisson et qu'il rentre directement chez lui, mais non, ça aussi ce serait stupide, car Åsleik fait chaque année des côtes d'agneau fumées au goût exceptionnel, et sa morue fermentée a un goût tout aussi exceptionnel, sans parler de son mouton séché, mais il va falloir qu'on se mette d'accord sur l'image que je vais lui donner, c'est juste que question peinture il s'y connaît, Åsleik, il voit quasiment tout de suite si c'est une bonne ou une mauvaise image, et il choisit toujours la meilleure, oui, parmi les petits tableaux que je lui ai présentés il a choisi jusqu'à présent toujours le meilleur, je pense, et Åsleik dit que la Sœur a des tableaux de moi partout dans la maison, dans le couloir, dans le salon, dans la cage d'escalier, oui, il ne sait pas dans quels endroits de la maison elle n'a pas de tableaux que j'ai peints, même au-dessus de son canapé elle a trois petits tableaux d'accrochés, mais ce serait plus joli qu'elle en ait un grand, il dit, donc cette année il aimerait vraiment un de mes grands tableaux, et je dis que oui, oui c'est d'accord, parce que c'est vrai ce qu'il dit, il a toujours eu un des petits tableaux, je n'y avais jamais pensé avant, même si ce qu'il dit est tout à fait juste, je dis

Oui, cette année tu n'auras qu'à choisir un grand tableau, je dis

et Åsleik dit qu'il ne voudrait pas être insistant ou insolent, mais il serait reconnaissant envers moi s'il pouvait emporter le tableau aujourd'hui, car il ne voudrait pas dire mais Noël approche et il doit emballer le tableau dans du beau papier cadeau, avec des lutins et des anges et tout, il dit, et il doit mettre un beau ruban rouge autour du paquet, avec une petite carte qui dira Pour ma chère Sœur Guro, il dit, et, oui, il sait très bien qu'il me l'a demandé chaque fois ces dernières années mais ce serait chouette que je l'accompagne pour fêter Noël chez la Sœur, il n'y a qu'eux deux de toute manière, donc ce serait bien pour eux si je venais, et bien sûr c'est toujours plus sympathique et surtout plus sûr d'avoir deux personnes plutôt qu'une seule dans le Bateau, il dit, donc non seulement ça l'arrangerait pour la traversée mais il serait en plus très content si je venais fêter Noël avec la Sœur, dans le Sygnefjord, oui, il faut presque une petite journée pour aller à Øygna avec le Bateau, il dit, même s'il fait la traversée chaque année depuis un bon nombre d'années, aller et retour, il dit

Tu l'appelles juste la Sœur ? je dis

et je pense mais pourquoi je lui pose cette question ?

Ben oui, il dit

Oui, je l'ai toujours appelée la Sœur, moi, il dit

Oui, je dis

Et pourtant elle s'appelle Guro, il dit

Oui, je dis

Oui, Guro, il dit

et on ne dit plus rien

Mais entre donc à la fin, je dis

et Åsleik dit merci, et il entre dans le couloir, et j'appelle Brage, et il entre à son tour dans le couloir, mais en courant, et il ne bouge plus, il s'ébroue pour ôter la neige qu'il a sur lui, et la neige vole dans tous les sens, et je referme la porte d'entrée, et Åsleik dit qu'il ne peut tout de même pas entrer avec ses bottes pleines de neige dans mon salon, ou dans mon atelier, ou quel que ce soit le nom qu'il faille lui donner, donc si je ne vois pas d'inconvénients à ce qu'il enlève ses bottes et qu'il aille choisir un tableau aujourd'hui, oui, ce serait tout aussi bien, il dit, et je dis oui, oui bien sûr, il n'a qu'à entrer, il est toujours le bienvenu, je dis, et Åsleik dit que dans ce cas il ferait sans doute mieux d'enlever son paletot pendant qu'il y est, même si c'est un peu compliqué, il dit, et il enlève ses bottes et sa toque en fourrure, il baisse la fermeture-éclair de son paletot marron, il se tortille un peu pour l'enlever, et il dit que ce paletot est une vraie plaie à enlever mais qu'il vous tient bien au chaud, ah sûr, il dit

Oui, elle s'appelle Guro, ma sœur, il dit

Oui, je dis

et je pense que c'est étonnant car la femme que j'ai rencontrée à Bjørgvin et qui a gardé Brage pour la nuit chez elle, oui, elle aussi s'appelait Guro, alors que ce n'est pas un nom très courant, mais peut-être que c'était un nom commun dans les villages à une époque, je pense

Oui, et le chien s'appelle Brage, je dis

C'est un joli petit toutou, il dit

et il tend la main encore à Brage, et le chien va vers Åsleik, il lui lèche la main deux ou trois fois, et Åsleik ébouriffe le pelage de Brage, et ça y est, je pense, ils sont devenus amis tous les deux, je pense

Oui, tu es un gentil Brage, il dit

et il dit que si j'ai besoin de quelqu'un pour garder le chien je n'ai qu'à l'appeler, et je pense que c'est assez étrange, en fait, pendant toutes ces années Åsleik a toujours appelé sa sœur la Sœur et presque jamais Guro, je pense, et on entre dans la Grande Pièce, et Åsleik dit qu'il fait tellement froid dans la pièce qu'il va devoir retourner chercher son paletot dans le couloir, il dit, et je n'ai pas un feu dans le poêle ? il dit, j'en ai pourtant beaucoup dans la Remise, du bois, il dit, l'été dernier il a stocké chez moi un énorme chargement de bois, même qu'on l'a empilé dans la Remise tous les deux, il dit, du bon bois de bouleau bien sec et une bonne quantité de petit bois et des copeaux de bois pour allumer le feu, il dit, et dire que malgré tout ce bois je ne fais pas de feu dans le poêle ? il dit, parce que non seulement j'ai du bois dans la Remise à ne plus savoir qu'en faire, mais j'ai aussi beaucoup de bois dans la boîte à bois, il le voit d'ici, en plus j'ai aussi du petit bois et des copeaux de bois pour allumer le feu, oui, là je suis devenu tellement zinzin que je préfère grelotter plutôt que d'allumer un bon feu de bois dans le poêle, ah non sûr, ça va pas, il dit, Åsleik, et je ne sais pas trop quoi dire, parce qu'il faut bien que je me défende ou que je m'explique d'une manière ou d'une autre, mais qu'est-ce que je dois dire ? et d'abord pourquoi je n'ai pas allumé le poêle ? je pense, oui, c'est sans doute juste parce que j'étais trop fatigué, je pense, et ça je peux bien le dire, je pense

J'étais tellement fatigué que je me suis couché directement, je dis

Oui, oui je comprends, il dit

Aller et revenir comme ça à Bjørgvin, faire la route trois fois le même jour, revenir le jour d'après, oui, sûr que tu es fatigué, il dit

Oui, je dis

Quand je suis rentré à la maison, je me suis allongé sur la banquette avec la couverture sur moi, et le chien s'est couché à côté de moi, donc je n'ai pas eu froid, je dis

Oui, si tu t'emmitoufles dans une bonne couverture, forcément tu n'as pas froid, il dit

et il dit que la chaleur du corps reste en quelque sorte emprisonnée dans la couverture et que grâce à elle on reste bien au chaud, mais vu que je suis fatigué il peut très bien allumer le poêle pour moi si je veux, c'est vite fait, il dit, et je vois Åsleik aller vers le poêle et ouvrir le couvercle, et il met du bois dedans, et je vais dans la cuisine, et je vois les six sacs de courses d'hier toujours posés sur la table de la cuisine, oui, je suis retourné à Bjørgvin sans déballer les sacs, je pense, et je ferais mieux de tout ranger sans tarder, il y a déjà tellement de sacs sur la table de la cuisine que je dois tout de suite mettre l'agneau et le poisson qu'Åsleik m'a apportés dans le garde-manger sous l'escalier du grenier, comme j'en ai l'habitude, même si ça peut attendre après tout, car les côtes d'agneau fumées et la morue fermentée se garderont très bien dans la cuisine froide, je pense, et je pose sur la table les deux sacs qu'Åsleik m'a apportés, à côté des autres sacs qui y sont déjà, et maintenant ça fait en tout pas moins de huit sacs à provisions sur la table de la cuisine, je pense, et je retourne dans la Grande Pièce, et je vois la trappe du poêle ouverte, et Åsleik regarde les flammes dans le poêle

Ça a pris tout de suite, dis donc, il dit

Donc il va vite faire bien chaud, il dit

et il tend les mains vers le poêle, et il dit que le poêle est déjà bien chaud et qu'il dégage une bonne chaleur

Tu as dû prendre froid, sûr, tu ferais mieux de venir te réchauffer un peu, il dit

et à dire vrai j'ai un peu froid, et je vais vers Åsleik, et je me mets à côté de lui devant le poêle, et je tends mes mains au-dessus du poêle, et ça fait du bien de sentir la chaleur monter vers mes mains, et je sens qu'elles étaient vraiment très froides, je pense

Il va pas tarder à faire tiède dans la pièce, il dit

et Brage nous rejoint en trottinant, et il se couche devant le poêle, et je suis moi aussi devant le poêle, je ne bouge pas, je ne dis rien

Et, tiens, je pourrais peut-être regarder les tableaux et en choisir un pour la Sœur pendant que j'y suis, non ? il dit

Oui, je dis

et Åsleik se retourne, et il dit que la pile des grands tableaux terminés a drôlement augmenté, dis donc, il dit, alors que la pile des petits tableaux terminés n'est pas aussi importante, il dit, donc je n'ai pas dû peindre autant de petits tableaux que d'habitude, il dit, Åsleik, et je dis que c'est vrai, que je ne sais pas pourquoi, ça s'est fait comme ça, je dis, et il dit que c'est souvent comme ça, les choses se passent comme elles doivent se passer, il dit, et on ne bouge pas, on reste devant le poêle, on ne dit rien, et je sens la chaleur se répandre dans mon corps, et ça me fait du bien, et Åsleik dit encore qu'il voudrait un grand tableau cette fois-ci, que toujours, pour une raison ou une autre, je lui ai donné un petit tableau, il dit, et y a pas à dire, il dit, bien sûr que je dois être économe si je veux m'en sortir, les tubes de peinture à l'huile et les toiles et tout, c'est pas donné de nos jours, non, sûr, il dit, Åsleik, et bien sûr aussi que je gagne plus d'argent pour les grands tableaux que pour les petits, tout ça il le comprend, il dit, mais ça fait déjà un bon couple d'années qu'il pense qu'il voulait vraiment offrir un grand tableau à la Sœur, mais comme je l'ai toujours emmené vers la pile des petits tableaux pour les lui montrer c'est eux qu'il a regardés et parmi eux qu'il en a choisi un, il dit, et quand il n'arrivait pas à se décider c'est moi qui en ai choisi certains, qui les ai posés sur la table de salle à manger, dans la Grande Pièce, mais toujours parmi les petits, oui, il dit, Åsleik, oui, enfin, si tant est qu'on puisse encore appeler ça une table de salle à manger, il dit, ça fait des années qu'on ne peut plus la qualifier de table de salle à manger à proprement parler, de table autour de laquelle on pourrait s'asseoir pour manger, étant donné qu'elle est recouverte de tubes de peinture et de pinceaux, il y a même un marteau et des clous, une scie et des chiffons, des torchons déchirés et tout un tas d'autres déchets, non, sûr, il dit, il ne sait pas comment je peux retrouver ce dont j'ai besoin dans ce bazar, il dit, Åsleik, mais au moins j'ai cette bonne table rectangulaire à la cuisine, oui, elle est pas de la première jeunesse vu qu'elle était là bien avant qu'Ales et moi on emménage dans la maison, oui, elle était là quand la vieille Alise vivait dans la maison, il dit, oui, et pareil pour la table de salle à manger, oui, tous les meubles d'ailleurs, oui, sûr, on n'a donc pas changé grand-chose, parce que même la table ronde avec ses deux chaises elles sont toujours devant la fenêtre comme autrefois, quand la vieille Alise vivait encore dans la maison, et même la banquette elle est dans le même coin qu'autrefois, il dit, Åsleik, et le silence retombe

Oui, toi et Ales, il dit

Ales et Asle, oui, il dit

Oui, je dis

C'est bien triste qu'elle doive tomber malade et qu'elle doive partir si tôt, et si rapidement, il dit

et on ne bouge pas, et on ne dit rien, on reste immobiles, oui, inertes pour ainsi dire, et je revois Ales la première fois que nous sommes entrés ensemble dans la cuisine, et je la revois me dire qu'elle les avait toujours trouvées tellement belles, la vieille table de cuisine d'Alise avec les vieilles chaises, elle a dit, et quand nous sommes entrés dans la Grande Pièce elle a dit la même chose à propos des meubles qui y étaient entreposés, elle aimait particulièrement la table ronde avec les deux chaises devant la fenêtre pour qu'on puisse s'asseoir et regarder la mer de Sygnesjøen, ça notamment elle l'avait toujours aimée, elle a dit, et elle s'est assise sur la chaise de droite et moi sur la chaise de gauche, et c'est toujours comme ça qu'on s'est assis après, moi sur la chaise de gauche, où je suis d'ailleurs toujours assis, et Ales sur la chaise de droite, je pense, et je me retourne, et je vois Ales assise sur la chaise de droite, elle regarde la mer de Sygnesjøen, elle est assise face à la fenêtre, elle ne bouge pas, ses longs cheveux noirs détachés tombent dans son dos, et je ne veux pas la voir, je ne veux pas penser à elle, je ne veux pas la voir et je ne veux pas penser à elle parce que ça me fait tellement mal, le manque est trop grand, donc je ne veux pas, je pense, et Åsleik dit qu'il est désolé, qu'il n'aurait pas dû parler d'Ales, et je ne dis rien, et on ne bouge pas, on reste devant le poêle, et Åsleik dit que le plus simple oui, comme il l'a déjà dit, ce serait de choisir un tableau aujourd'hui, ou au moins de regarder les tableaux aujourd'hui pour y réfléchir ensuite, pour penser à celui que la Sœur préfèrerait, pour autant qu'il n'arrive pas à se décider tout de suite, il dit et je dis que oui, oui bien sûr qu'il peut regarder les tableaux aujourd'hui, je dis, et je pense qu'à part Åsleik il n'y a en fait personne à qui je montre mes images avant qu'elles ne soient exposées dans la Galleri Beyer à Bjørgvin, et ma prochaine exposition là-bas n'est dans pas très longtemps, mais comme j'ai suffisamment d'images en fait je n'ai plus qu'à les emporter à Bjørgvin, dès que j'aurai le temps, oui, les treize images que je vais exposer à la Galleri Beyer, ou plutôt ça fera treize quand Åsleik en aura pris une pour lui, ni plus ni moins, et tant pis si c'est moins que d'habitude, d'habitude j'ai treize grandes images et six petites, dix-neuf en tout, j'ai une grande foi dans le chiffre neuf, je veux toujours qu'il soit présent, ou alors que des chiffres additionnés aboutissent au chiffre neuf, je pense, et tant pis aussi si la femme qui visiblement s'appelle Guro m'a dit que le chiffre qui me porte chance, oui, mon chiffre porte-bonheur, est le huit, ou quatre fois deux, comme elle l'a dit également, car c'est le nombre auquel elle a abouti en additionnant les chiffres de mon anniversaire, mais je reste sur le chiffre neuf, ou sur le chiffre sur trois, je pense, donc en fin de compte je ne suis plus très sûr du chiffre treize, parce que je crois que treize peut être à la fois un bon et un mauvais chiffre, pareil pour huit, peut-être, je pense, et puis non, huit est un bon chiffre, je pense, mais il n'empêche que d'habitude j'ai toujours dix-neuf images, des petites pour la plupart, parce que la Galleri Beyer n'est pas très grande, et Beyer m'a dit qu'il ne voulait pas plus, donc je n'en ai jamais eu plus que dix-neuf, même s'il m'est arrivé d'apporter neuf images et là Beyer m'a dit que ce n'était pas suffisant, ou tout juste suffisant, qu'à l'avenir je ne devais pas en apporter moins, il a dit, tout dépendant bien sûr de la taille des images, mais bon, les images que je peins ne sont jamais très grandes, elles sont soit un peu plus grandes soit un peu plus petites, de temps en temps une image est longue et mince comme celle avec les deux traits qui se croisent, celle qui forcément, puisque ce n'est pas possible autrement, je pense, va s'appeler Croix de Saint-André, et je peindrai aujourd'hui le titre sur le montant du châssis, avec une couche épaisse de peinture à l'huile noire, et je la signerai en peignant un A majuscule sur la toile, dans le coin en bas à droite, comme j'en ai l'habitude, et si j'étais seul je le ferais tout de suite, et je le ferai dès qu'Åsleik sera parti, je pense, et il faudra que j'emporte les tableaux à Bjørgvin dès que possible, il faut que j'en finisse, je pense, et si j'ai fait deux fois le trajet à Bjørgvin sans emporter les tableaux je suppose que c'est parce qu'Åsleik n'a pas encore choisi son image, je n'y ai pas pensé avant mais ça doit être pour ça, je pense, dès qu'Åsleik aura choisi son image j'emporterai les tableaux à Bjørgvin, parce que Beyer veut toujours accrocher les tableaux lui-même, il dit que l'accrochage est très important, car l'exposition entière est un peu comme une peinture à part entière, il dit, et cette peinture, oui, c'est le tableau qu'il peint, oui, ou qu'il assemble, ou quelle que soit la façon de la dire, il dit, et je n'ai vraiment aucune opinion arrêtée sur la façon dont les tableaux doivent être accrochés, sur l'ordre dans lequel ils doivent être accrochés et tout, et avant que Beyer ne voie les tableaux, depuis qu'Ales est partie, Åsleik est le seul à les voir, à dire vrai, et il a un œil étonnamment bon pour les images, il voit souvent la même chose que moi, il a presque toujours la même opinion que moi sur une image, il choisit presque toujours l'image que j'aurais moi-même choisie si j'avais dû le faire, donc d'un certain point de vue la Sœur, celle qui s'appelle Guro, a probablement la meilleure collection de mes images, certes limitée aux petites, mais à dire vrai je dis de toute façon tout autre chose dans les grandes, et jusqu'à présent la Sœur n'a eu que des petites, c'est vrai

Et tu pourras emporter un des grands tableaux, ça va de soi, je dis

Bien sûr, il dit

J'aurais pas dû te le dire, que tu me donnes toujours un des petits, il dit

et je pense que c'est vrai, je lui ai toujours offert une petite image, mais je ne l'ai pas fait consciemment, et j'en ai d'ailleurs un peu honte, non que j'aie pensé qu'il ne méritait pas une grande image, lui ou sa Sœur d'ailleurs, mais pour une raison que j'ignore, je me suis imaginé qu'Åsleik préférait offrir une petite image à la Sœur et que la Sœur préférait recevoir une petite image en cadeau, oui, d'une certaine manière j'aurais eu l'impression de m'imposer en proposant à Åsleik d'en prendre une grande, puisque avec le temps elle a fini par être propriétaire de beaucoup de peintures, une nouvelle tous les ans, donc j'ai sans doute pensé qu'une grande serait trop, qu'elle n'aurait pas assez de place sur ses murs pour accrocher toutes les images

Et maintenant tes peintures, elles sont presque dans toute la maison de la Sœur, il dit

Et c'est très bien comme ça, pas vrai ? il dit

et Åsleik dit que la Sœur est chaque année toujours aussi contente et toujours aussi reconnaissante pour l'image qu'elle reçoit en cadeau, et il va vers la pile des grandes peintures, et je le vois parcourir la pile du regard, il regarde attentivement chaque image, une par une, et je ne bouge pas, je reste debout devant le poêle, je regarde le feu, et je pense que j'ai rangé dans l'une des deux chambres mansardées du grenier les tableaux que je n'ai jamais voulu vendre, dont deux parmi les premières images que j'ai composées quand j'ai commencé à peindre de la façon dont je voulais peindre, qui ne sont pas des peintures de maisons et de bâtiments effectuées à partir de photographies, et ces deux images sont toujours parmi les meilleures que j'ai composées, des images où à mes yeux j'ai vraiment réalisé quelque chose, oui, quelque chose de plus que ce que je peux en fait réaliser, quelque chose de plus grand que la vie, si tant est qu'on puisse le dire de cette façon ? oui, et tant pis si c'est une façon un peu grandiloquente de le dire, tant pis si ça paraît trop grandiose et trop grandiloquent, car oui, quand même, dans certaines images, j'arrive à accomplir ce que je voulais réaliser, je le vois, je le sais, et bien sûr que ce que dit l'image ne peut être dit autrement que de la manière dont cette image le dit, et ces images, mes meilleures images, je ne veux pas les vendre car je sais que vraisemblablement personne d'autre ne verra la nature de ce que renferment ces images, ni la valeur de ces images d'ailleurs, oui, la valeur, et quoi qu'il en soit je n'en obtiendrais qu'une somme beaucoup trop basse si je les vendais, et la valeur et le prix ne correspondraient en rien, voilà pourquoi je ne les vends pas, mais dans la chambre mansardée du grenier que je n'utilise pas en guise d'entrepôt j'en ai presque toujours une en exposition, une et une seule, depuis longtemps maintenant, et c'est un portrait que j'ai peint d'Ales, je pense, parce qu'il y a deux chambres mansardées dans le grenier, et j'utilise une pièce pour le stockage du matériel, beaucoup des montants que j'utilise pour faire des châssis, beaucoup de toiles, énormément de tubes de peinture à l'huile et encore plus de térébenthine, alors que l'autre chambre mansardée du grenier, celle de gauche, elle ne contient qu'une chaise, placée dans le milieu de la pièce entre les deux petites fenêtres du mur pignon, et sur cette chaise j'ai toujours posé contre le dossier un des tableaux que je ne veux pas vendre, et je ne veux pas les vendre car alors ils partent chez quelqu'un d'autre et ils disparaissent dans la nature, comme vont d'ailleurs le faire les deux piles de tableaux inclinés contre le mur tout près de la porte de la cuisine, car même si Beyer a soigneusement noté le nom et l'adresse de l'acheteur, oui, puisqu'il a photographié tous les tableaux depuis ma toute première exposition, il les a numérotés et il a noté le nom de l'acheteur, oui, même là, personne ne sait ce qu'il advient du tableau par la suite, si l'acheteur l'a donné ou revendu à quelqu'un d'autre, oui, le tableau disparaît alors dans la nature, à proprement parler, et il n'y a plus aucun moyen de le retrouver, oui, il y a des tableaux que j'ai vendus et que j'ai regretté d'avoir vendu, surtout les images que j'ai peintes quand j'allais à l'École des Beaux-Arts, jusqu'à ce que je prenne conscience qu'il y a des images que je refuse tout bonnement de vendre, et ce sont celles qui sont rangées dans le grenier, je garde donc les images que je ne veux pas vendre dans la chambre mansardée de gauche, et j'en change régulièrement, je remplace par une autre celle que j'ai posée contre le dossier de la chaise, et parfois, surtout quand je n'arrive plus à peindre, quand je n'arrive plus à avancer dans ma peinture, je monte au grenier pour regarder l'image exposée contre le dossier de la chaise, ou bien je prends une autre image et je la pose contre le dossier de la chaise, et j'ai une autre chaise placée à quelques mètres de la chaise avec l'image, et je m'assieds sur cette chaise, et je regarde l'image, je la regarde encore et encore, oui, je peux rester assis comme ça depuis un certain temps, sans que je sache depuis combien de temps, et j'essaie de voir pourquoi dans le fond je continue à peindre des images, je reste assis et en silence je m'enfonce de plus en plus dans ce que je vois, dans ce qui est plus grand que la vie, peut-être, et tant pis si ce n'est pas la bonne façon de le dire, parce que, oui, ces images qui parlent en silence hors d'elles, qui disent la vérité, renferment une sorte de lumière, une sorte d'obscurité lumineuse, une lumière invisible, et là, quand je suis entré dans cette vision, ou dans cette manière de voir, ce n'est pas moi qui vois mais quelque chose qui voit à travers moi, en quelque sorte, et là je trouve toujours un moyen pour reprendre la composition de l'image que j'ai du mal à peindre dans l'instant, et c'est pareil avec tous les tableaux composés par les peintres que j'aime, j'ai l'impression que ce n'est pas le peintre qui voit mais quelque chose d'autre qui voit à travers le peintre, comme si ce quelque chose était capturé dans le tableau et parlait en silence hors de lui, et ça peut venir d'un simple coup de pinceau, un coup de pinceau qui permet à l'image de parler comme ça, et c'est incompréhensible, je pense, et je pense que c'est pareil avec l'écriture que j'aime lire, ce qui importe n'est pas ce qu'elle dit littéralement au sujet de ceci ou de cela mais quelque chose d'autre, quelque chose qui parle silencieusement dans et derrière les lignes et les phrases, et sinon, oui, voilà comment ça s'est fait, les tableaux que je garde dans le grenier ne sont que des grandes images parce que toutes les petites images vraiment bonnes Åsleik les a choisies pour les offrir à la Sœur, oui, c'en est presque risible, il doit vraiment voir la même chose que moi, ou quelque chose d'approchant, toujours est-il qu'il y a beaucoup d'images qu'Åsleik a choisies et a offertes à sa sœur et que j'aimerais vraiment avoir dans ma propre collection au grenier, pas toutes celles qu'il a achetées, ou plutôt, pas toutes celles qu'il a échangées contre de la viande, du poisson, du bois, du déblayage, ou quel que soit ce qu'il ait fait pour moi, parmi celles qu'il a prises il y en a peu que j'aimerais encore avoir, mais toutes les petites images que j'aurais pu imaginer garder dans ma collection au grenier sont celles qu'Åsleik a prises pour les offrir à la Sœur en cadeau de Noël, oui, c'est presque incroyable et pourtant c'est vrai, sa collection de mes petites images est une collection des meilleures petites images que j'ai jamais composées, sinon les meilleurs tableaux que j'ai jamais composés, c'est comme ça que je le vois, sans compter les images que j'ai dans le grenier, et sans compter surtout celle que j'ai contre le dossier de la chaise depuis un certain temps, je ne me rappelle pas exactement depuis combien de temps, et cette image c'est le portrait que j'ai peint d'Ales, et je ne peux pas me résoudre à le ranger, à le remplacer par une des autres images rangée dans la chambre mansardée, je pense, et ce serait bien de revoir les meilleures petites images que j'ai peintes, juste une fois, et c'est une bonne chose de savoir où elles sont, car ça n'a pas tellement d'importance de les avoir dans ma maison tant que je sais où je peux aller les voir, je pense, mais je ne suis jamais allé rendre visite à la Sœur avec Åsleik, à dire vrai je ne l'ai jamais rencontrée, bien que je passe devant sa maison chaque fois que je vais à Bjørgvin ou que j'en reviens, et c'est une jolie petite maison ancienne, même si elle aurait besoin d'être repeinte, une maison grise, certes un peu délabrée, c'est vrai, et bien sûr qu'il ne me viendrait jamais à l'esprit d'aller frapper à la porte de cette femme qui s'appelle Guro pour lui demander la permission de jeter un coup d'œil aux images, mais quand même, c'est vraiment un peu étrange que je n'ai jamais rencontré la sœur d'Åsleik étant donné qu'elle lui rend visite de temps en temps, pour revoir la maison de leur enfance, comme ils disent, mais elle ne passe jamais la nuit là-bas quand elle vient, Åsleik me l'a dit, elle fait le trajet en bus à l'aller et au retour dans la même journée, oui, étant donné qu'il y a une liaison en bus une fois par jour entre Dylgja et Bjørgvin, à Dylgja le matin et de Dylgja l'après-midi, c'est un petit bus, parce qu'il n'y a jamais beaucoup de gens qui le prennent, je pense, la plupart du temps quasiment personne ne le prend à Dylgja, mais certaines personnes le prennent en cours de route pour aller à Bjørgvin ou pour en revenir, je pense et je pense qu'Åsleik a dit que la Sœur ne veut pas passer la nuit dans la maison de leur enfance, il dit, et il ne comprend pas pourquoi, mais bon, quoi qu'il en soit, il serait grand temps qu'on fasse connaissance, avec tous les tableaux qu'elle a accrochés chez elle, je pense, alors peut-être que cette année je devrais accompagner Åsleik pour fêter Noël chez la Sœur ? après tout Åsleik me demande tous les ans si je ne peux pas l'accompagner pour fêter Noël chez elle, et il demande pourquoi je ne peux pas venir ? parce que ça serait quand même nettement mieux pour moi de l'accompagner que de passer Noël tout seul à Dylgja ? il dit, et je dis toujours non, je préfère être seul, je dis, mais cette fois, cette année, peut-être que cette année je pourrais accompagner Åsleik et fêter Noël chez la Sœur ? et Åsleik a dit que ce serait plus facile pour lui si je l'accompagnais, parce qu'il n'aurait pas besoin d'aller à Øygna tout seul dans le Bateau, c'est toujours plus sympathique d'être deux à bord d'un bateau, sauf qu'il est toujours seul, il dit, et je vois qu'il a sorti une image de la pile, et il la regarde, et il ne dit rien

Peut-être que cette année je pourrais fêter Noël avec la Sœur et toi, je dis

et je regarde Åsleik, et un long silence retombe

Donc tu penses peut-être fêter Noël chez la Sœur ? il dit

et il n'en croit pour ainsi dire pas ses oreilles

Oui, peut-être, je dis

Alors ça c'est une surprise, il dit

Tu vois, la Sœur a plusieurs tableaux que j'aimerais bien revoir, je dis

Ah oui, sûr, il dit

et on ne bouge pas, et on ne dit rien

Dans peu de temps je vais avoir une nouvelle exposition à la Galleri Beyer, je dis

Oui, il dit

Mais j'ai suffisamment de tableaux, plus qu'assez même, des grands aussi, donc tu en prendras un aujourd'hui et tu le donneras à la Sœur, je dis

Car il faut que je les emporte bientôt à Bjørgvin, je dis

C'est pour ça que tu ne les as pas emportés à Bjørgvin toutes les fois que tu y es allé, pour que je puisse en choisir un ? il dit

et je dis que oui, peut-être que oui, peut-être que c'est un peu pour ça, mais surtout parce que je n'ai pas vu le temps passer et que je n'ai pris que récemment conscience que l'exposition allait commencer bientôt

Donc ce serait bien si tu choisissais un tableau aujourd'hui, je dis

Je te remercie bien, il dit

Je m'en suis rendu compte aujourd'hui, je dis

Tu veux dire quoi ? il dit

Oui, que mon exposition était pour bientôt, je dis

Donc je dois emporter les tableaux à Bjørgvin ces jours-ci, je dis

et je me dis que je pourrais en profiter pour aller voir Asle à l'hôpital, parce qu'aujourd'hui je n'ai aucune possibilité de lui rendre visite, mais peut-être que je pourrais le faire demain ? ou peut-être après-demain ? je pense, et je dis que oui, je vais sans doute y aller en voiture dès demain, ou peut-être après-demain, emporter les tableaux à Bjørgvin, même si ça veut dire que je vais encore faire beaucoup de route, je ne pense pas être allé à Bjørgvin autant de fois en aussi peu de temps, je dis

Tu aurais pu emporter les tableaux hier, il dit

Oui, je dis

Mais tu n'y as pas pensé ? il dit

Non, à dire vrai non, je dis

et le silence retombe

Car j'aurais pu choisir le tableau que je veux prendre hier ou un des jours précédents, il dit

Oui, je dis

Que tu ailles deux fois le même jour à Bjørgvin comme aujourd'hui, oui, ça n'est jamais arrivé ? il dit

Non, je dis

et on ne bouge pas, et on ne dit plus rien

Parce que c'est pas dans tes habitudes d'aller plus d'une fois par mois environ à Bjørgvin pour faire tes courses ? il dit

et je dis que oui, oui dans ces eaux-là, je dis, pas aussi souvent que ça, je dis

Et puis tu vas aussi, papiste comme tu l'es, presque tous les dimanches à Bjørgvin pour assister à la messe dans l'église Saint-Paul, il dit

et je hoche la tête, et je pense qu'il ne se lassera décidément jamais d'utiliser ce mot ? c'est pareil que pour la croix de Saint-André, il est fier de pouvoir le dire, tout comme il est fier de pouvoir dire le mot papiste, je pense

Et tout ton dimanche y passe, il dit

Oui, la plupart du temps, je dis

Non, tu me mets la tête à l'envers, il dit

Et puis j'imagine que tu es communiste par la même occasion ? il dit

Catholique et communiste, on aura tout vu, il dit
et il secoue la tête, et on ne bouge pas, et je dis que c'est bientôt Noël, que cette année comme les autres années je dois emporter des tableaux à Bjørgvin, car chaque année j'ai une exposition dans la Galleri Beyer, comme il le sait très bien, je dis
Pendant la période de l'Avent, il dit
Mais d'abord il faut que tu choisisses un tableau, je dis
et je dis que ce serait bien qu'il le fasse aujourd'hui
Je vais choisir un tableau aujourd'hui et je l'emporterai, il dit
et je me rends compte que j'ai un peu faim, je n'ai rien dû manger depuis le petit-déjeuner à l'hôtel La Maison ce matin, et même là je n'ai pas mangé grand-chose, je pense, mais je n'ai pas envie non plus de préparer un gros repas, je suis trop fatigué, quoique, je peux toujours faire un œuf sur le plat avec du bacon et des oignons, j'ai du bon pain frais, j'ai acheté hier du bacon et des oignons que je peux faire revenir à la poêle, et je demande à Åsleik s'il veut des œufs sur le plat avec du bacon et des oignons, et il dit qu'il ne dit pas non, que ça le tente drôlement, il dit, et je le vois regarder l'une des grandes images, et Åsleik dit qu'il va en profiter pour jeter un autre petit coup d'œil sur les tableaux et en choisir un pendant que je prépare le bacon, les œufs et les oignons, et je dis que c'est d'accord, et je vois que le feu a bien pris dans le poêle, et je mets une bûche supplémentaire, et je referme le couvercle, et je vais à la cuisine, et je vois tous les sacs de courses sur la table de la cuisine, oui, je n'ai même pas déballé ce que j'ai acheté hier avant de retourner

aussitôt à Bjørgvin, je pense, et là, oui, là il faut vraiment que je sorte et que je range les provisions car les œufs et le bacon, les oignons et le pain se trouvent quelque part dans un sac, et j'ai acheté beaucoup de bacon, beaucoup de pain, que je dois emballer dans des sacs en plastique et mettre au congélateur dans le couloir, parce qu'il y a deux pièces principales dans la maison, et celle à côté de la cuisine est celle où je peins, et où je lis, c'est là que je passe mon temps, et il y a une petite pièce à côté de la pièce principale avec un lit double où je dors, et c'est là qu'Ales et moi dormions aussi pendant les années que nous avons partagées, les années où nous étions ensemble, et puis il y a le couloir, et à côté du couloir il y a une autre pièce, oui, la Belle Pièce comme la vieille Alise avait l'habitude de l'appeler, et c'est comme ça qu'Ales l'appelait aussi, et c'est comme ça que je l'appelle toujours, la Belle Pièce, car cette pièce était censée être belle avec sur ses murs la tapisserie le plus laide que j'ai jamais vue, oui, des roses rouges et blanches entrelacées du sol au plafond, et la vieille Alise était si fière de cette pièce qu'elle ne l'a quasiment jamais utilisée, et la première chose qu'Ales et moi avons faite quand nous avons repris la maison a été de repeindre la tapisserie, nous avons peint la pièce en blanc, mais sinon sans changer grand-chose dans la maison, je pense, nous l'avons reprise telle quelle, avec tout ce qu'elle contenait, assiettes et bols, couteaux et fourchettes, je pense, mais la Belle Pièce nous l'avons donc repeinte en blanc, nous avons recouvert la tapisserie avec ses roses entrelacées, et après un certain temps c'est là, dans la Belle Pièce, qu'Ales a peint ses tableaux, et je me souviens que c'est aussi là, pendant que nous repeignions le salon, que j'ai arrêté de fumer, oui, quand nous nous sommes installés à Dylgja Ales estimait que c'était l'occasion idéale pour arrêter de fumer, de la même manière que j'avais arrêté de boire quand nous nous étions installés dans la maison marron, elle a dit, et c'est ce que j'ai fait, oui, j'ai arrêté de fumer et je me suis mis au tabac à chiquer, et même si elle n'aimait pas vraiment me voir en prendre Ales a fini par l'accepter, moi qui avais fumé presque cigarette sur cigarette, roulant une cigarette alors que j'en fumais toujours une, éteignant la première pour ensuite allumer la deuxième, j'ai arrêté du jour au lendemain, mais j'ai remplacé la cigarette par le tabac à chiquer, mais d'abord pourquoi je repense à tout ça ? je pense, et je pense qu'au début, quand Ales a été partie, quand elle a trouvé le repos auprès de Dieu, j'ai tout laissé en l'état, mais c'était trop triste de garder une pièce telle qu'elle l'avait quittée, donc au bout d'un certain temps j'ai déplacé les tubes de peinture à l'huile et les pinceaux et tout le reste de la Belle Pièce dans la Grande Pièce, oui, tout le matériel qu'elle utilisait pour sa peinture je l'ai utilisé moi-même, sauf celui qu'elle utilisait pour peindre ses icônes, car les dernières années de sa vie elle ne peignait plus que des icônes, et tout ce qui avait trait à la peinture d'icônes est toujours à la même place qu'au moment de sa mort, sur les étagères de la bibliothèque que j'ai fabriquées et qui recouvrent le mur sur toute sa longueur, il y a ses livres mais aussi mes livres, auxquels j'ai ajouté ceux que j'ai achetés par la suite, la Belle Pièce est ainsi devenue une vraie collection, surtout à cause des nombreux livres qu'Ales a achetés sur les icônes et la peinture d'icônes, et quand Ales est partie j'ai accroché toutes ses icônes dans la Belle Pièce, y compris celles qui n'étaient pas terminées, et j'ai accroché les rares tableaux qu'elle ait composés, car elle a recouvert d'une couche de peinture blanche la quasi-totalité de ses tableaux, et la plupart des meilleures images que j'aie jamais réussi à composer ont été réalisées sur des toiles qu'Ales avait recouvertes d'une couche de peinture blanche, je pense, et je pense que je ne peux pas continuer à rester là sans rien faire, et je vais vers la table de la cuisine, et je commence à déballer un sac de courses, et je pose les provisions sur la table, et je sors les provisions des autres sacs si bien que la table est recouverte de toutes sortes de choses, de la viande, du bacon, des pommes de terre et des légumes, du beurre et de la margarine, de la farine, du savon et du shampoing et je ne sais quoi encore, et il ne me reste plus que les deux sacs qu'Åsleik m'a donnés, l'un avec les côtes d'agneau fumées et l'autre avec la morue fermentée, et je pense que je vais tout de suite les emporter dans le garde-manger sous l'escalier du grenier, et je prends les sacs, et je sors de la cuisine, et je les mets dans le garde-manger, et je pense que je dois maintenant mettre au congélateur tout ce qui a besoin d'être congelé, je pense, j'ai un grand congélateur dans le couloir, oui, si grand que lorsque je l'ai acheté et qu'il a été livré il passait à peine par la porte d'entrée, car je voulais un grand congélateur, puisqu'il peut s'écouler un bon bout de temps entre chaque moment où je fais les courses, parce que je n'aime pas dépenser de l'argent, je pense, donc raison de plus pour acheter beaucoup de provisions quand je vais faire les courses à Bjørgvin, et je pense que c'est bien d'avoir un grand congélateur parce qu'Åsleik me donne beaucoup de poisson, oui, non seulement il me donne des côtes d'agneau fumées et de la morue fermentée, mais il me donne aussi du poisson séché, du hareng fumé, du hareng salé, de la morue fraîche et je ne sais quoi encore, je pense, et là il faut que je mette les provisions au congélateur, je pense, et après il faut que je fasse des œufs sur le plat avec du bacon et des oignons, je pense, et je vais dans la cuisine, et je range dans deux sacs le pain et les légumes congelés, les sachets de côtelettes de porc et de bœuf haché et de saucisses, et les choses congelées ont décongelé mais je suis sûr qu'elles seront bonnes à manger même si elles ont déjà décongelé, j'aurais évidemment dû les mettre au congélateur hier, et je n'arrive pas à croire que j'ai été distrait au point de ne pas l'avoir fait, je pense, et je sors dans le couloir, et j'entends Åsleik demander où est-ce que tu vas ? et je dis que je dois juste mettre les provisions au congélateur, et je l'entends répondre que oui, oui il serait grand temps que tu le fasses, j'étais si pressé de retourner à Bjørgvin que je n'ai même pas déballé les provisions pour les mettre au congélateur, non, je suis vraiment quelqu'un dans mon genre, je l'entends dire, et je mets les deux sacs dans le congélateur, et je pense que j'aurais plutôt dû mettre les provisions à la place qui leur revient dans le congélateur, parce que chaque chose est bien à sa place et bien en ordre, dans le congélateur comme partout ailleurs, et ce qu'Åsleik appelle le désordre sur la table de la Grande Pièce est en fait un ordre très bien rangé, je pense, mais je rangerai les provisions dans le congélateur plus tard, car là j'ai vraiment faim, je pense, et je retourne dans la cuisine, et Åsleik y est déjà

Tu as fait beaucoup de courses, dis donc, il dit

Oui, je dis

Et je sais qu'Åsleik se demande si je lui ai acheté quelque chose, ce que je fais toujours car c'est plus avantageux de faire les courses à Bjørgvin qu'à l'Épicerie de Vik, tout est plus cher là-bas, forcément puisque l'Épicier doit bien gagner sa vie même s'il prend cher pour ce qu'il vend, et même s'il n'y a pas beaucoup de choix parce qu'il n'y a pas beaucoup de clients à Vik ou à Dylgja, donc j'ai toujours tendance à acheter quelque chose pour Åsleik quand je fais mes courses à Bjørgvin, je pense, et je refuse qu'Åsleik me donne de l'argent pour les courses que je lui fais car il en a si peu qu'il s'en sort tout juste, je pense, et chaque fois que je veux lui donner ce que j'ai acheté il refuse au début de le prendre, il s'en sort très bien tout seul, il dit, il n'a besoin de l'aide de personne, il n'a besoin de rien qui vienne du village, non, il n'a pas besoin qu'on lui donne l'aumône, il dit toujours une phrase dans ce style, et je dis toujours oui, oui je sais, et je dis que c'est un paiement pour tout ce qu'il a fait pour moi, et il finit par prendre les sacs de provisions un peu comme s'il ne s'en rendait pas compte, mais il refuse absolument de prendre de l'argent, même si parfois je lui glisse quelques couronnes quand je remarque qu'il a du mal à joindre les deux bouts, et on fait semblant tous les deux de ne pas s'en rendre compte, pour ainsi dire

Tu t'es choisi un tableau ? je dis

Ben, il dit

et il retourne dans la Grande Pièce, et je remplis un sac de provisions, et je vais dans le couloir, et je pose le sac sous le crochet du portemanteau auquel sont suspendues toutes mes écharpes, c'est le sac de provisions destiné à Åsleik, je pense, et je retourne dans la cuisine, et je range dans le grand réfrigérateur les légumes frais et tout ce qui va là-bas, car j'ai aussi un grand réfrigérateur, lui aussi nous voulions qu'il soit grand, puisque le réfrigérateur et le congélateur ont été achetés quand Ales était encore en vie, je pense, et je ne dois pas recommencer à penser à Ales, je pense, et je range les aliments secs dans l'armoire de coin, je range les boîtes de conserve et les sachets de soupe, la farine et le sucre, le paquet de sel et les différents sachets de poivre et le reste, et je prends un morceau de bacon, puisque j'ai rangé le reste au congélateur hormis deux morceaux que j'ai mis dans le sac destiné à Åsleik, et je prends un carton d'œufs et un oignon et un pain, et je les pose sur le plan de travail de la cuisine, et Åsleik revient dans la cuisine

Oui, décidément, tu as fait beaucoup de courses, il dit

Je n'aime pas trop faire les magasins, comme tu le sais, donc quand je vais faire les courses j'achète en quantité, je dis

Je sais, il dit

et je regarde la poêle posée à sa place attitrée sur la cuisinière, c'est une vieille cuisinière, elle se trouvait déjà dans la cuisine quand nous nous sommes installés ici, Ales et moi, nous avons hérité de la cuisinière et de la poêle à frire de la vieille Alise, et toutes les plaques de la cuisinière fonctionnent, le four également, donc j'imagine que je pourrai garder cette cuisinière aussi longtemps que je vivrai, je pense, et j'allume la plaque sur laquelle est posée la poêle, et je coupe une épaisse tranche de bacon, assez pour remplir la poêle, et je la pose dans la poêle, et le bacon se met tout de suite à grésiller, et je baisse le feu, et je coupe quelques tranches de pain, deux pour Åsleik et deux pour moi

Tu fais toujours tellement bien à manger, il dit

Oh, je ne sais pas, je dis

et la bonne odeur du bacon frit commence à se répandre dans la cuisine, et je retourne la viande déjà dorée sur un côté, et je prends deux assiettes, deux couteaux et deux fourchettes, et Åsleik dit que ce sont de vieilles assiettes, il les connaît depuis son enfance, à l'époque où la vieille Alise était encore en vie, il dit

Ça sent drôlement bon, dis donc, il dit

et je me mets devant la cuisinière, et je regarde le bacon qui grésille dans la vieille poêle, et la poêle est si lourde qu'Ales disait qu'elle était trop lourde pour elle, elle se plaignait constamment de la poêle, elle pensait aussi qu'elle fumait trop, c'est pourquoi nous avons acheté une nouvelle poêle qu'Ales utilisait toujours alors que moi j'utilisais toujours la vieille poêle en fonte, et celle qu'utilisait Ales est rangée dans le placard à côté de la cuisinière, et je suis à deux doigts de fondre en larmes rien qu'en pensant à l'autre poêle à frire, je l'ai rangée tout au fond du placard pour qu'elle soit difficile à voir car elle me rappelle toujours Ales, et ça me fait tellement mal chaque fois que je vois cette poêle, oui, j'ai systématiquement les larmes aux yeux, à dire vrai, mais je ne veux pas y penser, pas maintenant, je ne veux pas penser au jour où Ales et moi avons acheté une nouvelle poêle, et on n'a pas idée de se souvenir d'une chose pareille, je pense, pourtant je m'en souviens comme si c'était hier, moi qui sinon ai une mauvaise mémoire pour tout un tas de choses je me souviens bien de ça, oui, tout comme je me souviens bien des images qui remplissent ma tête, oui, toutes ces images dans la tête, celles-là je m'en souviens tout le temps, et dire qu'une chose pareille, ce jour où Ales et moi avons acheté une poêle à frire, ce genre de chose, eh bien, oui, je m'en souviens aussi, j'en garde un souvenir très net comme si c'était un jour mémorable

N'oublie pas le bacon, il dit

et je frémis, et je me rends compte aussitôt que ça commence à sentir le brûlé, et je retire la poêle à toute vitesse, j'éteins la plaque, je retourne le bacon qui a un peu brûlé, l'odeur de bacon brûlé est si forte que la plupart des gens penseraient que le bacon est carbonisé, ce qui n'est pas le cas, il est juste bien cuit d'un côté, on peut dire

Je venais souvent voir la vieille Alise, il dit

Et elle m'a souvent invité à manger, il dit

et il dit qu'il la soupçonnait de croire qu'ils étaient affamés à la maison, et il dit que oui, oui sûr, ils étaient mal lotis dans sa jeunesse, mais il n'y avait que lui et la Sœur, donc pas beaucoup de bouches à nourrir comme c'était le cas dans pas mal de familles à cette époque, pour une raison qu'il ignore il n'y avait que lui et la Sœur, oui, mais, après que le père a disparu en mer, oui, eh bien, il dit, et il s'interrompt, Åsleik, et je partage le bacon sur les deux assiettes, et je mets le bacon le moins brûlé dans l'assiette d'Åsleik, car Åsleik a droit au moins brûlé, je pense, et je mets les quatre tranches de pain dans la poêle, et je les fais revenir dans la graisse de lard avant de les mettre dans les assiettes, et je prends un gros oignon dans le placard, je l'épluche, je le coupe en tranches, j'émince les tranches, je les mets dans la poêle, je remue les dés d'oignon, et je vois qu'ils sont vite dorés, car je préfère les oignons légèrement frits, oui, juste mous et à peine cuits, et je prends quatre œufs dans le placard, et je les casse à tour de rôle contre le bord de la poêle, et je les vide sur les oignons, et je regarde la poêle, je ne bouge pas, je ne pense à rien, et Åsleik ne dit rien

On va pouvoir passer à table, je dis

et je le dis pour rompre le silence comme qui dirait, et je pense que je ne le fais pourtant jamais

Et pour avoir faim, j'ai faim, il dit

L'oignon donne au reste un petit goût incomparable, il dit

et il dit que les œufs sur le plat au bacon c'est toujours bon, mais que c'est encore meilleur quand on les sert avec des oignons, il dit, et je pense que ça va me faire du bien de manger un morceau parce qu'on est déjà le soir et que je n'ai presque rien mangé de la journée, je pense, oui, mon estomac grogne, donc ça va me faire du bien de manger un morceau, oui, je pense, et Åsleik dit que c'est un vrai repas de roi, il dit, Åsleik, et il le dit encore, un vrai repas de roi, il répète, oui, de roi, il dit, et là encore j'ai l'impression qu'il est fier de connaître le mot, parce qu'il est comme ça, Åsleik, il y a des mots qu'il doit absolument souligner, sur lesquels il insiste, ce qui peut se comprendre avec un mot tel que croix de Saint-André, vu qu'il n'y a pas beaucoup de gens qui savent ce que ça veut dire, mais un repas de roi, une expression aussi ordinaire, oui, démodée même, pourquoi quelqu'un serait fier de la connaître ? je pense, et je dis que les œufs sont prêts, et je partage les œufs avec les oignons sur les deux assiettes, et je prends l'assiette avec le bacon le moins brûlé, et je la pose devant Åsleik, et je vais chercher un couteau et une fourchette, et je les lui tends

Ça a l'air bon, il dit

et je prends l'autre assiette, je vais chercher un couteau et une fourchette, je pose le tout au bout de la table, là où je suis toujours assis, en bout de table, puisque c'est là que je m'assieds, et Ales était toujours assise à ma gauche, puisqu'il y avait toujours deux chaises le long de la table rectangulaire, et quand Åsleik mangeait avec nous il s'asseyait toujours de l'autre côté, sur un banc le long du mur, pour que la personne assise sur le banc puisse s'adosser au mur, et c'est là qu'Åsleik est assis en ce moment, là où il s'est toujours assis, je pense, et je m'assieds, et je dis le bénédicité, je dis bénis ce repas, Seigneur, et on commence à manger, et on mange sans rien dire, et c'est drôlement bon, oui, c'est même incroyable de penser qu'une nourriture toute simple puisse être aussi bonne, car les œufs ne sont que des œufs, les oignons ne sont que des oignons, le pain n'est que du pain, en plus je le choisis au hasard, j'achète le moins cher, donc il a souvent le même goût même si ça peut changer d'une fois sur l'autre, alors que ce n'est pas vrai pour le bacon, le goût change du tout au tout entre les différents bacons, parfois il se ratatine jusqu'à s'effilocher complètement et parfois les tranches gardent la même taille aussi bien cuites que crues, oui, même le goût change du tout au tout, je pense, n'empêche qu'aujourd'hui, oui, aujourd'hui tout a un goût incroyablement bon, sans doute parce que j'ai très faim, je pense, et puis Åsleik dit que c'est bon, oui, les œufs sur le plat que je prépare avec du bacon et des oignons sont toujours excellents, mais aujourd'hui ils sont encore meilleurs que d'habitude, il dit, et j'ai envie de dire quelque chose, mais comme je suis d'accord avec lui je ne dis rien, et Åsleik pose son couteau et sa fourchette l'un à côté de l'autre dans l'assiette, et il dit que oui, oui c'était délicieux, il dit, et j'ai terminé moi aussi, et je pose moi aussi mon couteau et ma fourchette dans l'assiette, et Åsleik dit qu'il me remercie du fond du cœur pour ce petit repas mais qu'il ferait sans doute mieux de rentrer chez lui tout de suite parce que je dois être fatigué à l'heure qu'il est, il dit, après ces trajets à répétition, après deux allers-retours consécutifs à Bjørgvin, il dit, et je dis que oui, oui la fatigue commence à se sentir, surtout après avoir mangé, je dis, et Åsleik dit que oui, bon, il a regardé les tableaux mais il n'est pas tout à fait sûr de celui qu'il va prendre, alors peut-être qu'il pourrait plutôt revenir demain pour en prendre un ? il dit

Ou plutôt, tiens, il dit, tu es sérieux quand tu dis que tu vas emporter demain les tableaux à Bjørgvin ? il dit, parce que si c'est ça je ferais peut-être mieux d'en choisir un tout de suite, il dit

Oui, bien sûr que tu peux, je dis

Enfin bon, il dit, de toute manière il faut que je repasse ici demain matin, car comme il va sûrement beaucoup neiger cette nuit, il faudra que je déblaie ton chemin demain, il dit

et Åsleik dit qu'il passera demain, demain matin de bonne heure, lui et moi on se lève tôt, ça lui permettra de choisir un tableau pour la Sœur demain, il dit, et comme ça il aura le temps d'y réfléchir un peu, car il hésite entre deux tableaux, il dit, donc si je suis d'accord il repassera demain matin, et il pourra du même coup m'aider à charger dans la voiture les tableaux que j'emporte à la Galleri Beyer, il dit

Oui, ce ne sera pas la première fois que tu le fais, je dis

Ça aussi c'est du boulot, il dit

Oui, je dis

Parce qu'il faut manipuler les tableaux avec soin, il dit

Et chaque tableau doit être emballé dans une couverture, il dit

Oui, je dis

Oui, c'est comme ça que je fais, je dis

Pour les grands tableaux, j'utilise une couverture entière, et pour les petits une demie, enfin bon, tout ça tu le sais, je dis

Oui, c'est comme ça qu'il faut faire, il dit

Oui, je me suis souvent demandé comment tu t'es débrouillé pour mettre la main sur autant de couvertures, il dit

et je savais qu'il allait dire ça parce qu'il le dit à chaque fois, et je me suis juré que jamais il ne le saura, je dois garder certaines choses pour moi, je pense, même si c'est une affaire de rien puisque la réponse est tout à fait banale et ennuyeuse, j'ai tout bonnement acheté les couvertures chez le Brocanteur à Skutevika, légèrement au nord du centre-ville de Bjørgvin, dans le quartier où habite Asle en fait, et bien sûr que je ne les ai pas achetées toutes d'un coup, mais je suis souvent passé chez le Brocanteur, et quand il avait une couverture ou deux je les achetais, et c'est comme ça au bout du compte que j'ai fini par en avoir autant

Donc à demain de bonne heure, il dit

On fait comme ça, je dis

et Åsleik se lève, il prend son assiette, son couteau et sa fourchette, et Brage attend déjà au pied de la table, il remue la queue, et Åsleik pose son assiette par terre, et Brage la lèche, et Åsleik met l'assiette, son couteau et sa fourchette dans l'évier, et je pose mon assiette par terre, et Brage lèche immédiatement les restes, et je gratte les restes de friture dans la poêle, et je les verse dans l'assiette, et Brage les lèche eux aussi, et je vois qu'il n'a quasiment plus d'eau dans son bol, et je mets mon couteau et ma fourchette dans l'évier, je remplis d'eau le bol de Brage, je le repose à sa place dans le coin derrière la porte du couloir, et Brage se précipite sur le bol, il engloutit l'eau, et je prends mon assiette, je la mets dans l'évier, et je vois Åsleik sur le seuil de la porte de l'entrée, et il dit que oui, oui il lui faut aussi une assiette à Brage, il dit, et il dit à demain matin, il choisira un tableau pour la Sœur et pendant ce temps je vais pouvoir réfléchir à si je veux l'accompagner pour fêter Noël chez la Sœur à Øygna, il dit, puisqu'à ce que j'ai dit j'ai envie de venir cette année, il dit, parce que alors, oui, alors on pourrait peut-être y aller ensemble ? il dit, étant donné que j'ai une voiture, que j'ai le permis et tout ? il dit, mais remarque non, non, il dit, ce ne serait pas bien, il est toujours allé à Øygna en bateau pour fêter Noël chez la Sœur, il y a un bon débarcadère dans une petite baie, donc cette année encore il y ira comme ça, il dit, quoique, il dit, on ne va pas non plus en rajeunissant, donc si je décide de l'accompagner régulièrement pour fêter Noël chez la Sœur, chez Guro, alors peut-être qu'une autre année, quand ce sera trop dur pour y aller en bateau, peut-être qu'on pourra prendre ma voiture pour aller à Øygna ? il dit, oui, il faut que j'y réfléchisse, il dit, parce que la Sœur, hein, il dit, elle n'est pas un monstre, peut-être que je serai même content de la rencontrer, et de lui parler, oui, car il n'y a pas tant de gens que ça à qui j'adresse la parole pendant l'année, non, sûr, forcément, il y a lui, Åsleik, il y a Beyer, le galeriste, et sans doute que je parle de temps en temps à l'homme qui porte mon Nom, il dit, Åsleik

Mais il y a une chose que j'ai toujours eu envie de te demander, il dit

et je le regarde droit dans les yeux alors qu'il est toujours sur le seuil de la porte

Oui ? je dis

Oui, voilà, j'ai toujours voulu te poser la question, mais l'occasion ne s'est jamais présentée, il dit

Mais maintenant que, oui, maintenant que ça te dit bien de m'accompagner pour fêter Noël avec la Sœur et moi, oui, et comme c'est la première fois, je crois bien que je vais oser te poser la question, il dit

Pose, je dis

Pourquoi tu as des cheveux aussi longs ? il dit

et je sens que je suis en train de rire intérieurement donc je me retiens

Si seulement je le savais, je dis

Ah bon, il dit

J'ai les cheveux longs depuis que je suis jeune, ou quasi, je dis

Ah bon, il dit

et je dis qu'un jour, quand j'étais jeune, j'ai décidé d'avoir les cheveux longs, donc je me les suis laissé pousser, et j'ai fini par les avoir relativement longs, du moins jusqu'à ce que ma mère me traîne chez une coiffeuse, parce que même dans le petit village de Barmen où j'ai grandi il y avait des dames qui vous coupaient les cheveux, et elle n'y est pas allée de main morte, pour une fois qu'elle avait l'occasion de couper des cheveux elle me les a quasiment rasés, j'étais presque rasé, j'avais honte, et depuis je n'ai plus jamais laissé aucune coiffeuse ni aucun coiffeur toucher mes cheveux, et si jamais ma mère faisait ne serait-ce qu'allusion à une petite coupe de cheveux, j'étais prêt à en venir aux poings, et pourtant je ne suis pas un violent dans mon genre, je n'ai jamais frappé personne, mais la Mère a fini par comprendre qu'elle devait renoncer à l'idée de me faire couper les cheveux, je les ai laissé pousser, quand ils étaient trop longs je les coupais moi-même, comme je le fais toujours aujourd'hui, j'ai juste besoin de deux miroirs et d'une paire de ciseaux, je dis

Mais là, oui, là tu les as tout gris, il dit, depuis quand ? il dit

Et en plus je les perds, je dis

Ça ne veut pas dire grand-chose, je dis

Et encore en plus tu as le crâne dégarni, et pas qu'un peu, il dit

et le silence retombe

Quand je me suis mis à perdre mes cheveux, j'ai pris l'habitude de les attacher en haut de la nuque avec un élastique noir, je dis

Porter ce qui s'appelle une queue-de-cheval, il dit

Oui, le nom est parlant, je dis

et je dis que je ne sais plus depuis combien d'années je le fais, porter une queue-de-cheval, mais ça remonte à pas mal d'années, je dis, car mes cheveux sont très tôt devenus gris, je dis, et je pense que j'aurais dû demander à Åsleik pourquoi il a une barbe aussi longue et aussi grise, mais je sais pertinemment ce qu'il va me répondre, donc mieux vaut m'abstenir, je pense

C'est parce que ta mère t'a fait raser les cheveux un jour et que tu as eu honte que tu as toujours les cheveux longs ? il dit

Ou comment dire ? il dit

Oui, un peu à cause de ça, je dis

Mais aussi parce que j'aime avoir les cheveux longs, j'ai l'impression que ça m'aide d'une certaine manière, je dis, et, oui, que ça me donne une espèce de protection, je dis

De protection ? il dit

Que ça t'aide ? il dit

Oui, ça m'aide, oui, à bien peindre, si tu vas par là, je dis

et Åsleik dit que décidément je lui mets la tête à l'envers, et il dit que j'ai sacrément l'air fatigué, et je dis que je suis fatigué

Pourtant il n'est pas tard, il dit

Oui, je dis

Donc il est grand temps que je m'en aille, il dit

et il va dans le couloir, et je le suis avec Brage sur mes talons, et j'ouvre la porte d'entrée, et Brage file dehors, et je vois Åsleik enfiler son paletot marron

Il avait besoin de sortir, il dit

et je vois Åsleik enfiler ses bottes, mettre sa toque en fourrure avec les deux cache-oreilles

Il a besoin de prendre l'air, je dis

Oui, faut bien qu'il prenne l'air lui aussi avant d'aller se coucher, il dit

Il n'y a pas beaucoup de différences entre les chiens et les humains, je dis

Ah sûr, il dit

et il sort, et je pense qu'il va à coup sûr m'expliquer pourquoi il n'a pas de chien, ce qu'après tout je peux entendre, je l'ai déjà entendu maintes et maintes fois, mais là je suis trop fatigué, et je lui dis bonne nuit, et il dit à demain, à demain parce qu'il veut venir choisir un tableau pour la Sœur, oui, avant que j'emporte les autres à Bjørgvin, oui, sûr, il dit, et je pense qu'il l'a déjà dit, et je dis oui, oui à demain, je dis, et j'appelle Brage, et il entre dans le couloir en courant, et il ne bouge plus, et il s'ébroue pour ôter la neige qu'il a sur lui, et je vois Åsleik monter dans la cabine de son tracteur, et je me souviens tout à coup des sacs avec les courses que j'ai achetées à Bjørgvin pour les lui donner, ils sont toujours sous le crochet avec les écharpes, et j'attrape les sacs, j'enfile mes bottes, je me précipite vers le tracteur, avec Brage sur mes talons, et je crie

Attends, je dis

Qu'est-ce qu'il y a ? il dit

et je sais qu'il sait pourquoi je viens de lui demander d'attendre

Oui, attends, je dis

Ben, il faut bien, il dit

et j'entends Åsleik démarrer le tracteur, j'entends le crissement du moteur, et je soulève les courses

Tiens, je dis

Tu sais pourtant que je n'ai besoin de rien, il dit

Je n'ai pas besoin qu'on me donne l'aumône, il dit

C'est le paiement, pour avoir déblayé le chemin, je dis

Je n'ai pas besoin de paiement, il dit

et je dépose les sacs à ses pieds, et il marmonne un merci à peine audible, et il s'en va en roulant au pas, et je retourne à la porte d'entrée avec Brage sur mes talons, et je le vois entrer dans le couloir en courant, et je referme la porte d'entrée, et je vois que les plaques de la cuisinière sont éteintes, et j'éteins la lumière dans la cuisine, et je vais dans la Grande Pièce, et je m'arrête dans le milieu de la pièce, et je pense qu'avant d'aller me coucher je vais jeter un petit coup d'œil à l'image sur laquelle je travaille en ce moment, celle avec les deux traits qui se croisent, et je pense que je devrais peut-être fermer les rideaux, puisque c'est mon habitude, mais là il fait si sombre que je peux très bien regarder l'image dans le noir sans fermer les rideaux contrairement à mon habitude, et c'est peut-être une habitude étrange d'ailleurs, de toujours vouloir regarder mes peintures dans le noir, oui, d'aller jusqu'à peindre dans le noir, car alors l'image change dans le noir, oui, les couleurs disparaissent d'une certaine manière, mais d'une autre manière elles deviennent plus distinctes, plus claires, l'obscurité lumineuse que j'essaie toujours de peindre devient visible dans l'obscurité, oui, plus il fait sombre plus ce qui brille de façon invisible dans une image devient clair, et cette obscurité lumineuse peut jaillir de toutes sortes de couleurs, mais en général elle jaillit des couleurs sombres, oui, surtout du noir, je pense, et je pense que quand j'étais à l'École des Beaux-Arts, ils disaient qu'on ne devait jamais peindre avec du noir parce que ce n'est pas une couleur, ils disaient, mais le noir, oui, comment j'aurais pu peindre mes images sans le noir ? non, je ne comprends pas, parce que c'est dans l'obscurité que Dieu vit, oui, Dieu est obscurité, et cette obscurité, l'obscurité de Dieu, oui, ce néant, oui, il brille, oui, c'est de l'obscurité de Dieu que vient la lumière, la lumière invisible, je pense, et je pense que tout ça n'est que le fruit de mon imagination, oui, bien sûr, je pense, et je pense qu'en même temps cette lumière est comme un brouillard, parce qu'un brouillard peut aussi briller, oui, si c'est une bonne image alors elle donne l'impression soit qu'elle renferme une obscurité lumineuse ou un brouillard lumineux, soit qu'une obscurité lumineuse ou qu'un brouillard lumineux jaillissent d'elle, de l'image, oui, c'est comme ça, je pense, et sans cette lumière, oui, alors c'est une mauvaise image, mais en fait on ne peut pas voir la lumière, peut-être, ou est-ce que je suis le seul capable de la voir, et pas les autres ? ou peut-être que d'autres personnes peuvent la voir elles aussi ? sauf que la plupart des gens ne la voient pas, ou bien ils la voient mais sans le savoir, oui, de ça je suis sûr et certain, ils la voient mais ils ne savent pas qu'ils voient en fait une obscurité lumineuse et ils pensent qu'ils voient tout autre chose, oui, c'est comme ça, et même si je ne comprends pas pourquoi c'est pendant la nuit, dans l'obscurité, que Dieu se montre, oui, peut-être que ce n'est pas si étrange dans le fond, du moins pas quand on y pense, mais il y a des gens qui voient mieux Dieu dans la lumière du jour, dans les fleurs et les arbres, dans les nuages, dans le vent et la pluie, oui, dans les animaux, dans les oiseaux, dans les insectes, dans les fourmis, dans les souris, dans les rats, dans tout ce qui existe, dans tout ce qui est, oui, il y a quelque chose de Dieu dans tout, c'est comme ça qu'ils pensent, oui, ils pensent que Dieu est la raison pour laquelle tout existe, et c'est vrai, oui, il y a des cieux si beaux qu'aucun peintre ne peut les égaler, et les nuages, oui, dans leurs mouvements infinis, toujours identiques et toujours différents, et le soleil et la lune et les étoiles aussi, oui, mais il y a aussi la mort, le pourrissement, la puanteur, l'étiolement, la corruption, et tout ce qui est visible est uniquement visible, que ce soit bon et mauvais, que ce soit bien ou mal, que ce soit beau ou laid, mais ce qui a de la valeur, ce qui brille, ce qui dégage une obscurité lumineuse, oui, c'est l'invisible dans le visible, que ce soit dans les plus beaux nuages du ciel ou dans ce qui meurt et qui pourrit, car dans ce qui meurt est présent de façon invisible ce qui ne meurt pas, et dans ce qui pourrit est présent de façon invisible ce qui ne pourrit pas, oui, le monde est à la fois bon et mauvais, bien et mal, beau et laid, mais en tout, oui, même dans la pire des cruautés, il y a aussi le contraire, il y a la bonté, l'amour, oui, là-dedans aussi Dieu est présent de façon invisible, parce que Dieu n'existe pas, Il est, et Il est dans tout ce qui existe, pas comme ce qui existe mais parce que ça existe, en tant qu'être, ils disent, je pense, même si le bien et le mal, la beauté et la laideur sont en conflit, le bien est toujours là et le mal essaie juste d'être là lui aussi, en quelque sorte, je pense, et je n'arrive pas à penser clairement, et je comprends si peu de choses, et mes pensées ne vont nulle part, je pense, et je regarde Brage, et je vois la vie briller dans ses yeux, et je pense que je comprends si peu de choses, alors que ces yeux de chien qui me regardent semblent tout comprendre, et pourtant ils vont pourrir à leur tour, ils vont disparaître, comme tous les yeux des êtres humains, ils pourriront, ils disparaîtront, ou bien les flammes les brûleront, autrefois dans un feu de bois et de nos jours dans un four, pendant une heure ou deux ou quel que soit le temps nécessaire, et ensuite tout l'être humain visible, le corps, a disparu, mais l'être humain invisible est toujours présent, parce qu'il n'est jamais né et ne peut donc jamais mourir, je pense, oui, les yeux invisibles sont toujours présents après que les yeux visibles ont disparu, parce que ce qui est au plus profond des yeux, au plus profond de l'être humain, ne disparaît pas, parce qu'il y a Dieu au plus profond de l'être humain, c'est là qu'est le royaume de Dieu, oui, comme c'est écrit, et oui, oui, c'est comme ça, c'est exactement comme ça, là-dedans, au plus profond de l'être humain, il y a ce qui va disparaître et ne plus former qu'un avec ce qui est invisible dans tout et qui est lié au visible mais qui n'est pas le visible, oui, ce qui est l'invisible dans le visible est ce qui permet au visible d'exister, mais uniquement dans l'être humain, de tout ce qui existe l'invisible dans le visible est si étroitement lié à ce qui est visible de façon invisible dans tout le reste mais qui est différent de tout ce qui existe parce qu'il est commun à tout ce qui existe, bien qu'il n'existe pas lui-même, car il n'existe pas dans l'espace, il n'existe pas dans le temps, ce n'est pas une chose, ce n'est rien, oui, un rien, je pense, il n'existe dans l'espace, il n'existe dans le temps, uniquement pendant que l'être humain est en vie, puis il quitte le temps, il quitte l'espace, il s'unit avec, oui, avec ce que j'appelle Dieu, et ça, oui, cet invisible qui est dans le visible, qui agit en lui, oui, qui le soutient, il se montre dans le temps et dans l'espace sous la forme d'une obscurité lumineuse, je pense, et c'est ça et rien d'autre que mes images ont toujours essayé de montrer dans la peinture, et une fois que mes yeux se sont habitués à l'obscurité pour que je puisse voir ne serait-ce qu'un peu, oui, alors je peux voir si l'image renferme cette obscurité lumineuse, et si ce n'est pas le cas alors je recouvre toujours la toile d'une fine couche de blanc ou de noir, une ou plusieurs fines couches de blanc ou de noir, à un endroit ou à un autre, je fais un glacis, ils disent, et je continue, parfois avec du blanc uniquement, parfois avec du noir uniquement, mais toujours avec une fine couche de peinture à l'huile, je continue jusqu'à ce que l'image se mette à briller d'un éclat sombre, je peins avec du blanc ou du noir dans l'obscurité et alors l'obscurité se met à briller, oui toujours, oui, oui, tôt ou tard l'obscurité se met à briller, je pense, mais là je suis tellement fatigué que je veux simplement aller me coucher, je pense, mais je dois d'abord regarder dans l'obscurité l'image avec les deux traits qui se croisent dans le milieu, car peut-être que l'image renferme cette obscurité lumineuse, ou peut-être pas, et je dois voir si elle s'y trouve avant d'aller me coucher, je pense, et j'éteins la lumière, et je ne vois plus rien dans la pièce, et je ne bouge pas pour m'habituer à l'obscurité, je ne bouge toujours pas jusqu'à ce que je puisse voir ne serait-ce qu'un peu, parce que j'ai besoin de pouvoir voir ne serait-ce qu'un peu même si je peins dans l'obscurité, bien sûr, et mes yeux ne tardent pas à s'habituer à l'obscurité pour que je puisse voir ne serait-ce qu'un peu, et je m'approche pour me placer à quelques mètres du chevalet, et je regarde l'image, et je me rapproche encore, et je recule un peu, et je vois que l'obscurité noire brille dans l'image, que l'obscurité noire jaillit de presque toute l'image, oui, j'ai rarement vu une pareille obscurité noire briller comme ça dans une autre image, je pense, et je ne bouge pas, je regarde l'image, et je pense que cette image est terminée, je n'ajouterai rien d'autre à ce tableau, et cette image je ne la vendrai pas, je vais le remiser au grenier avec les autres images que je ne veux pas vendre et que je veux garder pour moi, les images que je vais regarder de temps en temps quand je n'arrive plus à avancer dans ma peinture, quand je n'arrive plus à peindre pour ainsi dire, mes meilleures images, celles dans lesquelles d'après moi personne ne se reconnaîtra et pour lesquelles personne ne voudra payer quoi que ce soit, comme cette image avec les deux traits qui se croisent, et je ne bouge pas, je regarde l'image, je fais un pas de côté, je regarde l'image de tel côté, je regarde l'image de tel autre, je regarde l'image d'en bas, je regarde l'image d'en haut, et je vois la même chose quel que soit l'angle d'où je la regarde, oui, l'image a sa noirceur lumineuse, et je pense que la première chose que je ferai demain à mon réveil sera d'emporter ce tableau au grenier et de le mettre dans la chambre mansardée avec la pile des autres images que je ne veux pas vendre, car cette image, oui, elle est terminée, et cette image personne ne l'achètera, et si jamais quelqu'un voulait l'acheter le prix que je toucherais suffirait à peine assez à couvrir le coût du châssis, de la toile et de la peinture à l'huile, du moins après que Beyer aurait pris sa part, puisqu'il prend la moitié du coût d'une image, je pense, et je suis tellement tellement fatigué, je pense, et là je vais aller me coucher, je pense, mais je dois d'abord signer l'image, et je rallume la lumière, et je prends un pinceau et un tube de peinture à l'huile noire, et je peins Croix de Saint-André sur le montant du châssis, et je peins un A majuscule sur la toile, dans le coin en bas à droite, comme j'en ai l'habitude, et j'essuie le pinceau avec de la térébenthine, et je le remets à sa place, et j'ouvre la porte de la chambre où je dors, et je sens une bouffée d'air froid me frapper la figure, car j'ai toujours dormi dans des pièces froides, mais la porte ouverte va laisser entrer un peu de chaleur dans la chambre, elle en a bien besoin, et j'allume la lumière, et je retourne dans la Grande Pièce, et j'éteins la lumière dans la Grande Pièce, et je retourne dans la chambre, et j'éteins la lumière, et je m'allonge sur le lit, je me pelotonne dans la couette, et je pense que je suis trop fatigué pour aller me brosser les dents, et j'appelle Brage, et il arrive immédiatement, et il saute sur le lit, il se glisse sous la couette, et je nous pelotonne tous les deux dans la couette, et Brage se couche contre moi, bien au chaud sous la couette, et je me pelotonne encore plus dans la couette, et je me sens tellement tellement fatigué, et je sens Ales allongée à côté de moi dans le lit, et nous nous serrons l'un contre l'autre, nous nous réchauffons l'un l'autre, et je ne dois pas penser à Ales, pas maintenant, et je dis que je suis tellement fatigué, que je veux dormir, qu'elle doit bien se reposer, que nous ne tarderons pas à nous revoir, je dis, et je sens à quel point Ales est proche de moi, car même si elle est morte depuis plusieurs années elle est étendue dans le lit à côté de moi, et je dis que je ne veux plus, que je ne peux plus discuter avec toi ce soir, Ales, je dis, parce qu'alors tu vas me manquer, tu vas me manquer beaucoup trop, je dis, et je serre Ales contre moi, et je la tiens dans mes bras, et elle me tient dans ses bras, et je dis que nous serons bientôt à nouveau ensemble, elle et moi, en fait nous sommes constamment ensemble, même en ce moment nous sommes ensemble, je pense, mais là je veux dormir, j'ai vécu trop de choses aujourd'hui, et hier aussi, je dis, et Ales me caresse les cheveux, et je prends la croix en bois marron tout en bas du rosaire, le rosaire qu'Ales autrefois m'a offert, je pose la croix sur mon ventre, je reste allongé, je me rends compte que je suis tellement tellement fatigué, je pense que je dois quand même réciter un Pater Noster avant de m'endormir, et je fais le signe de croix, et je prends la croix entre le pouce et l'index, je la tiens bien serrée, et je dis intérieurement Pater noster Qui es in cælis, et je m'arrête après ces mots, et je suis déjà en passe de disparaître dans le brouillard du sommeil, et je dis Sanctificetur nomen tuum Adveniat regnum tuum, et je pense oui, oui Que Ton nom soit sanctifié, que Ton règne vienne, oui, si seulement le règne de Dieu pouvait venir, oui, Ton règne doit venir, je pense, et j'inspire profondément, et je dis intérieurement Kyrie, et j'expire lentement, et je dis intérieurement eleison, et j'inspire profondément, et je dis intérieurement Christe, et j'expire lentement, et je dis intérieurement eleison, et j'inspire profondément, et j'expire lentement, et je vois Asle au bord de la route, un bidon de lait en fer-blanc à la main, et il voit arriver une voiture blanche, et c'est la voiture blanche du Rasé, celui qui vit dans la grande maison jaune au bas de la route près de la Laiterie, et c'est une grande voiture, une large voiture, qui prend toute la route, raison de plus pour qu'Asle se mette bien en arrière sur le bas-côté, un bidon de lait en fer-blanc à la main car la Mère lui a demandé d'aller faire les courses, donc il va aller acheter du pain à la Boulangerie, ensuite il ira acheter du lait à la Laiterie, puis il ira à la Coopérative acheter ce que la Mère a noté sur une liste de courses, et la personne à la caisse de la Coopérative écrira ce que ça coûte dans un petit carnet, et Asle s'est dit qu'il irait d'abord à la Coopérative, puisque c'est le plus loin, ensuite à la Laiterie, puis à la Boulangerie en haut de la butte, et enfin il rentrerait à la maison pour rapporter les courses à la Mère, il pensait, et Asle voit la voiture blanche s'arrêter, et le Rasé baisse sa vitre, et il demande à Asle s'il a envie de venir faire un petit tour avec lui, et pourquoi pas, pense Asle, bien que sa mère et son père leur aient dit, à la Sœur et à lui, de ne jamais monter dans la voiture du Rasé, de ne jamais entrer dans sa maison s'il le leur demandait, pense Asle, mais il n'a jamais vraiment compris ce qu'il y avait de dangereux à monter dans la voiture du Rasé, et ça pourrait être chouette de faire un petit tour en voiture, pense Asle, et le Rasé le regarde, il attend visiblement une réponse de sa part, et oui, oui ça pourrait être vraiment chouette de faire un petit tour en voiture, pense Asle sur le bas-côté de la route, son bidon de lait en fer-blanc à la main, et il demande où ils vont aller, et le Rasé dit qu'il doit aller chez un homme qui habite à Innstranda pour discuter de quelque chose, et Asle pense que oui, oui il peut toujours aller faire un petit tour en voiture avec le Rasé, oui, pourvu simplement que ses parents ne l'apprennent pas, il pense, parce qu'il n'est pas si pressé que ça après tout, ce n'est pas à la minute ce que la Mère lui a demandé d'acheter, et comme il s'est dit qu'il irait d'abord à la Coopérative le Rasé pourra l'y déposer sur le chemin du retour, pense Asle

Je vais faire les courses pour ma mère, dit Asle

À la Coopérative ? dit le Rasé

Oui, dit Asle

Et ensuite je vais à la Laiterie et à la Boulangerie, dit Asle

et il soulève son bidon de lait en fer-blanc, et le Rasé dit qu'il voit que si Asle porte un bidon de lait c'est sûrement sa mère qui lui a demandé d'aller faire les courses à sa place, il dit, et Asle dit que oui, et le Rasé dit qu'il peut monter s'il a envie de faire un tour en voiture avec lui, ils iront à Innstranda car il doit parler à un homme qui habite là-bas, dit le Rasé, et il demande à Asle de monter dans la voiture, il remonte la vitre, il ouvre la portière, et Asle monte, il s'assied sur le siège du passager avec le bidon de lait entre ses jambes, il referme la portière, et le Rasé redémarre, il ne dit rien, il ne bouge pas, il tient le volant, il regarde droit devant lui, et Asle est assis à l'avant de la voiture, et ils passent devant la Boulangerie, ils passent devant la Laiterie, ils passent devant la grande maison jaune où habite le Rasé, ils passent devant la Coopérative, ils prennent un virage, et une fois qu'ils ont pris ce virage ils ont une vue plongeante sur le Fjord, ils voient loin dans le Hardangerfjord, ils voient le fond du Fjord, ils voient la toute fin du Fjord, et ils descendent vers le Fjord, ils continuent de rouler le long du Fjord en direction d'Innstranda, et le Rasé dit qu'il doit parler à un homme qui habite à Innstranda, oui, et Asle entend que la voix du Rasé tremble un peu, et il se dit qu'il doit se sentir bien seul à force de vivre dans une aussi grande maison, et le Rasé pose une main sur la jambe d'Asle, et Asle repousse sa main, et il se demande pourquoi le Rasé a posé sa main sur sa jambe ? et ils continuent de rouler, ils ne disent rien, et le Rasé pose de nouveau sa main sur la jambe d'Asle, et il la fait courir de haut en bas sur la jambe d'Asle, et Asle la repousse de nouveau, et il demande au Rasé pourquoi il fait ça, et le Rasé ne répond pas

Tu ne dois le dire à personne, dit le Rasé

et sa voix tremble quand il dit ça, et il regarde droit devant, et il continue de rouler

Le mieux est que tu n'en parles à personne, que tu ne dises à personne que tu es monté dans ma voiture, dit le Rasé

Et surtout pas à tes parents, dit le Rasé

et le Rasé dit que si Asle l'accompagne chez lui il aura une limonade et du chocolat chaud, et si ce n'est pas aujourd'hui peut-être un autre jour dans ce cas, il dit, et Asle ne dit rien, et le Rasé quitte la nationale, il s'engage dans un petit chemin, il arrête la voiture, il coupe le moteur, il sort, il frappe à une porte, et un homme sort de la maison, et le Rasé et lui discutent dans la cour, et l'homme regarde Asle, et le Rasé discute avec l'homme qui est sorti de la maison, qui ne quitte pas Asle du regard, et d'abord pourquoi le Rasé a mis sa main sur sa jambe ? pense Asle, et le Rasé revient, il monte dans la voiture, il démarre, il met sa main gauche sur le volant, il redescend le petit chemin, et Asle jette un œil sur le côté, et le Rasé met sa main sur la jambe d'Asle, il met sa main sur sa braguette, il ouvre sa braguette, il prend son zizi dans sa main, il caresse son zizi, il frotte son zizi, il le caresse et il le frotte encore et encore, et Asle repousse sa main, et il entend le Rasé respirer comme s'il était essoufflé, et Asle tourne légèrement la tête, il regarde le Rasé du coin de l'œil, et il voit le Rasé tirer de haut en bas sur son zizi, et le zizi du Rasé est gros et long comme un bâton, et Asle regarde de nouveau droit devant lui, et il entend le Rasé gémir, et le Rasé met sa main droite sur le volant, il regarde droit devant lui, et le Rasé dit de nouveau qu'Asle ne doit dire à personne qu'il a fait un petit tour en voiture avec lui, et Asle ne bouge pas, il a toujours le bidon de lait en fer-blanc entre les jambes et il dit qu'il ne le dira à personne, et il pense qu'il ne le dira jamais à personne, jamais, parce que ça, il le sait, on n'en parle pas, ça ne conduira à rien de bien si on en parle, donc on n'en parle à personne, surtout pas au Père ou à la Mère, pense Asle, et le Rasé dit qu'il devait bien aller faire ses courses à la Coopérative, et Asle dit que oui, oui il doit aller les faire, il dit, et le Rasé dit qu'il peut lui donner quelques couronnes pour qu'il s'achète un petit truc bien, et Asle pourra venir chez lui un autre jour pour manger une glace et boire un chocolat chaud, il dit, mais, oui, le mieux serait maintenant de déposer Asle un peu avant la Coopérative, il dit, et Asle dit que ça lui irait très bien pour lui, et ils continuent de rouler le long de Hardangerfjord, et ils ne disent rien

Il faut surtout que tu n'en parles à personne, dit le Rasé

Je te donnerai des sous si tu me promets de ne rien dire à personne, dit le Rasé

et Asle dit qu'il ne le dira à personne, et le Rasé s'arrête, il prend son portefeuille, il en sort trois couronnes qu'il donne à Asle, et Asle les met dans la poche de son pantalon, et il ferme sa braguette, et le Rasé dit que ce serait mieux s'il descendait ici, parce que la Coopérative n'est pas très loin, il dit, et Asle dit que oui, et il met la main dans sa poche, il sent les trois couronnes que le Rasé lui a données, ça lui permettra d'acheter trois glaces, il pense, et le Rasé se penche sur Asle, et son ventre recouvre tout le corps d'Asle, et le Rasé ouvre la portière du côté d'Asle, et Asle descend de la voiture, et Asle ne bouge pas, il tient le bidon de lait en fer-blanc, et le Rasé continue sa route, et Asle va à la Coopérative, et je suis allongé dans mon lit, et j'ai dû m'assoupir, non ? ou peut-être que je suis resté éveillé ? moi, Asle, je pense, et je suis trop fatigué pour m'endormir, je suis crevé, comme ils disent, je pense, et je caresse le pelage de Brage étendu de tout son long à côté de moi, et un chien dégage une bonne chaleur, je pense, et là je ne dois surtout pas me mettre à repenser que j'ai trouvé Asle dans la neige, recouvert de neige, presque enseveli sous la neige, je pense, parce qu'alors je ne pourrai pas du tout fermer l'œil de la nuit, et je suis tellement tellement fatigué, et je vois Asle étendu à l'Hôpital central, et je vois son corps être agité de tremblements, de frissonnements, et je vois le Médecin debout à côté d'Asle, et le Médecin dit que ça se présente très mal, et je tiens entre mon pouce et mon index la croix en bois marron du rosaire qu'Ales autrefois m'a offert, et je dis intérieurement Pater noster Qui es in cælis Sanctificetur nomen tuum Adveniat regnum tuum Fiat voluntas tua sicut in cælo et in terra Panem nostrum quotidianum da nobis hodie et dimitte nobis debita nostra sicut et nos dimittimus debitoribus nostris Et ne nos inducas in tentationem sed libera nos a malo, et je déplace mon pouce et mon index sur le premier grain, et je dis intérieurement Notre Père, qui es aux cieux, que ton nom soit sanctifié, que ton règne vienne, que ta volonté soit faite sur la terre comme au ciel Donne-nous aujourd'hui notre pain de ce jour Pardonne-nous nos offenses, comme nous pardonnons aussi à ceux qui nous ont offensés Et ne nous laisse pas entrer en tentation mais délivre-nous du Mal, et je pense que je veux réciter un Salve Regina, mais comme je n'ai pas réussi à en faire une assez bonne traduction en néo-norvégien je vais me contenter de le réciter en latin, je pense, et je descends mon pouce et mon index, je tiens la croix, et je dis intérieurement Salve Regina Mater misericordiæ Vita dulcedo et spes nostra salve Ad te clamamus Exsules filii Hevæ Ad te suspiramus Gementes et flentes In hac lacrimarum valle Eia ergo Advocata nostra Illos tuos misericordes oculos ad nos converte Et Iesum benedictum fructum ventris tui Nobis post hoc exsilium ostende O clemens O pia O dulcis Virgo Maria, et je tiens la croix en bois marron entre le pouce et l'index, et je dis intérieurement, et je le dis encore et encore, intérieurement, et je dis Seigneur pendant que j'inspire profondément, et je dis Jésus pendant que j'expire lentement, et je dis Christ pendant que j'inspire profondément, et je dis Aie pitié pendant que j'expire lentement, et je dis De moi pendant que j'inspire profondément

Cet ouvrage a été mis en pages
par Nord Compo à Villeneuve-d'Ascq
Impression : CPI Firmin-Didot
Dépôt légal : octobre 2023
Premier Dépôt légal : septembre 2021 – N° 2507 (177227)
Imprimé en France